Rainer M. Schröder

Das Kloster der Ketzer

Rainer M. Schröder

Das Kloster der Ketzer

cbj ist der Kinder- & Jugendbuchverlag
in der Verlagsgruppe Random House

Verlagsgruppe Random House FSC-DEU-0100
Das für dieses Buch verwendete FSC-zertifizierte Papier *EOS*
liefert Salzer, St. Pölten

Gesetzt nach den Regeln der Rechtschreibreform

3. Auflage

Lektorat: Frank Griesheimer
Umschlagillustration: Klaus Steffens
Umschlaggestaltung: Klaus Renner
Vorsatz: © Stadtarchiv Passau – Stichesammlung
lf · Herstellung: WM
Satz: Uhl + Massopust, Aalen
Druck: GGP Media GmbH, Pößneck
ISBN-10: 3-570-12897-0
ISBN-13: 978-3-570-12897-8
Printed in Germany

www.cbj-verlag.de

»Wo unsere Vorgänger
von einem neuen Himmel träumten,
ist unsere größte Hoffnung,
dass es uns vergönnt sein möge,
die alte Erde zu retten.«

DAG HAMMARSKJÖLD

»Ich glaube an die fundamentale Wahrheit
aller großen Religionen der Welt.
Ich glaube, dass sie alle gottgegeben sind.
Und ich glaube, dass jede von ihnen notwendig war
für das Volk, in dem sie offenbart wurde.«

MAHATMA GANDHI

Für Helga in Liebe

ERSTER TEIL

Auf der Flucht

APRIL 1527

1

Der Hufschlag von mindestens einem halben Dutzend Pferden und das Rattern von eisenbeschlagenen Wagenrädern drangen vom Ende der lang gezogenen Allee zum Landgut *Erlenhof* herauf. Was als schwaches, dumpfes Trommeln in der Ferne jenseits der nebelverhangenen Hügel begann, schwoll innerhalb weniger Augenblicke zu einem immer lauter werdenden Galopp der Bedrohung an.

Elmar Gramisch, der stämmige und an den Schläfen allmählich schon grau werdende Verwalter des bescheidenen Gutes im oberen Ilztal, war mit einem Satz am Fenster des Krankenzimmers seiner Herrin. Angestrengt starrte er in die neblig feuchte Abenddämmerung hinaus und versuchte zu erkennen, wer sich da dem Gutshof in fliegendem Galopp näherte – und in welcher Mannesstärke. Der rasende Hufschlag so vieler Pferde signalisierte Gefahr. Dennoch hoffte er wider alle Vernunft, dass sich in den nächsten Augenblicken nicht als wahr herausstellte, was das anonyme Warnschreiben an drohendem Unheil angekündigt hatte.

Ein Bote aus Passau hatte den Brief mit der alarmierenden Nachricht erst vor wenigen Minuten auf *Erlenhof* abgegeben. Wem Gisa von Berbeck, die todsieche Herrin des Landgutes, die Warnung verdankte, ließ sich nicht feststellen. Ihr Verfasser hatte sich weder im Text noch am Ende der sichtlich hastig niedergeschriebenen Zeilen zu erkennen gegeben. Auch hatte sich im rotbraunen Lack, mit dem das Schreiben verschlossen gewesen war, kein Abdruck einer Petschaft, eines Siegelrings gefunden. Und der unscheinbare jugendliche Bote, der zweifellos zum einfachen Passauer Stadtvolk gehörte, hatte ebenso wenig zu sagen gewusst, von wem genau das Schreiben stammte. Er war für seine Dienste gut bezahlt worden und hatte nicht lange gefragt, wer seinen Meister damit beauftragt hatte, ihn den Brief so schnell wie möglich nach *Erlenhof* im oberen Ilztal bringen zu lassen.

»Wer ist es? … Was seht Ihr, Elmar? … Müssen wir wirklich mit dem Schlimmsten rechnen?« Die kraftlose Stimme der Gutsherrin Gisa von Berbeck zitterte vor Anspannung.

»Ja, ich fürchte, das müssen wir! … Und da sind sie schon!«, rief Elmar Gramisch bestürzt, als die länger werdenden Schatten zwischen den alten, knorrigen Bäumen im nächsten Moment den Blick auf eine Gruppe Reiter und eine Kutsche freigaben, die von einem Vierergespann fast schneeweißer Schimmel gezogen wurde. »Das muss die Kutsche des Domherrn sein! Und er hat sieben … nein, acht bewaffnete Dienstmänner in seinem Gefolge!«

»Barmherzige Muttergottes! Es stimmt also, was hier in dem Brief geschrieben steht! Tassilo schreckt offenbar wirklich nicht davor zurück, sich jetzt auch noch an dem Jungen zu vergreifen! Schnell, den Brief! Werft ihn ins Feuer! Wer immer ihn geschrieben hat, seine Warnung darf hier nicht gefunden werden!«

Elmar Gramisch fuhr vom Fenster herum und trat schnell wieder zu seiner Herrin, die seit Monaten an das Krankenbett gefesselt war. Der unabwendbar nahende Tod stand ihr ins Gesicht geschrieben, das unter einer bestickten Haube hervorlugte. Die Haut, die sich über den Knochen spannte, schien zum Zerreißen dünn und fast durchsichtig zu sein. Es schmerzte ihn jeden Tag aufs Neue, sie so hinfällig und kraftlos zu sehen, kannte er sie bis zum Ausbruch der verzehrenden Krankheit doch jahrzehntelang nur als eine bewunderungswürdige Person von großer Güte, außerordentlicher Tatkraft, heiterer Bodenständigkeit und bezaubernder Anmut. Ihr körperlicher Verfall vermochte seiner Verehrung und unerschütterlichen Treue jedoch nicht das Geringste anzuhaben.

»Gottes Fluch über Tassilo, dass er nicht einmal vor der Ungeheuerlichkeit zurückschreckt, Sebastian zu verschleppen und ihn für seine Machtspiele missbrauchen zu wollen!«, zischte Gisa von Berbeck und ballte die knochige Hand zu einer Geste ohnmächtigen Zorns.

»Das dürfen wir nicht zulassen!«, rief Elmar Gramisch, während er ihr die anonyme Warnung abnahm, das Blatt zusammenknüllte und ins Kaminfeuer warf. »Ich werde Sebastian dem Domherrn jedenfalls nicht ausliefern!«

Gisa von Berbeck hatte sich in dem hohen Bett unter dem brokatverzierten Baldachin mit großer Kraftanstrengung zwischen all den Kissen in eine halb aufrechte Stellung gebracht. »Dann kann ich auf Eure Hilfe bauen?« Ein Hoffnungsschimmer leuchtete in ihren fiebrigen Augen auf, während von unten aus dem Hof eine herrische Stimme zu hören war, die barsche, knappe Befehle erteilte.

»Müsst Ihr das noch fragen? Wisst Ihr denn nicht, wie sehr auch ich an dem Jungen hänge?«, fragte der Verwalter leise zurück, während die Flammen im Kamin aufloderten und den Brief verzehrten.

Ein schwaches Lächeln huschte über ihr ausgemergeltes Gesicht. »Verzeiht, Elmar«, sagte sie hastig. »Ich suchte nur eine Bestätigung dessen, was ich schon wusste. Aber wenn für den Jungen noch eine Chance bestehen soll, müssen wir jetzt schnell handeln!«

»Redet Ihr von mir, Mutter?«

Elmar Gramisch und Gisa von Berbeck wandten den Kopf und sahen zu der halb offen stehenden, doppelflügeligen Kassettentür. Dort stand Sebastian, er hatte einen bauchigen Weidenkorb geschultert, der bis obenhin mit Holzscheiten beladen war.

»Ja, das tun wir«, sagte Gisa von Berbeck. »Stell den Korb ab und komm zu mir. Wir müssen jetzt rasch Abschied voneinander nehmen. Die Zeit drängt!«

Elmar Gramisch nickte nachdrücklich. »Ja, redet mit dem Jungen! Ich hole inzwischen rasch meinen Waffengurt!«, rief er und eilte aus dem Zimmer. Dabei rief er nach Ansgar Brake, seinem Neffen und seiner rechten Hand bei der Verwaltung des Gutes.

Bestürzung zeigte sich auf dem markanten, gut geschnittenen Gesicht von Sebastian, der von kräftiger, mittelgroßer Gestalt war und älter als seine sechzehn Jahre wirkte. Fahrig wischte er sich eine Strähne seines blonden, widerspenstig kraus gelockten Haares aus der Stirn, während er den Korb abstellte und dann schnell zu ihr ans Bett eilte.

»Abschied? Wovon redet Ihr, Mutter?«, fragte er und ergriff ihre Hand, deren Kälte ihn schaudern ließ. »Und was will Elmar mit dem Waffengurt? Ist …«

»Jetzt keine Fragen, mein Junge! Für lange Erklärungen fehlt uns die Zeit!«, fiel sie ihm ins Wort. »Auch habe ich nicht die Kraft dazu. Also hör gut zu, was ich sage! Tassilo von Wittgenstein, der mit seinen bewaffneten Männern gerade unten im Hof eingetroffen ist, hat es auf dich abgesehen. Er ist ein einflussreicher Domherr aus Passau, der Scholasticus* der Domschule und ein Mann, der keine Skrupel kennt.«

* Leiter der bischöflichen Domschule, der über weitgehende Kompetenzen verfügte. So ernannte und kontrollierte er nicht nur die Magister, sondern übte auch die Jurisdiktion über sie aus.

»Ein Domherr aus Passau hat es auf mich abgesehen? Die Männer sind wegen mir gekommen?« Sebastian schüttelte den Kopf. »Mutter, das kann unmöglich sein! Ihr müsst Euch irren! Ich kenne keinen Tassilo von Wittgenstein! Ich kenne überhaupt keinen dieser mächtigen Herrn des Domkapitels*! Und ich wüsste auch nicht, was ich mit diesen Leuten zu tun hätte. Es muss das böse Fieber sein, das Euch …«

»Ich wünschte, es wäre so«, fiel sie ihm erneut und mit beschwörender Eindringlichkeit ins Wort. »Aber leider ist das, was dir von Tassilo droht, keine Ausgeburt meiner Fieberträume, sondern Wirklichkeit. Du musst mir glauben! Das Schreiben, das der Bote vorhin gebracht hat, sollte mich vor Tassilos hinterhältigem Vorhaben warnen. Gebe Gott, dass die Warnung uns nicht zu spät erreicht hat. Elmar wird dich in Sicherheit bringen, und wenn es jetzt noch jemand schaffen kann, dann er. Er wird dir später alles erklären, mein Junge. Bei ihm bist du in guten Händen!«

»Und ich werde ihn begleiten!«, rief da Ansgar Brake von der Tür her, bevor Sebastian noch Gelegenheit zu einer Erwiderung erhielt. Der hagere Hofknecht hielt einen Waffengurt mit einem Degen in seinen Händen, während Elmar Gramisch hinter ihm gleich zwei Klingen mitbrachte, sollte sich doch auch Sebastian notfalls seiner Haut erwehren können.

»Diese Gefahr willst du wirklich auf dich nehmen?«, sagte Gisa von Berbeck sichtlich berührt.

Ansgar Brake nickte nachdrücklich. »Wenn Ihr und der selige Herr von Berbeck damals nicht gewesen wäret und Ihr Euch nicht für mich bei Graf Molitor eingesetzt hättet, als mich der Hunger zur Wilderei in seinem Wald verleitet hat,

* Das Domkapitel umfasst die an der Kathedrale eines Bischofs tätigen Geistlichen, die aufgrund ihrer herausgehobenen Stellung einen großen Einfluss auf die Amts- und Regierungsgeschäfte ausübten.

dann wäre ich sogar bei einem gnädigen Urteil schon längst in einem stinkenden Kerker zu Grunde gegangen. Jetzt kann ich meinen Dank für Eure Güte erweisen! Aber es wird knapp werden! Die Männer des Domherrn sind auf seinen Befehl hin ausgeschwärmt. Je zwei von ihnen haben schon vor dem Portal sowie auf der Rückfront vor dem Hinterausgang Posten bezogen! Und die anderen werden mit dem Domherrn jeden Moment hier oben sein!«

Elmar Gramisch schloss hastig die schwere Kassettentür aus dicken Eichenbohlen hinter sich und schob den breiten Eisenriegel vor. »So schnell werden sie diese Tür nicht aufbrechen«, sagte er grimmig. »Und die kostbaren Minuten bis dahin werden wir zu nutzen wissen!«

Verstört blickte Sebastian von einem zum andern. »Ja, aber … auch wenn es stimmt, was Ihr sagt, Mutter, wie soll uns denn die Flucht gelingen? Ohne Pferde haben wir doch nicht den Schimmer einer Chance, diesem Tassilo und seinen Männern zu entkommen!«

Elmar Gramisch warf ihm ein Lächeln zu, das ihm wohl Mut machen sollte, jedoch reichlich gezwungen ausfiel. »Ja, Pferde brauchen wir – und wir werden sie uns holen! Ich habe auch schon eine Idee, wie wir ihnen ein Schnippchen schlagen können. Wir klettern nämlich hinten von einer der Dienstbotenkammern auf das rückwärtige Dach. Von dort kommen wir ohne große Schwierigkeiten hinüber auf das Dach des Wirtschaftstraktes und zur Dachluke des Heubodens, durch die wir hinunter in den Stall gelangen können. Wir haben glücklicherweise die einbrechende Dunkelheit auf unserer Seite. Bevor die Schergen des Domherrn hier die Tür aufgebrochen haben und merken, dass wir gar nicht mehr bei Euch sind, haben wir auch schon drei Pferde gesattelt und jagen aus dem Hof! Ich weiß, es ist riskant und bedarf eines Quäntchens Glück, um zu gelingen, aber wir müssen es wagen! Eine andere Möglichkeit haben wir nicht!«

Ansgar Brake nickte. »Und jetzt nichts wie weg! Da kommen sie schon!«

Stiefel polterten die Treppe zu ihnen ins Obergeschoss hoch. Und im nächsten Moment rüttelte jemand vergeblich am Türknauf, sogleich gefolgt von einer Faust, die grob gegen die Eichenbohlen hämmerte.

»Aufmachen!«, brüllte jemand herrisch. »Im Namen des hochwohlgeborenen Domherrn Tassilo von Wittgenstein! Öffnet augenblicklich die Tür! Wer sich dem Befehl widersetzt, wird es bitter bereuen und als Ketzerfreund zur Rechenschaft gezogen!«

»Was redet der da von Ketzern?«, flüsterte Sebastian erschrocken, der bei den Faustschlägen von der Bettkante aufgesprungen war.

Elmar Gramisch ignorierte die Frage. »Lass sie hören, dass du hier bei uns im Zimmer bist, Sebastian!«, raunte er ihm zu. »Nun mach schon! Es ist wichtig, dass er weiß, dass du hier im Zimmer bist, damit er seine Männer nicht ausschickt, um anderswo auf dem Hof nach dir zu suchen!«

Sebastian schluckte, um den Kloß hinunterzuwürgen, der ihm in der Kehle saß. Dann rief er laut zurück: »Was wollt ihr von uns? Wir haben nichts mit euch zu schaffen! Und meine Mutter ist schwer krank! Verschwindet gefälligst vom *Erlenhof*!«

»Und wer sich mit Gewalt Zugang zu diesem Zimmer zu verschaffen sucht, wird unsere Klingen zu spüren bekommen!«, fügte nun Ansgar drohend hinzu.

Höhnisches Gelächter antwortete ihm von der anderen Seite. Und dann befahl eine harsche Stimme, bei der es sich nur um die des Domherrn handeln konnte: »Genug palavert! Brecht die

Tür auf! … Na los, an die Arbeit, Jodok! … Holt irgendetwas, was ihr als Rammbock benützen könnt! … Einen Tisch oder die schwere Truhe da drüben! … Und wer von den Kerlen mit der blanken Klinge Widerstand leistet, der wird ohne Erbarmen niedergemacht! Man muss die ketzerische Brut ausrotten, bevor ihr noch mehr Giftzähne gewachsen sind! … Aber den jungen von Berbeck will ich lebend!«

»Verschwinden wir!«, raunte Elmar und wollte schon zur Tür hinüber, durch die man über einen schmalen Gang und eine kurze, steile Stiege zu den rückwärtigen Kammern der Dienstboten gelangte.

»Wartet!«, flüsterte Gisa von Berbeck erschrocken. »Ihr müsst unbedingt das Buch mitnehmen! Allmächtiger, fast hätte ich das in der Aufregung vergessen!«

Verwirrt sah Elmar Gramisch sie an. »Was für ein Buch?«

»Eine Reisebibel mit gehämmerten Kupferdeckeln und zwei soliden Schlössern. Sie liegt dort in der Truhe neben dem Kamin, eingewickelt in einer alten ledernen Umhängetasche. Fragt nicht lange, sondern tut, was ich gesagt habe!«, teilte sie ihm hastig mit, während von der anderen Seite der Tür wieder wütende, drohende Stimmen zu ihnen drangen, die Einlass verlangten. »In der Ledertasche findet Ihr auch eine gut gefüllte Geldbörse.«

»Sei beruhigt, ich habe meinen Geldbeutel dabei, Mutter«, sagte Sebastian, der noch nicht recht begriffen hatte, dass es für absehbare Zeit keine Rückkehr nach *Erlenhof* gab – eine erfolgreiche Flucht vorausgesetzt.

Sie bedachte ihn mit einem nachsichtigen Lächeln. »Ihr werdet viel mehr als eine Hand voll Münzen für das brauchen, was vor euch liegt.« Ihr Blick ging zu ihrem Verwalter hinüber. »Bringt meinen Sohn nach Wittenberg, Elmar! In Wittenberg ist er vor Tassilo sicher! Fragt dort nach dem Druckherrn Leonius Seeböck. Sagt, dass Gisa von Berbeck Euch schickt. Alles Weitere werdet Ihr dort erfahren. Habt nur Vertrauen! Und du, Sebastian, gib auf die Heilige Schrift gut Acht, hörst du? Gib das Buch nie aus der Hand und hüte es wie deinen eigenen Augapfel! Lass dich nicht davon täuschen, dass die Deckel übel verkratzt sind und das Buch auch sonst nicht sonderlich wertvoll aussieht. Eines Tages, so Gott will, wird dir diese Reisebibel kostbarer sein, als du jetzt ahnen kannst!«

Sebastian fühlte sich wie benommen. Nichts, was seine Mutter sagte und von ihnen verlangte, machte auch nur im Entferntesten Sinn. »Was sollen wir in Wittenberg, der Hochburg der Ketzer, wo dieser Martin Luther mit seinen Schriften und Predigen gegen den Papst und den wahren Glauben zu Felde zieht?«, stieß er hervor, während Elmar Gramisch sich schon über die Truhe beugte und die abgewetzte, alte Ledertasche mit der Bibel und einem prall gefüllten Geldbeutel an sich nahm. »Und was habt Ihr mit diesem Druckherrn namens Leonius Seeböck zu schaffen?«

»Vertrau mir, mein Junge!«, hauchte sie. »Und jetzt gib mir zum Abschied einen Kuss. Ihr müsst los!«

Alles in Sebastian sträubte sich dagegen, seine sterbenskranke Mutter allein auf *Erlenhof* zurückzulassen und mit Elmar und Ansgar sein Heil in der Flucht zu suchen – ohne zu wissen, wovor er eigentlich flüchtete. »Mutter, ich kann Euch unmöglich …«

»Sei still und tu endlich, was ich gesagt habe!«, fuhr sie ihm heftig ins Wort, während Tränen ihre Augen füllten. »Ich flehe dich an, gehorche jetzt und geh! Und sorge dich nicht um mich, mein Junge. Mir kann Tassilo nichts mehr anhaben, meine Erdentage sind gezählt. Sieh mich nicht so verzweifelt an, Sebastian. Schon bei unserer Geburt liegt der Schatten der Vergänglichkeit über unserem Leben. Aber die Auferstehung Jesu gibt uns Hoffnung auf Unsterblichkeit. Das soll dich trösten und dir die nötige Kraft geben, die du nun brauchst! Und nun geh!« Sie stieß ihn mit einer Kraft von sich, die Sebastian nicht mehr in ihr vermutet hätte.

Im selben Augenblick krachte etwas Schweres gegen die Tür und ließ sie erzittern. Die Schergen des Domherrn hatten damit begonnen, mit Hilfe irgendeines primitiven Rammbocks die Tür aufzubrechen! Die Flügel ächzten im Rahmen, hielten dem Ansturm jedoch stand – noch. Aber allzu lange würden sie dieser rohen Gewalt nicht widerstehen können.

Elmar Gramisch fasste Sebastian an der Schulter und schob ihn vom Bett weg. »Um Himmels willen, genug geredet! Wir müssen los, so bitter es auch sein mag, so von ihr zu gehen, Sebastian!«, ermahnte er ihn. »Aber wenn wir uns jetzt nicht sputen, sind wir alle verloren!«

Ansgar Brake wartete schon in der schmalen Hintertür auf sie. »Ja, jetzt geht es auch um unseren Kopf!«

»Rettet meinen Jungen, Elmar!«, rief Gisa von Berbeck den beiden älteren Männern leise nach, als sie schon fast durch die Tür waren. »Wenn er dem Domherrn in die Hände fällt, ist auch sein Vater verloren!«

Sebastian erstarrte und fuhr zu ihr herum. »Was sagt Ihr da? Aber Vater ist doch schon vor sechs Jahren gestorben! Wie kann er da heute in Gefahr sein?«, hielt er ihr vor, plötzlich von einer dunklen Ahnung erfüllt. »Es sei denn … Nein, das ist unmöglich! Ich war doch dabei, als ihn der Schlag auf dem Feld bei der Heuernte getroffen hat!«

Ein schmerzlicher, gequälter Ausdruck erschien auf dem Gesicht der Frau, die Sebastian sechzehn sorglose Jahre für seine leibliche Mutter gehalten hatte. »Wir haben dich geliebt, als wärst du unser eigen Fleisch und Blut gewesen, mein Junge. Du warst das größte Geschenk, mit dem Gott unser Leben gesegnet hat. Vergiss das nie, was immer du auch denken magst, wenn du die ganze Wahrheit erfährst. Aber nicht ich habe dich zur Welt gebracht, sondern eine Frau, die mir sehr nahe gestanden hat und die bei deiner Geburt gestorben ist. Alles Weitere wirst du von Elmar erfahren, wenn er dich in Sicherheit gebracht hat. Verzeih mir, dass ich nicht die Kraft gehabt habe, dir schon eher die Wahrheit zu sagen!«

Sebastian war, als hätte ihn ein unsichtbarer Schlag getroffen, der ihn bis ins Mark erschütterte. Das Blut wich aus seinem Gesicht und ein Gefühl von Übelkeit breitete sich in ihm aus. Er sah sie nur fassungslos an, unfähig, auch nur ein Wort herauszubringen.

Wieder ließ ein wuchtiger Rammstoß die Türflügel erzittern.

»Um Gottes willen, die Zeit zerrinnt uns zwischen den Fingern!«, zischte Ansgar Brake beschwörend. »Wenn wir uns nicht endlich beeilen und aufs Dach kommen, können wir uns auch gleich selbst die Klinge an die Kehle setzen!«

»Recht hast du! Also komm!« Elmar packte Sebastian mit eisernem Griff am Unterarm und stieß ihn hinaus in den dunklen Gang.

Sebastian versuchte, sich zu widersetzen und sich aus der Umklammerung zu befreien, doch gegen die Kräfte des Verwalters kam er nicht an.

»Reiß dich gefälligst zusammen und beweise, dass du Manns genug bist, um jetzt nicht die Nerven zu verlieren!«, herrschte Elmar ihn an.

Sebastians Widerstand brach jäh in sich zusammen. Bleich wie ein Leichentuch, wortlos und wie in Trance, taumelte er mit ihnen durch den schmalen Gang, stolperte die Stiege hinauf und gelangte in die Dienstbotenkammer, von der aus man auf das rückwärtige Dach steigen konnte. Und während er den

Anweisungen der beiden Männer folgte wie eine Marionette den Bewegungen ihres Puppenspielers, jagten sich die Fragen hinter seiner Stirn wie die Blitze bei einem heftigen Gewitter. Und ganz besonders eine Frage wollte ihn nicht mehr loslassen: Wenn er nicht Sebastian von Berbeck war, wer war er dann?

2

Bäuchlings lagen sie auf den Dachschindeln, holten Atem und horchten. Aus dem Haus kamen noch immer die wütenden Stimmen des Domherrn und seiner Schergen sowie das laute, fast rhythmische Krachen von Holz, das mit Wucht gegen die verriegelte Eichentür gerammt wurde. Am Himmel trieb ein nasskalter Wind dunkle, tief hängende Wolken wie ein Wolf eine Herde dreckiger Schafe vor sich her. Das letzte Tageslicht versickerte schon hinter den Baumspitzen des Waldes, der im Westen die Felder und Äcker des Landgutes begrenzte.

Niemand hatte sie bemerkt, als sie vor wenigen Augenblicken aus dem kleinen Fenster der Kammer gestiegen und auf dem schmalen, rückseitigen Vordach des Haupthauses zu seinem westlichen Ende gekrochen waren, wo sich der niedrigere Trakt der Stallungen mit dem Heuboden in einem rechten Winkel anschloss. Sie hatten ihre Stiefel ausgezogen und die Schuhbänder zusammengebunden, um sie sich um den Nacken zu legen.

»Lasst bloß die Köpfe unten!«, raunte Elmar. »Und pass auf die Waffen auf, Ansgar! Schon das leiseste Scheppern könnte uns verraten, wenn wir uns gleich auf das Dach des Heubodens hinablassen und unten im Hof zufällig ein aufmerksamer Wachposten Augen und Ohren offen hält!«

»Habe alles fest im Griff!«, kam es leise von Ansgar zurück, der die Waffengurte mit den Degen an sich genommen hatte. »Von mir aus können wir es wagen.«

Elmar wandte den Kopf nun Sebastian zu und sah ihn forschend an. »Ich kann mir gut vorstellen, was in dir vorgehen muss und dass dir sicherlich tausend Fragen auf der Zunge brennen. Aber all das muss warten! Jetzt musst du dich allein auf das konzentrieren, was vor uns liegt! Wenn uns die Flucht nicht gelingt, fließt unser Blut, Ansgars und meines, und du wirst verschleppt, eingekerkert und womöglich der Folter unterzogen! Hast du das verstanden?« Er machte eine kurze Pause, um seine Worte einwirken zu lassen. Dann legte er ihm seine Hand auf den Arm und fragte: »Also bist du bereit und auch wirklich ganz bei der Sache?«

Sebastian presste die Lippen zusammen und nickte nur stumm. Aber die Erwähnung der Folter, die ihm womöglich drohte, wenn er Tassilo in die Hände fiel, hatte seine Sinne plötzlich wieder geschärft.

»Gut, dann nichts wie hinunter auf das Dach der Stallungen! Aber nicht alle gleichzeitig, sondern einer nach dem andern und möglichst so leichtfüßig wie eine Katze!«, ermahnte Elmar sie. »Ich steige zuerst hinunter! Und dann gebt ihr mir die Waffen, die Stiefel und die Ledertasche!«

Er glitt, auf dem Bauch liegend, seitlich an den Rand des Daches, schwenkte die Beine über die Kante, ließ sie vorsichtig hinunterbaumeln und rutschte dann langsam mit dem Oberkörper nach, während er sich mit den Händen an der Dachkante festhielt und sich so lang wie möglich machte. Dennoch vermochte er das Dach des westlichen Wirtschaftstraktes nicht mit den Zehenspitzen zu erreichen. Es fehlte eine gute halbe Armlänge. Und so ließ er los und ging beim Aufkommen sofort in die Knie, um den Aufprall abzufedern und möglichst kein verräterisches Geräusch zu verursachen. Bis auf ein leises Knarren unter seinen Füßen, das unmöglich bis in den Hof hinunterdringen konnte, war auch nichts zu hören.

Ansgar und Sebastian reichten ihm nun nacheinander die Degen, dann die drei Paar Stiefel und zum Schluss die Ledertasche mit der Bibel.

»Jetzt du!«, forderte Ansgar Sebastian auf.

Sebastian ließ sich genau so auf das angrenzende Dach hinab, wie Elmar es ihnen vorgemacht hatte. Dabei wandte er den Kopf und wagte einen raschen Blick nach rechts in den Hof hinunter. Er sah zwei Schergen vor dem Portal stehen, die mit Armbrüsten bewehrt waren, die vierspännige Kutsche des Domherrn und weiter rechts beim Stall die Hinterteile von mehreren Pferden, die dort wohl vor der Tränke am Stall angebunden standen. Dann spürte er auch schon Elmars Hände, die nach ihm griffen, um ihm Halt zu geben, bevor seine Hände die Dachkante losließen. Im nächsten Augenblick hockte er neben ihm auf dem Dach der Stallungen und machte sich wieder ganz flach. Auch Ansgar glitt vom höher liegenden Dach des Hauptgebäudes, ohne dabei von den Wachen im Hof bemerkt zu werden.

Sie hängten sich ihre Stiefel wieder um den Hals, griffen zu ihren Waffen und zur Ledertasche mit dem breiten Umhängeriemen und schlichen nun auf Elmars Zeichen hin zur Dachluke, die hinunter auf den Heuboden führte.

»Gebe Gott, dass sie nicht von innen verriegelt ist!«, flüsterte Elmar, schlug hastig das Kreuzzeichen und fasste nach dem hölzernen Griff. Im ersten Moment schien es, als sollte sich ihre Hoffnung nicht erfüllen. Aber die Luke klemmte nur und nach einem kräftigeren Ruck ließ sie sich aufklappen.

»Dem Allmächtigen sei Lob und Dank!«, stieß Ansgar gepresst hervor.

»Nichts wie runter!«, raunte Elmar, kletterte über den Rand, hielt sich kurz mit den Händen rechts und links am Lukenrand fest und ließ sich dann in die Dunkelheit fallen.

Nacheinander landeten sie weich und lautlos im Heu.

»Damit haben wir den gefährlichsten Teil gemeistert«, sagte Elmar mit großer Erleichterung in der Stimme und griff nach seinem Waffengurt, um ihn sich umzuschnallen. Sebastian und Ansgar folgten seinem Beispiel. »Der Rest wird dagegen ein Kinderspiel sein, weil die Schergen sicherlich nicht damit rechnen, dass wir aus dem Stall und dann auch noch zu Pferd ausbrechen.«

»Das mag sein, aber sie werden natürlich sofort unsere Verfolgung aufnehmen«, wandte Ansgar ein, während sie vom Heuberg rutschten und sich im Dunkeln vorsichtig dem Ende des Heubodens entgegentasteten, wo sich die Holzstiege hinunter zum Stall befand. »Und wie wollen wir acht Reiter abschütteln?«

»Ihre Pferde haben schon einen langen und offenbar scharfen Ritt von Passau hierher hinter sich, während unsere Pferde ausgeruht sind. Das verschafft uns einen Vorsprung«, erwiderte Elmar, der mittlerweile die Stiege erreicht hatte. »Und wir werden die Landstraßen meiden, gleich hinter der Allee im Schutz der Wälder einen Haken schlagen, scharf nach Norden hinauf zum Weiler Kreutersroth reiten und von dort den Weg durch die Hochmoore an der böhmischen Grenze nehmen. Dort werden wir sie bestimmt abschütteln!«

»Bei Nacht und zu Pferd durch die Moore?« Ansgar klang erschrocken.

»Keine Sorge, ich kenne mich da oben gut aus«, beruhigte ihn Elmar. »Und jetzt kommt! Wir müssen uns mit dem Satteln der Pferde beeilen! Lange kann es nicht mehr dauern, bis sie drüben die Tür aufgebrochen haben und feststellen, dass wir uns längst aus dem Staub gemacht haben!«

Sie kletterten die Stiege in den weitläufigen Stall hinunter, in dem es um einiges heller war als oben auf dem finsteren Dachboden, fiel doch ein Rest Tageslicht durch einige der noch offen stehenden Schlagläden.

Es war Sebastian, der die schlanke, schemenhafte Gestalt zuerst bemerkte, die links neben der großen, zweiteiligen Stalltür auf einer Futterkiste saß. Ihm fuhr der Schreck in die Glieder, hielt er die Gestalt im ersten Moment doch für einen der Männer des Domherrn. Dass die schmale Körperstatur kaum die eines Schergen sein konnte, kam ihm im ersten Schreck nicht zu Bewusstsein.

»Da ist jemand!«, stieß er warnend hervor. »Da auf der Kiste!«

Elmar und Ansgar fuhren herum und zogen augenblicklich ihre Degen blank.

»Nur mit der Ruhe! Von mir habt Ihr nichts zu befürchten!«, kam es da ohne große Hast oder gar Angst von der Kiste. Es war eine helle, jugendliche Stimme.

»Wer bist du?«, fragte Elmar leise, aber scharf – die Klinge bereit zum tödlichen Stich.

»Lukas Malberg ist mein Name! Ich bin der Bote aus Passau, der das Schreiben gebracht hat! Mit dem Domherrn und seinen Leuten habe ich nichts zu tun!«, versicherte der Fremde, stellte einen klobigen Holzteller ab und rutschte von der Kiste, sichtlich unbeeindruckt von den Klingen, die auf ihn gerichtet waren. »Eure Köchin hat mir eine warme Suppe gegeben, und als die Reiter in den Hof geprescht sind, habe ich mich schnell hierher verzogen. Der Braune dort drüben ist mein Pferd! Schien mir ratsamer, diesen Männern nicht in die Quere zu kommen.«

Sebastian trat mit Elmar und Ansgar näher, die ihre Klingen nun wieder in die Scheide zurückgleiten ließen. Das Licht war nicht gut genug, um die Gesichtszüge des Boten ausmachen zu können, saß ihm doch ein verbeultes, breitkrempiges und mit bunten Federn geschmücktes Barett auf dem Kopf, wie es gern von Landsknechten getragen wurde. Doch als er in den schmalen Lichtstreifen trat, der hinter ihm durch eines der Fenster fiel, konnten sie sehen, dass er alte, rissige Stiefel und einen erdbraunen Umhang trug, unter dem ein gesteppte Wams sowie pludrige schwarze, mit Flicken besetzte Kniehosen hervorlugten. Und bei der Bewegung ins Licht kam rotes Futter in den zahlreichen Schlitzen der Hosenbeine zum Vorschein. Links am Gürtel baumelte ein Messer mit breiter und fast unterarmlanger Klinge, das sicherlich nicht geschaffen worden war, um einem Kanten Dinkelbrot zu Leibe zu rücken oder eine wurmstichige Stelle aus einem Apfel zu schneiden.

»Du machst besser, dass du dich hier irgendwo versteckst!«, riet Elmar. »Und wehe dir, du kommst uns in die Quere oder versuchst gar, die Wachen im Hof auf uns aufmerksam zu machen! Wir haben nichts zu verlieren!«

»Nichts liegt mir ferner. Im Gegenteil, ich biete Euch sogar meine Hilfe an, sofern auch für mich etwas dabei herausspringt«, bot sich der Bote mutig an. »Ihr seid auf der Flucht, nicht wahr? Und da kommt es doch auf jede Minute an.«

Elmar zögerte kurz, dann lachte er trocken auf. »Du scheinst mir ja ein ganz Abgebrühter zu sein! Aber gut, wir können jetzt wirklich jede Hilfe gebrauchen. Du kannst uns beim Satteln der Pferde zur Hand gehen.« Rasch öffnete er die Schlaufe der Ledertasche, schlug sie auf und zog den Geldbeutel hervor. Er entnahm dem bestickten Samtbeutel eine Silbermünze und warf sie ihm zu. »Hier, damit bist du gut bezahlt!«

Der Junge fing die Münze auf und hielt sie kurz ins Licht des

Hoffensters. »Ein Silberling! Ja, dafür kann man schon was riskieren«, sagte er mit einem zufriedenen Grinsen und ließ das Geldstück blitzschnell unter seinem weiten Umhang verschwinden.

Unter großer Eile holten sie nun aus der Sattelkammer alles Nötige, um drei Pferde zu satteln. Gerade hatte Elmar dem letzten Tier das Zaumzeug umgelegt, als Lukas zu ihm trat und ihm ein weiteres, überraschendes Angebot machte.

»Wenn Ihr nichts unternehmt, damit man Euch nicht sofort folgen kann, werdet Ihr es schwer haben, einen genügend großen Vorsprung zu bekommen! Da hilft es Euch auch nicht, den Weg über die Moore nördlich von Kreutersroth zu nehmen. Man wird euch schon lange vorher eingeholt haben.«

»Verdammt, der Bursche hat uns belauscht!«, stieß Ansgar hervor und legte seine Hand sofort auf den Griff seiner Waffe.

»Der Teufel soll mich holen, wenn ich gelauscht habe! Ihr habt da oben auf dem Heuboden zu laut geredet und ich habe nur gute Ohren, nichts weiter!«, erwiderte Lukas mit keckem Selbstbewusstsein und schob seine Hand gleichfalls unter den Umhang, um jeden Moment sein Messer ziehen zu können. »Wollt Ihr mich dafür abstechen wie ein Mastschwein am Schlachttag?«

»Wenn es sein muss – ja!«, drohte Ansgar und wollte schon seinen Degen ziehen.

»Da wird meine Klinge aber noch ein schneidendes Wort mitzureden haben!«, zischte Lukas. »Und auch wenn Ihr in der Überzahl seid, so wird der Lärm, den ich gleich veranstalten werde, Euch schlecht bekommen. Eure Flucht könnt Ihr dann vergessen!«

Elmar fiel seinem Neffen augenblicklich in den Arm. »Warte!« Und obwohl er es eilig hatte, in den Sattel zu steigen und mit Sebastian und Ansgar aus dem Stall zu preschen, fragte er zu Lukas gewandt: »Und was sollten wir deiner Meinung noch unternehmen, um einen Vorsprung zu gewinnen?«

»Habt Ihr mal durch das Stallfenster auf den Hof geschaut?«, fragte der Bote zurück. »Ich habe es mehrfach getan, schon um vor bösen Überraschungen gefeit zu sein. Schaut Euch doch mal die Kutsche des Domherrn an! Sie steht so, dass die beiden Wachen vor dem Portal des Hauses ihre Pferde hier beim Stall nicht sehen können. Noch stehen sie sicher angebunden am Zügelbalken vor der Tränke. Aber wenn man ihnen nun heimlich die Zügel durchschneidet und ihnen brennendes Stroh zwischen die Hufe schleudert, wird es ein wildes Durcheinander geben, wenn Ihr mich fragt. Und die Männer werden erst mal alle Hände voll zu tun haben, um die Pferde wieder einzufangen und zu beruhigen, bevor sie Euch folgen können. Im Galopp könnte das einen hübschen Vorsprung von einigen Meilen ergeben.«

»Keine schlechte Idee!«, räumte Elmar ein.

»Und wenn Ihr wollt, schleiche ich mich hinaus und übernehme das Durchschneiden der Zügel!«, fügte Lukas hinzu und zog sein beidseitig geschliffenes Messer unter dem Umhang hervor. »Dafür müsst Ihr aber zwei von Euren Silberstücken springen lassen!«

Elmar sah den Boten sichtlich verblüfft an. »Du wirst mir ja richtig sympathisch, Kleiner!«, sagte er. »Und die beiden Silberlinge sollst du bekommen!« Während er noch mit dem Geldbeutel hantierte, forderte er Ansgar schon auf, noch einmal in die Sattelkammer zu laufen, wo stets Zunder, Zündsteine und Kerzen zum Entzünden von Stalllaternen bereitlagen. »Und du bindest schon mal drei dicke Strohbündel zusammen, so dass wir sie als Fackeln benützen können, Sebastian! Beeilt euch!«

Lukas führte sein Pferd zu den drei anderen, um selbst auch

gleich in den Sattel des Braunen springen und davongaloppieren zu können, und schlich dann durch einen Spalt in der Stalltür hinaus auf den Hof.

Elmar beobachtete ihn durch das Fenster mit angehaltenem Atem, wie er sich geduckt und ganz langsam an den runden Balken über der Tränke schlich, um die Pferde nicht nervös zu machen. Vorsichtig trennte er mit seinem Messer einen Zügel nach dem anderen durch. Einige der Tiere hoben den Kopf, beäugten ihn und blähten die Nüstern, doch keines wieherte ängstlich oder scheute gar zurück.

Augenblicke später huschte Lukas wieder zu ihnen in den Stall zurück und schwang sich behände auf sein Pferd. »Nach dem, was ich für Euch getan habe, werdet Ihr mir doch sicherlich den Vortritt lassen, wenn wir uns jetzt davonmachen!«, sagte er auf seine kecke, selbstbewusste Art.

Elmar nickte. »Den Vorzug hast du dir redlich verdient«, sagte er, nahm Sebastian eines der armlangen, hastig zusammengeschnürten Strohbündel ab, ging zur Stalltür und zog einen der Flügel weit auf. Schnell lief er zu seinem Pferd und schwang sich als Letzter in den Sattel. »Nun gilt es! Entzündet das Stroh!«

Sie hielten die Enden der drei Strohbündel unter die Flamme der Kerze, und augenblicklich fraß sich das Feuer hell lodernd durch die trockenen Gebinde.

Dann gab Elmar das Kommando. »Los! … Raus!«

Lukas stieß seinem Braunen die Stiefelhacken in die Flanken und preschte aus dem Stall hinaus in die abendliche Dunkelheit. Elmar, Sebastian und Ansgar folgten ihm hintereinander. Sie schleuderten die lichterloh brennenden Strohbündel nach links zwischen die ahnungslosen Pferde der Schergen.

Die Tiere brachen augenblicklich in Panik aus, als die Feuerbündel Funken stiebend zwischen ihren Hufen landeten, und suchten schrill wiehernd das Weite. Auch das Viergespann bäumte sich in seinem Geschirr auf und riss die herrschaftliche Kutsche, die auf dem Wagenschlag das Wappen des Domherrn trug, mit einem jähen Ruck auf das Haus zu.

Die gellenden Alarmschreie der beiden Wachposten auf der Steintreppe vor dem Portal mischten sich in das lärmende Chaos aus Schnauben, Wiehern und galoppierendem Hufschlag.

Die vier Reiter jagten aus dem Hof, tief über die Hälse ihrer Pferde gebeugt.

Die beiden Schergen des Domherrn rannten ihnen laut schreiend nach, legten ihre Armbrüste an und feuerten noch im Lauf ihre Pfeile ab. Eines der Geschosse sirrte haarscharf an Sebastians linker Schulter vorbei. Ein zweiter Pfeil bohrte sich in die Ledertasche mit der Reisebibel, auf deren Mitnahme die Herrin vom *Erlenhof* bestanden und die Elmar sich über die Schulter gehängt hatte. Dann lag der Gutshof auch schon hinter ihnen und im gestreckten Galopp jagten sie die dunkle Allee hinunter.

3

Längst hatte Sebastian das Gefühl für die Zeit verloren, die sie nun schon im Sattel saßen. Der mutige Bote hatte sich bereits kurz hinter der Allee von ihnen getrennt und war seiner eigenen Wege geritten. Seitdem drangen sie immer tiefer in die dichten Wälder ein, die das ansteigende Gelände wie ein unendliches Meer aus Bäumen bedeckten.

Ihm war, als bewegten sie sich durch Urwälder, die vor ihnen noch niemand zu betreten gewagt hatte und in denen namenlose Geisterwesen hausten. Er wusste, dass dieser Gedanke unsinnig und reiner Aberglaube war. Dennoch fiel es ihm schwer, sich von diesen beklemmenden Gedanken völlig freizumachen.

Dann und wann lichtete sich der Wald jedoch für eine kurze Strecke, und vor ihnen blitzten im fahlen Mondlicht Schachten auf, von Menschenhand geschaffene Weideflächen. Diese freien, hellen Flecken, teilweise mit Granitblöcken durchsetzt, nahmen sich in dem finsteren Waldmeer mit ihrem jungen Frühlingswuchs wie hellgrüne Inseln aus. Hier ging Sebastians Atem ein wenig freier.

Auf diese hoch gelegenen Schachten trieb man an Sankt Georgi, der am 23. April gefeiert wurde, vor allem Jungtiere zum Grasen hinauf, wo sie unter der Obhut eines Waldhirten bis zu Sankt Michaeli am 29. September verblieben. Jedes der Tiere trug eine aus Blech gefertigte Schelle um den Hals, damit man es wiederfand, wenn es sich im Wald verlief. Der Hirte, der in diesen langen Monaten allein in einer primitiven Hütte lebte und nur alle paar Wochen mit dem Allernotwendigsten zum Leben versorgt wurde, erkannte jedes Tier am Klang ihrer Schellen, die sich in Größe und Blechstärke voneinander unterschieden.

An zwei dieser einsam gelegenen, niedrigen Hütten führte sie der Weg durch die Bergzüge des Bayerischen Waldes an der Grenze zum Böhmerwald vorbei. Noch hauste dort keiner, denn bis zum Viehtrieb auf die Schachten war es noch eine gute Woche hin. Der Anblick der primitiven Behausungen hatte dennoch etwas Beruhigendes für Sebastian, sagten sie ihm doch, dass sie kein von Menschen unberührtes Geisterland durchquerten.

Indessen zogen sich am Nachthimmel immer mehr dunkle

Wolken zusammen und ließen kaum noch Mondlicht durch. Aus der Ferne rollte schon bald unheilvolles Grollen heran. Ein Unwetter zog herauf. Und dann fielen auch schon die ersten Regentropfen aus der klammen Schwärze der Nacht.

Sebastian dachte flüchtig an den Köhler zurück, dem sie hinter dem Weiler Kreutersroth am Rande einer Waldlichtung begegnet waren und der ihnen reglos und ohne Gruß nachgeblickt hatte, als sie im Galopp an seiner schäbigen, mit Baumrinde gedeckten Kate vorbeigeritten und am Ende der Lichtung wieder im Wald untergetaucht waren.

Würde der Kohlenbrenner sie verraten, wenn die Männer des Domherrn aller Hoffnung zum Trotz auch in dieser Richtung nach ihnen suchten und in Kreutersroth ihre Spur fanden? Sebastian betete stumm zu Gott, dass ihre Verfolger nicht Elmars Plan durchschauten und stattdessen im Süden oder Westen nach ihnen suchten. Und dann drängten sich auch schon wieder die quälenden Fragen in seine Gedanken, wer seine wirklichen Eltern waren und warum ein mächtiger Domherr wie dieser Tassilo von Wittgenstein es auf ihn abgesehen hatte. Was hatte es zu bedeuten, dass sein Vater verloren war, wenn er, Sebastian, dem Leiter der Domschule in die Hände fiel? All das machte nur Sinn, wenn sein leiblicher Vater noch lebte! Wer aber war sein Vater? Welchen Namen trug er? Wo hielt er sich auf? Was machte ihn zum Feind des Domherrn und veranlasste diesen, von Ketzerei zu sprechen? Und welche Rolle spielte er, Sebastian, in diesem Rätsel, bei dem es um Leben und Tod ging? Und was sollten sie in Wittenberg? Was hatte Gisa von Berbeck mit einem Druckherrn aus der Hochburg der Neugläubigen zu schaffen? Und wieso würden sie ausgerechnet dort sicher sein? Wie hing das alles miteinander zusammen?

Fragen über Fragen, auf die er keine Antwort wusste. Und

Elmar war nicht geneigt, schon jetzt darüber zu sprechen. Als er ihn zum wiederholten Mal bedrängte, rief er ihm schroff zu, dass er seinen kostbaren Atem und seine Aufmerksamkeit gerade einer viel wichtigeren Sache widmen müsse, nämlich der Rettung ihres Lebens.

Sebastian schreckte aus dem wilden Strudel seines Gegrübels auf, als ein Blitz aus den Wolken zuckte, begleitet von einem ohrenbetäubenden Krachen, und Elmars Pferd erschrocken scheute. Es galoppierte an, kam dabei vom Pfad ab und geriet im nächsten Moment mit dem rechten Vorderhuf in eine tiefe, moosige Spalte. Jäh und mit einem schrillen, schmerzerfüllten Wiehern knickte es vorn ein, stürzte mit brechendem Knöchel zur Seite und warf dabei seinen Reiter aus dem Sattel.

Elmar wurde zwischen zwei niedrige, dafür aber scharfkantige Granitblöcke geschleudert. Ein gellender Schrei, der Sebastian durch Mark und Bein ging, drang ihm aus der Kehle. Er versuchte sich aufzurichten, fiel jedoch wieder zurück.

»Mein Arm!«, stöhnte der Verwalter gepresst und fasste sich an den linken Unterarm, dessen untere Hälfte in einem entsetzlich unnatürlichen Winkel vom oberen Teil abstand.

Wieder erhellte ein scharf gezackter Blitz die Nacht und nun begann der Regen wie aus Kübeln aus der tief hängenden Wolkendecke zur Erde zu stürzen.

Entsetzt zügelten Sebastian und Ansgar ihre Pferde, sprangen aus dem Sattel und liefen zu ihm.

»Verdammt! Verdammt! Verdammt!«, fluchte Elmar, das Gesicht eine einzige Maske des Schmerzes.

Ansgar riss sein Messer aus dem Gürtel und schnitt den Ärmel von Elmars Hemd auf. »Barmherziger Samariter!«, stieß er hervor, als er die spitzen Knochen sah, die an der Bruchstelle aus dem Fleisch herausragten. Blut strömte aus der offenen, rissigen Wunde.

Sebastian wurde es flau im Magen und er würgte – nicht allein wegen des schauerlichen Anblicks. Ohne Elmars Ortskenntnis waren sie hier oben in den Wäldern und Mooren verloren!

Elmar kroch rückwärts gegen den nächsten Granitblock und lehnte sich dagegen. »Du musst... den Bruch richten und... und die Wunde verbinden, Ansgar!«, stieß er abgehackt hervor, während er seine Hand auf die Wunde presste, um den Blutfluss so gut es ging zu verlangsamen. »Der gebrochene... Knochen muss zurück!«

»Mein Gott, ich weiß nicht, ob ich...«, begann Ansgar abwehrend und zuckte unwillkürlich zurück.

»Du musst!«, fiel Elmar ihm scharf ins Wort. »Wir müssen weiter, so schnell es geht! ... Besorg zwei, drei... fingerdicke Äste zum Schienen des Bruches! ... Etwas kürzer als mein Unterarm müssen sie sein! ... Da drüben vom Busch kannst du sie schlagen! ... Und aus dem Zügel meines... Pferdes lassen sich Riemen zum Zuschnüren schneiden! ... Und gebt dem armen Tier den Gnadenstoß! Es ist nicht mehr zu retten.«

»Heilige Muttergottes, steh mir bei!«, murmelte Ansgar beklommen.

Sebastian sprang auf. »Ich kümmere mich um die Stöcke zum Schienen!«, rief er hastig und lief im strömenden Regen zum Busch hinüber, bevor Elmar oder Ansgar ihm die grausige Aufgabe übertragen konnten, das noch immer schrill wiehernde Pferd mit einem raschen Schnitt zu erlösen.

Elmar brüllte auf vor Schmerz und verlor das Bewusstsein, als Ansgar wenig später den gebrochenen Unterarm packte und die gesplitterten Knochen mit einem beherzten Griff mehr schlecht als recht wieder zusammendrückte. Hastig verband er die noch immer heftig blutende Wunde mit Stoffstreifen, die Sebastian unterdessen aus Elmars Umhang geschnitten hatte, legte die kurzen Stöcke an und verschnürte alles mit vier kurzen Lederriemen aus dem Zügel des toten Pferdes.

Als Elmar endlich wieder zu sich kam, hievten sie ihn auf Ansgars Pferd und setzten ihren Weg durch die düstere, unheimliche Landschaft fort, begleitet von fast unaufhörlichen Donnerschlägen und wild zuckenden Blitzen.

Ansgar führte das Pferd mit Elmar im Sattel. Doch schon nach wenigen Minuten mussten sie wieder anhalten, denn den Verwalter hielt es vor Schmerzen nicht länger im Sattel.

»Die Erschütterungen … bringen mich um!«, keuchte er. Bei jedem Schritt, den das Pferd machte, jagte eine Welle des Schmerzes durch seinen Körper. »Ich muss es … zu Fuß … versuchen!«

»Aber …« Ansgar setzte zu einem Einwand ein, um jedoch sofort wieder zu verstummen.

»Ich werde … mich mit der anderen Hand am Sattelgurt … festhalten!«, stieß Elmar keuchend hervor. »Es muss … es wird schon gehen. Und jetzt weiter!«

Elmar schritt erst zügig aus. Doch er verlor noch immer Blut, und sosehr er auch die Zähne zusammenbiss und sich an den Sattelgurt klammerte, das anfänglich scharfe Tempo vermochte er nicht beizubehalten. Bald kamen sie nur noch quälend langsam voran.

In strömendem Gewitterregen durchquerten sie ein unheimliches Gelände, das mit schief gewachsenen Latschen, Krüppelfichten und Beerengestrüpp bewachsen war. Die starken Winterwinde hatten sie alle in eine Richtung niedergedrückt und ihnen ihre merkwürdig schiefwüchsige Form aufgezwungen. Hier und da ragte das Skelett eines allein stehenden Baumriesen in großen Inseln von kniehohem Ried- und Seegras auf. Der Geruch von Moder und Fäulnis lag in der Luft.

Sie hatten das Reich der Moore erreicht.

Als vor ihnen die ersten dunklen, unergründlichen Moorseen auftauchten, musste Elmar wieder einmal eine längere Pause einlegen, weil ihn die Kräfte verließen und er sich nicht länger auf den Beinen zu halten vermochte. Zitternd sackte er in die nassen Mooskissen.

Sebastian und Ansgar warfen sich einen stummen Blick zu, als sie hastig von den Pferden sprangen und die Tiere an die Äste einer Krüppelfichte banden. In ihrem Blick lag die unausgesprochene Angst, dass Elmar den Marsch durch die Moore und hinüber in den Böhmerwald nicht schaffen würde. Der stete Blutverlust sowie die Schmerzen schwächten ihn immer mehr. Und wenn er endgültig zusammenbrach, was würde dann aus ihnen?

»Es geht gleich wieder«, versuchte Elmar sie zu beruhigen. »Jetzt ist es nicht mehr …«

Weiter kam er nicht. Denn in diesem Augenblick rief hinter ihnen aus der Dunkelheit eine triumphierende Stimme. »Da! … Da sind sie, Jodok! … Da drüben am Moorsee! … Ich wusste doch, dass die Hunde über die Moore zu fliehen versuchen! … Die Belohnung gehört uns! … Also, holen wir sie uns, Männer!«

Und eine zweite Stimme brüllte: »Hanno, wo bleibst du? … Wir haben die verfluchte Ketzerbande!«

Zu Tode erschrocken fuhren Sebastian und Ansgar herum. Schergen des Domherrn jagten aus den tiefen, regengetränkten Schatten der Nacht auf sie zu.

4

Die achtköpfige Abteilung der bewaffneten Schergen des Domherrn musste sich in mehrere Gruppen aufgeteilt haben, denn es waren nur drei Reiter, die im strömenden Nachtregen herangaloppierten.

Noch immer wütete das Unwetter. Wie Kanonenschläge rollte der Donner über das Land, fuhren blendend helle Blitze in wild gezackter Bahn zur Erde und rissen die triefnasse Finsternis für Sekundenbruchteile auf. Und in dem Wechsel aus Dunkelheit und kurzem grellen Licht wirkten die Reiter mit ihren wehenden Umhängen wie Geisterwesen, die mit rasenden, aber irgendwie abgehackten Bewegungen auf sie zu flogen. Die Schergen des Domherrn hatten ihre Klingen gezogen, und der Stahl leuchtete im Schein der Blitze auf, als bestände er aus weißblauer Glut.

»Alles vergeblich! Und nur weil ich nicht besser aufgepasst habe!«, stöhnte Elmar gequält und kam mühsam auf die Beine. »Jetzt geht es auf Leben und Tod!«

»Das verdanken wir dem Kohlenbrenner! Er muss ihnen den Weg gewiesen haben! Nur so haben sie uns finden können! Möge seine schwarze Seele auf ewig im Höllenfeuer brennen!«, fluchte Ansgar und riss seinen Degen heraus.

»Niemand entgeht seinem Schicksal! Aber leicht werden wir es ihnen nicht machen! Noch ist nicht alles verloren!«, presste Elmar hervor und zog blank. »Los, auseinander, damit sie uns nicht zusammen erwischen und einfach über den Haufen reiten!« Und Sebastian rief er zu: »Jetzt kannst du zeigen, was du von deinem Vater und mir gelernt hast!«

Nach Elmars Sturz vom Pferd hatte Sebastian die Ledertasche an sich genommen und sie sich mit dem langen Ledergurt quer über die Brust gehängt. Nun befreite er sich hastig davon, während er mehrere Schritte zwischen sich und seine Gefährten brachte. Die Tasche würde ihn im Kampf nur behindern. Und so warf er sie mit der linken Hand achtlos von sich in das hohe Gras, während seine Rechte den Degen aus der Scheide zog.

Der scharfe, metallische Klang jagte ihm einen Schauer durch den Körper, und bei dem Gedanken, dass die gleich aufeinander treffenden Klingen am Ende des Gefechtes blutbefleckt sein würden, krampfte sich sein Magen zusammen.

»Ich nehme mir den Burschen hier rechts außen vor! Ihr kümmert euch um die beiden anderen!«, schrie der Reiter, der eine gute Pferdelänge vor seinen Kameraden ritt, riss seinen Apfelschimmel zu Sebastian herum und hieb aus dem Lauf heraus nach seinen Beinen.

Geistesgegenwärtig riss Sebastian seinen Degen hoch und sprang gleichzeitig zur Seite, um sich aus der Reichweite der gegnerischen Waffe zu bringen. Dabei stolperte er jedoch über eine Wurzel und stürzte rücklings zu Boden. Noch im Fallen sah er, wie die beiden anderen Schergen von ihren Pferden sprangen und mit Ansgar und Elmar die Klingen kreuzten.

Schnell warf er sich herum, tastete im hohen Gras nach seiner Waffe, die ihm beim Sturz aus der Hand geprellt worden war, und bekam sie endlich zu fassen. Keine Sekunde zu früh kam er wieder auf die Beine. Denn der Mann, der ihn aus dem Galopp heraus angegriffen hatte, wollte die günstige Situation nutzen und ihn wohl am Boden liegend überwältigen. Denn mit einem abrupten Zügelkommando brachte er sein Pferd brutal zum Stehen, rutschte noch im Aufbäumen des Apfelschimmels aus dem Sattel und stürzte auf ihn zu, um ihm die Klinge an die Kehle zu setzen.

Sebastian wehrte den Stich ab. Die Waffen klirrten aufeinander und die scharfe Klinge seines Gegners stach links an ihm vorbei ins Leere. Mit einer blitzschnellen Drehung des Handgelenks richtete nun er seinen Degen auf die Brust des Angreifers und machte dabei einen Ausfallschritt. Sein Waffenarm schoss vor, so wie er es gelernt hatte.

Doch der Scherge ließ sich so leicht nicht übertölpeln. Er schien mit dem Gegenangriff gerechnet zu haben. Denn mit einer wieselflinken Bewegung wich er zurück, riss seine Waffe hoch und parierte den Stoß. Wieder trafen die Klingen mit lautem, scharfen Klirren aufeinander.

»Da musst du schon mehr aufbieten, wenn du mir das Fell ritzen willst, Bürschchen!«, höhnte der Waffenknecht des Domherrn. Und während er vor ihm leichtfüßig hin und her tänzelte, schlug er mehrfach spielerisch gegen Sebastians Klinge, als wollte er ihn auffordern, doch endlich zur Sache zu kommen. »Na los, leg dich mal ordentlich ins Zeug, damit ich nicht nur solche Anfängerattacken abwehren muss. Zeig mir schon, was du Wickelkind mit der Waffe eines Mannes ausrichten kannst! Sonst muss ich dich mit links fertigmachen, damit es mir nicht gar zu langweilig wird.«

Im Licht eines Blitzes sah Sebastian, dass mehrere helle, wulstige Narben das plattnasige, abfällig grinsende Gesicht des Schergen verunstalteten. »Dir wird das Grinsen noch vergehen, wenn dir mein Stahl in die Rippen fährt, du Schweinsnase!«, erwiderte er und schlug eine Finte, die auf den Unterleib des Schergen zielte.

Elmar zu seiner Rechten gab einen unterdrückten Schrei von sich, als sein Gegner einen Treffer anbrachte und ihn an der linken Schulter traf. Er taumelte und vermochte gerade noch rechtzeitig einem zweiten Stich auszuweichen, der seiner Kehle galt. Angeschlagen wankte er vor seinem Angreifer zurück. Doch er erwehrte sich mit der todesmutigen Verzweiflung eines Mannes, der sich über den Ausgang dieses Gefechtes keine Illusionen machte. Und dasselbe galt für Ansgar.

Im selben Augenblick fuhr die Waffe von Sebastians Gegner hinunter, um den Angriff abzuwehren, doch noch bevor ihre Klingen aufeinander treffen konnten, lenkte Sebastian seinen Degen mit einer abrupten Bewegung schräg nach oben und machte dabei einen Satz nach vorn.

Der Scherge sah den Stich zwar noch kommen, war diesmal jedoch nicht schnell genug auf den Beinen, um der Klingenspitze gänzlich zu entkommen. Sie fuhr ihm über der rechten Hüfte in den Leib, wenn auch nicht tief genug, um ihm eine ernstliche Verletzung zuzufügen.

Mehr vor Wut als vor Schmerz brüllte der Mann auf. »Du Furz willst mir an die Haut? Na warte!« Mit einer rasenden Serie von Schlägen und Hieben drang er nun auf ihn ein.

Todesangst erfasste Sebastian, der Mühe hatte, sich mit blitzschnellen Paraden dem Hagel von wuchtigen Schlägen und Stichen zu erwehren. Zu einem Gegenangriff kam er gar nicht mehr. Dieser Mann wusste eine Klinge zu führen und kämpfte offensichtlich nicht zum ersten Mal auf Leben und Tod mit einem Gegner. Während er, Sebastian, noch nie zuvor gezwungen gewesen war, sein Leben mit einer Waffe in der Hand zu verteidigen. Und in diesem Moment wusste er schon, dass er keine Chance hatte, als Sieger aus diesem blutigen Zweikampf hervorzugehen. Der Mann hatte bisher nur mit ihm gespielt und nun machte er blutigen Ernst.

Gerade als Elmar von einem tödlichen Hieb getroffen und zu Boden gestreckt wurde, gelang es Sebastian nur mit allergrößter Mühe, einen Hieb abzuwehren, der auf seine rechte Schulter gerichtet war. Er vermochte eben noch, seinen Degen hochzureißen. Doch es lag nicht genug Kraft und Schnelligkeit in seiner Parade. Zwar lenkte er den Stich mit dem Handschutz seiner Waffe noch rechtzeitig ab. Aber der Degen des Schergen rutschte über seine nachgebende Klinge nach oben und traf ihn dabei seitlich am Kopf. Hätte ihn die Schneide waagerecht und mit voller Wucht erwischt, wäre das auf der Stelle sein Tod gewesen. Doch die Degenhand des Schergen hatte sich bei der Parade leicht verdreht, auch hatte der Handschutz einen Großteil der Schlagkraft aufgefangen.

Dennoch lag noch genug Schwung in der abgleitenden Klinge, um ihm eine klaffende Wunde zuzufügen, aus der augenblicklich Blut hervorschoss und ihm über das Gesicht lief.

Sebastian war, als hätte ihn der Huf eines Pferdes am Kopf getroffen. Er wankte und spürte, wie ihn die Bewusstlosigkeit zu übermannen drohte.

Ein vierter Reiter, bewaffnet mit einer Armbrust, tauchte hinter dem plattnasigen Schergen auf.

Ein entsetzlicher Schrei, der aus Ansgars Kehle stieg, gellte in die stürmische Nacht, begleitet von dem triumphierenden Ruf seines Gegners: »So schickt man Rattenbrut wie euch zur Hölle! Bestell dem Teufel einen Gruß von mir, wenn du ihn gleich siehst!«

Das ist das Ende!, fuhr es Sebastian durch den Kopf. Aber wenn er schon an diesem grässlichen Ort sterben sollte, dann wollte er seinen Gegner mit in den Tod nehmen! Deshalb musste er einen letzten, todesmutigen Angriff wagen, bevor ihm die Sinne schwanden. Die Klinge des Mannes mochte ihm dabei in den Leib fahren, aber mit ein wenig Glück würde auch die seine ihr Ziel nicht verfehlen!

Ohne auf seine Deckung zu achten, stürzte Sebastian auf den Plattnasigen zu, der offensichtlich nicht mehr mit einer

Gegenwehr gerechnet hatte und gerade den Kopf in Richtung des nahenden Reiters wandte. Seine Waffe zuckte in einem Reflex hoch, und er wich hastig nach links, doch da traf ihn auch schon Sebastians Klinge. Sie fuhr dem Schergen zwar nicht wie erhofft zwischen die Rippen, aber doch tief in den Oberarm.

Im selben Augenblick riss der vierte Reiter seine Armbrust hoch und drückte ab.

Sebastian verspürte einen gewaltigen Schlag vor die Brust, als der Pfeil ihn traf, und stürzte mit einem erstickten Schrei zu Boden. Der Degen entglitt seiner kraftlosen Hand.

»Du verdammter Idiot!«, hörte er den Plattnasigen noch wütend und wie aus weiter Ferne brüllen, während eine bleierne Schwere seinen Körper erfüllte und er verzweifelt versuchte, bei Bewusstsein zu bleiben. »Warum hast du bloß geschossen? Der Domherr wollte den Burschen doch lebend! Und ich hatte ihn schon so gut wie außer Gefecht gesetzt! Jetzt krepiert er auch!«

»Und wenn schon! Außerdem solltest du mir dankbar sein, Jodok. Denn um ein Haar hätte er doch dich…«, antwortete ihm eine zweite Stimme ärgerlich.

Die sich streitenden Stimmen erstarben, als eine Welle glühenden Schmerzes durch Sebastians Brust raste und ihm den letzten Rest Bewusstsein raubte. Dass raue Hände ihn hochzerrten, schüttelten und dann wieder fallen ließen, bekam er schon nicht mehr mit.

5

Eisige Kälte umschloss seine Hand, kroch den Arm hinauf und stieß an der Schulter mit einer Woge feurigen Schmerzes zusammen. Ihm war, als steckte glühendes Eisen in seiner Brust, das sich mit jedem Augenblick tiefer in ihn brannte. Dazu gesellten sich bohrende Stiche in seinem Kopf, als stäche ihm jemand unaufhörlich mit langen Nadeln in den Schädel.

Als Sebastian stöhnend aus der Ohnmacht erwachte und die Augen aufschlug, dauerte es einige Zeit, bis klare Gedanken durch die Wand der Schmerzen gelangten und er sich erinnerte, wo er sich befand und was ihm widerfahren war.

Er lebte!

Aber sofort stellte sich die Angst ein, als er sich fragte, wie lange er wohl ohne Bewusstsein gewesen sein mochte. Vielleicht nur einen kurzen Moment? In dem Fall gab es kein Entkommen für ihn und die Schergen würden ihm entweder sogleich den Todesstoß versetzen oder ihn verschleppen. In jedem Fall wäre sein Schicksal dann besiegelt. Dann lieber jetzt den schnellen Tod als lange, qualvolle Folter in einem dunklen Kerker!

Oder hatten die Männer des Domherrn ihn für tot gehalten und den Ort ihres blutigen Überfalls schon längst verlassen? Wieso lebte er überhaupt noch, obwohl ihn der Pfeil des Armbrustschützen doch mitten in die Brust getroffen hatte?

Er lauschte mit flachem, stoßhaftem Atem und mühsam unterdrücktem Stöhnen in die Dunkelheit. Er hörte weder Stimmen noch andere Geräusche, die auf die Gegenwart von Menschen schließen ließen. Dann wurde ihm bewusst, dass der heftige Regen aufgehört und das Unwetter sich verzogen hatte. Nur aus weiter Ferne ließ sich noch schwaches Donnergrollen vernehmen.

Als er schließlich die Kraft aufbrachte, trotz der Schmerzen den Kopf zu drehen, stellte er fest, dass er zwischen hohen Gräsern am Rand des Moorsees lag. Sein rechter Arm hing fast bis zum Ellenbogen im eisigen Wasser.

»Elmar? ... Ansgar?« Er rief mit schwacher, verzweifelter Stimme die Namen seiner treuen und mutigen Begleiter, die nicht gezögert hatten, ihr Leben für ihn aufs Spiel zu setzen. Dabei wusste er nur zu gut, wie sinnlos es war, darauf zu hoffen, dass auch sie noch nicht den letzten Atemzug getan hatten.

Die Nacht antwortete ihm dann auch mit kaltem Schweigen.

Sebastian zog seinen Arm aus dem modrigen Wasser, tastete vorsichtig nach der heftig pochenden Wunde an seinem Kopf und zuckte sofort zurück, als seine Fingerspitzen in die Nähe der klaffenden Wunde gelangten und bei der Berührung zusätzliche Schmerzen auslösten. Überall stieß er auf sein eigenes Blut. Es hatte seine Haare verklebt, bedeckte seine linke Gesichtshälfte und war ihm am Hals entlang unter die Kleidung gelaufen. Nach der Wunde zu tasten, wo ihm der Pfeil in der Brust steckte, wagte er erst gar nicht. Die Schmerzen, die von dort kamen, waren auch so kaum zu ertragen.

Er versuchte, sich aufzurichten, aber es gelang ihm nicht. Ihm fehlte die Kraft, und die Schmerzen, die durch seinen Körper fluteten, raubten ihm fast das Bewusstsein. Doch er wollte nicht hier am Rand des Moorsees liegen bleiben, sich aufgeben und auf den Tod warten. Und so zwang er sich, durch das Gras zu kriechen und nach seinen Kameraden zu suchen. Das war das Mindeste, was er ihnen schuldig war.

Nur ganz langsam und mit vielen Pausen gelangte er vorwärts. Auf Elmar stieß er zuerst. Der einstige Verwalter vom

Erlenhof lag mit verrenkten Gliedern rücklings im Moorgras und starrte mit leblosen Augen in den wolkenverhangenen Nachthimmel. Nicht weit von ihm entfernt lag der Leichnam von Ansgar. Beide hatten sie an diesem schaurigen, einsamen Ort den Tod gefunden, hatten für ihn, Sebastian, ihr Leben gelassen, obwohl er gar kein richtiger von Berbeck war.

Er schrie seine Verzweiflung und sein ohnmächtiges Aufbegehren gegen das bittere Schicksal in die Nacht hinaus. Ein langer gellender Schrei, der schließlich in Stöhnen und Wimmern überging.

Keuchend wand er sich weiter durch Gras und Gestrüpp – ohne zu wissen, wohin ihn sein armseliges Kriechen bringen sollte und was es überhaupt noch für einen Sinn machte, sich für ein paar wenige Körperlängen abzuquälen, wo doch das nächste Dorf ohne Pferd Stunden entfernt lag – und das auch nur, wenn man gut zu Fuß war. Er aber vermochte nicht einmal auf die Beine zu kommen! Er war verdammt, hier im Moor zu sterben!

Plötzlich stießen seine Hände auf etwas. Er packte zu, zog den Gegenstand zu sich und betastete ihn. Es war die alte Ledertasche, in der sich die Geldbörse und die Reisebibel befanden, die sie auf Geheiß seiner Mutter unbedingt hatten mitnehmen müssen – und die er wie seinen eigenen Augapfel hüten sollte.

»Ja, Mutter, das werde ich!«, schluchzte er, und Tränen füllten seine Augen. Kraftlos fiel sein Kopf auf die Ledertasche mit der Bibel, deren Bedeutung ihm ebenso unerschlossen bleiben würde wie seine wahre Herkunft und die Hintergründe, die einen Domherrn wie Tassilo von Wittgenstein veranlasst hatten, ihn festnehmen und einkerkern zu wollen. Keines dieser Geheimnisse würde sich für ihn auflösen. Denn er würde hier oben im Hochmoor einsam sein Leben aushauchen. Wer immer die Frau sein mochte, die ihm das Leben geschenkt hatte, für ihn gab es nur einen geliebten Menschen, den sein Herz als Mutter anerkannte. Das war Gisa von Berbeck. Und mit diesem Gedanken versank er erneut in den bodenlosen Abgrund der Ohnmacht.

6

Wie lange er dort so gelegen hatte, wusste er hinterher nicht zu sagen. Irgendwann brachte ihn jedoch heftiges Gezerre an seinem linken Bein wieder zu sich. Stöhnend versuchte er sich der unbekannten Kraft, die an ihm zog und zerrte, zu erwehren.

»Jesus, Maria und Josef!«, hörte er im selben Moment eine Stimme hervorstoßen, während sein Bein wieder ins Gras zurück fiel. »Du lebst ja noch!«

Die Stimme kam Sebastian irgendwie bekannt vor. »Wer… bist… du?«, brachte er mühsam hervor.

»Lukas… der Bote!«

Eine schwache Hoffnung auf Rettung regte sich in Sebastian und mit großer Kraftanstrengung rollte er sich auf den Rücken. Der Himmel hatte sich aufgeklart und heller Mondschein lag nun über der Moorlandschaft. »Lukas? … Dich hat… der Himmel geschickt!«, keuchte er unter Schmerzen.

Lukas sah das offenbar ganz anders. Er gab einen lästerlichen Fluch von sich. »Das hat mir ja noch gefehlt!«, stieß er grimmig hervor. »Mit Leichen kenne ich mich aus, aber zum Wundarzt tauge ich nicht! Beim Blut der Märtyrer, was soll ich jetzt nur machen?«

»Lass mich nicht … hier sterben!«, wimmerte Sebastian. »Bring mich … zu einem Arzt!«

Lukas gab erneut einen unterdrückten Fluch von sich. »Arzt? Hältst du mich vielleicht für einen Zauberer, der Wunder wirken kann? Hier gibt es meilenweit keinen Arzt, Bursche! Verdammt, ich hätte mich besser beherrschen sollen …! Jetzt habe ich den Schlamassel!«

»Bitte, bring mich … von hier weg!«, flehte Sebastian. »In Gottes Namen, lass mich … nicht zurück!«

»Du hast gut reden! Wie soll ich das bewerkstelligen mit nur einem Pferd? Und sehe ich vielleicht wie ein Muskelmann von Flößer aus, der dich wie einen Sack Federn hochheben könnte? Außerdem will ich mich nicht mit dem Domherrn und seiner Bande anlegen. So ein Niemand wie ich kommt da nur mit unter die Räder!«

Sebastian gab einen gequälten Laut von sich. »Bitte!«, krächzte er inständig und streckte einen Arm aus, als wollte er den Umhang des Boten zu fassen bekommen, um ihn festzuhalten. »Bitte! … Hab Erbarmen! … Hilf mir! Ich werde dich … auch gut bezahlen!«

Hastig trat Lukas zurück. »Glaubst du vielleicht, du könntest mich davon abhalten, dir auch so alles abzunehmen, was du bei dir hast?«, schnaubte er, um dann sofort mürrisch hinzuzufügen: »Aber schon gut, ich werde sehen, was ich tun kann …«

»Danke!«

»Mach dir bloß nicht zu viel Hoffnung!«, mahnte Lukas verdrossen und verschwand aus Sebastians Blickfeld, um kurz darauf mit seinem Pferd zurückzukommen. »Also, versuchen wir es. Aber allein kriege ich dich nie und nimmer in den Sattel! Wenn du mir nicht dabei hilfst, aufs Pferd zu kommen, muss ich dich hier zurücklassen!«

Sebastian musste alle Willensstärke und seine letzten Kraftreserven aufbieten, um mit der Hilfe des eigenartigen Jungen aus Passau auf die Beine zu kommen. Es war ein qualvolles Unterfangen, kalter Schweiß brach ihm aus allen Poren und vor Schmerz schwanden ihm fast wieder die Sinne.

»Die Tasche! … Vergiss nicht … die Ledertasche … mit der Bibel!«, stieß er noch hervor, während er über dem Hals des Pferdes zusammensackte.

Lukas erwiderte etwas, doch das Blut rauschte derartig heftig in Sebastians Ohren, dass ihn nur unverständliche Laute erreichten. Wenig später spürte er, dass Lukas seine Beine mit Stricken oder Stoffstreifen rechts und links an den Sattelgurt band, damit er nicht vom Pferd fallen konnte.

»So, mehr kann ich nicht für dich tun. Bete zu Gott, dass du bis Kreutersroth durchhältst!«, sagte Lukas und warf sich einen unförmigen, dicken Beutel über die linke Schulter, der aus flaschengrünem Wollstoff bestand – aus demselben Stoff, aus dem Elmars Umhang gearbeitet gewesen war. Dann nahm er die Zügel auf und führte das Pferd hinter sich her.

Sebastian klammerte sich in die Mähne des Pferdes und versuchte verzweifelt, nicht wieder das Bewusstsein zu verlieren, aber sein Wille war der feurigen Wut seiner Schmerzen nicht gewachsen. Zwar gab ihn das betäubende Dunkel, das ihn umfing und dem Tod näher zog, dann und wann wieder frei, aber immer nur für eine flüchtig kurze Zeitspanne, nicht länger als ein paar wenige Augenblicke.

Als er wieder einmal das Bewusstsein zurückerlangte, erschrak er, denn er sah, dass der Braune stand und Lukas sich schon einige Schritte von ihm entfernt hatte.

»Lauf nicht weg!«, flehte er, von panischer Angst erfasst. »Lass mich nicht zurück!«

»Beruhige dich, ich laufe schon nicht weg! Glaubst du vielleicht, ich lass mein Pferd zurück? Ich muss mal pinkeln, verdammt noch mal! Und so lange wirst du dich schon gedulden müssen!«, kam es derb von Lukas zurück, während er hinter einem niedrigen Gebüsch verschwand.

Das Pferd machte zwei, drei Schritte auf das Gebüsch zu, wohl angelockt von dem frischen Grün an den Zweigen. Sebastian schwankte im Sattel hin und her und spürte, wie ihm wieder die Sinne zu schwinden begannen. Er sah mit flatternden Lidern, wie Lukas sich erleichterte, und registrierte gerade noch, dass graue Lichtschlieren sich im Osten ihren Weg in die Schwärze des Himmels bahnten. Der neue Tag dämmerte herauf. Doch für ihn wurde es Nacht, die ihn diesmal nicht wieder freigeben wollte.

7

Wie Mehl und Milch, die sich in einem Kochtopf bei zunehmender Hitze und unter ständigem Rühren allmählich verbinden, so flossen bei Sebastian groteske Fieberfantasien und gewöhnliche Eindrücke der Wirklichkeit ineinander, vermengten sich, lösten sich in ihre Bestandteile auf und formten in seinem Kopf neue bizarre Szenen und Bilder.

In seinen Fieberträumen verfolgte ihn anfangs eine runzlige alte Frau, deren lange graue, spinnwebengleiche Haarsträhnen sich immer dann in Feuerzungen verwandelten, wenn sie sich über ihn beugte. Ihr fauliger Atem stank nach Moormoder, und anstelle von Händen hatte sie Klauen mit langen, scharfen Nägeln, die sie wie ein Raubvogel in seinen wunden Körper schlug.

Wehrlos war er den Quälereien dieser Hexe ausgeliefert,

lag er doch an Armen und Beinen gefesselt und angepflockt mitten auf dem *Erlenhof*. Bewaffnete Schergen standen um ihn herum, alle mit plattnasigen Gesichtern und mit hochgereckten Degen, über deren Klingen unaufhörlich Blut floss. Und hinter ihnen saß auf einer Sänfte, die einem Thron mit Baldachin ähnelte und von vier riesenhaften schneeweißen Schimmeln getragen wurde, ein Mann in den edlen Gewändern eines Domherrn. Doch dort, wo bei einem sterblichen Menschen Augen, Nase und Mund waren, klaffte ein dunkles Loch wie ein nächtlicher Moorsee. Rechts und links vom Portal des Gutshofes baumelten die an den Beinen aufgehängten Leichen von Elmar und Ansgar.

Dann wieder befand er sich im Hochmoor. Gerade noch rechtzeitig vertrieben Lukas und ein hochgewachsener, schwarzer Kapuzenmann mit dem Kreuz eines Jahrmarktringers die heimtückische, greisenhafte Klauenfrau, als diese ihn in einem Sumpf ertränken wollte. Lukas kreuzte mit ihr die Klinge. Sie focht von Flammen umzüngelt wie der Leibhaftige, doch der Botenjunge parierte jeden Schlag, und als er sie schließlich mitten in die Brust traf, nahm die tödlich getroffene Alte wie durch Hexerei die Gestalt einer Krähe an und flog mit höhnischem Geschrei davon. Dabei wurden ihre Flügel mit jedem Schlag größer, bis sie den ganzen Himmel bedeckten und das Licht mit ihrem Gefieder erstickten.

Der geheimnisvolle schwarze Kapuzenmann, der plötzlich an der Seite des Boten auftauchte, besaß wie der Domherr kein Gesicht. Aber Sebastian konnte zumindest ein Paar Augen ausmachen. Wie eisblaue Kugeln schwebten sie in der rabenschwarzen Öffnung der weit vorhängenden Kapuze.

Die Finsternis um ihn herum wich urplötzlich einer blendenden Helligkeit. Weit und breit weder Wald noch Moorlandschaft noch Anzeichen des Gutshofes. Er lag rücklings auf einem wild wogenden Flammenmeer, das ihn zu verzehren drohte. Eine Welle unerträglichen Schmerzes folgte auf die andere, während er hinauf in den blauen Himmel starrte, über den endlose Reihen von schwer bewaffneten Schergen auf pferdförmigen Wolken dahinflogen. Dann zerbarst der Himmel wie eine dünne Eisdecke, unter der ein tintenschwarzer Mahlstrom floss, dessen Strudel jegliches Licht an sich rissen und es in ihren Fluten ertränkten.

Eine Zeit lang schien die Welt nur aus unergründlicher Finsternis und glühenden Schmerzen zu bestehen. Aber dann legte sich etwas herrlich Kühles auf sein brennendes Gesicht, nässte seine Lippen und erlöste ihn von seinem quälenden Durst.

Hin und wieder leuchtete warmer Kerzenschein in der Nacht auf, die ihn umfing. Rhythmische Laute, die wie eine Mischung aus Rattern, Hämmern und Rauschen klangen, drangen an sein Ohr. Auch Stimmen ließen sich gelegentlich vernehmen. Manchmal waren sie von weicher, besänftigender Natur und er schmeckte etwas Warmes, Süßliches auf seiner Zunge. Dann wieder schwollen die Stimmen zu grimmigen und ungeduldigen Litaneien an, ohne dass sich ihm der Sinn der Worte eröffnete.

Plötzlich jedoch war ihm, als löste er sich aus der gedankenleeren Tiefe der Nacht und stieg einem Licht entgegen, hoch über ihm. Es zog ihn an wie einen nach Atem ringenden Taucher, der vom Grund eines tiefen Bergsees zur rettenden Oberfläche empor schwamm.

Noch fehlte ihm die Kraft, die Augen zu öffnen, doch die Stimmen erreichten ihn jetzt nicht nur als unverständliche Laute, sondern die gesprochenen Worte ergaben nun auch einen zusammenhängenden Sinn.

»Ich kann nicht! Und bist du nicht gut bezahlt worden? Also gib endlich Ruhe, Lukas!«

»Warum könnt Ihr nicht darüber sprechen und macht daraus so ein Geheimnis?«

»Weil es besser ist, wenn es so bleibt, wie es jetzt ist! Und damit Schluss mit der sinnlosen Diskussion! Geh endlich wieder zu ihm zurück! Du hast ihn mir ins Haus geschleppt, also kümmere dich gefälligst auch weiter um ihn! ... Was? ... Wie lange noch? ... Herrgott, das weiß ich doch auch nicht! ... Wenn der Kerl durchkommt, wird man mich schon wissen lassen, was mit ihm geschehen soll! Vermutlich wäre es besser, wenn er es nicht schafft, aber das liegt nicht in unserer Hand. Also halte mich nicht länger mit deinen nutzlosen Fragen auf, sondern tu deine Arbeit!«

Holz schlug gegen Holz, und Sebastian kämpfte gegen die unsichtbare Kraft an, die ihn wieder hinunter in die schwarze Tiefe ziehen wollte. Seine Lider zuckten und im nächsten Moment schlug er die Augen auf. Er blinzelte in den gelblichen Schein einer Kerze und erkannte das Gesicht, das oberhalb der Flamme auf ihn herabblickte.

»Lukas? ... Wo bin ich?«, flüsterte er mit schwacher, kaum vernehmlicher Stimme.

»Meister Dornfeld!«, rief Lukas aufgeregt und wandte den Kopf in Richtung der hellen, quadratischen Öffnung, die hinter ihm in der nachtschwarzen Wand klaffte. »Er ist zu sich gekommen! Ich wette, er kommt doch durch!«

»Und darüber sollen wir uns freuen? Du bist mir ein wahrer Tölpel!«

»Wieso?«

»Weil der Teufel ein Meister der Heimtücke ist und bestimmt seine Gründe hat, warum er den Kerl vom *Erlenhof* diesmal noch verschmäht!«, antwortete ihm eine barsche Stimme von jenseits der lichten Öffnung. »Und wenn du mich fragst, will der Teufel, dass dieser Bursche da uns das Leben sauer macht und wir uns auch noch in dem Netz des Domherrn verfangen!«

Sebastian wusste nicht, warum ihm trotz der bleiernen Schwere, die ihn noch immer erfüllte, nach Lachen zumute war. Es geschah einfach, dass sich ein Lächeln auf sein Gesicht legte. Dann fielen ihm auch schon wieder die Augen zu und er sank in einen tiefen, traumlosen Schlaf.

8

Mit einem zusätzlichen, kleinen Strohsack im Rücken saß Sebastian am nächsten Morgen aufrecht im Bett und löffelte den Haferbrei, den Lukas ihm gebracht hatte, mit großem Hunger aus der hölzernen Schüssel.

»Schmeckt es?«, fragte Lukas. Er saß ihm gegenüber auf einem dreibeinigen Schemel neben der kleinen Fensterluke und lehnte sich mit dem Rücken gegen die Bretterwand der Kammer. Er trug wieder sein breitkrempiges, mit Hahnenfedern geschmücktes Barett. Darunter kam kastanienfarbenes Haar zum Vorschein, das ihm glatt bis über die Ohren reichte.

»Mhm«, machte Sebastian mit vollem Mund und nickte nachdrücklich.

»Ich habe heimlich noch einen kräftigen Schuss Honig unter den Brei gerührt, als Gertrud mal kurz aus der Küche musste. Hätte sie mich dabei erwischt, hätte sie bestimmt darauf gedrungen, dass Meister Dornfeld es mir von meinem Lohn abzieht. Sie ist nämlich so geizig wie nur was!«

Sebastian warf ihm einen dankbaren Blick zu, denn den

köstlichen Honig schmeckte er deutlich aus dem Brei heraus, und aß weiter, während Lukas still auf seinem Schemel saß und ihm dabei zusah. Als sein größter Hunger gestillt war, nahm er sich Zeit, seine Umgebung zum ersten Mal einer genauen Musterung zu unterziehen. Und das war schnell geschehen, denn viel gab es nicht zu sehen.

Die schmale Kammer maß vielleicht knappe vier Schritte in der Länge und kaum halb so viel in der Breite. Die Wände bestanden aus rauen, unbearbeiteten Brettern, an denen sich hier und da noch Baumrinde fand. Man konnte sich schnell einen Splitter unter die Haut jagen, wenn man gedankenlos mit der Hand über die Bretter fuhr. Die Balkendecke hing niedrig, und als Fenster diente eine einfache Bretterluke, die auf einen umzäunten Hof hinausging. Auf der Wandseite gegenüber der Luke stand in einer Ecke die Bettstelle, deren klobiges Gestell mit Stricken bespannt war. Ein mit Stroh und Laub gefüllter Sack diente als Matratze und in den Decken hing unverkennbarer Stallgeruch.

Am Fußende des Bettes füllte eine primitive Kiste mit einem dicken Vorhängeschloss die Ecke links von der schmalen Tür fast völlig aus. In Ermangelung eines Tisches oder hölzernen Wandbordes übernahm der glatte Kistendeckel diese Funktion. Auf ihm fanden sich ein Wasserkrug und ein Becher, beides aus braunem Steingut, sowie eine verbeulte Blechschüssel. Des Weiteren gab es noch drei Nägel, die gut daumenlang rechts von der Tür aus der Bretterwand ragten und bei denen es sich um Kleiderhaken handelte. An einem der Nägel hing sein Umhang.

»Sag mal, wo bin ich hier überhaupt?«, fragte Sebastian und setzte die Schüssel ab, als er sich plötzlich des rhythmischen Ratterns, Schäumens, Hämmerns und Sägens bewusst wurde, das von jenseits der Bretterwand kam und ihm merkwürdig fremd und vertraut zugleich erschien. »Was ist das für ein Lärm? Und wohin hast du mich gebracht?«

»Nach Passau in die Sägemühle von Meister Haimo Dornfeld«, teilte Lukas ihm mit, ohne den langen Kienspan aus dem Mund zu nehmen, auf dem er kaute. »Und der Lärm kommt vom Mühlrad, den schweren Zahnrädern und den Sägeblättern, die im Sägegatter stecken und wohl gerade einen Baumstamm in einen Haufen Bretter verwandeln.«

»Ist dieser Haimo Dornfeld dein Meister, der dich zu uns nach *Erlenhof* geschickt hat?«, wollte Sebastian wissen, und augenblicklich stürzte eine Flut beklemmender Bilder, Fragen und Gedanken auf ihn ein, die ihm die Luft zu rauben drohten – insbesondere die Sorge um seine todkranke Mutter.

»Niemand ist mein Meister! Weder Haimo Dornfeld noch sonst jemand!«, erwiderte Lukas unerwartet schroff und zurechtweisend, als hätte Sebastian ihn mit seiner Frage beleidigt. »Ich bin mein eigener Herr und kann tun und lassen, was ich will! Niemand macht mir Vorschriften!«

Nie und nimmer hätte Sebastian auf seine harmlose Frage eine solch hitzige Zurechtweisung erwartet. Er musste bei Lukas einen höchst empfindlichen Punkt getroffen haben.

»Schon gut!«, sagte er hastig beschwichtigend. »Das will ich dir ja auch alles gern glauben. Ich dachte nur ...«

Lukas fiel ihm ins Wort. »In gewisser Weise arbeite ich schon für Meister Dornfeld«, räumte er ein. »Aber nicht so wie sein unterwürfiger Schwiegersohn Andreas und der stumpfsinnige Muskelprotz Ludwig, sein anderer Geselle, die beide unter seiner Knute stehen. Ich gehe ihm nur manchmal zur Hand, indem ich Gelegenheitsarbeiten für ihn erledige. Oft fahre ich auch eine Ladung Bretter und Balken für ihn aus. Dafür habe ich bei ihm freie Kost und Logis, kann aber sonst meiner eigenen Wege gehen.«

»Das geht mich ja auch nichts an«, versicherte Sebastian, wunderte sich im Stillen jedoch schon, dass Lukas eine feste Arbeitsstelle ablehnte und ein solch ungewöhnliches Abkommen mit dem Besitzer der Sägemühle hatte schließen können. Aber er zügelte seine Neugier und sagte stattdessen, was er eigentlich längst hätte sagen müssen, wie ihm plötzlich schuldbewusst in den Sinn kam: »Du hast mir das Leben gerettet, Lukas Mahlberg. Und ich habe dir noch gar nicht dafür gedankt! So will ich es denn jetzt tun. Danke für alles, was du für mich getan hast. Ich werde für immer in deiner Schuld stehen, Lukas!«

Dieser machte eine etwas linkische, abwinkende Geste. »Ach was, mir schuldest du keinen großen Dank. Außerdem sorge ich schon dafür, dass ich auf meine Kosten komme.«

»Doch, ich bin dir mehr schuldig, als ich dir sagen kann! Wenn du mich im Moor hättest liegen lassen, so hätte ich die Nacht gewiss nicht überlebt!«, beharrte Sebastian.

»Dass du deinen schweren Verletzungen nicht schon in der ersten Nacht erlegen bist, verdankst du nicht mir, sondern dieser alten Hebamme Irmund in Kreutersroth, die sich im Gasthof *Zum wilden Eber* sogleich um dich gekümmert hat«, stellte Lukas mit nüchterner Stimme klar. »Denn dorthin habe ich dich im Morgengrauen vor acht Tagen gebracht, weil du es bis nach Passau nie und nimmer lebend geschafft hättest.«

Ein ungläubiger Ausdruck trat auf Sebastians Gesicht. »Was sagst du da? *Acht* Tage ist das her?«

Lukas nickte. »Ja, und es hat böse um dich ausgesehen. Du warst die ersten Tage dem Tod näher als dem Leben. Aber du musst ungewöhnlich zäh sein, dass du ihm dann doch noch von der Schippe gesprungen bist. Du kannst übrigens deinem Schutzengel und insbesondere dem lausigen Schmied danken, der die Pfeilspitze gefertigt hat, die dir in die Brust gedrungen ist.«

»Wieso denn das?«

»Weil der Bursche schlechte Arbeit geleistet oder minderwertiges Eisen verwendet hat. Vielleicht trifft sogar beides zu«, teilte ihm Lukas mit. »Jedenfalls ist der vordere Teil der Pfeilspitze abgebrochen, als er eine deiner Rippen getroffen hat. Daher ist er dir nicht allzu tief in die Brust gedrungen, sondern seitlich abgelenkt worden. Es war zwar immer noch lebensgefährlich genug, aber wenn dir der Pfeil glatt durch die Rippen gegangen wäre, wärst du schon tot gewesen, als ich bei dir aufgetaucht bin.«

Sebastian lagen ein Dutzend Fragen und mehr auf der Zunge, und er wusste nicht, welche er davon zuerst stellen sollte. Gleichzeitig spürte er, wie die Müdigkeit wieder zurückkehrte und ihm die Glieder schwer wurden. »Was hast du da oben im Hochmoor überhaupt zu schaffen gehabt?«, wollte er wissen, obwohl er einen Teil der Antwort schon zu ahnen glaubte.

Lukas zögerte sichtlich, dann zuckte er die Achseln. »Als wir uns an der Weggabelung trennten, habe ich erst mal am Waldsaum eine Rast eingelegt, um zu überlegen, was ich tun sollte. Als dann die Kutsche des Domherrn und seine Männer aufgetaucht sind, bin ich ihnen kurz entschlossen in sicherer Entfernung gefolgt, um zu sehen, was passiert. Ich hatte einfach nichts Besseres zu tun. Vor dem Morgengrauen hätte ich ja nicht in die Stadt zurückgekonnt, weil die Tore doch erst bei Sonnenaufgang wieder geöffnet werden. Und wie der Zufall es wollte, konnte ich unterhalb von Kreutersroth das Gespräch zwischen dem Domherrn und der Gruppe von Schergen belauschen, die gerade aus dem Moor zurückkamen und berichteten, dass sie euch da oben erwischt und ohne Ausnahme niedergemacht haben. Der Domherr hat getobt, weil er dich ja unbedingt lebend haben wollte, aber für deine Leiche hatte er wohl keine Verwendung. Und so ist die Bande dann wieder zusammen gen Passau abgezogen. Tja, und da somit die Luft rein war, wollte ich eben mal nachsehen, was es am Ort eures Kampfes für mich noch zu holen gab.«

Sebastian musste sofort an den flaschengrünen Sack denken, den Lukas sich bei ihrem Aufbruch über die Schulter geworfen hatte. Eindringlich sah er seinen Retter an, sprach aber den Verdacht nicht aus, der ihm auf der Zunge lag.

»Nur zu, sprich es ruhig aus!«, forderte Lukas ihn mit einem gleichgültigen Achselzucken auf. »Ja, ich wollte die Leichen ausplündern, mir eure guten Stiefel und Gürtel holen und was sich sonst noch zu Geld machen lässt! Jemand wie ich muss eben sehen, wo er bleibt und wie er zu ein paar Gulden kommt. Und gut, dass ich es auch getan habe – andernfalls wärst du nämlich im Moor verblutet!«

»Ich habe dir doch keinen Vorwurf gemacht«, sagte Sebastian, den plötzlich irgendetwas an Lukas irritierte …

»Aber gedacht hast du es!«, hielt dieser ihm vor. »Nur kümmert mich das nicht! Ich tue, was ich für richtig halte. Wem das nicht passt, kann sich zum Teufel scheren!« Und nach einer kurzen Pause fuhr er fort: »Warum hätte ich es auch nicht tun sollen? Was braucht ein Toter, der im Moor liegt und sowieso zur Beute für all die wilden Aasfresser der Wildnis wird, noch solide Stiefel oder einen warmen Umhang? Nur die Lebenden haben dafür Verwendung. Und deshalb habe ich auch nicht die geringsten Gewissensbisse gehabt. Leider hatten sie eure Waffen schon an sich genommen. Außerdem …« Er brach ab, stutzte und sagte dann: »Aber du hörst mir ja gar nicht mehr zu. Sag, schläfst du schon?«

»Ja, gleich«, murmelte Sebastian, der tatsächlich die Augen

nicht länger offen zu halten vermochte. »Lass uns später über alles reden. Ich habe noch … so viele Fragen.«

»Soll mir recht sein – obwohl ich bezweifle, dass ich dir auf all deine Fragen eine Antwort geben kann, die dich zufrieden stellen wird«, antwortete Lukas rätselhaft, nahm Schale und Löffel an sich und stiefelte aus der Kammer.

Sebastian hörte die Tür klappen und sann noch einen Moment darüber nach, was Lukas mit seinen letzten Worten wohl gemeint haben mochte und was ihn so an ihm irritierte. Da war ein Bild in seiner Erinnerung, das sich in seine Gedanken drängte, ohne allerdings scharfe Konturen anzunehmen. Doch dann umhüllte ihn auch schon wieder der Schlaf, der ihn seiner Genesung ein weiteres Stück näher brachte.

Am Abend desselben Tages saß Lukas wieder an seinem Bett. Und Sebastians erste aufgeregte Frage galt der Ledertasche mit der Bibel.

»Die liegt drüben in meiner Kiste – und auch die pralle Geldbörse fehlt nicht!«, sagte Lukas mit einem breiten Grinsen. »Das wäre ein wahrer Glückstreffer gewesen, wenn auch du tot gewesen wärst. Von dem Geld hätte ich mir ein zweites Pferd und ein anständiges Fuhrwerk kaufen und ein eigenes Fuhrgeschäft anfangen können. Und dann wäre immer noch ein hübscher Batzen übrig geblieben, um für schlechte Zeiten gut gerüstet zu sein.«

»Tut mir Leid, dass ich dir nicht den Gefallen getan habe, noch rechtzeitig zu sterben!«, erwiderte Sebastian bissig.

»Mach dir nichts draus, ich bin Kummer gewöhnt«, gab Lukas zurück. »Aber ein paar Silberstücke weniger sind jetzt schon in deiner Geldbörse. Denn ich habe natürlich die Hebamme und den Gastwirt in Kreutersroth von dem Geld bezahlt. Und auch Meister Dornfeld habe ich zwei Gulden gezahlt, damit er keinen Ärger macht und dir in meiner Kammer Zeit lässt, wieder gesund zu werden. Dem war das nämlich ganz und gar nicht recht, aber der Fremde hat das so bestimmt, und dem hat er wohl nicht zu widersprechen gewagt.«

Sebastian runzelte die Stirn. »Welcher Fremde?«

Lukas zuckte die Achseln. »Eben der Mann, der darauf bestanden hat, dass ich dich mit Dornfelds Fuhrwerk aus dem Gasthof hole und unter einer Plane versteckt hierher bringe. Ich kenne seinen Namen nicht und habe ihn bisher auch noch nicht bei Tag zu Gesicht bekommen, um ihn dir beschreiben zu können. Wenn er nach dir gesehen hat, war es immer tiefste Nacht. Und es war mir auch nie erlaubt, zugegen zu sein, wenn er sich deine Verbände angesehen hat.«

»Was redest du da für ein wirres Zeug?«, fragte Sebastian irritiert. »Gerade hast du doch gesagt, er hätte dich beauftragt, mich zu euch nach Passau zu bringen! Also musst du doch wissen, wer er ist!«

»Irrtum! Der Fremde hat immer nur mit Dornfeld gesprochen und der hat den Auftrag an mich weitergegeben. Wie ich schon sagte, der Mann ist nur nachts zu uns gekommen. Alles, was ich aus der Entfernung gesehen habe, war eine große, kräftige Gestalt in einem schwarzen, langen Umhang und mit verhülltem Gesicht, die draußen im dunklen Hof mit dem Meister geflüstert hat.«

»Der Kapuzenmann!«, entfuhr es Sebastian. »Und ich dachte, ich hätte das nur geträumt!«

»Kapuzenmann ist genau das richtige Wort für den geheimnisvollen Fremden!«, sagte Lukas und berichtete nun, wie er am Nachmittag vor mehr als einer Woche zu seinem Botendienst gekommen war. »Er war es übrigens auch, der Meister Dornfeld veranlasst hat, mich mit dem Schreiben nach *Erlenhof* zu schicken. Wir waren gerade oben auf dem Berg im Hof der Festung Oberhaus. Da wird an allen Ecken und Kanten mächtig gebaut. Dornfeld hatte für die Reparaturarbeiten am Dachstuhl eines Festungstraktes eine Ladung Balken geliefert, und ich war ihm auf meinem Pferd nachgeritten, weil er vergessen hatte, die Rechnung mitzunehmen. Und Gertrud, seine zänkische Frau, ist immer wie der Teufel nach der armen Seele dahinter her, dass die hohen Herren gleich bei Lieferung bezahlen, weil sie sonst ewig und drei Tage auf ihr Geld warten müssen.«

»Und du hast ihn nicht gefragt, wer dieser Fremde ist, der uns vor dem Domherrn und seinen Schergen gewarnt hat?«, wunderte sich Sebastian.

»Natürlich! Sogar mehr als einmal! Aber der Kerl hat sich nichts entlocken lassen. Er dürfe seinen Namen nicht verraten, und ich wäre gut beraten, nicht herausfinden zu wollen, wer der Kapuzenmann ist. Er hat mich sogar bei den Seelen meiner seligen Eltern hoch und heilig schwören lassen, dass ich es auch nicht versuche. Niemand darf wohl erfahren, dass er etwas mit den Vorgängen auf *Erlenhof* und dir zu tun hat. So, das ist alles, was ich dir erzählen kann. Und nun ist es an dir, zur Abwechslung einmal mir einige Fragen zu beantworten. Etwa warum der Domherr seine Schergen ausgeschickt hat und dich verhaften lassen wollte. Was hast du auf dem Kerbholz, Sebastian von Berbeck? Gehörst du etwa zu den ketzerischen Neugläubigen, die heimlich der Lehre dieses Martin Luther anhängen?«

»Wie kommst du denn auf diese Idee?«, fragte Sebastian erschrocken zurück, musste jedoch augenblicklich an einen der Schergen denken, der auf *Erlenhof* damit gedroht hatte, dass man sie alle als Ketzerfreunde zur Rechenschaft ziehen würde, wenn sie nicht sofort die Tür öffneten.

Lukas zuckte die Achseln. »Na ja, in letzter Zeit hat man bei uns so einige Ketzer, zumeist Anhänger dieser Wiedertäuferbewegung*, verbrannt oder enthauptet. Und vor kurzem hat man einen gewissen Leonhard Kaiser hier in Passau als Ketzer verhaftet und wird ihn wohl auch auf den Scheiterhaufen schicken, wenn er nicht widerruft. Der Mann soll früher einmal Pfarrer in Waizenkirchen gewesen sein und sich dann nach ketzerischen, lutheranischen Predigten seiner drohenden Verhaftung entzogen und gen Wittenberg abgesetzt haben, um dort Schüler dieses Martin Luther zu werden. Man hat ihn vor etwa zwei Wochen dann doch noch geschnappt und ihn auf der Veste Oberhaus eingekerkert. Der Kerl ist nämlich so dumm gewesen, aus der Hochburg dieser Neugläubigen hierhin an das Sterbebett seines Vaters zu eilen. Dieser Liebesdienst wird ihm jetzt wohl das Leben kosten. Es sei denn, er schwört den lutherischen Lehren öffentlich ab.«

»Der Name Leonhard Kaiser sagt mir nichts, ich habe ihn noch nie zuvor gehört. Und niemand auf *Erlenhof* hat je etwas mit Wiedertäufern oder anderen Ketzern zu tun gehabt!«, beteuerte Sebastian. »Meine Eltern und ich waren unser Leben lang immer der heiligen katholischen Mutter Kirche treu!«

Dass Engelbert und Gisa von Berbeck oft über das ausschweifende, sittenlose Leben der Päpste, der intriganten römi-

* Die Bewegung der Wiedertäufer bestand aus evangelischen Christen der Reformationszeit, die sich zu strengstem Gehorsam gegenüber dem Evangelium verpflichtet fühlten. Sie lehnten die Kindertaufe ab und forderten die Taufe im Erwachsenenalter als bewusste und eigene Entscheidung für eine Nachfolge Jesu Christi. Auch weigerten sie sich, die weltliche Obrigkeit als Gewalt über die Ordnung der Gemeinde anzuerkennen, lehnten Kriegsdienste ab und traten für die Freikirche ein. Sie wollten in strikter Abgrenzung von Staat und Welt ein frommes Leben führen. Die ersten Wiedertäufer gab es in Zürich. Sie wurden von Anfang an als Schwärmer und Anhänger einer gefährlichen Irrlehre verfolgt – und zwar nicht nur von der katholischen Kirche, sondern auch von Protestanten, aus deren Bewegung sie hervorgegangen waren. Sogar Luther stimmte ihrer Verfolgung zu.

schen Kurie sowie der deutschen Fürstbischöfe und Domherren geschimpft und für deren politische Ränkespiele und Raffgier nur Verachtung übrig gehabt hatten, ließ er unerwähnt. Das tat nichts zur Sache und hatte überhaupt nichts mit ketzerischen Lehren zu tun. Denn so wie sie dachten ja viele in der Bevölkerung, ungeachtet ihres Glaubens, der bei seinen Eltern nun wirklich über jeden Verdacht erhaben war!

Lukas warf ihm einen skeptischen Blick zu. »Aber irgendetwas muss ja schon dran sein, sonst würde doch ein so hoher Herr wie dieser Tassilo von Wittgenstein nicht über eine Familie wie die eure herfallen.«

»Nichts ist dran!«, erwiderte Sebastian heftig und machte eine abrupte Handbewegung, die er besser unterlassen hätte. Denn sofort schoss ihm ein glühender Schmerz durch die Brust und trieb ihm die Tränen in die Augen.

»Reg dich nicht so auf! Ich will dir ja glauben!«, besänftigte Lukas ihn. »Mich interessiert es auch nicht wirklich. Und wenn man so sieht, wie diese feinen Kanoniker und die Herren Bischöfe, die gleichzeitig weltliche Fürsten sind wie unser Herzog Ernst von Bayern, in Saus und Braus von ihren Pfründen leben, sich Mätressen halten und uns einfachen Leuten Gehorsam, Armut und Demut predigen, dann kann man schon sehr leicht auf so manch ketzerischen Gedanken kommen. Aber wie gesagt, ich kümmere mich lieber um meine eigenen Angelegenheiten und die machen mir das Leben schon schwer genug. Nur hätte ich doch ganz gern gewusst, wofür genau ich meinen Hals riskiere, wenn herauskommen sollte, dass ich dir geholfen habe.«

»Ich schwöre, ich weiß es nicht!«, beteuerte Sebastian. »Ich weiß auch nicht, warum der Domherr mich in seine Gewalt bringen will. Doch was ich mit Gewissheit sagen kann, ist, dass dieses Gerede von Ketzerei so haltlos ist wie nur irgendetwas!«

»Ist vielleicht auch besser so, dass du mir dazu nichts sagen kannst, sonst würde ich mir wohl noch mehr Sorgen machen, als ich es jetzt schon tue«, meinte Lukas und erhob sich. »Übrigens brauchst du dich nicht zu wundern, wenn du Meister Dornfeld kein einziges Mal zu Gesicht bekommst, solange du dich hier versteckt hältst. Er hat Angst, der Domherr könnte ihm etwas anhängen. Und wenn man dich durch einen dummen Zufall doch bei uns finden sollte, will er mit reinem Gewissen sagen können, dass er dich noch nie gesehen hat. Denn das hier ist meine Kammer und meine Bettstelle, und ich bin dann der Geleimte, wenn etwas schief läuft.«

»Und wo schläfst du?«, fragte Sebastian verlegen, denn ihm fiel jetzt zum ersten Mal ein, dass Lukas ja sein Bett für ihn hatte räumen müssen.

»Im Stall bei meinem Pferd.«

»Das tut mir Leid.«

Lukas verzog das Gesicht. »Ist nicht das erste Mal, dass ich so unbequem liege. Und vielleicht springt dafür ja ein extra Silberstück für mich heraus«, erwiderte er mit einem fragenden Unterton.

»Ganz bestimmt!«, versprach Sebastian und wechselte schnell das Thema. »Aber noch mal zu dem Kapuzenmann und meinem widerwilligen Gastgeber. Der Fremde muss irgendetwas gegen ihn in der Hand haben, dass er trotz aller Angst doch auf dessen Verlangen eingegangen ist!«

Lukas warf ihm einen spöttischen Blick zu, als hätte er etwas nicht gerade Geistreiches von sich gegeben. »Ja, das liegt wohl auf der Hand. Aber was soll uns das kümmern, solange du deine Wunden hier in aller Ruhe auskurieren kannst und für jeden von uns etwas von dem kleinen Geldsegen abfällt, den du mitgebracht hast.« Er grinste dabei, als machte er sich über ihn lustig. »So, und jetzt muss ich mein Pferd vom Hufschmied holen. Mein Rufus hatte ein Eisen verloren. Bis später dann.«

Sebastian blickte ihm nach und grübelte noch lange darüber nach, was ihn so an Lukas irritierte und nicht recht zusammenpasste. Es war nicht die derbe Abgebrühtheit und auch nicht die geschäftstüchtige Art, mit der Lukas offenbar alles anging. Es war etwas ganz anderes, eher Kleinigkeiten, die sein Unterbewusstsein verwirrten und misstrauisch machten. Und plötzlich gab sein Gedächtnis das Bild in aller Schärfe frei, das bisher wie hinter einer Nebelwand versteckt gewesen war.

Es traf ihn wie ein Schlag vor den Kopf, als er alles durchschaute. Lukas war ein ausgemachter Lügner und nicht der, der er zu sein vorgab!

9

Aufgekratzt kam Lukas am nächsten Morgen zu Sebastian in die Kammer. »Heute musst du den Brei mal ohne viel Honig essen. Gertrud hat mich beim Anrühren nicht aus den Augen gelassen. Ich glaube, sie hat einen Verdacht. Aber dafür bringe ich dir etwas anderes mit, was sie besser auch nicht erfährt, und zwar das hier!«, sagte er mit einem schelmisch stolzen Lächeln, reichte ihm die Holzschale mit dem Brei und zog dann einen Apfel unter seinem Wams hervor. »Einer der letzten Dornfelder Winteräpfel! Eigenhändig und unter Einsatz meines Lebens heute Morgen aus dem Kellerregal stibitzt!« Er zwinkerte ihm zu. »Lass ihn dir schmecken!«

»Danke«, sagte Sebastian knapp und schmallippig. »Aber wegen mir brauchst du nicht zum Dieb zu werden!«

»War mir doch ein Vergnügen, zumal der Verdacht auf diesen faden Langeweiler von Andreas fallen wird, weil der doch kurz vor mir im Keller war und jeder weiß, dass er ganz verrückt nach Äpfeln ist«, erwiderte Lukas leichthin, und während er sich den Schemel heranzog und sich setzte, fügte er spöttisch hinzu: »Man muss immer in Übung bleiben, wenn man nicht einrosten will. Jemand hat mir mal gesagt, dass ein Talent immer nur so viel wert ist, wie man an Disziplin und Arbeit darin anzulegen bereit ist.«

Sebastian bedachte ihn mit einem nicht eben freundlichen Blick. »Es gibt auch Talente von sehr zweifelhafter Art, von denen man besser die Finger lässt«, sagte er bissig. »Zumindest wenn man Anstand im Leib hat!«

Verwundert zog Lukas die Augenbrauen hoch. »Nanu, so mürrisch heute? Welche Laus ist dir denn über die Leber gelaufen? Schlecht geschlafen?«

»Nein«, antwortete Sebastian knapp, und mit grimmiger Miene löffelte er den Brei in sich hinein.

»Du kannst mir doch nicht erzählen, dass du nichts hast«, sagte Lukas und verschränkte die Arme vor dem gesteppten Wams. »Also heraus damit, Sebastian! Irgendetwas ist dir doch heftig gegen den Strich gegangen, das sehe ich dir an. Mir kann man so leicht nichts vormachen.«

»Mir auch nicht!«, blaffte Sebastian zurück. »Und von dir lasse ich mich schon gar nicht für dumm verkaufen!«

Lukas machte ein verdutztes Gesicht. »Wie bitte? Wieso versuche ich, dich für dumm zu verkaufen?«

»Du bist ein Lügner!«, stieß Sebastian nun hervor und legte seine Hand auf den Apfel. »Du hast wohl geglaubt, mir Sand in die Augen streuen zu können. Bei anderen magst du ja mit deiner Täuschung durchkommen, aber bei mir nicht!«

Lukas wurde blass. »Wovon redest du?«

»Davon!«, rief Sebastian wütend und warf ihm den Apfel zu, jedoch mit wenig Schwung und auch nicht nach oben, dass er ihn leicht mit den Händen hätte auffangen können, sondern in den Schoß.

Lukas reagierte im Reflex, indem er die Beine auseinander riss, als wollte er zwischen ihnen ein unsichtbares Tuch spannen, damit die kostbare Frucht nicht zu Boden fiel. Doch da war nichts und der Apfel fiel zwischen seinen mit pludrigen Kniehosen bekleideten Beinen zu Boden.

»Du bist ein Mädchen! Das gerade ist der Beweis gewesen!«, rief Sebastian. »Nur Mädchen und Frauen machen die Beine auf, wenn sie mit ihrem Kleid etwas im Schoß auffangen wollen. Männer pressen die Beine zusammen. Das ist ein Reflex, den du einfach nicht unterdrücken konntest!«

»Du spinnst ja!«

»O nein, ich spinne ganz und gar nicht!«, erwiderte Sebastian aufgebracht, weil ein Mädchen ihn an der Nase herumgeführt und sich als Junge ausgegeben hatte. »Ich habe mich auch wieder an jenen Moment in der Mordnacht im Moor erinnert, als du pinkeln musstest. Ein Mann wäre einfach neben dem Pferd stehen geblieben und hätte sich erleichtert. Du aber bist hinter einem niedrigen Gebüsch verschwunden, damit ich nicht mitbekomme, dass du dich dabei hinhocken musst! Dumm nur, dass dein Pferd an das frische Grün wollte und auf das Gebüsch zugetrottet ist. Und da habe ich gesehen, wie du da gehockt hast. Du spielst den rauen Burschen, vermutlich um deine weichen Gesichtszüge und deine schmale Figur vergessen zu machen. Die Rolle spielst du auch gar nicht so schlecht. Aber *ich* weiß, dass du mit Sicherheit nicht Lukas heißt und auch kein junger Mann bist, sondern ein Mädchen in Männerkleidern!«

Mit der Reaktion, die nun folgte, hätte Sebastian nicht in

seinen kühnsten Träumen gerechnet. Er sah, wie das Gesicht des Mädchens auf dem Schemel leichenblass wurde, als wäre ihm schlagartig auch noch das letzte Blut entwichen. Ein, zwei Sekunden saß es wie zu Stein erstarrt, die Augen weit aufgerissen und von Angst erfüllt. Dann sprang das Mädchen auf, riss dabei sein Messer aus dem Gürtel und stürzte sich auf ihn.

Bevor Sebastian wusste, wie ihm geschah, hatte er die rasiermesserscharfe Klinge am Hals. »Bist du verrückt geworden?«, keuchte er erschrocken, wagte sich jedoch nicht zu bewegen. »Was soll das? … Nimm das verdammte Messer weg!«

»Du wirst mich nicht verraten!«, zischte das Mädchen, und ihr Atem ging schnell und flach, als stünde sie kurz vor einem Anfall von Atemnot. »Gut, du bist hinter mein Geheimnis gekommen, weil ich einen Moment lang unvorsichtig war. Aber damit hast du dir keinen Gefallen getan, Sebastian von Berbeck! Eher bringe ich dich um, als dass ich zulasse, dass du aller Welt verrätst, wer ich wirklich bin. Und es wird mir ein Leichtes sein, es so aussehen zu lassen, als wären deine Wunden wieder aufgebrochen. Dornfeld wird sogar froh sein, wenn ich dich tot und in einem Sack verschnürt nachts in der Donau verschwinden lasse!«

Sebastian bekam es nun mit der Angst zu tun. »Was… was redest du da… für einen Unsinn?«, stammelte er, während ihm der Schweiß ausbrach. Er spürte, dass er immer noch sehr schwach war und dass sein Körper auf die Anspannung sofort mit Schmerzen und Zittern reagierte. »Um Himmels willen, ich will dir doch nichts Schlechtes! … Immerhin hast du mir das Leben gerettet! … Wie könnte ich da… Ich meine, ich wollte doch nur…« Hilflos brach er ab, weil er plötzlich nicht mehr wusste, warum es ihm so wichtig erschienen war, dieses Mädchen, dem er sein Leben verdankte, als Junge zu entlarven.

»Mir ist egal, was du wolltest! Ich werde jedenfalls nicht zulassen, dass du mich zum Gespött der Welt machst und mir durch deinen Verrat die Freiheit raubst!«

»Ich werde dich nicht verraten, Lukas, oder wie immer du heißen magst! Das schwöre ich dir, bei allem, was mir heilig ist!«, versicherte er. »Hältst du mich für so gemein und gewissenlos, dass ich nach allem, was ich dir schuldig bin, so etwas antue? Ich werde schweigen wie ein Grab! Von mir wird niemand erfahren, was dein Geheimnis ist! Ich schwöre es beim Allmächtigen, der Muttergottes und allen Heiligen!« Zitternd hob er die Hand zum Schwur.

Die junge Frau, die sich unter dem breitkrempigen Barett und den weiten Männerkleidern verbarg, zögerte kurz, als überlegte sie, ob sie seiner Versicherung trauen konnte. Dann nahm sie die Klinge von seiner Kehle.

»Du bist gut beraten, deinen Schwur zu halten, Sebastian!«, sagte sie drohend. »Wenn nicht, wirst du dafür bezahlen. Und vergiss nicht, dass du mehr zu verlieren hast als ich! Nicht nur mein Messer kann dir schnell den Tod bringen, du hast auch den Domherrn zu fürchten!«

Sebastian fiel erschöpft gegen den Strohsack zurück und fuhr sich mit dem Handrücken über die schweißnasse Stirn. »Von mir hast du nichts zu befürchten. Bestimmt nicht! Und es tut mir Leid, dass ich so … grimmig zu dir gewesen bin«, entschuldigte er sich. »Ich weiß nicht mehr, warum ich mich so darüber geärgert habe, dass du dich als Junge ausgegeben hast. Es war dumm von mir. Vielleicht ist es, weil ich schon seit so vielen Tagen ans Bett gefesselt bin und Stunde um Stunde mit Grübeln verbringe und mir all diese Fragen, auf die ich die Antworten nicht kenne, keine Ruhe lassen.« Er biss sich kurz auf die Lippen und schluckte, bevor er fortfuhr: »Du hast mir das Leben gerettet und dabei dein eigenes aufs Spiel gesetzt.

Das werde ich dir nie vergessen und dir ewig zu Dank verpflichtet sein. Deshalb könnte ich auch nie etwas tun oder sagen, was dich verletzen oder dir schaden könnte. Also bitte verzeih mir! Du magst zwar ein Mädchen … nein, eine junge Frau sein, aber verhalten hast du dich auf dem *Erlenhof* und auch später mutiger, als es die meisten Männer je fertig bringen!«

Stumm sah sie ihn an. Dann ging sie ohne eine Antwort zur Tür.

»Warte!«, rief er leise. »Verrätst du mir denn wenigstens, wie du wirklich heißt?«

»Lukas!«, beschied sie ihn schroff, trat aus der Kammer und schlug die Tür heftig hinter sich zu.

10

Der Tag wurde Sebastian unendlich lang. Er quälte sich mit bitteren Selbstvorwürfen, dass er sich in seinem Groll hatte hinreißen lassen, sie dermaßen gegen sich aufzubringen. Welcher Teufel hatte ihn da bloß geritten? Hatte er denn nicht schon Schwierigkeiten genug? Wie hatte er nur so gedankenlos sein können, die einzige Person vor den Kopf zu stoßen, auf deren Beistand er sich in seiner verzweifelten Lage bisher noch hatte verlassen können. Dafür hätte er links und rechts schallende Ohrfeigen verdient und auch das wäre noch eine milde Strafe für sein unmögliches Benehmen gewesen.

Stunde um Stunde haderte Sebastian mit sich selbst. Was sollte jetzt nur aus ihm werden, wenn sie nichts mehr mit ihm zu tun haben wollte? Bestimmt würden noch viele Tage vergehen, bevor er wieder so weit bei Kräften war, um für sich selbst sorgen und aus der Stadt verschwinden zu können.

Als am Abend die Tür aufging und sie zu ihm in die Kammer trat, hatte er Mühe, einen Seufzer der Erlösung zu unterdrücken. Sie ließ ihn also doch nicht im Stich.

Sie brachte einen Teller mit Broten, die mit dünnen Käsescheiben belegt waren. In der anderen Hand hielt sie ein brennendes Talglicht auf einer flachen Tonschale mit einem Fingerring. Mit verschlossenem Gesicht und ohne einen Ton zu sagen, reichte sie ihm die Brotzeit und warf einen schnellen Blick in den Wasserkrug, den sie ihm am Morgen neben das Bett gestellt hatte und der noch gut bis zur Hälfte gefüllt war.

»Bitte geh nicht schon!«, bat er, als sie ihm sofort den Rücken zuwandte und den Raum wieder verlassen wollte. »Lass uns reden! … Habe ich mich denn nicht für mein dummes Verhalten entschuldigt? Wenn du willst, tue ich es noch einmal! Aber bleib und rede mit mir, bitte!«

Sie antwortete nicht, sondern ging, ohne ein Wort zu sagen, wieder hinaus.

Sebastian war den Tränen nahe und starrte in die Dunkelheit der engen Kammer, die vom schwachen Kerzenlicht nur um das Kopfende der Bettstelle erhellt wurde. Sie wollte ihm nicht verzeihen. Was hatte er nur angerichtet?

Eine gute Stunde mochte wohl vergangen sein, als die Tür sich wieder öffnete und sie zurückkehrte. Diesmal sprach sie ihn an. »Du hast ja nichts gegessen«, stellte sie fest, und ein merkwürdiges Zögern schwang in ihrer Stimme mit, als wäre sie sich nicht sicher, ob sie überhaupt mit ihm sprechen sollte.

»Ich habe einfach keinen Bissen hinunterbekommen«, murmelte er verzagt und wagte nicht, sie anzublicken. Doch gleichzeitig regte sich Hoffnung auf Versöhnung in ihm. Denn immerhin strafte sie ihn nicht mehr mit eisigem Schweigen. »Das, was heute Morgen … vorgefallen ist, hat mich sehr mitgenommen. Ich … ich habe seitdem Angst gehabt, du würdest nie wieder mit mir reden. Und ich wünschte so sehr, ich könnte es ungeschehen machen, das musst du mir glauben!«

Sie nahm auf dem Schemel Platz. »Du musst essen, sonst kommst du nicht wieder auf die Beine«, sagte sie. »Also iss endlich! Irgendwann ist es mit Meister Dornfelds Geduld vorbei.«

Obwohl Sebastian wirklich nicht nach Essen zumute war, griff er nach einem der Käsebrote und biss hinein. Sie sollte sehen, dass er sich Mühe gab, es ihr recht zu machen.

Eine Weile herrschte Schweigen.

Dann sagte sie unverhofft: »Mein richtiger Name ist Lauretia … Lauretia Mangold.«

Überrascht hielt Sebastian im Kauen inne und ließ das Brot sinken. »Lauretia«, wiederholte er. »Das ist ein wirklich schöner Name, den deine Eltern dir gegeben haben.«

Sie verzog das Gesicht zu einem bitteren Lächeln. »Das ist auch schon alles, was sie mir mitgegeben haben. Sie waren Flößer und bis zu meinem siebten Lebensjahr habe ich die meiste Zeit mit ihnen auf großen Flößen verbracht. In einer stürmischen Nacht passierte dann das schwere Unglück. Das Floß brach auseinander, und zu den Flößern, die in dieser Nacht ihr Leben verloren, gehörten meine Eltern und mein großer Bruder. Ich selbst wurde wie durch ein Wunder gerettet.«

Betroffen sah Sebastian sie an, sagte jedoch nichts. Er spürte, dass er sie nicht unterbrechen durfte und dass jede Bekundung von Mitgefühl wie auch jede Frage jetzt nur stören würde.

»Mein Onkel, Flößer wie mein Vater, und seine Frau nahmen sich meiner an«, fuhr Lauretia leise fort. »Aber ihnen ging es nicht darum, mich zu trösten und mir ein neues Zuhause auf den Flüssen und in den Wäldern zu geben, wo im Winter die Bäume geschlagen wurden. Ihnen ging es allein um meine Arbeitskraft. Sie hatten selbst keine Kinder, und meine Tante hasste mich irgendwie dafür, dass ich sie nun jeden Tag daran erinnerte, dass sie ihrem Mann nicht die ersehnten Stammhalter hatte schenken können. Und mein Onkel war nicht viel besser. Für alles bezog ich Prügel, weil ich ihnen einfach nichts recht machen konnte. Aber richtig unerträglich wurde es erst, als ich älter wurde und…« Sie stockte kurz. »…als ich nicht länger wie ein Junge aussah, sondern mich an gewissen Körperstellen veränderte. Du weißt, was ich meine, oder?«

Sebastian nickte.

Lauretia holte tief Luft. »Er wurde immer zudringlicher, vor allem wenn er getrunken hatte und seine Frau nicht in der Nähe war. Er wollte, dass… dass ich ihm zu Willen war. Und als ich nicht nachgab, da versuchte er es eines Tages mit Gewalt.«

»Dieses Schwein!«, flüsterte Sebastian voller Abscheu.

»Er hatte mich unter einem Vorwand aus unserem Winterlager weggelockt und fiel im Wald an einer einsamen Stelle über mich her«, fuhr Lauretia fort und ihre Stimme zitterte hörbar. Es fiel ihr sichtlich schwer, ihren Bericht fortzusetzen. Sie schluckte mehrmals. Und als sie schließlich weitersprach, war ihre Stimme nur ein Hauch. »Es war schrecklich… und manchmal träume ich noch heute davon… Als es endlich vorbei war, hat er mir gedroht, mich erst halb tot zu prügeln und dann an jemanden zu verkaufen, der mit Huren sein Geschäft macht, wenn ich irgendjemandem etwas davon erzählen sollte. Und dann ist er ins Lager zurückgestiefelt.«

»Und was hast du getan?«

Sie hob den Kopf und sah ihn mit einem gequälten Blick an, der ihm wie ein Stich ins Herz fuhr. »Das Einzige, was mir zu tun blieb, um dasselbe nicht immer wieder aufs Neue über mich ergehen lassen zu müssen: Ich bin weggelaufen. Über ein halbes Jahr habe ich mich wie ein Tier in den Wäldern versteckt. Um zu überleben, habe ich mich nachts in die Dörfer und auf einsame Gehöfte geschlichen und gestohlen, was ich finden konnte. Auch auf Märkten habe ich mich herumgetrieben und mir heimlich die Taschen gefüllt. Mehrmals wäre ich um ein Haar dabei erwischt worden und das Leben in den Wäldern war auch nicht ohne Gefahren. Und dann kam der Tag, als ich bei strömendem Regen ausgerutscht und einen steilen Hang hinuntergestürzt bin. Dabei habe ich mir das rechte Bein gebrochen.«

»Oh mein Gott!«, entfuhr es Sebastian.

Sie nickte mit grimmiger Miene. »Ja, da wäre es beinahe um mich geschehen gewesen. Ich schaffte es gerade noch, aus dieser bewaldeten Schlucht herauszukommen und auf den nächsten Pfad zu kriechen. Aber das nächste Dorf befand sich meilenweit entfernt und die Gegend lag abseits befahrener Straßen. Nur selten ließ sich mal jemand dort blicken. Doch ich hatte Glück im Unglück, denn am nächsten Morgen tauchte auf diesem Waldpfad Wolfram Mahlberg mit seinem zotteligen Pferd und Kastenwagen auf. Er war meine Rettung. Denn er bewahrte mich nicht nur davor, elendig an Wundbrand zu sterben, sondern er bot mir an, bei ihm zu bleiben. Und das tat ich dann auch. Zwei Jahre blieb ich bei ihm, und er kümmerte sich um mich wie um eine Tochter, deren Wohlergehen ihm über alles ging.«

»Und wer war dieser Wolfram Mahlberg?«, wollte Sebastian wissen.

Ein wehmütiges Lächeln huschte über ihr Gesicht. »Ein ebenso großherziger und gelehrter wie rastloser Mann, den es nie lange an einem Ort hielt. Wo man ihn kannte, nannte man ihn voller Hochachtung den ›weisen Vaganten‹, andere sprachen ihn mit ›Wanderscholar‹ an. Er verstand sich auf viele fremde Sprachen, zu denen auch Latein und Griechisch gehörten, war in der Astrologie und Sternenkunde bewandert, legte die Karten, kannte sich mit allen Heilkräutern der Natur aus und führte in seinem Kastenwagen, der sein Zuhause war, mehrere Dutzend Bücher mit sich, viele davon in kostbares Leder gebunden.«

»Das muss ein wirklich außergewöhnlicher Mensch von hoher Bildung gewesen sein«, sagte Sebastian beeindruckt.

»Oh ja, das war er!«, bekräftigte sie. »Er brachte mir in den Jahren, die ich mit ihm durch die Lande zog, Lesen, Schreiben und Rechnen und sogar ein wenig Latein bei. Auch führte er mich in die Kunst des Kartenlegens ein. Und ich wäre noch heute bei ihm, wenn das Schicksal uns vor knapp zwei Jahren nicht in den Oberpfälzer Wald geführt hätte, wo eines Nachts eine Gruppe von herumziehenden Landsknechten über uns hergefallen ist. Sie haben mit Wolfram kurzen Prozess gemacht und ihn kurzerhand mit einer Lanze an die Wand seines Wagens gespießt!«

»Allmächtiger!«, stieß Sebastian erschrocken hervor. »Und wie bist du ihnen entkommen?«

»Das Fässchen Wein, das Wolfram wenige Tage zuvor erstanden hatte, hat mich gerettet – und ein Quäntchen Glück«, berichtete sie mit tonloser Stimme. »Sie haben sich sofort über den Wein hergemacht, um ihre Beute zu feiern. Mich haben sie gefesselt und im Wagen eingeschlossen. Sie wollten ihren Spaß hinterher mit mir haben und erst einmal darum würfeln, wer von ihnen mich zuerst haben durfte. Wer als Erster von ihnen drei Runden gewonnen hatte, sollte der Glückliche sein, wie ihr Anführer bestimmte. Indessen gelang es mir jedoch, mich von den Fesseln zu befreien und mich mit einem Messer zu bewaffnen. Als dann der Erste zu mir in den Wagen stieg, da habe ich zugestochen, bevor er überhaupt wusste, wie ihm geschah. Als er vor mir zusammenbrach, fiel ihm sein Barett vom Kopf und mir vor die Brust. Ich weiß nicht, was mich in diesem Moment bewogen hat, danach zu greifen und es festzuhalten, aber ich tat es, sprang aus dem Wagen und rannte in den Wald. Die vier anderen Landsknechte versuchten natürlich, mich wieder einzufangen. Aber sie waren schon recht betrunken und zudem war die Nacht auf meiner Seite. Jedenfalls entkam ich ihnen.«

Sebastian sog scharf die Luft ein. »Was für eine Geschichte!«

»Seit jener Nacht, in der Wolfram starb, trage ich dieses Barett! Es soll mich immer daran erinnern, dass eine allein stehende, mittellose Frau in dieser Welt nichts gilt und keine Rechte hat«, fügte Lauretia bitter hinzu. »Und damals fasste ich den Entschluss, mir Männerkleider zuzulegen, mich fortan Lukas Mahlberg zu nennen und immer nur meinen eigenen Vorteil im Auge zu haben. Nie wieder sollte mich jemand herumstoßen, mich zu seinem Dienstmädchen machen und mich wie ein Stück Dreck behandeln, nur weil ich als Mädchen zur Welt gekommen bin!« Sie gab einen schweren Stoßseufzer von sich. »So, jetzt weißt du alles über mich – und warum ich vorhin so in Panik geraten bin.«

Sebastian wusste erst nicht, was er darauf sagen sollte. »Jetzt verstehe ich das. Und wahrscheinlich hätte ich an deiner Stelle nicht anders reagiert – ganz abgesehen davon, dass es hässlich und undankbar von mir gewesen ist, dir so heftig zuzusetzen. Ich bin froh, dass du mir das alles anvertraut hast. Und du hast mein heiliges Ehrenwort, dass ich mit keinem darüber reden werde.«

Lauretia blieb noch lange bei ihm, denn nun öffnete er ihr sein Herz und vertraute ihr an, dass er in der Nacht seiner Flucht erfahren hatte, dass Engelbert und Gisa von Berbeck gar nicht seine richtigen Eltern waren – und dass sein leiblicher Vater, über den er nicht das Geringste wusste, offenbar noch lebte. Er gestand, wie sehr ihn die Ungewissheit über seine wahre Herkunft und die Sorge um das Wohlergehen seiner geliebten Ziehmutter quälten, und Lauretia fühlte mit ihm und versuchte ihn zu trösten, obwohl sie wusste, dass Worte in so einer Situation wenig ausrichten konnten, wie gut sie auch gemeint sein mochten. Aber es war eine Erleichterung, dass er zumindest mit ihr darüber reden konnte.

Als es schließlich Zeit wurde, dass er sich schlafen legte, da drückte sie ihm zum Abschied in einer Geste ganz neuer Vertrautheit und Verbundenheit kurz die Hand.

»Du bist stark, Sebastian, das hast du in den letzten Tagen bewiesen«, sagte sie. »Was immer noch kommen mag, du wirst dich nicht unterkriegen lassen.«

»Das trifft auch auf dich zu, Lauretia.«

Sie schenkte ihm ein trauriges Lächeln, wünschte ihm einen guten Schlaf und huschte aus der Kammer.

11

Bisher war Lauretia nur zu ihm in die Kammer gekommen, um ihn mit dem Notwendigsten zu versorgen, also um ihm Essen zu bringen, den Wasserkrug aufzufüllen, den Abortkübel zu leeren und gelegentlich die Verbände zu erneuern. Nun jedoch besuchte sie ihn, um mit ihm zu reden, und das sooft es ihr möglich war. Meister Dornfeld schickte sie fast täglich mit einem schwer beladenen Fuhrwerk auf das nördliche Donauufer hinüber. Er hatte nämlich einen Großauftrag erhalten, der mit den umfangreichen Baumaßnahmen in der Veste Oberhaus auf dem Georgsberg zu tun hatte.

Aber auch wenn sie tagsüber nicht allzu viel Zeit erübrigen konnte, so verbrachte sie doch nach Einbruch der Dunkelheit viele Stunden bei ihm. Mit wachsender freundschaftlicher Vertrautheit unterhielten sie sich über alles Mögliche, erzählten sich Geschichten aus ihrem Leben, teilten dabei heitere wie schmerzliche Erinnerungen und kamen immer wieder auf die ebenso erschreckenden wie mysteriösen Umstände zurück, die zu Sebastians Flucht und dem entsetzlichen Tod seiner beiden treuen Begleiter Elmar und Ansgar geführt hatten.

In diesen Tagen bat er sie auch, ihm die Reisebibel zu bringen, damit er sie sich einmal in Ruhe ansehen konnte. Er hoffte, schon nach kurzer Prüfung der Heiligen Schrift einen Hinweis zu erhalten, warum es seiner Mutter so wichtig gewesen war, dass er sie auf seiner Flucht mitnahm. Aber diese Hoffnung erfüllte sich nicht. Denn der Schlüssel, mit dem man die beiden Metallschlösser hätte öffnen können, fehlte. Man hätte sie schon mit Gewalt aufbrechen müssen, um einen Blick in die Bibel werfen zu können. Lauretia bot sich an, sie zum Schmied zu bringen, damit dieser das für sie erledigte. Doch Sebastian entschied sich, es lieber bleiben zu lassen.

»Wofür der ganze Aufwand?«, sagte er. »Und womöglich wird man misstrauisch und stellt dir Fragen, wie du an die Bibel gekommen bist und warum du nicht den passenden Schlüssel für die Schlösser hast. Das ist die ganze Sache nicht wert. Denn nach einer wirklich kostbaren Bibel sieht sie mir nun wahrlich nicht aus.«

Zwar bestanden die Deckel aus Kupferblech, das schon von grüner Patina überzogen war, wiesen aber nur einige wenige Ornamente rund um das Kreuz auf dem vorderen Deckel auf. Zudem zeigten die Buchseiten an den Außenkanten zahlreiche hässliche Stockflecken, die auf eine nachlässige Lagerung in feuchter Umgebung schließen ließen, und waren stellenweise sogar wurmstichig.

»Wer weiß, was meine Mutter bewogen hat, darauf zu bestehen, dass wir sie unbedingt mitnehmen«, sagte Sebastian schließlich achselzuckend und schob die Bibel wieder in die Ledertasche zurück. »Vermutlich hat sie nur einen rein persönlichen Wert als Erinnerungsstück, etwa weil sie meinem Vater gehört hat. Was auch immer. Alte Reisebibeln dieser Art gibt es jedenfalls wie Sand am Meer. Meine Mutter lag zudem im Fieber und hat in der Eile und in ihrer Angst um mich womöglich Dinge gesagt, die sie mit klarem Kopf vermutlich ganz anders ausgedrückt hätte.«

Die Geldbörse, die eine beachtliche Summe an Gold- und Silberstücken enthielt, nahm er jedoch an sich. Lauretia versprach, ihm bei Gelegenheit noch einen zweiten, einfacheren Geldbeutel zu bringen, damit er einen Teil der kleineren Münzen darin am Gürtel aufbewahren und die Samtbörse mit den Goldstücken verborgen unter seiner Kleidung tragen konnte.

Die langen Gespräche mit ihr wurden für Sebastian Trost und Halt in den Tagen seiner steten, aber doch nur langsam voranschreitenden Genesung. Lauretia zerbrach sich mit ihm auch immer wieder den Kopf darüber, warum der Domherr ihn wohl in seine Gewalt bringen wollte und was es mit dem Vorwurf der Ketzerei auf sich haben mochte. Sie rätselten, ob vielleicht eine Beziehung zwischen dem vor wenigen Wochen verhafteten Ketzer Leonhard Kaiser und ihm bestand und ob dieser Mann womöglich sein richtiger Vater war. Aber irgendwie erschien es Sebastian unwahrscheinlich. Und mehr noch als diese Fragen quälte ihn die Sorge, wie es wohl seiner todkranken Mutter erging.

»Ich wäre ja schon längst noch mal zum *Erlenhof* geritten,

aber der Kapuzenmann hat es mir strikt verboten«, sagte Lauretia. »Er hat mir durch Meister Dornfeld ausrichten lassen, dass ich mich nicht wieder dort im oberen Ilztal sehen lassen darf, wenn ich nicht seinen, meinen *und* deinen Hals riskieren will. Und ich habe Dornfeld versprechen müssen, mich an das Verbot zu halten. Und das gilt auch für dich.«

»Wer ist dieser fremde Mann nur?«, grübelte Sebastian einmal mehr. »Warum hilft er mir, ohne jedoch zu erkennen zu geben, wer er ist und warum er sich der Gefahr aussetzt, selber ins Visier des Domherrn zu geraten?«

»Er wird seine guten Gründe haben.«

»Sicher, bloß welche?«

Lauretia zögerte kurz und sprach den Verdacht, der ihr plötzlich in den Sinn gekommen war, dann doch aus. »Vielleicht ist ja der Kapuzenmann dein wahrer Vater.«

Mit nachdenklich gefurchter Stirn blickte er sie. »Weißt du, dass mir dieser Gedanke auch schon gekommen ist? Aber wenn es so wäre, warum hat er einen Boten geschickt, um meine Ziehmutter zu warnen, anstatt selbst nach *Erlenhof* zu reiten und mich in Sicherheit zu bringen? Und warum redet er nur mit Meister Dornfeld? Könnte er nicht wenigstens jetzt zu mir in die Kammer kommen und dieser Geheimniskrämerei ein Ende bereiten, indem er sich mir als mein Vater zu erkennen gibt und mich über alle Hintergründe aufklärt? Habe ich nicht ein Recht darauf, wo es doch um meinen Kopf geht?« Er gab einen schweren Seufzer von sich. »Es ist alles so schrecklich verworren und beklemmend. Außerdem …« Er führte den Satz nicht weiter.

»Was außerdem?«, hakte Lauretia sofort nach.

Er verzog das Gesicht zu einer trotzig mürrischen Miene. »Außerdem bin ich mir gar nicht so sicher, dass ich meinen leiblichen Vater überhaupt kennen lernen will! Warum sollte ich auch? Fast siebzehn Jahre lang hat er sich nicht um mich gekümmert. Und in diesen Jahren hat sich ein anderer Mann meine Liebe und Achtung verdient, nämlich Engelbert von Berbeck! Er ist der einzige Vater, den ich anerkenne, und für Gisa gilt dasselbe!«

Lauretia verstand das nur zu gut.

Langsam nahm er an Kräften zu, und bald begann er damit, mehrmals am Tag aufzustehen und in der Kammer auf und ab zu gehen, um seine Muskeln wieder zu stärken. In der ersten Woche machten ihm noch Schmerzen in der Brust zu schaffen, aber allmählich ließen sie nach, bis er nur noch ein Ziehen verspürte, das gut auszuhalten war. Er dehnte die Zeiten der Bewegung immer länger aus. Denn ihn drängte es danach, nach so vielen Wochen, die er ans Krankenlager gefesselt gewesen war, endlich der Enge dieser Kammer zu entfliehen und wieder hinaus an die frische Luft zu kommen. Inzwischen war das Wetter mit jedem Tag milder und sonniger geworden. Die unbändige, sprießende Kraft des Frühlings hatte endgültig über die letzte eisige Nachhut des Winters obsiegt.

Und dann kam jener letzte Morgen im Mai, an dem er sich kräftig genug fühlte, um endlich den Entschluss in die Tat umzusetzen, den er schon vor Tagen gefasst und Lauretia aus gutem Grund verschwiegen hatte, nämlich heimlich nach *Erlenhof* zurückzukehren!

12

Tut mir Leid, dass ich gleich wieder wegmuss«, bedauerte Lauretia, als sie ihm beim ersten Licht des Tages den Haferbrei und eine dicke Scheibe Dinkelbrot brachte. »Aber heute Morgen brennt es an allen Ecken und Enden, sogar Dornfelds Frau muss in der Werkstatt mit anpacken. Mich schickte er mal wieder mit einer Wagenladung Bretter zur Festung hinauf. Und wenn ich damit fertig bin, warten noch einige andere Fuhren zu den Flößern auf mich. Indessen nimmt Dornfeld mit Andreas, Ludwig und seiner Frau das Sägegatter auseinander. Das Mühlrad steht, wie du ja vermutlich schon festgestellt hast.«

»Ach so, deshalb ist es heute Morgen so ruhig. Ich habe mich schon gewundert. Was ist denn passiert?«, fragte Sebastian mit vorgetäuschtem Interesse und schaute ihr nicht in den Augen, weil er fürchtete, sie könnte darin lesen, was er zu tun beabsichtigte. In Wirklichkeit hatte er in seiner Aufregung gar nicht registriert, dass an diesem Morgen der übliche Lärm aus der angrenzenden Werkstatt ausgeblieben war.

»Da hat sich etwas verklemmt und ein Holm ist gesplittert. Jetzt sitzen die Sägeblätter in der Mitte eines Baumstammes fest. Das wird ein hübsches Stück Arbeit, das kann ich dir sagen!«

»Na, da wird Meister Dornfeld heute ja nicht gerade allerbester Laune sein.«

Lauretia verzog das Gesicht zu einer säuerlichen Miene. »Wahrlich nicht! Mit einem gereizten Stier wäre der Umgang heute bestimmt einfacher als mit Meister Dornfeld! Aber später mehr, ich muss jetzt los und das Fuhrwerk zum Beladen vorfahren. Gegen Mittag bin ich bestimmt wieder zurück. Dann sehe ich vor meiner nächsten Fuhre nach dir«, versprach sie. »Aber den Abortkübel leere ich dir noch schnell, die Zeit muss sein.«

Sebastian murmelte einen verlegenen Dank, als Lauretia diese unerquickliche Aufgabe erledigt hatte. Sie schenkte ihm ein fröhliches Lächeln, rückte das breitkrempige Landsknechtsbarett zurecht und eilte schnell wieder aus der Kammer.

Hastig machte er sich über den Brei her, die dicke Scheibe Dinkelbrot ließ er jedoch unberührt. Die wollte er als Wegzehrung mitnehmen. Aufmerksam horchte er beim Essen auf die Stimmen und Geräusche im Hof. Die beiden Gesellen Ludwig und Andreas beluden das Fuhrwerk, mit dem Lauretia gleich hinauf zur Festung auf den Georgsberg musste. Bretter und Balken krachten auf die Ladefläche. Und Meister Dornfeld trieb die Männer mit barschen, ungeduldigen Zurufen zur Eile an.

Schließlich hörte Sebastian, wie Dornfeld seinem Schwiegersohn befahl, das Tor zu öffnen, und das schwer beladene Fuhrwerk mit Lauretia alias Lukas auf dem Kutschbock rumpelte aus dem Hof. Sofort beorderte der Mühlenbesitzer seine beiden Gesellen hinüber in die Werkstatt.

Sebastian stand auf und zog die Ledertasche unter der Bettstelle hervor, in der sich seit dem gestrigen Tag auch Schreibfeder, ein kleines Tintenfässchen sowie einige Seiten Papier befanden. Er hatte Lauretia gebeten, ihm das alles zu besorgen, und sie war seinem Wunsch bereitwillig nachgekommen. Natürlich hatte sie wissen wollen, was er damit zu tun beabsichtigte, und er hatte ihr erzählt, dass er seiner Mutter unbedingt einen Brief schreiben wollte, den dann irgendein ahnungsloser Bote, am besten einer von drüben aus der Ilzstadt, nach *Erlenhof* bringen sollte. Gisa sollte erfahren, dass ihm die Flucht vor den Schergen des Domherrn gelungen war, aber auch dass Elmar und Ansgar am Moorsee im todesmutigen Kampf für ihn ihr Leben gelassen hatten. Und dieser letzte Teil der Geschichte, die er Lauretia aufgetischt hatte, entsprach sogar der Wahrheit. Nur gedachte er, seiner Mutter von Angesicht zu Angesicht davon zu erzählen. Dass sie in den vergangenen Wochen womöglich schon ihrer Krankheit erlegen war, verdrängte er so gut es ging aus seinem Bewusstsein. Er klammerte sich an die Hoffnung, dass Gisa von Berbeck den Kampf gegen die bösartige Krankheit, der sie doch schon seit Monaten klaglos trotzte, noch immer nicht verloren hatte.

Sebastian legte einen der Bogen auf den Schemel, kniete sich davor und schrieb nun rasch eine Nachricht für Lauretia, damit sie keine falschen Schlüsse zog und Stillschweigen bewahrte, wenn sie gegen Mittag nach ihm schaute und die Kammer leer vorfand. Er teilte ihr mit, dass er sich zum *Erlenhof* begab und bei Einbruch der Dunkelheit zurück sein würde. Und er bat sie, ihn beim Glockenschlag der Vesper am Tor zu erwarten und ihm ein Zeichen zu geben, wenn die Luft rein war und er wieder unbemerkt über den Hof in seine Kammer gelangen konnte.

Er ließ den Brief auf dem Schemel liegen, beschwerte ihn mit seinem Becher und warf sich dann seinen warmen Umhang um. Bevor er sich in den Hof hinauswagte, verharrte er einen Augenblick hinter der nur einen Spaltbreit geöffneten Tür und lauschte, ob draußen auch alles ruhig war. Dann huschte er hinaus in den klaren Morgen, eilte über den staubigen Platz, wo sich große Stapel Bretter und Balken auftürmten, und gelangte unbemerkt zum hohen Brettertor. Er schob den breiten Riegel zurück, öffnete den rechten Flügel gerade weit genug, um hinaus auf die Straße schlüpfen zu können, und zog den Torflügel wieder hinter sich zu.

Er fand sich auf einer nicht sehr breiten Straße wieder, die ein wenig anstieg, sich nach gut fünfzig Schritten nach rechts krümmte und die von dicht aneinander gedrängten Wohnhäusern einfachster Bauweise gebildet wurde. Hier und dort führten Tordurchgänge in Hinterhöfe und Werkstätten.

Hastigen Schrittes eilte er die Straße hoch – und wurde augenblicklich von einem verkrüppelten Bettler angesprochen. Der in Lumpen gehüllte Mann, dessen Beine ein Stück oberhalb der Knie in hässlichen Stümpfen endeten, hockte auf der gegenüberliegenden Straßenseite in einem Toreingang auf einer mit dicken Rollen versehenen Holzplatte. Mit erstaunlicher Behändigkeit und der Kraft keulendicker Oberarme rollte er auf dem schmutzstarrenden Brett aus dem Durchgang und vor ihm in den Weg, indem er sich mit seinen dreckigen, mit Lumpenstreifen umwickelten Händen vom Boden abstieß.

»Gemach! Nicht so schnell des Weges, junger Herr! Habt Erbarmen mit einem von den Launen des Schicksals geschlagenen Krüppel!«, rief der Bettler mit krächzender Stimme, brachte sein primitives Gefährt mit der linken Hand vor seinen Füßen zum Stehen und streckte ihm gleichzeitig die rechte bittend entgegen. Das Gesicht des Mannes war von dem Elend eines Lebens auf der Straße gezeichnet, und der eingefallene Mund verriet, dass er längst alle Zähne verloren hatte.

Sebastian blieb stehen.

»Eine milde Gabe, junger Herr!«, bettelte der Krüppel. »Beginnt den neuen Tag mit einem gottgefälligen Werk der Barmherzigkeit, das Euch der Allmächtige im Himmel vergelten wird!«

Sebastian zögerte kurz. Er wollte so schnell wie möglich aus dieser Uferstraße und weg von der Sägemühle kommen. Gleichzeitig regte sich aber auch Mitleid mit diesem Unglücklichen, der für sein Überleben tagtäglich auf Almosen angewiesen war.

»Verhärtet nicht Euer Herz, junger Herr! Heißt es denn nicht in der Heiligen Schrift ›Bittet, so wird euch gegeben‹? Und sprach nicht unser Retter und Erlöser einst zu seinen Jüngern, als er sie über das Endgericht der Welt belehrte: ›Wahrlich, ich sage euch, was ihr einem der Geringsten meiner Brüder getan habt, als er dürstete und hungrig, krank und nackt war, das habt ihr mir getan. Und was ihr ihm nicht getan habt, als er dürstete und hungrig, krank und nackt war, habt ihr mir nicht getan.‹«

Sebastian konnte sich eines Lächeln nicht erwehren. Der Bettler verstand sein Geschäft und wusste, wie man die barmherzige Seele eines Christenmenschen richtig ansprach. Und er, Sebastian, hatte allen Grund, dankbar zu sein und das Elend eines weniger Glücklichen ein wenig mildern zu helfen.

»Schon gut, du sollst dein Almosen bekommen, guter Mann«, sagte er deshalb, griff zu dem unauffälligen Geldbeutel, den Lauretia ihm beschafft hatte, und löste das Band, um im nächsten Moment zwei Münzen in die ausgestreckte Hand des Krüppels fallen zu lassen. Eine wäre als Almosen schon mehr als genug gewesen, aber er hoffte, durch seine Großzügigkeit das Schicksal für sein Vorhaben gnädig zu stimmen.

Die Augen des Bettlers leuchteten auf, als er sah, dass man ihn nicht mit einem armseligen Pfennig abgespeist hatte, sondern dass ein viertel Silbergulden in seiner Hand lag. »Ihr habt wahrlich ein barmherziges Herz! Habt Dank für Eure große Güte, junger Herr! Und möge Gottes Schutz und Segen Euch allzeit begleiten!«, rief der Bettler ihm aufgekratzt nach.

»Möge es so sein«, murmelte Sebastian und schenkte ihm keine weitere Beachtung mehr, während er sich eilends entfernte. Er hörte noch, wie der Krüppel wieder sein primitives

Rollbrett in Bewegung setzte und offenbar denselben Weg einschlug wie er. Aber schon im nächsten Moment vergaß er die Begegnung mit dem Bettler, drängten sich nun doch wieder die Hoffnungen und Ängste mit aller Macht in sein Bewusstsein zurück, die um seine schwer kranke Ziehmutter und den *Erlenhof* kreisten.

Er beabsichtigte, sich hinüber in die Ilzstadt zu begeben, die im Flussbogen gegenüber der keilförmigen Ostspitze von Passau lag, wo sich die drei Flüsse Ilz, Inn und Donau trafen und zu einem Strom verbanden. Dort würde er zu dieser Morgenstunde sicherlich einen Bauern oder Fuhrmann finden, der ihn gegen ein gutes Entgelt in eines der Dörfer nahe beim *Erlenhof* brachte. Und den Rückweg konnte er vermutlich auf einem der kleinen Flussboote machen, die auf der Ilz verkehrten.

Kurz hinter der Krümmung der Straße gelangte Sebastian an eine Ecke, wo sich mehrere Gassen kreuzten. Er blieb stehen, um sich zu orientieren, denn er wusste nur, dass sich die Sägemühle von Meister Dornfeld in der Nähe des Donauhafens und des Fischmarktes befand. Zwar hielt er sich nicht zum ersten Mal in Passau auf, doch seine Ortskenntnis erstreckte sich mehr auf das Herz der Stadt rund um den majestätischen Dom, nicht jedoch auf die Fischer-, Handwerker- und Tagelöhnerviertel mit ihren vielen verwinkelten Gassen.

In seinem Rücken, am anderen Ufer der Donau und hoch auf der vorspringenden Spitze des Georgsberges, thronte die mit Türmen und Zinnen reich bewehrte Trutzburg Oberhaus. Die Festung war nicht nur Bollwerk gegen Feinde der Reichsstadt, sondern auch zu Stein gewordene Mahnung der Herrschenden an die eigenen Untertanen, wie groß die Macht des fürstlichen Bischofsadministrators Herzog Ernst von Bayern und der Herren des Domkapitels über jeden Bürger von Passau war.

Sebastian dachte kurz an Lauretia, die mit dem schwer beladenen Fuhrwerk dorthin unterwegs war. Dann wandte er sich wieder der vor ihm aufsteigenden Stadt zu. Sein Blick suchte und fand die hoch aufragenden Türme der Kathedrale, die sich rechts vor ihm über den Dächern erhoben. Er nahm sie als Orientierungspunkte. Wenn er erst vor dem Dom auf dem Residenzplatz stand, wo viele der besser gestellten Kaufleute und Händler von Passau ihre Wohnhäuser, Läden und Kontore hatten, dann wusste er schon, wie er am schnellsten hinüber zum Rindermarkt am Rand der Neustadt und von dort zur hölzernen Brücke über die Donau kam.

Von den einfachen Tagelöhner- und Handwerkervierteln entlang der Flussufer stieg das Gelände zum Dom und den Bezirken der wohlhabenden Passauer Bürger beachtlich an. Er musste also nur der nächsten Straße folgen, die von den Niederungen aufwärts führte, um in die Nähe des prächtigen Gotteshauses Sankt Stephan zu kommen. Und genau das tat er.

Er stieg die Gasse hoch, und noch bevor er auf den oben liegenden Residenzplatz gelangte, der bei vielen Einheimischen noch immer »Unter den Krämern« hieß, drang ihm schon aufgeregtes Stimmengewirr entgegen. In den umliegenden Gassen und Straßen schlugen Türen und klapperten Holzpantinen in großer Eile durch den Dreck. Man rief sich gegenseitig zu, sich bloß zu beeilen, wollte man das Spektakel nicht verpassen. Männer, Frauen, Kinder und Alte hasteten aus den Häusern, Läden und Werkstätten und strömten auf den Platz vor dem Dom, als stände die Stadt in Flammen.

Doch es war ein Feuer ganz anderer Art, das an diesem Morgen mit unersättlicher Gier über Passau herfiel. Die Flammen dieses heimtückischen Feuers fraßen sich nicht durch das Gebälk von Häusern, sondern leckten mit zügelloser Begehrlichkeit nach hart klingender Münze. Es war das Feuer eines

Ablasspredigers, der mit seinem Tross in die Stadt eingefallen war.

13

Wieder einer dieser Dominikanermönche, der uns das Geld aus dem Beutel locken will!«, hörte Sebastian einen vornehm gekleideten Mann grollen, der mit einem ähnlich wohlhabenden Begleiter an ihm vorbeieilte, als die Gasse ihn freigab und er auf den Residenzplatz gelangte.

Sebastian hatte seine Eltern oft über das Unwesen dieser päpstlichen Ablassprediger schimpfen gehört, die durch das Land zogen und den Leuten ihr letztes Geld aus den Geldbörsen schwatzten. Er wusste von seinen Zieheltern, dass der Missbrauch, der mit dem einträglichen Geschäft des Ablasses getrieben wurde, Gegenstand mehrerer der 95 Thesen* des Martin Luther gewesen war, die dieser im Oktober 1517 an die Wittenberger Schlosskirche geschlagen hatte und die letztlich zum Bruch der Neugläubigen mit der römisch-katholischen Kirche geführt hatten. Doch er selbst hatte bislang noch keinen von diesen Predigern zu Gesicht bekommen. Nun bot sich ihm erstmals Gelegenheit dazu, und die Neugier trieb ihn wie alle anderen in die Menschenmenge, die sich um den Ablassprediger und seine Männer gebildet hatte.

Sie waren mit drei aufwändig herausgeputzten Wagen in die Stadt gekommen. An den vier Ecke eines jeden Gefährts

* Die berühmten 95 Thesen des Martin Luther finden sich am Ende des Romans im Anhang.

brannten Pechfackeln in gezackten Kronen aus geschmiedetem Eisen, obwohl es doch schon helllichter Tag war. An der Spitze des Zuges ging ein bulliger Mönchsknecht, der ein großes rotes Kreuz mit blutigen Nageln trug. Von der Spitze des Kreuzes baumelte eine Dornenkrone herab, das Zeichen des Ablasses. Ein anderer Knecht folgte mit der päpstlichen Fahne. Und wieder andere Begleiter des Predigers führten weitere Banner mit sich sowie große Bildtafeln, die zeigten, wie erlöste Seelen aus dem Fegefeuer dem Himmel entgegenstrebten.

An den Seitenwänden der Wagen und von den Rücken der Pferde hingen ähnliche grob gemalte Bildtafeln, nur zeigten diese die entsetzlichen Folterqualen, die in den Höhlen der feurigen Hölle auf jeden Sünder warteten. Da peinigten dämonische Teufelsgestalten, mit sichtlicher Lust an der Grausamkeit, die armen Seelen mit glühenden Zangen, durchbohrten sie mit Schwertern und Lanzen, rissen ihnen die Eingeweide aus dem Leib, siedeten sie in riesigen Kesseln mit brodelndem Öl, spannten sie auf ein mit Eisendornen gespicktes Rad, zerrten ihnen auf der Streckbank die Glieder auseinander, stachen ihnen die Augen aus, hackten ihnen die Hände ab, ersäuften und vierteilten sie – unsägliche Folterungen, von denen es im Fegefeuer des Teufels keine Erlösung durch den Tod gab, sondern die immer wieder aufs Neue erlitten werden mussten.

Im ersten Wagen ragte ein hölzernes Podest auf, das einem Schreibpult ähnelte. Dort lag unter einem mit Goldleisten verzierten Glaskasten auf einem blauen Samtkissen die Ablassbulle des Papstes. Auf dem dritten Wagen, der den beiden ersten mit etwas Abstand folgte, saßen sechs bewaffnete Knechte, die im Dienst des Bankhauses der Fugger in Augsburg standen, um die mit schweren Eisenbändern beschlagenen Opferkästen zu bewachen.

Der Ablassprediger, eine kräftige Gestalt im schwarzen Habit der Dominikanermönche, stand im mittleren der drei Wagen in einem offenen Geviert. Es bestand aus mit feuerroten Bändern umwickelten Rundhölzern, die ihm auf den holprigen Straßen und Gassen Halt geben sollten, während sich die Wagen vorwärts bewegten und er währenddessen redegewandt die Vorzüge des päpstlichen Ablasses verkündete. Seine Stimme drang klar und durchdringend über den Platz, der sich mit immer mehr Menschen füllte, so dass der Tross schon bald zum Stehen kam.

»… so erbarmt euch der armen Seelen eurer Hinterbliebenen, die im Fegefeuer ohne Unterlass die schrecklichsten Strafen zu erleiden haben!«, rief der Prediger den Passauer Bürgern zu, seine Worte mit nachdrücklichen Gesten begleitend. »Hört ihr nicht, wie sie aus der Hölle zu euch schreien: ›Erbarmt euch, wir sind in grausamer Pein! Doch ihr könnt uns mit wenigen Almosen erlösen! Seid nicht so grausam, uns in den Flammen und unter den Folterwerkzeugen der Teufelsknechte schmachten zu lassen!‹ Ja, hört die Stimmen eurer Verstorbenen, Bürger von Passau, und schenkt ihnen die erflehte Erlösung! Denn schon für einen viertel Gulden ist der Ablassbrief zu haben, kraft dessen ihr die göttliche und unsterbliche Seele sicher und frei zum Vaterland des Paradieses bringen könnt!«

Sebastian schauderte beim Anblick der Bildtafeln, und er sah auch in den Gesichtern von vielen der Umstehenden Angst und Entsetzen und die quälende Frage, welche schrecklichen und endlosen Qualen wohl ihnen im Fegefeuer drohten, wenn die Stunde ihres Todes kam und sie sich für die Sünden ihres Lebens verantworten mussten. Viele gingen beim Anblick der Fahnen, Banner und Bildtafeln in die Knie und bekreuzigten sich und so manch kleines Kind presste sich angstvoll in das

Kleid der Mutter. Denn kaum einer bezweifelte, dass es eine Hölle gab, deren Teufelsknechte überall auf der Erde nach Beute unterwegs waren und auf den Friedhöfen die Sünder aus ihren Gräbern rissen und hinunter ins Fegefeuer schleppten.

»Seht das Dornenkreuz und hört, ihr Mörder und Räuber, ihr Diebe und Wucherer, ihr Sodomisten und Blutschänder, ihr Huren und Ehebrecher, ihr Lügner und Lasterhaften!«, fuhr der Dominikaner mit beschwörender Stimme fort und deutete mit ausgestreckter Hand hier und da in die Menge, als könnte er den Männern und Frauen ihre Sünden von der Stirn ablesen. »Jetzt ist es Zeit, die Stimme Gottes zu hören, der nicht den Tod des Sünders und ihn im Fegefeuer leiden sehen will, sondern dass er sich bekehre!«

»Verdammt, warum schenkt uns der Papst denn nicht den Ablass, statt ihn landauf, landab gegen klingende Münze zu verkaufen wie ein geldgeiler Krämer!«, murrte jemand vor Sebastian, der wenige Schritte hinter dem Brunnen stehen geblieben war. »Wenn er wirklich Gewalt über die Seelen im Fegefeuer hat, warum räumt er dann nicht mit einem Schlag das ganze Fegefeuer leer, statt die armen Seelen noch weiter leiden zu lassen? Und wenn er unbedingt diesen verdammten Petersdom bauen will, soll er gefälligst sein eigenes Geld dazu nehmen. Er ist doch reich genug, da muss er uns zu allem Übel nicht auch noch …«

»Halt deinen lästerlichen Mund, Johannes!«, fuhr ihn da die Frau an seiner Seite an und zischte: »Willst du zu all deinen Sünden auch noch Blasphemie auf dich laden?«

Doch ein anderer Zuhörer in ihrer Nähe nahm die Kritik am Ablass auf, indem er bissig sagte: »Nützlicher und gottgefälliger wäre es, den Armen und Hungernden Geld zu geben, statt es in die Ablasskästen zu werfen!«

»Was kümmert die hochherrschaftlichen Pfaffen die Armut? Und dass in Rom für Geld alles zu haben ist, von der Domherrnstelle mit satten Pfründen über ein Bistum bis zum Kardinalshut, weiß doch schon jedes kleine Kind!«, schimpfte da hinter Sebastian eine krächzende Stimme.

Als Sebastian sich umdrehte, sah er zu seiner Überraschung den verkrüppelten Bettler. Er hatte sich mit der Kraft seiner Arme auf den breiten Brunnenrand geschwungen, um ebenfalls einen Blick auf das Geschehen weiter vorne werfen zu können.

Aber wenn der Krüppel und die beiden anderen Kritiker mit ihren Kommentaren auch einigen aus der Seele sprachen, so wollten sich viele andere jedoch nicht im Glauben beirren lassen, dass auf dem päpstlichen Ablass göttlicher Segen ruhte, und einige zischten und warfen ihnen strenge, missbilligende Blicke zu. Einer fauchte aufgebracht in Richtung des Krüppels auf dem Brunnenrand: »Hat Gott dich noch immer nicht genug bestraft, du Lumpenkerl? Willst du seinen Zorn noch mehr herausfordern?«

Der Krüppel antwortete mit einer obszönen Geste und spuckte demonstrativ aus.

Indessen fuhr der Ablassprediger vom Wagen herab eindringlich fort: »Heute abends zur Stunde der heiligen Vesper könnt ihr dort drüben im Dom die Vergebung eurer Sünden erlangen – für eure Verstorbenen, aber auch für euch selbst. Mit nur vier Gulden könnt ihr dank der päpstlichen Gnade, die euch den unermesslichen Heilsschatz der Kirche durch den Ablass gewährt, beispielsweise die Sünde des Ehebruchs aus der Welt schaffen! Diese Sünde hat, wie ihr wisst, einige tausend Jahre an Qual im Fegefeuer zur Folge. Und nun sagt, was ist ein wenig irdischer Mammon gegen den Erlass unvorstellbarer, ewiger Folterqualen?«

»Und was kostet Unzucht mit einer Nonne?«, rief eine spöttische Stimme aus der Menge.

Hier und da erhob sich Gelächter, doch der Ablassprediger sah keinen Grund, sich empört zu zeigen. Dass in vielen Klöstern die strengen Regeln nicht mehr eingehalten wurden und sogar Unzucht getrieben wurde, gehörte zum Wissen der Straße.

»Der ist mit zehn Gulden gesühnt!«, antwortete der Dominikanermönch trocken und geschäftsmäßig. Und dann führte er aus, dass man sich nicht nur Ablassbriefe für vergangene Sünden kaufen konnte, sondern auch für zukünftige Verfehlungen, sogar für die Todsünden wie Totschlag und Blutschande.

Sebastian hatte genug gehört und gesehen. Er hatte an diesem Tag noch einen langen Weg vor sich. Deshalb löste er sich nun eiligst aus der Menge. Dabei rempelte er einen breitschultrigen Mann an, der ihm unverhofft in die Quere geriet und sich sogleich mit einem ärgerlichen Laut zu ihm umwandte.

Sebastian fuhr ein eisiger Schreck in die Glieder, blickte er doch in das Gesicht des plattnasigen Schergen Jodok, mit dem er am Moor die Klinge gekreuzt hatte!

14

Der Scherge starrte ihn an, als wäre ihm ein Geist erschienen. »Du lebst? Hol mich doch der Teufel!«, stieß er fassungslos hervor. Doch schon im nächsten Moment hatte er den Schock überwunden. »Umso besser! Der Domherr wird entzückt sein und mich gut bezahlen, wenn ich dich ihm lebend bringe!« Gleichzeitig schoss seine Hand vor.

Sebastian war zunächst vor Erschrecken wie gelähmt gewesen. Doch als der Scherge, der auf den Namen Jodok hörte, ihn packen und festhalten wollte, da duckte er sich geistesgegenwärtig zur Seite und suchte sein Heil in der Flucht.

Um ein Haar wäre er gerade mal zwei Schritte weit gekommen. Denn Jodoks Hand fasste nicht gänzlich ins Leere. Zwar konnte sie sich nicht mit eisernem Griff um Sebastians Arm legen, aber dafür bekam sie einen Zipfel seines Umhangs zu fassen. In der Hoffnung, ihn aus dem Tritt zu bringen und zu Boden werfen zu können, zerrte Jodok den Mantel mit aller Kraft zu sich heran.

Sebastian war, als wäre er plötzlich gegen eine unsichtbare Wand gelaufen. Gleichzeitig spürte er einen würgenden Druck auf seine Kehle, als der schwere Wollstoff sich spannte, sich die dünne Kette der Kragenschließe in seinen Hals schnitt und ihm die Luft abschnitt. Doch noch bevor er das Gleichgewicht verlieren und rückwärts gezogen werden konnte, verbog sich der Haken der Schließe unter dem brutalen Ruck des Schergen und brach auf. Der Umhang flog ihm von der Schulter und Jodok vor die Brust, und befreit von dem Zugriff, der ihm fast zum Verhängnis geworden wäre, rannte er los.

»Das wird dir auch nichts helfen! Diesmal entkommst mir nicht! Das Kopfgeld für dich ist heute schnell verdient!«, rief Jodok ihm nach.

»Das werden wir ja sehen, Schweinsnase!«, rief Sebastian zurück, ohne sich jedoch nach seinem Verfolger umzusehen. In einem wilden Zickzack lief er durch die hinteren, nicht mehr ganz so dicht gedrängten Reihen der Schaulustigen.

Keiner der Umstehenden gab etwas auf Jodoks Aufforderungen, dem Flüchtenden den Weg zu versperren und ihn festzuhalten. Sie hatten nur Augen und Ohren für den Ablassprediger und seinen schaurig eindrucksvollen Wagentross. Zudem sah jeder, dass er der Dienstmann eines Domherrn war. Jodok trug nämlich nicht nur seinen Degen an der Seite, sondern auf dem Lederwams und vor allem auf seinem maronenbraunen Umhang prangte deutlich das Wappen seiner hohen geistlichen Herrschaft. Und die Domherrn, die sich fast ausnahmslos auf dem krummen Rücken der Handwerker und Tagelöhner ein gutes Leben machten, erfreuten sich in der Bevölkerung nicht gerade großer Beliebtheit. Da machte sich keiner so schnell zum Handlanger eines seiner Schergen.

Sebastian ließ die Schaulustigen auf dem Residenzplatz hinter sich. Vor ihm verengte sich der Platz und ging rechts vom Dom in die Margaretengasse über. Er rannte in die Gasse hinein, schlug aber sogleich einen Haken nach rechts und stürzte die Kleine Messergasse hinunter. Steil ging es den Hügel hinab, auf dem der Dom stand und von wo aus sich die Stadt im Laufe der Jahrhunderte immer mehr in alle Richtungen ausgebreitet hatte. Am Fuß der Gasse wandte er sich nach links und wäre beinahe in einer Pfütze hinter der Mauerecke ausgerutscht. Er fing sich gerade noch rechtzeitig und lief weiter.

Jodok blieb ihm dicht auf den Fersen, welche Haken er in dem Gassengewirr am westlichen Donauufer auch schlug. Er schrie ihm unablässig Flüche und Drohungen zu.

Sebastian antwortete nicht auf seine Zurufe, dafür war ihm der Atem zu kostbar. Schon jetzt spürte er, wie ihm der Schweiß ausbrach. Er wusste, dass er nach so langer und schwerer Krankheit rasch ans Ende seiner Kräfte gelangen würde. Und deshalb gab es für ihn auch nur eine einzige Chance, seinem Verfolger und damit der Einkerkerung zu entkommen: Er musste ihn irgendwo abschütteln, etwa an einer Kreuzung, wo man in mehrere Richtungen weiterlaufen konnte, und dann gleich dahinter irgendwo durch einen Torbogen in einen Hinterhof verschwinden. Aber das setzte voraus, dass er über einen größeren Vorsprung verfügte und Jodok ihn zumindest für einige Sekunden aus den Augen verlor. Nur so würde er nicht wissen, in welcher Richtung er, Sebastian, seine Flucht fortgesetzt hatte.

Aber Jodok tat ihm den Gefallen nicht, dabei hatte er es ungleich schwerer, behinderten ihn doch sein Degen und der Umhang beim Laufen. Und statt weiter zurückzufallen, holte er sogar auf, als Sebastian wenig später über die lange Steingasse in Richtung auf die Pfarrkirche Sankt Paul hetzte.

Lange würde Sebastian dieses scharfe Tempo nicht mehr durchhalten und dabei war weit und breit keine Rettung in Sicht. Im Gegenteil, mit jedem Augenblick wuchs die Chance, dass doch jemand dem Schergen zu Hilfe kam, und dann war sein Schicksal besiegelt. Jetzt bereute er, dass er sich von seiner Neugierde dazu hatte hinreißen lassen, sich auf dem Residenzplatz unter die Menschenmenge zu mischen, statt sich auf direktem Weg aus der Stadt und hinüber auf das andere Donauufer zu begeben. Dann wäre er dem Schergen sicherlich nicht über den Weg gelaufen. Aber diese Reue kam nun zu spät.

Mit schmerzenden Lungen, rasendem Herzschlag und wachsender Angst rannte er durch die schmale Gasse, die um die Kirche Sankt Paul herumführte. Augenblicke später gelangte er auf den lang gestreckten Rindermarkt, auf dem an diesem Morgen rege Geschäftigkeit herrschte. Viele Viehhändler und Käufer hatten sich eingefunden und feilschten miteinander.

Hier war ihm das Glück endlich hold, indem es ihm durch das beherzte Eingreifen eines Pferdehändlers die Möglichkeit verschaffte, seinen Vorsprung zu vergrößern und den Schergen vielleicht doch noch abzuschütteln. Der Mann hatte gerade Pferdemist in einen großen Holzkübel geschaufelt, als Sebastian an ihm vorbeirannte. Als der Pferdehändler sah, wer da hinter ihm her war, packte er den Kübel und kippte dem Schergen den Mist mitten in den Weg.

Jodok versuchte der schmierigen Lache aus Pferdekot und -urin auszuweichen, doch ohne Erfolg. Er trat voll in den aufgeweichten Mist, rutschte darin aus und stürzte unter dem schadenfrohen Gelächter der Umstehenden der Länge nach hin.

Sebastian warf einen Blick über die Schulter zurück, sah Jodok am Boden liegen und wusste, dass dies seine Chance war, ihm zu entkommen. Er bot seine letzten Kräfte auf, den Rindermarkt so schnell wie möglich hinter sich zu lassen und in die nächste Gasse zu kommen. In seiner Angst und Eile bemerkte er jedoch zu spät, dass er in eine Sackgasse eingebogen war. Er wusste, dass sein Vorsprung nicht groß genug war, um wieder zurückzulaufen und sich in eine der Nachbargassen zu flüchten. Und als er dann zu seiner linken Hand den Torbogen bemerkte, sah er keine andere Möglichkeit, als dort Zuflucht zu suchen.

Der kleine, schmale Hinterhof, der hinter dem steinernen Durchgang lag, gehörte offenbar zur Werkstatt eines Fassbinders, war er doch mit Fässern aller Größe halb zugestellt.

Mit fliegendem Atem und von heftigen Seitenstichen gequält, blieb er kurz stehen, um sich nach einem Versteck umzusehen. Doch noch bevor er wusste, was er jetzt tun sollte, hörte er metallisches Klirren hinter sich im Tordurchgang und die triumphierende Stimme des Schergen, der ihm zurief: »Eine nette Hatz, die du mir da durch die halbe Stadt geboten hast! Aber jetzt ist das Spiel aus! Ich habe dir doch gesagt, dass du mir nicht entkommen wirst!«

Er saß in der Falle.

15

Maßlos entsetzt, dass Jodok trotz des Sturzes auf dem Rindermarkt doch noch mitbekommen hatte, wo er sich hatte verstecken wollen, wich Sebastian zwischen den Fässern vor ihm zurück. Die Gedanken jagten sich hinter seiner Stirn. Alles, was er im Moor erlitten und was Lauretia, der geheimnisvolle Kapuzenmann und Meister Dornfeld für ihn getan hatten, war vergeblich gewesen! Und er wünschte, er wäre im Hochmoor seinen Verletzungen erlegen, denn dann wäre ihm das erspart geblieben, was nun im Kerker des Domherrn Tassilo von Wittgenstein auf ihn wartete! Und Lauretia würde vermutlich nie erfahren, weshalb er nicht in die Kammer zurückgekehrt und was aus ihm geworden war. Ein Gedanke, der ihn seltsamerweise fast noch mehr mit bitterer Reue erfüllte als alles andere.

Ein stämmiger, kleinwüchsiger Mann mit einem eisengrauen Bart und einer Lederschürze vor der Brust trat aus der Tür der Werkstatt. »Was geht hier vor?«, verlangte er zu wissen und sah mit gefurchter Stirn von einem zum anderen.

»Verschwinde in deiner Werkstatt, wenn du keinen Ärger haben willst, Alter!«, herrschte Jodok ihn grob an und wedelte mit der linken Hand, als wollte er ein lästiges Insekt verscheuchen.

Empört stellte sich ihm der Fassbinder in den Weg. »Wie redet Ihr mit mir?«, herrschte er den Waffenknecht an. »Ich lasse mir doch auf meinem eigenen Grund und Boden nicht von einem …«

Weiter kam er nicht.

»Gut, du kannst es auch anders haben!«, fiel Jodok ihm ins

Wort und versetzte ihm einen brutalen Faustschlag an den Kopf.

Der mit aller Wucht geführte Hieb schleuderte den Mann wie eine Puppe gegen eines der großen Fässer. Er schlug mit dem Kopf hart gegen die Tonnenwand und stürzte bewusstlos zu Boden.

»So, und jetzt zu dir!« Jodok zog sein Messer, und ein hässliches Grinsen legte sich über sein plattnasiges Gesicht. »Der Domherr will dich zwar lebend, aber das schließt ja nicht aus, dass du vorher noch ein bisschen Blut lässt! Denn du hast noch eine Rechnung bei mir zu begleichen – und die wird in Blut bezahlt!«

Sebastian sah sich ihm rettungslos ausgeliefert, war er doch auf drei Seiten von Fässern eingekeilt. Und eine Waffe zu seiner Verteidigung führte er auch nicht mit, nicht einmal ein Messer.

»Ich finde, du brauchst nur ein Auge, um dich nachher am Anblick des Domherrn und deines Kerkers zu erfreuen!«, höhnte der Scherge und lächelte ihn mit gezücktem Messer bösartig an.

Sebastian riss die Augen weit auf, aber nicht aus Angst vor dem, was Jodok ihm gleich zufügen wollte, sondern vor Ungläubigkeit. Denn im selben Moment nahm er im Rücken des Schergen eine hüpfende Gestalt war, die sich links hinter Jodok so lautlos wie ein Schatten auf eines der Fässer schwang.

Es war der verkrüppelte Bettler! Und jetzt erinnerte er sich auch, während seiner Flucht durch die Gassen des Öfteren das Geräusch des Rollbrettes gehört zu haben. Der Mann musste ihnen gefolgt sein und trotz seiner schweren körperlichen Behinderung den Anschluss nicht verloren haben!

Jodok bemerkte, dass Sebastians fassungsloser Blick nicht

ihm galt, sondern an ihm vorbeiging. Er spürte die Gefahr und alarmiert fuhr er herum. Doch da hatte der Krüppel schon den kurzen, mit Nägeln beschlagenen Prügel hervorgezogen, der unter seiner linken Achsel in einer ledernen Schlinge hing, und schlug zu. Jodok sah den Schlag noch nicht einmal kommen. Der Prügel erwischte ihn am Hinterkopf und raubte ihm sofort das Bewusstsein. Mit einem erstickten Aufschrei sackte er vornüber und stürzte zwischen die Fässer.

»Heiliger Georg, dich haben die Engel geschickt!«, stieß Sebastian hervor. Er konnte kaum glauben, dass er der Verstümmelung durch den Schergen und der Verschleppung in den Kerker des Domherrn entkommen war – und das durch das wundersame Eingreifen eines beinlosen Bettlers!

Der Krüppel schob den Prügel in die Achselschlinge zurück und rutschte von der hüfthohen Tonne. »Nichts gegen den heiligen Georg, dessen Beistand bei Kämpfen aller Art stets hilfreich ist, wie man weiß«, sagte er trocken, während er sich über den bewusstlosen Schergen beugte. »Aber mich hat ein ganz anderer, ein sehr irdischer Herr damit beauftragt, ein Auge auf Euch zu halten, solltet Ihr die Dummheit begehen, Dornfelds Mühlhof zu verlassen.«

Sebastian fiel vor Verblüffung fast der Unterkiefer herunter. »Was sagst du da? Jemand hat dich beauftragt, Dornfelds Sägemühle im Auge zu behalten und mir zu folgen?«

»So ist es«, bestätigte der Krüppel, während er dem bewusstlosen Jodok Degen und Messer abnahm, ihm den Gürtel von den Hüften zerrte und ihm damit die Hände auf den Rücken fesselte. »Andernfalls hätte ich mich auch kaum dort aufgehalten, denn in der Straße beim Dornfeld ist doch für einen Bettler wenig zu holen.«

»Und wer ist es, der dir den Auftrag erteilt hat?«, wollte Sebastian nun wissen. »War es der schwarze Kapuzenmann?«

Der Krüppel lachte rau auf. »Der schwarze Kapuzenmann? Ein wirklich trefflicher Name! Den muss ich mir merken! Ja, ich denke mal, wir sprechen von ein und demselben Mann«, krächzte er und schnitt dem Schergen mit seinem Messer die Stiefel der Länge nach auf.

»Wer ist er?«, fragte Sebastian drängend. »Nun sag mir schon seinen Namen! Ich habe ein Recht, ihn zu erfahren!«

»Ich aber nicht, ihn Euch zu nennen, junger Herr!«, erwiderte der Krüppel. »Also bedrängt mich nicht länger mit Fragen, die Euch nicht weiterbringen und uns nur wertvolle Zeit kosten. Wir müssen von hier verschwinden und Euch in Sicherheit bringen, denn Ihr dürft nicht länger auf der Straße verweilen. Es werden bald noch andere Spießgesellen die Augen nach Euch aufhalten, wenn der Bursche hier erst wieder zu sich gekommen ist. Ich weiß ganz in der Nähe einen Ort, wo Ihr Euch verstecken könnt, bis es dunkel ist und man Euch unbemerkt wieder zu Meister Dornfeld bringen kann. Hier, nehmt mir das ab!«

Sebastian fing den Degen auf, den der verkrüppelte Bettler ihm zuwarf. »Verrätst du mir denn wenigstens, wie du heißt?«

Der Krüppel blickte mit einem zahnlosen Grinsen zu ihm auf. »Man nennt mich Stumpe, junger Herr. Weder ein sehr origineller noch ein schmeichelhafter Name, aber er tut es so gut wie jeder andere. Und jetzt lasst uns um Himmels willen von hier verschwinden!«, drängte sein Retter und hüpfte über den Hof zum Tordurchgang, wo er sein Rollbrett zurückgelassen hatte.

Sebastian folgte ihm aus der Sackgasse, und als sie wenig später die Grabengasse in Richtung Inn hinuntereilten, war er einmal mehr erstaunt, wie schnell sich dieser Mann auf seinem primitiven Gefährt bewegen konnte. Er selbst musste laufen, um nicht den Anschluss zu verlieren. Kein Wunder, dass dieser Stumpe ungemein muskulöse Oberarme besaß.

»Wo bringst du mich hin?«

»In das Haus einer Person, der ich blind den Rest meines verstümmelten Körpers anvertrauen würde, und das heißt in dieser verdammten Stadt nicht wenig«, gab der Krüppel zur Antwort und bog schwungvoll in eine schmale Seitengasse ein, in der es stark nach Unrat aller Art stank.

Vor einem schmalbrüstigen Haus hielt Stumpe sein Rollbrett an, sprang die beiden Stufen hoch und klopfte mit der Faust gegen die Tür. Als sich niemand im Haus zu rühren schien, hämmerte er erneut dagegen, diesmal mit ungeduldiger Heftigkeit.

Augenblicklich meldete sich eine ärgerliche Frauenstimme jenseits der Tür. »Zum Teufel noch mal, ich komme ja schon! Aber noch sind mir keine Flügel gewachsen! Also untersteht Euch, mir die Tür einzuschlagen!« Gleichzeitig hörte man, wie zwei Eisenriegel in ihren Halterungen zurückfuhren.

Eine spärlich bekleidete Frau von äußerst üppigen Formen erschien in der halb geöffneten Tür. Ihr quollen die Brüste fast aus dem knapp geschnittenen Mieder. Ihr Gesicht war grell geschminkt. Der rot übermalte Mund wirkte wie eine wulstige, blutende Wunde. Zudem trug sie eine schief sitzende, buttergelb gefärbte Perücke, die wohl aus Pferdehaar gearbeitet war und deren falsche Locken ihr bis auf die nackten gepuderten Schultern fielen.

Sebastian brauchte nur einen Blick auf die Frau zu werfen, um sofort zu wissen, wohin der Krüppel ihn gebracht hatte, nämlich zu einem jener berüchtigten Lasterhöhlen Passaus, wo ehrlose Frauen gegen Bezahlung zu allen Liebesdiensten bereit waren!

»Was willst du, Stumpe?«, fragte die Frau ungnädig, die einen verschlafenen Eindruck machte. »Du weißt doch, dass meine Mädchen um diese Zeit noch nicht arbeiten. Außerdem habe ich dir schon mehr als einmal gesagt, dass ich nicht anschreibe und …«

»Darum geht es nicht, Rotmund!«, fiel Stumpe ihr ins Wort. »Lass uns rein, dann erzähl ich dir, warum wir zu dir gekommen sind. Und es wird dein Schaden nicht sein, das verspreche ich dir.«

Die Frau, die wahrlich nicht von ungefähr auf den bezeichnenden Namen Rotmund hörte, warf Sebastian einen scharfen, prüfenden Blick zu. Dann nickte sie knapp und trat von der Tür zurück. »Also gut, aber gnade dir Gott, wenn du mich wegen einem Furz aus dem Bett geholt hast!«, brummte sie.

Stumpe klemmte sich sein Rollbrett unter den Arm und hüpfte in den dunklen Durchgang, der sich hinter der Tür erstreckte. Sebastian folgte ihm und zwängte sich an der Frau vorbei, die hinter ihm die Tür schloss und verriegelte. Eine steile Stiege führte wenige Schritte hinter der Tür aus der Diele ins obere Stockwerk.

»Nun sag schon, was es mit deiner Heimlichtuerei auf sich hat, Stumpe!«, forderte Rotmund ihn ungeduldig auf.

»Was ich dir zu sagen habe, verträgt keine lauten Töne. Ich muss es dir ins Ohr flüstern, Rotmund«, antwortete der Krüppel und winkte sie zu sich an die Treppe, auf deren vierte Stufe er gehüpft war, so dass er sich nun mit ihr auf Augenhöhe befand. »Und Ihr, junger Herr, bleibt so lange dort hinten an der Tür stehen.«

Obwohl er allen Grund hatte, Stumpe dankbar zu sein, so beschlich Sebastian in der dämmerigen Diele nun doch ein recht mulmiges Gefühl. Seine Beklemmung hatte mit dem verrufenen Ort zu tun, an dem er sich befand, aber mehr noch mit der Ungewissheit, was sich bloß hinter all dem verbarg, was ihm da an immer neuen rätselhaften Geschehnissen widerfuhr.

Mit einer verdrossenen Miene hatte sich Rotmund zu

Stumpe an das Geländer der Stiege gelehnt. Doch schon nach den ersten Sätzen, die er ihr ins Ohr flüsterte, veränderte sich ihr Gesichtsausdruck. Sie schien plötzlich hellwach.

»Das ist natürlich etwas anderes, Stumpe!«, sagte sie sichtlich überrascht. »Was für eine Frage! Natürlich kann er auf meine Hilfe zählen. Glaubst du, ich will mich mit ihm anlegen?«

»Das dachte ich mir«, sagte Stumpe zufrieden und flüsterte ihr noch etwas ins Ohr.

Sie nickte nachdrücklich. »Sag ihm, er kann sich auf Rotmund verlassen. Der Bursche ist bei mir so sicher wie in Abrahams Schoß. Und niemand wird erfahren, dass er sich hier versteckt hat. Ich werde dafür sorgen, dass meine Mädchen oben bleiben, bis ihr ihn abgeholt habt!«

»Gut, dann mache ich mich mal auf den Weg, um unserm Freund von dem unerfreulichen Vorfall zu berichten, damit er alles Nötige in die Wege leitet«, sagte Stumpe, hüpfte von der Treppe und teilte Sebastian mit, dass er bis zum Einbruch der Dunkelheit hier in Rotmunds Haus zu warten habe, bis man ihn holen komme. »Und keine weiteren Abenteuer, junger Herr! Das nächste Mal könnte es Euch das Leben kosten!« Dann packte er sein Rollbrett und verschwand.

»Wenn Ihr mir bitte folgen würdet? Ihr könnt mir vertrauen, mein Herr. Wer so gute Freunde hat wie Ihr, der ist bei mir in den allerbesten Händen!«, sagte die Besitzerin des Frauenhauses zu Sebastian, nachdem sie die Tür hinter Stumpe wieder verriegelt hatte.

»Ich wüsste nur zu gern, wer diese Freunde sind. Vielleicht könnt Ihr mir ja weiterhelfen«, erwiderte Sebastian mit fragendem Unterton.

Ihr aufdringlich geschminktes Gesicht verzog sich zu einer Grimasse, die wohl ebenso Spott wie das Bewusstsein der eigenen Gerissenheit ausdrücken sollte. »Sicher könnte ich Euch einen Namen nennen, aber ich wäre ein ausgemachter Dummkopf, wenn ich es täte. Und wer in Eurer Lage möchte sich schon gern einem einfältigen Tölpel anvertrauen, nicht wahr?«, sagte sie süffisant und führte ihn in eine fensterlose Kammer, die am hinteren Ende der Diele lag.

Es war ein schäbiges Zimmer, fast so spartanisch eingerichtet wie die Kammer bei Meister Dornfeld. Aber wenigstens gab es neben der schmuddeligen Bettstelle noch einen winzigen Tisch sowie einen Stuhl mit Rückenlehne. Rotmund brachte ihm eine dicke Kerze sowie ein abgegriffenes Kartenspiel, damit er sich die Zeit mit Kartenlegen vertreiben konnte. »Später bringe ich Euch noch einen Krug Schwarzbier und eine kräftige Mahlzeit. Ich vertraue auf Stumpes Wort, dass Ihr das Herz auf dem rechten Fleck habt und den Wert eines guten Dienstes sicherlich gebührend zu entlohnen wisst.«

Sebastian nickte nur. Sie sollte bekommen, was immer sie ihm für ihre Dienste in Rechnung zu stellen gedachte. Geld war die geringste seiner Sorgen.

»Gut, wenn Ihr sonst noch einen besonderen Wunsch habt, den eine Frau meines Gewerbes erfüllen kann«, sie schenkte ihm ein Lächeln, das sie wohl für aufreizend und verführerisch hielt, »so braucht Ihr nur gegen die Tür zu klopfen. Ich werde sie zu Eurer Sicherheit verschlossen halten.«

»Ich denke, ich habe alles, was ich brauche«, antwortete Sebastian so freundlich, wie es ihm möglich war.

»Nun, wenn Euch die Stunden vielleicht doch zu lang werden und Euch der Sinn nach vergnüglicher Zerstreuung steht, bedarf es wie gesagt nur eines Klopfzeichens, um mich zu Euch zu rufen«, sagte Rotmund zweideutig, zog die Tür zu und verriegelte sie.

Nun begannen für Sebastian die endlos langen Stunden des Wartens, dass der Tag verstrich und sich die Dunkelheit über

Passau legte. Um seinen fruchtlosen Grübeleien zu entfliehen, griff er schließlich wirklich zu den Karten und versuchte sich damit abzulenken. Auch das Bier, das Rotmund ihm zur Mittagsstunde zusammen mit einem Teller gebratenen Schweinebauchs mit Bohnen brachte, half ein wenig, dass ihm die Zeit nicht gar zu lang wurde. Es machte ihn nämlich rasch müde und für einige Stunden versank er auf der Bettstelle in einen unruhigen, von Alpträumen erfüllten Schlaf.

Endlich hatte das Warten ein Ende. Rotmund erschien mit Stumpe in der Tür. »Es ist alles bereit für Euch!«, teilte ihm der Krüppel mit. »Hier, das sollt Ihr Euch überwerfen!« Er warf ihm einen einfachen Umhang mit Kapuze zu. »Es ist zwar schon dunkel, aber Vorsicht ist besser als Nachsicht. Euer Tag dürfte reich genug an bösen Überraschungen gewesen sein. Nun, das ist alles, was wir für Euch tun konnten. Wir hoffen, Ihr seid mit unseren Gefälligkeiten zufrieden.«

»Ich danke Euch dafür«, sagte Sebastian. Und da er wusste, dass sie mehr als ein paar freundliche Worte von ihm erwarteten, belohnte er sie mit klingender Münze. Und beide waren mit dem, was er ihnen zahlte, sichtlich zufrieden.

Stumpe begleitete ihn vor das Haus. Dort wartete Lauretia mit dem schweren Fuhrwerk auf ihn. Über die Ladefläche hatte sie eine Plane aus Segeltuch gespannt. Nur eine Ecke der Plane war rechts hinter dem Kutschbock ein gutes Stück zurückgeschlagen. Darunter kam eine Lage Stroh zum Vorschein. »Schnell!«, raunte sie ihm zu, während ihre Augen ihn zornig anfunkelten, als hätte sie ihn am liebsten auf der Stelle mit heftigen Vorwürfen bedacht.

»Noch einmal besten Dank für alles«, sagte Sebastian leise zu Stumpe.

»Stets gern zu Diensten, junger Herr!«, erwiderte dieser mit einem breiten Grinsen. »Und wenn Ihr noch einmal meine

Hilfe in einer Sache braucht, die sich nicht mit ein paar freundlichen Worten regeln lässt, dann lasst es mich wissen. Abends findet Ihr mich meist unten an der Floßlände in der Taverne *Zum goldenen Ritter*.«

»Ich werde es bestimmt nicht vergessen«, versicherte Sebastian.

»Nun mach schon!«, drängte Lauretia.

Sebastian stieg in die Speichen des rechten Vorderrads, schwang sich über die Seitenwand des Fuhrwerks und glitt durch die Öffnung in der Plane in das Bett aus Stroh. Sofort schloss Lauretia die Öffnung mit dem Segeltuch, kletterte auf den Kutschbock und trieb das Pferd an.

Wenige Minuten später rollten sie in den Hof von Meister Dornfelds Sägemühle. Sebastian hörte, wie das Tor hinter ihnen zufiel. Dann kam der Wagen zum Stehen und Lauretia schlug die Plane zurück.

»Wenn du wüsstest, welche Sorgen ich mir um dich gemacht habe!«, waren ihre ersten, vorwurfsvollen Worte, als Sebastian sich im Stroh aufrichtete. »Ich bin fast gestorben vor Angst! Wie konntest du dich nur zu solch einer Dummheit hinreißen lassen?«

Sebastian sprang vom Fuhrwerk. »Ich konnte einfach nicht anders«, sagte er entschuldigend. »Aber lass uns in der Kammer in aller Ruhe darüber reden.«

Sie schüttelte den Kopf. »Das geht nicht. Ich darf da jetzt nicht mit dir hinein!«

Verwundert sah er sie an. »Du darfst nicht? Ja, warum denn nicht?«

»Weil dort schon jemand auf dich wartet, der allein mit dir sprechen will«, flüsterte sie ihm zu. »Es ist der geheimnisvolle Kapuzenmann!«

16

Aufs Höchste angespannt und von dunklen, namenlosen Ängsten ebenso heimgesucht wie von der Hoffnung auf Aufklärung gepackt, stieß Sebastian die Tür zur Kammer auf. Ein bindfadendünner Lichtschein fiel ihm wie eine gelblich leuchtende Nadel vom hinteren Ende des Raumes entgegen und stach in seinen Umhang.

»Schließ die Tür und setz dich auf die Kiste!«, befahl eine leise Stimme, die von dunkler Färbung war, doch trotz des gedämpften Tons noch kraftvoll klang und der man sofort anhörte, dass sie es gewohnt war, Befehle zu erteilen. »Ich habe schon zur Seite geräumt, was dort stand.«

Sebastian folgte der Anweisung des Fremden, der ihn an diesem Tag zum zweiten Mal davor bewahrt hatte, in die Hände des Domherrn zu fallen. »Wer seid Ihr? Und welchen Umständen habe ich Euren Beistand zu verdanken?«, fragte er mit belegter Stimme. Sein Herz schlug ihm vor Aufregung bis in den Hals.

»Es war töricht von dir, dich nicht an meine Anweisungen zu halten und dich von hier wegzuschleichen!«, wies ihn der Kapuzenmann zurecht, ohne auf Sebastians Fragen einzugehen, und im selben Augenblick verwandelte sich der dünne Lichtfaden in einen breiten, hellen Schein. Er kam von einer Laterne, die am oberen Bettende auf dem Schemel vor dem Kapuzenmann stand und nur den Teil der Kammer beleuchtete, der sich vor der Lichtquelle befand. Der Fremde selbst blieb in Dunkelheit getaucht. Das Einzige, was sich von ihm abzeichnete, war der vage Umriss seiner groß gewachsenen Gestalt. »Wie hast du nach allem, was auf dem *Erlenhof* und im Moor passiert ist, nur so dumm und verantwortungslos sein können?«

Sebastian schluckte. »Ich … ich hielt es nicht länger aus … die Ungewissheit, wie es meiner Mutter geht«, stammelte er schuldbewusst. »Es tut mir Leid, aber …«

»Gisa von Berbeck ist tot«, fiel ihm der Kapuzenmann mit fast herzloser Sachlichkeit ins Wort. »Sie starb noch in derselben Nacht, als du mit den beiden Männern vom Hof geflüchtet ist. Der Überfall des Domherrn war wohl zu viel für sie.«

»Oh mein Gott!«

»Du wusstest doch, dass sie nicht mehr lange zu leben hatte«, fuhr der Kapuzenmann fort, nun etwas sanfter im Tonfall. »Und vielleicht war es so auch besser für sie. Denn so blieb ihr erspart, mit ansehen zu müssen, wie Tassilos Männer gewütet und ihr Landgut niedergebrannt haben.«

»Sie haben *Erlenhof* niedergebrannt?«, stieß Sebastian erschüttert hervor.

»Ja, angeblich ist das Feuer ausgebrochen, als ihr euch der Verhaftung widersetzt habt. Der Verlautbarung des Domherrn zufolge wolltet ihr mit dem Feuer von eurer Flucht ablenken«, berichtete der Fremde. »Das ist natürlich eine Lüge, aber es wird keinen geben, der sie ihm widerlegen kann und will.«

»Warum hat er das getan?«, fragte Sebastian. »Und weshalb will er mich überhaupt verhaften und einkerkern? Ich habe doch nichts mit diesem Tassilo von Wittgenstein zu schaffen? Was hat das alles zu bedeuten? Also sagt mir endlich, was für ein gemeines Spiel hier gespielt wird! Ich habe ein Recht darauf, es zu erfahren, denn es geht ja wohl um meinen Kopf!«

»Du irrst, es geht nicht allein um dich«, widersprach der Fremde.

»Um wen denn noch? Vielleicht auch um meinem leiblichen Vater, von dem ich nicht das Geringste weiß?«

»So ist es!«

»Dann sagt mir endlich, wer mein Vater ist!«, forderte Sebastian ihn auf und sprang von der Kiste hoch.

»Das geht nicht!«

»Diese Antwort akzeptiere ich nicht!«, erwiderte Sebastian. »Ich will es jetzt endlich wissen! Wer ist mein Vater und was will der Domherr von mir? Schluss mit der Geheimnistuerei! Ihr habt mich lange genug dieser entsetzlichen Ungewissheit ausgesetzt!«

»Mäßige dich in deinem Ton! Du redest nicht mit Stumpe oder einem Fuhrknecht!« Die Stimme des Kapuzenmanns war so scharf wie eine frisch geschliffene Schwertklinge. »Und du tust gut daran, genau das zu tun, was ich sage!«

Sebastian sank auf die Kiste zurück. »Ist mein Vater vielleicht dieser Leonhard Kaiser, der vor einigen Wochen aus Wittenberg zurückgekommen ist, um seinen Vater am Sterbebett zu besuchen, und der wegen Ketzerei verhaftet worden ist? Wollte meine … Ziehmutter deshalb, dass mich Elmar und Ansgar in die Hochburg der Lutheraner bringen?«

»Nein, dieser Mann ist nicht dein leiblicher Vater, so viel kann ich dir sagen«, antwortete der Kapuzenmann.

»Seid … seid dann Ihr mein Vater?«, wagte Sebastian nach kurzem Zögern zu fragen.

»Auch darauf kann ich dir mit einem klaren Nein antworten.«

»Und was ist mit diesem Druckherrn Leonius Seeböck in Wittenberg?«

»Auch er ist nicht dein Vater.«

»Wer ist es dann? Bitte lasst mich nicht länger im Dunkeln über meine wahre Herkunft, und wieso mein Vater verloren sein soll, wenn ich dem Domherrn in die Hände falle!«, flehte Sebastian inständig. »Versteht Ihr denn nicht, dass ich es wissen muss?«

»Verstehen kann ich sehr wohl«, sagte der Kapuzenmann mit einer Spur Mitgefühl in der Stimme. »Aber dennoch darf ich mich nicht dazu hinreißen lassen, dir seinen Namen sowie die Umstände zu verraten, die nun auch dich in höchste Lebensgefahr gebracht haben.«

»Aber warum denn in Gottes Namen nicht?«, begehrte Sebastian auf. »Was ist damit gewonnen, wenn Ihr mir das alles verschweigt?«

»Je weniger du weißt, desto besser ist es für dich und für uns!«, beschied ihn der Fremde schroff. »Manches Wissen birgt große Gefahren in sich und kann zudem einen jungen Menschen wie dich dazu verleiten, sich zu überschätzen und Dinge zu tun, die er besser unterlassen hätte. Was heute am Vormittag geschehen ist, gibt dafür ein sehr deutliches Beispiel ab.«

»Ich verspreche Euch hoch und heilig, zukünftig jegliche Eigenmächtigkeiten zu unterlassen, nur sagt mir, wer mein Vater ist und warum der Domherr mich in seine Gewalt bringen will!«, beschwor Sebastian ihn.

Der Kapuzenmann antwortete mit einer Gegenfrage, die scheinbar nichts mit Sebastian inständiger Bitte zu tun hatte. »Habe ich dir nicht das Leben gerettet, als ich einen Boten mit der Warnung zum *Erlenhof* schickte?«

»Doch, das habt Ihr.«

»Und hättest du dich schwer verletzt vor den Schergen ohne meine Hilfe verstecken können?«

»Wohl kaum.«

»Und was wäre wohl passiert, wenn ich nicht Stumpe damit beauftragt hätte, das Tor von Dornfelds Mühlhof im Auge zu behalten und mir sofort Bescheid zu geben, solltest du dich aus dem Versteck wagen?«

»Ich säße jetzt wohl mit einem ausgestochenen Auge und

vielleicht noch anderen Verwundungen in irgendeinem Kerker«, gab Sebastian kleinlaut zu.

»Mit ein wenig Großzügigkeit deinerseits kann ich dann wohl für mich in Anspruch nehmen, dir dreimal das Leben gerettet zu haben«, stellte der Kapuzenmann trocken fest. »Oder siehst du das vielleicht anders?«

»Nein«, murmelte Sebastian.

»Gut, dass wir darin übereinstimmen.« Er machte eine kurze Pause, bevor er fragte: »Meinst du nicht, dass du nach all dem, was ich für dich getan habe, eigentlich darauf vertrauen müsstest, dass ich weiß, was ich tue und was gut für dich ist?«

Sebastian nickte wortlos, senkte beschämt den Kopf und biss sich auf die Lippen.

Für eine kurze Weile herrschte Schweigen zwischen ihnen.

»Ich verstehe nur nicht, wieso ein so mächtiger Mann wie der Domherr persönlich mit einer Schar bewaffneter Schergen nach *Erlenhof* kommt, um jemand so Unbedeutenden wie mich zu verschleppen. Es ist so schwer …«

Der Kapuzenmann ließ ihn nicht ausreden. »Ich verstehe, was dich beschäftigt und quält, aber die Entscheidung, dich vorerst nicht in die Hintergründe einzuweihen, entsprang nicht einer Laune, sondern wurde nach reiflicher Abwägung getroffen. Tassilo von Wittgenstein ist nun mal ein mächtiger Mann und ein sehr gefährlicher Gegner, wenn er seinen Einfluss und seine Macht im Domkapitel gefährdet sieht. Da ist es sowohl für dich als auch für jeden anderen Beteiligten gut, wenn der eine möglichst wenig vom anderen weiß. Denn auch ich riskiere in dieser Sache meinen Hals sowie die Zukunft meiner Familie!«

»Dafür bin ich auch sehr dankbar«, murmelte Sebastian betreten.

»Dann vertraue mir und erspare mir weitere Fragen nach deinem Vater und den Motiven des Domherrn!«, forderte der

Fremde ihn energisch auf. »So, und nun lass uns zu den Dingen kommen, die dringlicher als alle anderen sind!«

»Was haben wir denn noch zu bereden?«

»Natürlich was nun aus dir werden soll«, sagte der Kapuzenmann. »Durch dein eigenmächtiges Handeln heute Morgen hast du sozusagen in ein Wespennest gestochen und den ganzen Schwarm aufgescheucht. Tassilo weiß jetzt, dass du nicht im Moor verblutet bist, sondern deine Verletzungen wundersamerweise überlebt hast und dich hier in der Stadt versteckt hältst. Er wird deshalb fieberhaft nach dir suchen lassen. Und da ihm dabei mehr Mittel zur Verfügung stehen, als du dir vorstellen kannst, bist du auch hier nicht länger sicher.«

Sebastian erschrak. »Und was soll nun aus mir werden?«

»Darüber habe ich mir den ganzen Tag schon Gedanken gemacht, und ich bin zu dem Ergebnis gekommen, dass es nur einen Ort gibt, wo man wohl nicht nach dir suchen dürfte – und der liegt hinter den Mauern eines Kloster!«

Verständnislos blinzelte Sebastian in das Licht der Laterne. »Ein Kloster? Wie meint Ihr das?«

»Du wirst morgen in ein Kloster eintreten«, teilte ihm der Kapuzenmann mit. »Als Novize Laurentius Mangold, der sich nach einem rastlosen Leben an der Seite eines Wandergelehrten und Laienpredigers entschlossen hat, sein Leben Gott zu weihen!«

ZWEITER TEIL

Das Kloster der Ketzer

JUNI 1527

1

Der Regen trommelte so heftig auf das Brett der halb aufgestellten Fensterluke, als wollte er es aus den Lederschlaufen reißen und in Stücke schlagen.

»Hoffentlich ist das kein schlechtes Omen«, murmelte Sebastian besorgt und spähte hinaus in den Hof. Die Regenschleier tanzten in derart dichten Wirbeln um die Mühle, dass er den nahen Zaun hinter den Holzstapeln nur noch erahnen konnte.

Dabei hatte der Tag, an dem er ins Kloster eintreten sollte, mit einem herrlich sonnigen Morgen begonnen. Gegen Mittag hatten jedoch böige Winde eine Front dunkler Wolken aus Nordwesten herangeführt und seit gut zwei Stunden entlud das Unwetter seine Regenfluten über Passau und dem umliegenden Land.

»Bis du dich auf den Weg zum Kloster machen musst, sind es noch ein paar Stunden hin«, sagte Lauretia zuversichtlich. »Und so ein Frühjahrsschauer hält sich meist nicht lange.«

Sebastian wandte sich kopfschüttelnd von der Fensterluke ab und sah Lauretia an, die mit angezogenen Beinen auf dem Strohsack der Bettstelle hockte.

»Ich als Klosterbruder Laurentius! Kannst du dir das vorstellen? Mir jedenfalls ist bei diesem Gedanken ganz und gar nicht wohl zumute. Wie ist er bloß auf so eine verrückte Idee gekommen?«

»Vermutlich hat sie ihm in dieser gefährlichen Situation

zugesagt, gerade weil sie so abwegig ist«, erwiderte sie. »Denn dass dich der Domherr und seine Handlanger kaum als Novize in einem Kloster vermuten werden, ist wohl so sicher wie das Amen in der Kirche. Und allein darauf kommt es jetzt an.«

Er verzog das Gesicht zu einer unglücklichen Miene. »Aber ich muss doch so tun, als wäre es mir mit dem Eintritt ins Kloster Ernst! Und ich weiß gar nicht, wie ich mich unter Mönchen verhalten soll und was man von mir erwartet!«

Lauretia lachte. »Nun mach dich nicht selbst verrückt. Immerhin beherrschst du doch Latein und Griechisch, das wird dir vieles erleichtern. Außerdem weißt du nur zu gut, dass von einem Novizen nichts weiter erwartet wird, als dass er demütig und gehorsam ist. Alles andere wird ihm im Laufe der Zeit schon beigebracht. Mit dem Gehorsam wirst du bestimmt einige Schwierigkeiten haben, wie ich mal vermute.« Ihre Augen blitzten spöttisch. »Aber wer weiß, vielleicht gefällt es dir ja unter den Kuttenträgern und du legst nach der Probezeit sogar das Gelübde ab!«

»Ja, rede du nur weiter solchen Unsinn!«, grollte Sebastian. »Mönch zu werden und sich für den Rest seines Lebens Gott zu weihen ist viel mehr als nur eine schwerwiegende Entscheidung. Zum Klosterleben muss man berufen sein …«

»… oder als zweit- oder drittgeborener Sohn aus adligem Hause kommen und den Ehrgeiz haben, möglichst schnell Abt einer mit Ländereien und Gütern reich gesegneten Abtei und damit fast so mächtig wie ein Bischof werden wollen«, fügte Lauretia trocken hinzu. »Mal ganz abgesehen von den schlichten Gemütern und den vielen unverheirateten Frauen, denen es allein darum geht, versorgt zu sein und der Familie nicht länger zur Last zu fallen.«

»Das ist auch mir nichts Neues«, sagte Sebastian. »Ich weiß, dass es genug Mönche und Nonnen gibt, die es aus sehr weltlichen und eigennützigen Gründen in ein Kloster zieht. Schwarze Schafe gibt es nun mal in jeder Herde. Aber meine Eltern haben mich gelehrt, die Menschen nicht über einen Kamm zu scheren.«

»Natürlich gibt es auch viele, die mit wahrer klösterlicher Hingabe Mönch und Nonne sind, sich an die strengen Ordensregeln halten und viel Gutes tun«, räumte sie ein. »Aber all das muss dich doch nicht beschäftigen.«

»Das tut es aber! Wie kann ich es vor meinem Gewissen und Gott verantworten, dass ich als Lügner und Betrüger in ein Kloster gehe und so tue, als fühlte ich mich für ein Leben als Mönch berufen? Und dann auch noch unter einem falschen Namen!«, wandte Sebastian ein, während er in der Kammer ruhelos auf und ab ging wie ein gefangenes Tier in einem Käfig. »Die ganze Geschichte, die ich erzählen werde, ist doch von vorn bis hinten gelogen, weil sie zum Großteil deine Lebensgeschichte ist. Jedes Wort, das aus meinem Mund kommt, wird eine glatte Lüge sein!«

»Du siehst das völlig falsch! Und rede dir das mit dem schändlichen Betrug besser erst gar nicht ein!«, antwortete Lauretia energisch.

»Ich rede es mir nicht ein, es *ist* so!«

»Nein, es ist nicht so, sondern es *scheint* dir nur so!«, widersprach sie ihm. »Auf keinen Fall darfst du dich als berechnender Lügner und Betrüger sehen, denn du willst ja keinem Schaden zufügen und wirst es auch nicht tun. Du bist vielmehr ein Verfolgter, jemand in großer Gefahr, der in der Kirche und bei Gott Schutz sucht. Und dieser Schutz steht dir auch zu, zumal es doch ein Kirchenmann ist, der seine Macht dazu missbraucht, um Tod, Elend und Verfolgung über Unschuldige zu bringen. So und nicht anders liegen die Dinge. Sag, stimmt das denn nicht?«

»Ja, irgendwie ist das schon richtig«, gab er zögerlich zu. »Wenn ich doch wenigstens wüsste, für wie lange ich diese Rolle spielen muss. Aber nicht einmal darauf hat mir der Kapuzenmann eine zufrieden stellende Antwort geben können. Ich soll mich dort im Kloster still verhalten, bis er mir eine Nachricht zukommen lässt. Das ist verdammt vage, finde ich!«

»Du musst eben Geduld haben und darauf vertrauen, dass er schon das Richtige tut. Und bisher hast du ja wohl auch keinen Grund, an seiner Zuverlässigkeit zu zweifeln, Sebastian … oh, entschuldige, *Laurentius*.« Sie zwinkerte ihm zu in der Hoffnung, ihn ein wenig aufzumuntern.

Aber Sebastian verzog das Gesicht. »Das ist leicht gesagt, wenn man nicht in meiner Haut steckt! Womöglich muss ich wochenlang, vielleicht sogar Monate in diesem Kloster aushalten, bis … ja, bis was passiert? Nicht einmal das weiß ich! Diese ganze Geheimnistuerei macht mir wirklich schwer zu schaffen.«

»Das verstehe ich, Sebastian«, sagte Lauretia. »Es bringt jedoch nichts, sich ständig im Kreis zu drehen. Du musst einfach darauf vertrauen, dass er das Beste für dich im Sinn hat. Und sei froh, dass er so umsichtig war, diesen Stumpe zu beauftragen, den Mühlhof im Auge zu behalten. Nicht auszudenken, was geschehen wäre, wenn dich Jodok geschnappt hätte. Dank des Kapuzenmannes hast du noch immer deine Freiheit, allein das zählt.«

Hilflos zuckte Sebastian mit den Achseln. »Du hast ja Recht. Aber sag mal, kennst du dieses Kloster, in dem ich mich verstecken soll?«

Sie nickte. »Ja, es ist ein recht großer Komplex einige Meilen außerhalb der Stadt. Es liegt am linken Ufer des Inn und gehört zum Orden der Zisterzienser, die ja all ihre Klöster der Muttergottes weihen. Deshalb heißt es auch *Unsere Liebe*

Frau vom Inn. Ganz früher, also vor über hundert Jahren, existierte dort mal ein kleines Rittergut mit einer Kornmühle in seinen Mauern. Bei einem Krieg zu Beginn des letzten Jahrhunderts ist das Rittergut bis auf die Kornmühle fast völlig zerstört worden und später haben dann die Zisterzienser das Gelände als Schenkung erhalten und dort ihr Kloster gebaut. Jetzt leben dort rund fünfzig Mönche und einige Dutzend Konversen, also Laienbrüder, die für die Bewirtschaftung der Ländereien vor dem Kloster zuständig sind. – So, und jetzt lass uns sicherheitshalber noch einmal die Geschichte mit dem Wandergelehrten und Laienprediger durchgehen, die du erzählen sollst, wenn man dich fragt, wer du bist und woher zu kommst und wieso du eine so gute Ausbildung genossen hast.«

Gemeinsam gingen sie zum wiederholten Male die vielen Details durch, die aus Lauretias Wanderschaft mit dem gelehrten Vaganten Wolfram Mahlberg stammten. Lauretia spielte die Rolle des hartnäckigen Fragenstellers, der alles ganz genau wissen wollte, und da sie ihn gut vorbereitet und er sich alles bestens eingeprägt hatte, konnte er zu ihrer Zufriedenheit auf alle Fragen eine stimmige Antwort geben.

»Ausgezeichnet! Nun bist du für dein Gespräch mit dem Prior oder Novizenmeister bestens gerüstet«, sagte Lauretia schließlich. »Alles hat Hand und Fuß. Bestimmt wird man sich freuen, einen jungen Mann aufnehmen zu können, der nicht nur lesen und schreiben kann, sondern auch noch des Lateinischen und Griechischen mächtig ist!«

»Hoffen wir es«, sagte Sebastian und wechselte dann das Thema. »Dem Kapuzenmann scheint wirklich viel daran zu liegen, dass ich meine Freiheit bewahre. Und ich bin ihm dankbar für alles, was er mich getan hat und tut. Aber eines ist doch komisch.«

»Was denn?«

»Dass er von der schäbigen Reisebibel weiß, die wir auf unserer Flucht auf Geheiß meiner Ziehmutter unbedingt mitnehmen mussten.«

Lauretia fand das gar nicht so überraschend. »Vermutlich hat er den Lederbeutel unter der Bettstelle bemerkt und nachgeschaut, was du darin aufbewahrst. Er hatte ja Zeit genug, als er hier auf dich gewartet hat.«

»Möglich.« Sebastian klang nicht sehr überzeugt. »Aber warum war er dann so erpicht darauf, sie für mich in Verwahrung zu nehmen, solange ich im Kloster bin?«

»Aber das liegt doch auf der Hand«, sagte Lauretia fast belustigt. »Wer in ein Kloster eintritt, muss alles Weltliche zurücklassen, darf daher auch keinen persönlichen Besitz bei sich behalten und muss alles abgeben, was er bei sich trägt, das weiß doch jeder! Der Kapuzenmann wollte dir also nur einen Gefallen tun. Was könnte ihn auch an so einer wurmstichigen und stockfleckigen Bibel interessieren?«

»Genau das wüsste ich eben gern«, erwiderte Sebastian. »Was ist, wenn die Bibel doch nicht wertlos ist, ja vielleicht sogar in all diesem wilden Durcheinander der Geheimnisse eine besondere Bedeutung hat, die wir bloß nicht kennen?«

»Was für eine Bedeutung sollte sie denn haben?«, fragte sie zurück, und ihre Miene verriet, dass sie nicht daran glaubte.

»Ich weiß es doch auch nicht. Aber wenn das Buch wirklich nicht viel wert ist, hätte es ihm doch egal sein können, als ich ihm sagte, ich würde die Bibel lieber in deiner Obhut lassen. Doch er hat mehrfach versucht, mich zu überreden, das Buch lieber ihm anzuvertrauen.«

»Na ja, für ihn bin ich eben nur ein einfacher Tagelöhner«, warf Lauretia mit einem spöttischen Lächeln ein, hinter dem sie ihre Verletzlichkeit verbarg.

Sebastian schüttelte den Kopf. »Ich glaube nicht, dass es

ihm darum ging. Merkwürdig ist auch, dass er mich gar nicht nach dem Geld gefragt hat, obwohl er doch von dir und bestimmt auch von Stumpe weiß, dass ich einen hübschen Batzen bei mir trage.«

»Das muss nun aber wirklich nichts bedeuten. Vielleicht hat Stumpe es vorgezogen, dem Kapuzenmann kein Wort davon zu erzählen, dass du ihn und die … Besitzerin des Frauenhauses großzügig entlohnt hast«, gab sie zu bedenken. »Denn bestimmt hat er sich einen zusätzlichen Lohn dafür erhofft, dass er dich im Hof des Fassbinders aus der Gewalt des Schergen befreit und dich dann bei dieser Frau versteckt hat. Tja, und was mich betrifft …« Sie machte eine kurze Pause und ein Ausdruck der Verlegenheit zeigte sich auf ihrem Gesicht. »Also ich habe ihm nun wirklich nicht auf den Heller genau verraten, was da in der Samtbörse steckte. Ich glaube, ich habe nur von einem guten Dutzend Silbermünzen gesprochen. Die vielen Goldstücke habe ich überhaupt nicht erwähnt – und das aus gutem Grund, wie du dir vermutlich denken kannst.«

»Und ob ich das kann!«, versicherte Sebastian trocken, doch in seinen Augen blitzte ein Lachen. »Denn in dem Fall, dass ich nicht durchgekommen wäre, hättest du den Großteil meiner Barschaft heimlich einstreichen können, richtig?«

Sie wich seinem Blick aus. »Na ja, ich streite es ja auch gar nicht ab. Du warst für mich ein völlig Fremder, zudem dem Tod viel näher als dem Leben. Und Tote haben für Goldstücke nun mal keine Verwendung«, rechtfertigte sie sich, obwohl sie wusste, dass ihm nichts ferner lag, als ihr Vorwürfe zu machen. »Jedenfalls weiß der Kapuzenmann nichts vom Inhalt deiner Samtbörse und deshalb hat er sich darüber wohl auch keine Gedanken gemacht. Du siehst, es gibt für alles eine vernünftige Erklärung.«

»Tja, so betrachtet, sieht das natürlich schon anders aus«, gab

Sebastian zu, doch ein Gefühl des Argwohns gegenüber dem Kapuzenmann blieb dennoch in ihm zurück. »Sag mal, glaubst du, dass du es irgendwie einrichten kannst, mir die Bibel heimlich zukommen zu lassen?«

»Ins Kloster?«, fragte sie verdutzt.

Er nickte. »Du magst darüber lachen, aber irgendwie habe ich das Gefühl, dass es besser ist, wenn sie nicht hier in der Kammer bleibt, sondern wenn ich sie in meiner Nähe weiß. Bestimmt werde ich im Kloster ein gutes Versteck dafür finden. Es reicht schon, dass du auf die Goldstücke aufpassen musst. Was meinst du, traust du dir so etwas zu?«

Lauretia lachte ihn verschmitzt an. »Und ob ich mir das zutraue! Wenn dir so viel daran liegt, wird mir schon etwas einfallen. Frauen haben ja keinen Zutritt zu einem Männerkloster, aber Lukas, der einfallsreiche Fuhrknecht von Meister Dornfeld, wird das schon irgendwie deichseln und durch die Klosterpforte kommen, verlass dich auf mich!«

Eine Faust hämmerte gegen die Tür der Kammer, und eine mürrische Stimme rief gedämpft: »Das Fuhrwerk steht bereit! Es geht los! Beeilung jetzt!«

»Ich komme sofort!«, antwortete Sebastian und wandte sich nun schweren Herzens Lauretia zu. »Ich wünschte, ich müsste diesen schweren Weg ins Kloster *Unserer Lieben Frau vom Inn* nicht antreten … nicht nur wegen der Lügen und so …« Er zögerte kurz, dann sprach er leise aus, was ihm wirklich am Herzen lag. »Du wirst mir sehr fehlen, Lauretia!«

»Du mir auch, Sebastian«, murmelte sie mit belegter Stimme. »Aber du wirst ja nicht für immer hinter Klostermauern verschwinden. Wir sehen uns, du hast mein Wort drauf!«

Sebastian stand einen Moment unschlüssig vor ihr, dann gab er sich einen Rück und überraschte sie mit einer hastigen, verlegenen Umarmung.

»Pass auf dich auf, Lauretia!«, flüsterte er, gab sie gleich wieder frei, nahm schnell seinen Filzhut vom Haken und trat aus der Kammer. Feiner Nieselregen schlug ihm ins Gesicht. Ihm war plötzlich zum Heulen zumute.

2

Sebastian rann vor Angst der Schweiß über das Gesicht. Aber nicht, weil er bangte, jemand könnte das Fuhrwerk auf der Straße anhalten und ihn aus dem Versteck zerren, sondern weil er fürchtete, jeden Augenblick könnte die Ladung Balken und Bretter über ihm einstürzen und ihn erdrücken. Bei jeder Unebenheit, über die das Fuhrwerk rumpelte, presste er die Hände gegen die Hölzer über seinem Kopf, um das scheinbar drohende Verhängnis abzuwehren. Und er verfluchte Haimo Dornfeld, der ihn nicht auf einer Lage Stroh und unter einer Plane aus der Stadt brachte, sondern ihn dieser Gefahr aussetzte, weil er hoffte, die Fahrt zum Kloster der Zisterzienser mit einem einträglichen Geschäft verbinden zu können.

Zwar hatte der Sägemühlenbesitzer ihm auf dem Hof versichert, dass er in der schmalen Aushöhlung unter den Balken sicher lag, aber dem Wort dieses mürrischen, kurz angebundenen Mannes traute er nicht. Er wusste nur zu gut von Lauretia, dass Dornfeld am liebsten nichts mit ihm zu tun gehabt hätte und ihm nur beistand, weil der Kapuzenmann es von ihm verlangte.

Er hörte kurz nach ihrem Aufbruch, wie Dornfeld mit den Wachen am Stadttor einige Worte wechselte, und betete inständig zu Gott, dass er ihn nun bald aus dem Versteck herauskriechen lassen würde, so wie sie sich außer Sichtweite der Wachen befanden. Aber es vergingen noch weitere lange, angsterfüllte Minuten, bis Haimo Dornfeld das Fuhrwerk erneut zum Stehen brachte und endlich die Lattenbündel an seinem Kopfende hochwuchtete, damit er dem gefährlichen Versteck unter den Balken entkommen konnte.

»Nun mach schon!«, drängte Dornfeld und schwang sich wieder auf den Kutschbock. »Und sieh bloß zu, dass du die Lattenbündel wieder auflädst! Du hast dich ja wohl lange genug ausgeruht.«

Sebastian kroch aus dem Spalt ans trübe Licht. Noch immer ging ein feiner Nieselregen nieder. Das Fuhrwerk stand abseits der Landstraße im Schutz hoher Büsche. Als er sich nun beeilte, Dornfelds Aufforderung nachzukommen und die Lattenbündel wieder hinter dem Kutschbock aufzustapeln, fiel sein Blick auf den Richtplatz, der schräg hinter ihnen lag und wo Hubert Haberstroh, der Henker von Passau, an Richttagen seinem grausigen Handwerk nachging. Er bekam eine Gänsehaut, als er das hölzerne Podest und den Galgen sah, der sich mahnend in den grauen Himmel erhob. Sofort brachte er den Richtplatz mit Tassilo von Wittgenstein und dem Kerker in Verbindung, der ihm bei seiner Ergreifung drohte.

Augenblicke später saß er neben Dornfeld auf dem Kutschbock, und das Fuhrwerk kehrte auf die Landstraße zurück, die nach Südwesten führte. Als sie um eine Wegbiegung kamen, zeichneten sich zu ihrer Linken hinter Feldern und weitläufigen Gärten Klostermauern und der Turm einer Kirche ab.

»Ist es das schon?«, fragte Sebastian überrascht.

»Nein, das ist Sankt Nicolai, das Chorherrenstift der Augustiner!«, gab Dornfeld unwirsch zur Antwort. »Und jetzt halt den Mund! Du wirst schon sehen, wenn wir bei den Zisterziensern sind!«

Unter ungemütlichem Schweigen ging die Fahrt durch das leicht hügelige Land weiter. Hier und dort trennten kleine Waldstücke die Gehöfte mit ihren Feldern und Äckern voneinander.

Sebastian schätzte, dass sie gute zwei bis drei Meilen seit ihrem Halt hinter dem Richtplatz zurückgelegt hatten, als die Landstraße sie durch ein kleines Wäldchen führte und gleich dahinter auf der linken Seite eine zweite Klosteranlage auftauchte, die wie Sankt Nicolai am Ufer des Inn lag und von einer Mauer umschlossen wurde. Das musste die Abtei der Zisterzienser sein! Inzwischen hatte es endlich zu regnen aufgehört und hier und da riss sogar die Wolkendecke auf und ließ einen Rest milden Sonnenscheins hindurch.

Der grimmige Mühlenbesitzer gab keinen Ton von sich, bog jedoch kurz darauf von der Landstraße ab und folgte mit seinem Fuhrwerk einem schlammigen, von Bäumen und wilden Hecken gesäumten Weg, der durch die dem Kloster vorgelagerten weiten Felder und Äcker auf das Tor zu führte.

Sebastian erinnerte sich sofort wieder daran, was Lauretia ihm über den schweren Brand erzählt hatte, der erst vor kurzem fast die gesamten Stallungen und einen Teil des Wirtschafttraktes des Klosters zerstört hatte. Der schwere Schaden fiel sogar aus einiger Entfernung sofort ins Auge. Ein verkohlter Dachstuhl, der etwa die Hälfte eines lang gestreckten Gebäudes ausmachte, zeugte von der Katastrophe. Auch war ein Teil der Umfassung an der nordwestlichen Ecke, wo die Mauern in einem rechten Winkel aufeinander trafen und zugleich die Rückwände der Stallungen gebildet hatten, eingestürzt und deutlich von Brandspuren gezeichnet. Dort musste in der Tat ein verheerendes Feuer gewütet haben!

Als sie sich dem breiten Klostertor, dessen Flügel mit Eisenbändern versehen waren und weit aufstanden, bis auf einige dutzend Fuhrwerklängen genähert hatten, brach Dornfeld sein verbissenes Schweigen.

»Vergiss ja nicht, dass wir uns nicht kennen!«, zischte er durch seinen dichten, verfilzten Bart hindurch. »Ich habe dich nur auf der Landstraße hinter der Stadt aufgelesen und dich aus Freundlichkeit das letzte Stück mitgenommen, weil wir dasselbe Ziel haben! Weder kenne ich deinen Namen noch du den meinigen, hast du verstanden?«

»Seid unbesorgt, Ihr habt nichts von mir zu befürchten«, versicherte Sebastian und wollte sich noch schnell dafür bedanken, dass er sich bei ihm auf dem Hof hatte verstecken und seine schweren Verletzungen auskurieren können.

Aber Dornfeld schnitt ihm sofort das Wort ab. »Spar dir deinen Atem! Wenn du mir danken willst, dann indem du dich nie wieder bei mir blicken lässt! Tust du es doch, kriegst du es hiermit zu tun!« Drohend ballte er die Faust. »Ich habe wegen dir schon genug Blut geschwitzt! Und nun runter mit dir!«

Ohne ein weiteres Wort sprang Sebastian vom Fuhrwerk und blieb hinter dem Wagen zurück. Dornfeld trieb sein Gespann noch einmal kurz an, wohl um nicht mit ihm zusammen am Tor einzutreffen.

Dort trat jetzt ein hagerer Mönch mit dem spitzen Gesicht eines Frettchens und im schwarzgrauen Habit der Zisterzienser in die Durchfahrt.

»Gelobt sei Jesus Christus!«, grüßte der Mönch.

»In Ewigkeit, Amen«, antwortete Dornfeld mit völlig veränderter, freundlicher Stimme und erkundigte sich: »Seid Ihr hier der Portarius, der Pfortenbruder?«

»Ja, der bin ich, Fuhrmann. Was führt Euch zu uns?«

»Haimo Dornfeld ist mein Name, werter Bruder, meines Zeichens Meister und Besitzer einer Sägemühle in Passau. Ich hätte gern Euren ehrenwürdigen Vater Abt gesprochen«, hörte Sebastian ihn sagen. »Mit großem Bedauern habe ich von Eurem schweren Unglück durch das Feuer erfahren und wollte ihm meine Dienste beim Wiederaufbau Eurer zerstörten Gebäude anbieten. Diese Fuhre ist ein Geschenk und soll Zeichen meines guten Willens sein, Eurem Kloster weitere Lieferungen zu einem überaus günstigen Preis zu offerieren.«

»Unser Herr und Erlöser möge Euch Eure Großzügigkeit vergelten, Meister Dornfeld«, antwortete der Pfortenbruder und bedankte sich mit einem Segenszeichen. »Unser ehrwürdiger Vater Abt Adelphus wird Euch jedoch kaum zu einem Gespräch empfangen können, dafür ist er nach seiner langen Krankheit noch zu schwach. Aber Ihr könnt mit unserem Cellerar*, Pater Vitus, sprechen oder besser noch mit Pater Sulpicius, unserem Prior**, zumal ich nach ihm nicht erst lange suchen lassen muss. Ihr findet Pater Sulpicius nämlich gleich rechts hinter dem Tor beim Weinhändler Krottmair, der auch gerade mit seinen Fässern eingetroffen ist!« Dabei wies er vage hinter sich in den Klosterhof und der weite Kuttenärmel flatterte um seinen dünnen Arm.

»Verbindlichsten Dank, Bruder Portarius«, sagte Dornfeld zuvorkommend und rollte mit seinem Fuhrwerk in den großen Vorhof der weitläufigen Klosteranlage.

Nun wandte sich der hagere, mausgesichtige Pfortenbruder Sebastian zu, der indessen zögerlich näher getreten war. »Und was führt dich zu uns, junger Mann?«, erkundigte er sich, wäh-

* Der Cellerar war nach Abt und Prior die einflussreichste Persönlichkeit einer Klostergemeinschaft. Er war für Verwaltung des gesamten Klostergutes sowie für die zahlreichen Werkstätten im Klosterbereich und die landwirtschaftlichen Außenbetriebe verantwortlich.

** Der Prior wurde vom Abt ernannt und war quasi sein Stellvertreter. Er vertrat den Abt in allen Angelegenheiten. Ihm oblag die Aufsicht über das gesamte monastische Leben der Klausur und er stand an der Spitze des Konvents.

rend er ihn mit gefurchter Stirn kritisch musterte. »Wenn es dir um ein Almosen und ein warmes Essen geht, musst du noch eine Weile warten. Erst nach der …«

»Nein, das ist es nicht, was mich zu Euch führt!«, versicherte Sebastian hastig.

»Was ist es dann?«

Sebastian schluckte nervös. »Ich … ich möchte in Euer Kloster eintreten … Ich meine, ich möchte demütig um Aufnahme als Novize bitten, werter Bruder!«

Der Portarius zog leicht die buschigen Augenbrauen hoch und verschränkte die Arme unter der Kutte vor der Brust. »Schau an! Du hast also in dem elenden Sündenpfuhl der Welt dort draußen Gottes mahnende Stimme vernommen und fühlst dich zum Mönchsleben berufen?«

Sebastian beschränkte sich darauf, nur mit einem Nicken zu antworten. Ihm schlug vor Aufregung das Herz bis in die Kehle und seine Hände fühlten sich ganz feucht an. Was war, wenn man ihn erst gar nicht bis zum Abt oder Prior vorließ, sondern ihn schon hier am Tor wieder wegschickte? Und er wusste nicht, ob er eine solche Zurückweisung fürchten oder erhoffen sollte.

»Nun, wenn das dein innigster Wunsch ist, junger Freund, dann wirst du dich zuerst einmal an Pater Scriptoris wenden müssen«, teilte ihm der Pfortenbruder mit. »Er ist nicht nur unser Armarius* und Druckmeister, sondern auch unser Novizenmeister, und ihn wirst du zuerst einmal vom Ernst deines Wunsches überzeugen müssen, bevor du die Erlaubnis erhältst, für eine Zeit der Prüfung bei uns im Kloster zu bleiben. Denn ein solcher Schritt will gut bedacht und gewissenhaft ge-

* Dem Armarius oblag die Aufsicht über die Bücherbestände des Klosters, er hatte sozusagen das Amt des Bibliothekars inne.

prüft sein. Warte hier, ich rufe einen Mitbruder, damit er dich zu Pater Scriptoris bringt!«

Sebastian beugte demütig den Kopf und murmelte einen Dank. Als der Portarius nun mit einem merkwürdig staksigen Gang davoneilte und einen Bogen um einen Brunnen schlug, trat er ein paar Schritte vor, um aus dem tiefen Tordurchgang einen ersten Eindruck von der ganzen Anlage des Klosters *Unserer Lieben Frau vom Inn* gewinnen zu können. Aufmerksam sah er sich an diesem Ort um, der womöglich für Wochen, wenn nicht gar Monate zu seinem neuen Unterschlupf werden würde – sofern er vor den Augen des Novizenmeisters Scriptoris bestand.

Zu seiner Rechten erblickte er einen lang gestreckten, rechtwinkligen Gebäudekomplex, der dem Verlauf der Mauer vom Tor hinunter zum Ufer des Inn folgte und parallel zum Fluss angelegt war. Mehrere große ebenerdige, rundgewölbte Bohlentore unterbrachen die graue Steinfront und wiesen darauf hin, dass sich dahinter wohl einige der Werkstätten und Lagerräume der Abtei befanden. Unweit der Klostereinfahrt standen vor einem dieser Tore zwei Fuhrwerke. Das eine gehörte Dornfeld, das andere hatte Fässer geladen.

Die erregten Stimmen von zwei Männern, die neben dem Wagen mit den Fässern standen, drangen deutlich zu Sebastian ans Tor. Bei dem recht wohlbeleibten, rundgesichtigen Mönch, dessen mittelgroße Gestalt in einer grauweißen Kukulle mit großer Kapuze steckte, konnte es sich den Worten des Portarius nach nur um den Prior Pater Sulpicius handeln. Er machte dem Weinhändler an seiner Seite offenbar heftige Vorwürfe.

»Kommt mir doch nicht mit Ausreden, Krottmair!«, fuhr der Mönch den Händler an und leerte den Krug, den er in der Hand hielt, mit einer wütenden Geste im Dreck des Hofes aus. »Der Wein ist ganz eindeutig gepanscht! Und sauer ist er außerdem! Da zieht es einem ja den Gaumen zusammen, als hätte man sich an einem Becher Essig vergriffen!«

»Ihr tut mir Unrecht, ehrwürdiger Prior! Ihr habt hohe Ansprüche. Aber für den bescheidenen Preis, den Ihr zu zahlen bereit seid…«, setzte der Weinhändler halb unterwürfig, halb erbost zu seiner Verteidigung an.

»Ach was!«, fiel ihm der Prior ins Wort, während er mit der Hand durch die Luft wedelte. »Wir zahlen nicht bescheiden, sondern was rechtens ist! Aber wenn Ihr glaubt, uns den Wein hier für Euren besten verkaufen zu können, dann habt Ihr Euch gehörig vergaloppiert! Dieser schäbige Bitterling kommt uns jedenfalls nicht auf den Tisch! Wenn wir uns geißeln, dann in unserer Zelle und nicht an der Tafel unseres Refektoriums*! Also schafft mir Euren Panschwein aus den Augen, Krottmair! Und wenn Ihr nichts Besseres zu bieten habt, braucht Ihr erst gar nicht wiederzukommen.«

»Ja, aber…«

»Schweig und geh reuig in dich, mein Sohn!«, sagte der Prior und auf seinem Gesicht lag jetzt ein Ausdruck väterlicher Milde. Es war jedoch ein Lächeln, das nicht seine Augen erreichte. »Ich werde um der Liebe Gottes willen darum beten, dass Ihr zur nötigen Einsicht gelangt und Euch darauf besinnt, was einem Kloster wie dem unsrigen an Qualität gebührt. Die heilige Dreifaltigkeit behüte Euch in Ewigkeit!« Und damit ließ er ihn stehen.

Sebastian hatte Mühe, das breite Grinsen zu unterdrücken, das sich ihm auf die Lippen drängte. Er fand es belustigend, wie der wohlgerundete und auf den ersten Blick gemütlich wirkende Prior den durchtriebenen Weinhändler mit einer

* In Klöstern heißt so der Speisesaal für die gemeinsamen Mahlzeiten, der zumeist in einem Flügel des Kreuzgangs untergebracht ist. Oft auch »Remter« genannt.

Mischung aus harschen Reklamationen und süffisantem Spott abgekanzelt hatte.

Während der düpierte Weinhändler nun mit blassem, verkniffenem Gesicht zurück auf den Kutschbock seines Fuhrwerks kletterte, stieg Meister Dornfeld von seinem Wagen und trat zum Prior.

Sebastian schenkte den beiden keine weitere Beachtung, zumal sie auch zu leise miteinander sprachen, als dass er von ihrem Gespräch etwas hätte mitbekommen können.

Sein Blick löste sich von Dornfeld und dem Prior Sulpicius, folgte der flussseitigen Mauer und fiel hinter einer kleinen Pforte, durch die man wohl ans nahe Ufer gelangte, auf ein klobiges Haus. Es unterbrach die Mauer und unterschied sich mit seinem schwarzen Fachwerk deutlich von den anderen Gebäuden der Klosteranlage, die aus grauem Sandstein errichtet waren. Er nahm an, dass es sich dabei um die einstige Kornmühle handelte, die damals im Krieg nicht der Zerstörung anheim gefallen war, wie Lauretia ihm erzählt hatte. In Betrieb schien sie jedoch nicht mehr zu sein, denn er vermochte kein Mühlrad zu erblicken.

Gute zwanzig, dreißig Schritte schräg links davon erhob sich das zweieinhalbstöckige Konventsgebäude, an dessen Südseite sich die Klosterkirche mit ihrer schlichten Fassade anschloss. Einen Kirchturm gab es nicht, nur einen schlichten Dachreiter. Vor dem Klostergebäude fand sich ein zweiter, großer Brunnen. Südlich der Abteikirche stieg das Gelände leicht an und ging in einen großen Hain herrlich blühender Obstbäume über. Stand man dort oben auf der kleinen Anhöhe bei den Bäumen, musste man wohl über den ganzen Innenhof und die gegenüberliegende Klostermauer hinwegblicken können, die sich ein gutes Stück tiefer gelegen am Ufer des Flusses entlangzog.

Indessen hatte der Weinhändler sein Fuhrwerk gewendet und zog das Gespann in seinem Groll so scharf vor dem Tordurchgang in die Kurve, dass er Sebastian um ein Haar über den Haufen gefahren hätte, wenn dieser sich nicht mit einem schnellen Satz in Sicherheit gebracht hätte.

Fast hätte Sebastian ihm einen Fluch hinterhergeschickt, er vermochte sich jedoch gerade noch zu beherrschen. Und er hatte gut daran getan, denn da tauchte auch schon wieder der Portarius auf. Er befand sich jetzt in Begleitung eines pummeligen, pausbäckigen und jungen Kuttenträgers, der unter einem nervösen Augenzucken litt und höchstens ein, zwei Jähre älter sein konnte als er selbst.

»Das ist unser Novize Bruder Notker«, teilte ihm der Portarius mit und wies auf seinen jungen Begleiter. »Er wird dich zu Bruder Scriptoris führen! Alles Weitere liegt in dessen Händen.«

3

D-d-du … w-w-willst … b-b-bei uns eintreten, h-h-habe ich gehört?«, fragte der dickliche Novize leise und unter schwerem Stottern, als sie über den Hof auf das Konventsgebäude zugingen, und warf ihm einen neugierigen Blick zu.

»Ja, das ist mein Wunsch«, antwortete Sebastian mit freundlicher Zurückhaltung.

»S-s-sagst … d-d-du mir, w-w-wie … d-d-du heißt?«

»Laurentius Mangold«, sagte Sebastian und nannte zum ersten Mal seinen falschen Namen.

»E-e-entschuldige, a-a-ber … w-w-wenn ich aufgeregt … b-b-bin, sch-sch-sch-stottere ich immer … g-g-ganz übel.«

»Wenn jemand aufgeregt sein muss, dann bin doch wohl ich das«, sagte Sebastian.

Notker blieb stehen, schloss kurz die Augen, holte tief Luft und schlug sich mit der Faust dreimal vor die Brust. Dabei murmelte er nun überraschenderweise ganz ohne Stottern: »Mea culpa, mea culpa, mea maxima culpa*!« Als er die Augen öffnete und Sebastians verwunderten Blick sah, verzog er entschuldigend das Gesicht und sagte: »Das Schuldbekenntnis wirkt fast immer Wunder! Das Stottern kommt nämlich von den Teufeln in mir, die immer wieder versuchen, mich zu Sünden zu verführen und mich dadurch vom Weg Gottes abzubringen. Aber die werde ich schon noch austreiben! Ich werde sie mit der in Weihwasser getränkten Geißel bis aufs Blut spüren lassen, dass sie keine Macht über mich und meine Seele haben!«

Sebastian machte ein erschrockenes Gesicht, sagte jedoch nichts.

Der Nozive schritt auch schon weiter. »Du hast eine gute Wahl getroffen, Laurentius. Unserem Konvent geht es gut, und wir haben viele gottgefällige Mönche, an denen man sich ein wunderbares Beispiel für eine hingebungsvolle Nachfolge Christi nehmen kann«, versicherte Notker eifrig, als müsste er für sein Kloster werben. Und nicht ein einziges Mal geriet er dabei ins Stottern. »Wenn man dich hier aufnimmt, wird dich Bruder Scriptoris bestimmt mit mir zusammen unterrichten. Denn zur Zeit bin ich der einzige Novize. Aber bald ist mein Probejahr vorbei. Schon in einigen Tagen lege ich mein ewiges Gelübde ab und dann gehöre ich für immer zum Konvent *Unserer Lieben Frau vom Inn*!« Stolz sprach aus seiner Stimme.

Sebastian nickte nur mit einem Lächeln, das so etwas wie

* Lateinisch für »Meine Schuld, meine Schuld, meine große Schuld«.

neidvolle Bewunderung ausdrücken sollte, und dachte im Stillen, was für ein wunderlicher Bursche dieser Notker doch war.

»Ich werde zu Gott beten, dass du vor unserem Novizenmeister, dem Prior und unseren anderen Brüdern bestehst und man dich bei uns als Novize aufnimmt, Laurentius. Und ich bin sicher, wir werden uns gut verstehen«, flüsterte Notker kurz vor der Treppe des Klosterportals zutraulich, obwohl sie sich doch erst wenige Minuten kannten.

»Danke, Bruder Notker, ich kann jetzt jedes Gebet gebrauchen«, gab Sebastian leise zurück.

Als der Novize die Tür aufzog, huschte eine rotbraune Katze mit weißen Flecken durch den Spalt und an ihnen vorbei in den Hof hinaus.

Notker zwinkerte ihm zu. »Das ist Cato! Der Kater sorgt dafür, dass die Mäuse nicht zur Plage werden. Und jetzt darf kein Wort mehr fallen, Laurentius! Hier im Haus gilt strengstes Schweigegebot!«, raunte er ihm zu, um dann hinter vorgehaltener Hand noch hinzuzufügen: »Na ja, eigentlich gilt das Schweigegebot nicht nur hier. Aber welche Vorschriften wann und wo gelten und mit welchen man es nicht so genau nimmt, das wirst du schon noch lernen. Komm jetzt!«

Notker führte ihn über einen breiten, steinernen Treppenaufgang ins erste Obergeschoss und dort durch die halbdunklen und kalten Gänge, deren dicke Mauern wohl erst im Sommer ein wenig Wärme ins Innere durchlassen würden. Nur an den Enden der Gänge blakte ein Kienspan in einer Eisenhalterung, die neben dem schmalen Schlitz für einen sparsamen Kienspan auch eine breite Öffnung für Fackelstäbe besaß.

Ein Mönch kam ihnen entgegen. Er musste blind sein, tastete er sich doch mit einem Stock an der Wand entlang. In der tiefen Stille klangen das Tappen und das Kratzen des Stockes unnatürlich laut.

Notker wechselte mit ihm auf die andere Gangseite, um dem blinden Mitbruder den Weg freizumachen. Die Blindheit hatte aber dessen Gehör wohl dermaßen geschärft, dass er auch die leisesten Geräusche vernahm. Denn als er sich auf ihrer Höhe befand, blieb er stehen und wandte sich ihnen zu.

Sebastian blickte in ein wild zerfurchtes Gesicht mit milchig trüben Augen. Und obwohl er wusste, dass der blinde Mönch ihn gar nicht sehen konnte, war ihm, als dringe der Blick tief in ihn. Dabei bewegte er irgendetwas in seinem Mund hin und her.

»Wer ist der Fremde, Notker?«, verlangte der alte, erblindete Mönch zu wissen, der offenbar das Recht besaß, das Schweigegebot zu brechen. Seine Stimme hatte einen rauen, kratzigen Klang. Und weil er etwas im Mund hatte, das jetzt wie eine dicke runde Nuss seine linke Wange ausbeulte, haftete seinen Worten der leicht undeutliche Tonfall eines Mannes an, der mit vollem Mund sprach und wenig auf seine Artikulation gab.

Notker trat schnell zu ihm und flüsterte ihm die Antwort ins Ohr. Der Mönch nickte, streckte seine zitternde Hand in Sebastians Richtung aus, machte flüchtig das Kreuzzeichen und setzte dann seinen Weg, sich an der Wand entlangtastend, fort.

Schnell kehrte Notker zu Sebastian zurück und raunte nun ihm ins Ohr: »Das war Bruder Lombardus! Er ist schon seit Jahrzehnten blind, erkennt aber jeden an seinem Gang, auch wenn man noch so leise ist und sich an ihm vorbeischleichen will! Doch sei gewarnt, wenn du mit ihm redest.«

»Wieso?«, flüsterte Sebastian.

»Er ist ein bisschen seltsam im Kopf. Manchmal tanzt er unverhofft wie ein von Dämonen heimgesuchter Derwisch herum, schimpft wie ein Rohrspatz und führt wüste Selbstgespräche, die überhaupt keinen Sinn ergeben. Wenn ihn so ein Anfall packt, redet er wirres Zeug über Waldkobolde, Elfen und Feuer speiende Riesenkröten. Auch hat er die seltsame Angewohnheit, sich Kieselsteine in den Mund zu stecken und daran zu lutschen, als wären es höchst köstliche Gaumenfreuden. Und man darf ihn nicht in die Nähe von Feuer lassen. In der Schmiede hat er schon mal mit der Glut herumgespielt.«

»Hat er den großen Brand verursacht?«

Notker zuckte die Achseln. »Wie das Feuer ausgebrochen ist, weiß keiner. Aber es würde wohl niemanden wundern, wenn er da in einem Moment geistiger Verwirrung gezündelt hat. Ich glaube, Bruder Lombardus wird immer wieder von Satans Dämonen …« Er führte den Satz zu Sebastians Bedauern leider nicht zu Ende, sondern unterbrach sich und wies auf eine Tür vor ihnen. »So, und da drüben ist das Lehrzimmer von Bruder Scriptoris! Ich warte hier. Und hoffentlich überzeugst du ihn, dass du zu uns passt!«

Augenblicke später trat Sebastian mit heftig schlagendem Herzen und trockenem Mund in das Zimmer des Novizenmeisters, von dessen Entscheidung so viel abhing. Er hörte gar nicht, dass Notker die Tür sofort wieder hinter ihm schloss, dachte er doch nur an die Prüfung, die jetzt vor ihm lag und die er unbedingt bestehen musste. Sonst war der Plan des Kapuzenmannes hinfällig. Dann stand er buchstäblich auf der Straße. Dornfeld würde ihn nicht wieder bei sich aufnehmen, das hatte er ihm unmissverständlich zu verstehen gegeben. Und wo sollte er dann Zuflucht suchen? Nach Passau zurück konnte er auf keinen Fall. Zwar blieb ihm die Möglichkeit, im Schutze der Nacht möglichst viele Meilen zwischen sich und die Reichsstadt zu bringen und in ein anderes Land zu flüchten, um dem Zugriff des Domherrn zu entkommen. Aber dann würde er vermutlich nie erfahren, wer sein leiblicher Vater war, wo er sich aufhielt und warum ihrer beider Leben bedroht war. Doch noch viel schwerer wog der niederschmetternde Gedanke, dass er dann wohl auch Lauretia nicht wiedersehen würde!

4

Verblüfft blieb Sebastian zwei Schritte hinter der faustdicken Tür stehen, die auf beiden Seiten durch schlichtes Schnitzwerk mit einem Kassettenmuster verziert war und sich mit dem Rundbogen an ihrem oberen Ende der Form des armtiefen Mauerwerks anpasste. Er hatte unwillkürlich angenommen, dass es sich bei dem Lehrzimmer eines Novizenmeisters um einen sehr spartanisch eingerichteten Raum handelte, der sich nicht sehr von einer kahlen Mönchszelle unterschied. Aber nichts davon traf auf den Raum zu, in dem er sich jetzt befand.

Das Lehrzimmer von Pater Scriptoris war geräumig, maß mindestens acht Schritte im Quadrat und verfügte in der Wand gegenüber der Tür über zwei große, offen stehende Rundbogenfenster, die auf einen weitläufigen Garten hinausgingen. Jenseits der sich daran anschließenden Klostermauer fiel der Blick auf drei lang gestreckte Wasserbecken in unmittelbarer Nähe des Flussufers, bei denen es sich nur um Fischteiche handeln konnte. An den Wänden rechts und links der Tür ragten vom Boden bis zur Gewölbedecke dunkle Buchregale auf, die von Folianten nur so überquollen. Vor jeder Buchwand stand eine auf Rollen laufende Leiter, damit man auch die obersten Reihen erreichen konnte. Die Mitte des Raumes beherrschte ein wuchtiger Eichentisch, auf dem sich eine Vielzahl weiterer Bücher fand, ein gutes halbes Dutzend davon aufgeschlagen, die meisten jedoch so hoch aufeinander gestapelt, dass man bei einigen Büchertürmen fürchten musste, dass sie jeden Augenblick zur Seite wegkippten. Jeweils drei einfache Stühle mit schmucklos gerader Rückenlehne flankierten die Längsseiten des Tisches. Ein siebter Stuhl, der über breite, blank polierte Armstützen und ein gepolstertes Rückenteil verfügte, stand am oberen Ende, so dass das Licht aus den beiden Bogenfenstern von hinten auf diesen Sitzplatz fiel.

Aber wo steckte der Novizenmeister?

Im selben Moment, als sich Sebastian verwundert diese Frage stellte, trat ein Mönch durch einen schmalen Durchgang im letzten Drittel der linken Buchwand, der in einen angrenzenden Raum führte und den er wegen der dort stehenden Rollleiter nicht sofort bemerkt hatte. Der Mann mochte Ende vierzig, Anfang fünfzig sein, war von mittelgroßer schlanker Gestalt, hatte ein unverwechselbar knochiges Gesicht mit wie aus Stein gemeißelten Gesichtszügen, das in einem merkwürdigen Gegensatz zur runden Form seiner eisengrauen Mönchstonsur stand. Er musterte ihn aus intensiv blickenden Augen, deren Farbe irgendwo zwischen einem verwaschenen Blau und einem Taubengrau lag.

»Bist du der neue Novizenanwärter?«, sprach der Mönch ihn an und kam näher, ein kleines, in Schweinsleder gebundenes Buch in der Hand.

»Ja, ehrwürdiger Pater! Mein Name ist Laurentius Mangold und ich bitte Euch um Aufnahme in Euer Kloster«, antwortete Sebastian und hoffte, die richtige Mischung aus Demut und Entschlossenheit getroffen zu haben.

»Und was glaubst du, durch ein monastisches Leben zu gewinnen, das du in der Welt vor den Klostermauern nicht finden kannst, Laurentius?«, lautete die nächste Frage des Novizenmeisters, und seine Stimme hatte einen scharfen, fast inquisitorischen Klang.

Sebastian hatte damit gerechnet, dass man ihm diese oder eine ähnliche Frage stellen würde. Deshalb gab er nun ohne Zögern und schlicht zur Antwort: »Mein Heil.«

Bruder Scriptoris sah ihn einen Augenblick mit nachdenklich gefurchter Stirn an. »Die Wege ins Verderben sind breit, bequem und zahlreich, doch zum Heil führt nur ein sehr schmaler Pfad voller Mühsal und Entbehrungen.«

»Das ist mir bewusst.«

»Wie alt bist du?«

»Achtzehn, ehrwürdiger Pater«, log Sebastian, denn bis er das Alter erreichte, würde noch ein gutes Jahr ins Land gehen.

»Und du bist keinem Vormund und auch keinem anderen Herrn Gehorsam schuldig und damit frei in deiner Entscheidung?«, vergewisserte sich der Novizenmeister.

»Ja, ehrwürdiger Pater.«

»Gut, dann nimm Platz und erzähl mir, wer du bist, woher du kommst und was dich zu dem Entschluss geführt hat, in unser Kloster einzutreten!«, forderte ihn der Mönch auf, setzte sich in den bequemen Lehnstuhl und wies auf den Stuhl zu seiner Rechten. »Übrigens brauchst du nicht ›ehrwürdiger‹ Pater zu mir zu sagen. Diese Anrede gebührt allein unserem Vater Abt Adelphus. Wir anderen sprechen uns gegenseitig schlicht mit Bruder an, egal ob wir die priesterlichen Weihen empfangen haben oder nicht. Und nun erzähl!«

Mit erst unsicherer, stockender Stimme begann Sebastian seine angebliche Lebensgeschichte als heimatloser Waisenjunge zu erzählen, den ein gnädiges Schicksal nach Jahren bitterer Armut und Ausbeutung schließlich in die Obhut eines gelehrten Vaganten und Scholaren geführt hatte. Er überwand seine Nervosität jedoch bald und fand zu einer gefestigten Stimme. Und dank Lauretias ausführlicher Unterweisung vermochte er seinen Bericht mit vielen Einzelheiten auszuschmücken, so dass sein aufmerksamer Zuhörer offenbar keinen Anlass fand, die Glaubwürdigkeit seiner Ausführungen in Zweifel zu ziehen und kritische Fragen zu stellen.

Bruder Scriptoris horchte jedoch auf, als er hörte, dass Sebastian sich nicht nur auf Schreiben und Lesen verstand, sondern auch Latein und Griechisch beherrschte.

»Auch darin hat dich der Wanderscholar unterrichtet? Nun, dann wollen wir doch gleich mal sehen, wie gut du in diesen Sprachen bist, Laurentius.« Er beugte sich vor, zog ein dickes Buch hervor, das mit einem prächtigen, safranfarbenen Ledereinband versehen war, und schlug es an einer beliebigen Stelle auf. »Das ist eine lateinische Schriftensammlung der heiligen Katharina von Siena*, du wirst bestimmt schon mal von ihr gehört haben. Hier, übersetze mir diesen Abschnitt aus ihrem Brief an Papst Gregor XI. vom Frühjahr 1377, in dem sie ihm die Nachteile beschreibt, die die weltliche Macht der Kirche mit sich bringt!« Er reichte ihm das Buch und deutete auf einen gut zwölfzeiligen Absatz. »Und keine falsche Hast. Nimm dir Zeit und mach dich erst mit dem Text vertraut.«

Sebastian nahm das Buch entgegen und vertiefte sich einen Moment in den lateinischen Text. Dann fasste er sich ein Herz und begann bedächtig, aber doch fließend zu übersetzen.

»›Im Namen des gekreuzigten Jesus Christus und Unserer Lieben Frau! … Heiligster und hochwürdiger Vater in

* Katharina von Siena (1347–1380) ist die Schutzheilige des Dominikanerordens, dem sie angehörte, und gilt als gelehrte Kirchenlehrerin und höchst geschickte Vermittlerin, die in den politischen Wirren auf die Päpste und Mächtigen ihrer Zeit großen Einfluss hatte. Sie wurde 1461 heilig gesprochen.

Christus Jesus! Eure unwürdige Tochter Katharina, Dienerin und Magd der Diener Jesu Christi, schreibt Euch in Seinem kostbaren Blut … Wie sehr wünsche ich, dass Ihr zum Frieden und zur Versöhnung gelangt mit Euren Söhnen. Gott verlangt das von Euch und will, dass Ihr nach Kräften das Eurige dazu tut … Offenbar will Gott nicht, dass wir uns so sehr um Herrschaft und weltlichen Besitz kümmern, dass wir die Zerstörung an den Seelen und das Missfallen Gottes nicht mehr sehen, die doch die Folgen des Krieges sind. Ihr sollt vielmehr Euer ganzes Sinnen auf die Schönheit der Seele und das Blut Seines Sohnes richten.‹«

Hier stockte Sebastian kurz, fand aber rasch die Übersetzung für die folgenden Zeilen und fuhr fort: »›Mit diesem Blut wusch er das Antlitz unserer Seele und Ihr seid der Verwalter dieses Blutes. Er lädt Euch damit ein, nach der Speise der Seelen zu hungern. Wer Hunger hat nach der Ehre Gottes und dem Heil der Seelen, der opfert nicht nur den weltlichen Besitz, sondern sogar sein eigenes Leben, um seine Schafe dem Satan zu entreißen und sie zu schützen … Ihr werdet vielleicht entgegnen …‹«

»Gut, das reicht!«, unterbrach ihn der Novizenmeister und bedachte ihn mit einem anerkennenden Blick. »Ausgezeichnet! Sehr viel besser hätte ich es wohl auch nicht vermocht. Ich sehe, du hast deine Kenntnisse wahrlich nicht zu hoch gelobt.« Er nahm ihm die Briefesammlung ab, warf einen Blick auf die Textstelle, seufzte und sagte gedankenversunken: »Eine mutige Frau von hohen Geistesgaben, unsere heilige Katharina! Statt der vielen Übel, die unsere deutsche Frömmigkeit stören und uns das dunkle Gewitter der lutherischen Reformation eingebracht haben, bräuchten wir mehr derart leuchtende Glaubenszeugen wie sie.«

Mit einem energischen Kopfschütteln, als wollte er sich

selbst zur Ordnung rufen, schlug er im nächsten Moment das Buch zu und sagte zu Sebastian: »Deine Bildung wird dir zweifellos eine große Hilfe auf dem Weg sein, den du ins Auge gefasst hast, Laurentius. Aber ist dir auch klar, wie grundlegend sich dein Leben ändern wird, wenn unser Vater Abt und meine Mitbrüder dich als Novizen für geeignet halten?«

»Ich glaube schon, Bruder Scriptoris«, sagte Sebastian und versuchte, Entschlossenheit zu zeigen, ohne dabei jedoch zu selbstsicher zu erscheinen.

»Das klösterliche Dasein ist von großer Strenge geprägt, so sieht es die Regel des heiligen Benedikt vor, nach der unser Orden sich zu leben verpflichtet hat!«, sagte der Novizenmeister mahnend. »Nur durch Härte lernt man, den eigenen Willen und die Lauheit des Herzens zu überwinden. Dafür wird man aber auch mit reichen Segensquellen für Geist und Körper belohnt. Doch der Weg dorthin ist mühselig, lang und mit vielen Versuchungen gepflastert!«

Sebastian hielt dem eindringlichen Blick des Mönches stand, der etwas eigenartig Unnahbares an sich hatte, und versicherte mit fester Stimme: »Ich bin entschlossen, alles zu tun, um diese Regeln zu befolgen und diese Segensquellen zu erlangen!«

Bruder Scriptoris ließ einige quälend lange Sekunden verstreichen, während er ihn reglos, stumm und durchdringend ansah, als wollte er bis zu seinen geheimsten Gedanken vorstoßen und ihm das entreißen, was er in seinem Innersten vor ihm verbarg.

Sebastian brach der Schweiß aus. Ihm war, als müsste der Mönch ihn jeden Moment entlarven und ihm auf den Kopf zusagen, dass er ein schändlicher Lügner sei.

»Also gut«, brach Bruder Scriptoris schließlich das Schweigen. »Ich sehe im Augenblick nichts, was dagegen spräche, dich erst einmal für einige Tage der Prüfung bei uns aufzunehmen, so wie wir es mit jedem Novizenanwärter tun.«

Sebastian atmete auf und musste an sich halten, nicht einen hörbaren Laut der Erlösung von sich zu geben. Die erste und wohl gefährlichste Klippe war erfolgreich umschifft! Er durfte bleiben! »Ich danke Euch.«

Der Novizenmeister schüttelte mit leicht ungnädiger Miene den Kopf. »Allein der Herr, unser Gott, schenkt das Wollen und das Vollbringen, alles steht in seiner Macht. Möge er dir den rechten Weg durch diese vergängliche Welt zeigen und deinen Blick auf das Unvergängliche lenken, damit du in allem sein Reich suchst.«

Sebastian nickte, schwieg und wartete.

»In diesen nächsten Tagen wirst du dich durch Gebet und die Lektüre der Heiligen Schrift prüfen, ob du für das Klosterleben geschaffen bist«, fuhr der Mönch fort. »Und wir, der Konvent, werden uns in dieser Zeit einen Eindruck von deiner Tauglichkeit verschaffen. Jeder, der um Aufnahme bittet, muss darauf hin geprüft werden, ob er im Geist auch von Gott ist. Wie es im ersten Johannesbrief geschrieben steht: ›Glaubt nicht jedem Geist, sondern erprobt die Geister, ob sie aus Gott sind.‹* Sollten wir zu einem positiven Ergebnis kommen, wartet auf dich vor dem versammelten Konvent die Rezeption, die Aufnahme als Novize, und die Einkleidung. Danach bleibt dir dann ein volles Probejahr, in dem du dich jederzeit entscheiden kannst, ob du nicht doch lieber in das weltliche Leben zurückkehren möchtest. Niemand wird dir einen Vorwurf machen und dich nach Gründen für deine Entscheidung fragen. Aber dieses Recht, das Noviziat jederzeit zu beenden, liegt auch bei uns.«

* 1 Johannes, Kapitel 4, Vers 1.

»Ich verstehe.«

»Morgen werde ich dir eine Arbeit zuweisen, denn Müßiggang ist aller Laster Anfang. Der Geist braucht den Ausgleich durch der Hände Arbeit. Deshalb sieht die Regel auch vor, dass jeder einer Tätigkeit nachgeht, die der Gemeinschaft zugute kommt. Deshalb wirst du mir und Bruder Notker in der Druckwerkstatt zur Hand gehen. Ich erwarte dich dort morgen nach der Prim* und der Kapitelsitzung**«, teilte ihm Bruder Scriptoris mit. »Ich hoffe, du stellst dich auch mit deinen Händen so gelehrig an, wie du es in geistigen Dingen bewiesen hast. Ein Gehilfe mit zwei linken Händen reicht mir.«

»Ich werde mir alle Mühe geben, Euch nicht zu enttäuschen!«, versprach Sebastian eifrig und hoch erfreut von der Aussicht, das Druckhandwerk zu erlernen.

»Du wirst in diesen Tagen bis zu deiner möglichen Einkleidung jedoch nicht bei uns im Konventshaus wohnen, sondern eine Kammer über der Druckwerkstatt beziehen. Denn unser Gästehaus ist leider mit einem Großteil der Stallungen dem Feuer zum Opfer gefallen.«

Diesmal beschränkte sich Sebastian wieder auf ein stummes, gefolgsames Nicken.

»Wo du dich zu den Mahlzeiten einzufinden und welchen Platz du in der Kirche bei den Gebetszeiten einzunehmen hast und welche Art von Zeichensprache wir zur Verständigung während der Schweigezeiten verwenden, all das lass dir von Bruder Notker erklären. Er soll dir auch eine Kammer drü-

* Gebet zur ersten Morgenstunde, etwa gegen 5 Uhr.

** Tägliche Versammlung der Mönche nach der Prim im Kapitelsaal, wo ordensinterne Belange besprochen und die für den Tag zu erledigenden Arbeiten aufgeteilt, aber auch Verstöße gegen die Ordensregel vor allen Mönchen eingestanden und durch Aufsagen von Psalmen, Ausschluss von Mahlzeiten oder gar Schläge gesühnt werden.

ben in der ehemaligen Kornmühle zuweisen und dich mit Bettzeug und Talglichtern versorgen. Wie ich ihn kenne, wird er dankbar sein, jemanden zum Reden zu haben.« Ein ironisches Lächeln huschte über die dünnen Lippen des Novizenmeisters. Doch dann wurde seine Miene wieder ernst. »So, und nun lass uns beten und Gottes Gnade für dich erbitten.« Er schloss die Augen und faltete die Hände.

Sebastian tat es ihm gleich.

»Herr, unser Gott, in deiner Gnade hast du die selige Jungfrau Maria auserwählt und vor jeder Sünde bewahrt. Befreie auch uns auf ihre Fürsprache hin aus der Verstrickung in das Böse, damit auch wir heilig und makellos vor dir stehen. Und gib diesem jungen Mann Laurentius Mangold die Kraft und die nötige Stärke, um vor dem Konvent zu bestehen und sich des monastischen Lebens würdig zu erweisen. Amen.«

»Amen«, murmelte Sebastian.

Bruder Scriptoris erhob sich mit einem energischen Ruck, um das Ende ihres Gespräches anzuzeigen.

Sebastian dankte ihm ehrerbietig und wollte schon zur Tür hinaus, als der Novizenmeister ihn kurz zurückrief und ihm ein kleines Büchlein in die Hand drückte.

»Das hier ist die Ordensregel unseres heiligen Benedikt von Nursia. Er hat sie vor gut tausend Jahren niedergeschrieben und sie wird auch in noch einmal tausend Jahren ihre wegweisende Geltung für das klösterliche Dasein nicht verloren haben. Nimm dir in den nächsten Tagen viel Zeit, um sie zu studieren!«, trug er ihm mit Nachdruck auf. »Nach eingehender Lektüre wirst du ein gutes Bild von dem Leben bekommen, das dich hier erwartet.«

Sebastian versprach, die Regel gewissenhaft zu studieren, und verließ das Unterrichtszimmer des Novizenmeisters mit sehr gemischten Gefühlen.

»U-u-und?«, raunte Notker, der neben der Tür auf ihn gewartet hatte, und stotterte wieder vor Aufregung. »W-w-wie … i-i-ist es … ge-ge-gegangen?«

»Schwer zu sagen, aber erst einmal darf ich bleiben«, flüsterte Sebastian zurück. »Du sollst mir eine Kammer über der Druckwerkstatt zuweisen, mir Bettzeug und Talglichter bringen und mir auch sonst alles erklären, was ich wissen muss, um mich bei euch einzufinden.«

Der Novize strahlte über die rosigen Pausbacken und kniff im vergeblichen Versuch, sein nervöses Augenzucken zu unterdrücken, die Brauen zusammen, was ihm ein komisches Aussehen verlieh. »Gelobt sei Jesus Christus!«

»In Ewigkeit, Amen«, murmelte Sebastian.

Notker führte ihn zuerst einmal hinunter ins Refektorium, wo er einem der stämmigen Küchenmönche durch seltsame Handzeichen bedeutete, ihrem Neuankömmling eine Mahlzeit vorzusetzen. Als der Küchenbruder ihnen den Rücken zuwandte, säbelte sich der Novize hastig eine dicke Scheibe vom Brotlaib ab und ließ sie unter seiner Kutte verschwinden. Auf Sebastians verwunderten Blick hin reagierte Notker mit einem verlegenen Achselzucken. Danach begaben sie sich hinüber zur ehemalige Kornmühle.

»Stimmt es, dass ihr hier im Kloster über eine eigene Druckwerkstatt verfügt?«, erkundigte sich Sebastian, weil er darauf brannte, mehr darüber zu erfahren.

»Ja, Bruder Scriptoris hat sie hier eingerichtet, als er vor sechs Jahren aus dem Wittenberger Land zu uns gekommen ist. Er versteht sich ganz ausgezeichnet auf die schwarze Kunst der beweglichen Lettern.«

Verblüfft blieb Sebastian stehen. »Euer Novizenmeister kommt aus dem Wittenberger Land?«

Notker nickte. »Wie man sich erzählt, war er in einem großen Kloster Prior und hat sich vor den lutherischen Ketzern zu uns geflüchtet, als dort in Sachsen unter dem satanischen Einfluss dieses Ketzers Luther viele Klöster aufgelöst und Mönche und Nonnen vertrieben wurden. Unser Vater Abt hat ihn mit offenen Armen aufgenommen und auch die Einrichtung einer Druckerei gutgeheißen. Übrigens sehr zum Unwillen von Bruder Clemens, der über das Scriptorium* wacht und von diesem neumodischen Geschäft mit den beweglichen Buchstaben nichts hält. Aber die Bücher, die wir hier drucken, bringen dem Kloster jährlich einen hübschen Batzen Geld ein. Es heißt, dass der Vater von Bruder Scriptoris einst in Mainz einer der letzten Gehilfen von Johannes Gutenberg war, der doch den Buchdruck mit beweglichen Lettern so um 1450 herum erfunden hat. Nach Gutenbergs Tod im Jahr 1468 hat es seine Familie dann irgendwie nach Sachsen verschlagen.«

Schon wieder Wittenberg!, dachte Sebastian beklommen und hörte nur noch mit halbem Ohr auf das eifrige Geplapper des Novizen. Der scharfgesichtige Novizenmeister ein Feind der Neugläubigen, in deren Wittenberger Hochburg seine Ziehmutter ihn hatte schicken wollen!

Sebastian beschlich auf einmal der beunruhigende Gedanke, dass er hier, hinter Klostermauern, keineswegs so sicher aufgehoben sein würde, wie der Kapuzenmann, Lauretia und er angenommen hatten!

* Die Schreibwerkstatt in einem Kloster, in dem Mönche geistliche Bücher in oft monatelanger Arbeit handschriftlich kopieren und die Texte zum Teil mit kunstvollen Initialen (durch Größe, Schmuck und Farbe hervorgehobene Anfangsbuchstaben) und Ornamenten verzieren.

5

Die Stunde der klösterlichen Nachtruhe war gekommen und eine tiefe Stille hatte sich über die Abtei *Unserer Lieben Frau vom Inn* gelegt. Das Einzige, was schwach an sein Ohr drang, war das Rauschen des Flusses, durch dessen gewundenes Bett sich zu dieser Jahreszeit das Schmelzwasser aus den Bergen in kräftigen Fluten talabwärts drängte.

Sebastian saß in seiner Kammer an dem kleinen Holztisch, der direkt unter dem winzigen Fenster stand, das zum Fluss hinausging und bis auf eine schießschartenartige Öffnung zugemauert war. Es war gerade so groß, dass er seinen Kopf hinausstecken konnte. Vor ihm im Licht der Kerze lag das Büchlein mit der Ordensregel des heiligen Benedikt.

Wahllos hatte er in der Schrift geblättert und kehrte nun zur ersten Seite zurück, um die Lektüre mit der Vorrede zur Mönchsregel zu beginnen.

»Lausche, mein Sohn, den Lehren des Meisters, neige das Ohr deines Herzens, nimm willig hin die Mahnung des Vaters, der es gut mit dir meint, und erfülle sie im Werk, damit du in der Mühsal des Gehorsams heimkehrest zu dem, den du in der Trägheit des Ungehorsams verließest. An dich richtet sich nun mein Wort, der du dem eigenen Willen entsagst und die herrlichen Heldenwaffen, die der Gehorsam dir bietet, ergreifst zum Kampfe für Christus, den Herrn, den wahren König …«

Er überflog die nächsten Seiten, um dann gegen Ende der Vorrede mit wachsender Beklommenheit zu lesen:

»Wenn wir der Pein der Hölle entrinnen und zum ewigen Leben gelangen wollen, müssen wir, solange es Zeit ist, solange wir im Fleische wandeln und all das noch auf diesem Weg des

Lichtes vollbringen können, jetzt müssen wir uns beeilen und so handeln, wie es uns für die Ewigkeit frommt. Es ist also unsere Absicht, eine Schule für den Dienst des Herrn einzurichten. Wir hoffen, dabei keine harten und erdrückenden Vorschriften zu geben. Wenn es aber doch einmal recht und billig erschien, zur Besserung von Fehlern und zur Wahrung der Liebe etwas mehr Strenge anzuwenden, so darfst du nicht, von Furcht ergriffen, allsogleich vom Weg des Heils fliehen, der am Anfang nicht anders als eng sein kann. Schreitet man aber in klösterlichem Tugendwandel und im Glauben voran, dann erweitert sich das Herz und man eilt in unsagbarer Süßigkeit der Liebe den Weg der Gebote Gottes. So wollen wir uns seiner Schule nie entziehen, in seiner Lehre bis zum Tod im Kloster verharren und auf diese Weise in Geduld an den Leiden Christi teilnehmen. Damit erlangen wir auch, dass wir Genossen seiner Herrlichkeit werden dürfen.«

Strenge, Gehorsam, klösterlicher Tugendwandel, geduldige Teilnahme an den Leiden Christi – die mahnenden Worte, die Sebastian aus dem Text entgegensprangen, hallten wie Hämmerschläge in seinem Kopf nach.

Auf was hatte er sich da bloß eingelassen?

Er versuchte noch eine Weile, sich auf die Lektüre der Mönchsregel zu konzentrieren, doch es wollte ihm einfach nicht gelingen. Zu viel anderes drängte sich immer wieder in seine Gedanken und schließlich gab er es auf. In den nächsten Tagen blieb ihm noch Zeit genug, um sich mit dem vielseitigen Regelwerk einigermaßen vertraut zu machen. Und mit ein wenig Glück würde er kaum so lange im Kloster ausharren müssen, um den hohen Ansprüchen gerecht zu werden und vor den Augen des Novizenmeisters und seiner Mitbrüder zu bestehen.

Sebastian schlug das Buch zu und kroch unter die muffigen

Decken seiner Bettstelle. Er hoffte, schnell Schlaf zu finden, denn schon um zwei Uhr war die Nacht im Kloster zu Ende, begannen dann doch die Vigilien. Und schon um drei Uhr fünfzehn folgte mit den Laudes, dem Lobgebet zur Morgendämmerung, die nächste Gebetszeit, an die sich um halb fünf die Prim anschloss. Terz, Sext und Non unterbrachen die Arbeit am Tag, und mit der Vesper vor dem Abendessen und der anschließenden Komplet schloss sich der Kreis der täglich wiederkehrenden Gebetszeiten*. Schlaf war etwas, das in einem Kloster keinen hohen Stellenwert besaß.

Der Schlaf wollte sich jedoch einfach nicht einstellen. Die Sorgen und Ängste, aber auch die Frage, wann er wohl Lauretia wiedersehen würde, ließen ihm keine Ruhe. Rastlos drehte er sich von der einen Seite auf die andere. Aus dem Dachgebälk über ihm kamen Geräusche, ein merkwürdiges Rascheln und Zirpen. Wurden sie von Ratten oder von Fledermäusen verursacht? Unwillkürlich dachte er an die unheimlichen Geschichten, die ihm Martha, die überaus abergläubische Köchin auf *Erlenhof*, als kleines Kind über das angeblich wahre Wesen der Fledermäuse erzählt hatte. Demnach handelte es sich bei ihnen um Geisterwesen, Untote, um die verlorenen Seelen ungetaufter Verstorbener, die ohne den Segen der Kirche in ungeweihter Erde begraben worden waren. Gisa hatte diese schauerlichen Geschichten als Unfug und eines gläubigen Christen nicht für würdig bezeichnet, aber vergessen hatte er diese Geschichten dennoch nicht. Auch dass er ganz allein in der einstigen Kornmühle war, trug zu seiner Unruhe und seinem starken Unbehagen bei.

Plötzlich befiel Sebastian das Gefühl, in der Dunkelheit von

* Eine genaue Auflistung der klösterlichen Gebetszeiten findet sich am Ende des Romans im Anhang.

der niedrigen, rauchgeschwärzten Balkendecke erdrückt zu werden und keine Luft mehr zu bekommen. Eine Weile quälte er sich noch in dem erfolglosen Versuch, doch noch in den Schlaf zu finden. Dann hielt es ihn nicht länger auf seiner Bettstelle und in der Kammer. Das Verlangen, an die frische Nachtluft zu kommen und sich zu bewegen, war einfach zu übermächtig. Er warf die Decken zurück, stand auf, hängte sich seinen Umhang um, riss die Tür auf und eilte die steile Treppe hinunter.

Als er hinaus in die Nacht trat, fühlte er sich gleich um einiges besser. Das Gefühl der Beklemmung wich fast augenblicklich von seiner Brust. Nur wenige Wolken zogen über den Himmel, der sternenklar war. Der Mond schwebte wie eine silberne Sichel über der Klosterkirche.

Ziellos wanderte Sebastian über das weitläufige Gelände innerhalb der Klostermauern. Die Bewegung in der frischen Nachtluft tat ihm gut, und allmählich kehrte die Zuversicht zurück, dass alles doch noch ein gutes Ende nehmen würde. Was konnte ihm auch hier im Kloster Gefährliches widerfahren? An diesem Ort war er sicher, solange er seine Rolle als Anwärter auf den Novizenstand einigermaßen überzeugend spielte. Das Wissen, dass er sich der strengen Klosterzucht ja nur für kurze Zeit unterwerfen musste, würde dabei gewiss helfen. Zudem vertraute er darauf, dass Lauretia eine Möglichkeit finden würde, mit ihm Kontakt aufzunehmen, nicht nur wegen der Bibel, sondern damit sie sich wiedersehen konnten. Und wenn er sich nicht sehr täuschte, würde ihr die Sehnsucht nicht weniger zusetzen, als sie ihn quälte.

Seine Gedanken verweilten lange bei Lauretia, weil sie ihn nicht nur von allem ablenkten, was ihn bedrückte, sondern weil sie ihn mit einer inneren, bisher ungekannten Wärme und starken Verbundenheit erfüllten. Sie war der Lichtblick in dem

Dunkel der Geheimnisse, die sein Leben seit der Flucht vom *Erlenhof* beherrschten.

Gedankenversunken erklomm er den kleinen Hang zum Obstgarten und schritt durch die erste Reihe der blühenden Obstbäume, als sein Blick auf eine kleine Kapelle fiel. Sie stand etwas zurückversetzt in der Nähe der nördlichen Umfassungsmauer. Einer spontanen Eingebung folgend wandte er sich ihr zu. Er wollte die Muttergottes in einem stillen Gebet um Beistand in seiner gefahrvollen Situation bitten, und diese kleine Kapelle, wo er ganz mit sich und der seligen Jungfrau allein sein konnte, schien ihm dafür der rechte Ort zu sein.

Doch als er die nur angelehnte Tür öffnete und sein Blick in das Innere der Kapelle fiel, sah er im rötlichen Schein des ewigen Lichtes neben dem Marienaltar, dass dieser Ort der Anbetung trotz der nächtlichen Stunde nicht so verlassen war, wie er angenommen hatte. Und was sich seinen Augen darbot, ließ ihn überrascht neben der Tür stehen bleiben.

Eine Mönchsgestalt kniete vor den zwei Stufen, die zum Triptychon* des Altars mit dem Bildnis der Muttergottes hochführte. Der Mann hatte sich bis zu den Hüften entblößt. Rote Striemen bedeckten seinen nackten Rücken.

Es war der Novize Notker! Sebastian erkannte ihn sofort an seiner pummeligen Figur und dem stotternden Gemurmel, das er hervorstieß. Und dann bemerkte er auch die Geißel mit den knotigen Lederriemen in Notkers Hand. Im nächsten Augenblick flog sie auch schon wieder hoch und die Riemen der Geißel klatschten auf seinen entblößten Rücken.

Sebastian stand wie erstarrt und beobachtete mit einer Mischung aus Schaudern und Faszination, wie Notker sich gei-

* Dreiteiliger Altaraufsatz, zumeist ein Gemälde, das in zwei Seitenflügel und einen Mittelteil aufgeteilt ist.

ßelte, während ihm unablässige, flehende Rufe um Sündenvergebung stotternd über die Lippen kamen.

Schließlich vermochte er den schrecklichen Anblick nicht länger zu ertragen. »Warum tust du das?«, fragte er leise.

Die mit der Geißel zum Schlag erhobene Hand erstarrte in der Luft und erschrocken fuhr Notker herum. »Laurentius?«, stieß er hervor und seine Stimme klang tränenerstickt.

Sebastian schloss schnell die Tür und ging durch den schmalen Mittelgang zu ihm. »Warum tust du das?«, fragte er erneut. »Gehört das etwa auch zu den Pflichten eines Novizen?«

»G-g-geh! … L-l-lass … mich allein, b-b-bitte«, forderte Notker ihn flehentlich auf. »D-d-du … darfst nicht … hier sein! … Und d-d-du … darfst auch k-k-keinem … d-d-davon erzählen!«

»Den Teufel werde ich tun!«, sagte Sebastian energisch und nahm ihm die Geißel aus der Hand. »Ich will wissen, warum du dir so etwas Scheußliches antust!«

»Es sind d-d-die … Teufel, d-d-die … m-m-mir … k-k-keine Ruhe lassen«, stammelte er verzweifelt.

»Von welchen Teufeln redest du?«, fragte Sebastian unangenehm berührt, und als der Novize in ein hilfloses Gestammel ausbrach, redete er ihm erst einmal zu, sich zu beruhigen, seine Kleidung wieder in Ordnung zu bringen und sich zu ihm auf die vordere Bank zu setzen, damit sie in Ruhe miteinander reden konnten. Auch versicherte er ihm, dass er nichts von ihm zu befürchten habe und er Stillschweigen über das hier bewahren werde.

Endlich hatte sich Notker so weit gefasst, dass er ohne allzu viel Gestottere mit ihm reden konnte. »Wenn du wüsstest, wie eifrig ich in stundenlangem Gebet und durch häufiges Beichten versucht habe, die Dämonen in mir auszutreiben!«, beteuerte er gequält. »Aber der Teufel, diese verfluchte Schlange, kennt immer neue Listen, um mich vom Weg des Heils zu locken und mich dazu zu bringen, der Versuchung zu erliegen. Und dagegen ist die mit Weihwasser besprengte Geißel die einzig wirksame Waffe … zumindest für einige Tage. Manchmal bringt mich die Angst fast um, rettungslos verloren zu sein und mein Seelenheil zu verlieren, weil ich es nicht schaffe, die klösterliche Zucht einzuhalten und wie ein wahrhaft gehorsamer Diener Gottes nach der Regel zu leben. Und dann muss ich immer daran denken, was im Alten Testament bei Jeremia* geschrieben steht: ›Verflucht der Mann, der auf Menschen vertraut, auf schwaches Fleisch sich stützt und dessen Herz sich abwendet vom Herrn. Er ist wie ein kahler Strauch in der Steppe, der nie einen Regen kommen sieht; er bleibt auf dürrem Wüstenboden, im salzigen Land, wo niemand wohnt!‹ Doch ich will kein kahler verfluchter Strauch im salzigen Land sein, sondern ein gesegneter Baum, der Früchte für Gott unseren Herrn trägt!«

Sebastian furchte die Stirn. »Von welchen Versuchungen sprichst du überhaupt?«

»Ach, es gibt derer so viele, wenn das Fleisch so elendig schwach ist wie das meinige!«, stöhnte Notker in dumpfer Verzweiflung. »Aber vor allem machen mir die … die verderblichen sinnlichen Begierden meines schwachen Leibes zu schaffen.« Seine Stimme sank zu einem beschämten Flüstern herab, als er ihm nun anvertraute: »Die Gaumenlust, das Verlangen nach Essen, insbesondere nach allem, was süß schmeckt, ist von den Begierden des Fleisches die schlimmste! Und dagegen hilft auch nicht das geweihte Salz, das ich in einem kleinen Beutel zum Schutz gegen die Verführungen und Blendwerke des Höllenfürsten stets bei mir trage.«

* Jeremia, Kapitel 17, Vers 5–8

»Aber das ist doch kein hinterlistiges Werk des Teufels, sondern etwas völlig Normales«, sagte Sebastian verblüfft. »Auch ich esse gern süße Speisen.«

»Aber du schleichst dich bestimmt nicht in die Küche oder gar in die Vorratskammern und stiehlst daraus eingemachtes Obst, mit Zucker bestrichenes Brot oder teuren Honig, weil dich das Verlangen danach so quält, dass du all deine guten Vorsätze und deine heiligen Gelübde brichst, die du in den Stunden bitterer Reue vor dem Antlitz der Muttergottes abgegeben hast!«, sagte Notker. »Und genau das habe ich vorhin nach der Komplet getan!«

Sebastian wusste nicht, was er darauf sagen sollte. Was Notker als Listen des Teufels bezeichnete und ihn dazu brachte, sich den Rücken blutig zu geißeln, besaß in seinen Augen überhaupt nichts Verwerfliches. Zumindest rechtfertigte sie seiner Meinung nach nicht, dass Notker sich als Strafe bis aufs Blut peitschte. Es befremdete ihn vielmehr.

»Ich habe mich gleich hinterher zum Erbrechen gebracht, aber ich weiß, dass das als Strafe nicht ausreicht!«, fuhr der Novize denn auch sofort weiter. »Nur die Geißel, im Angesicht der heiligen Jungfrau und Gottesmutter mit unnachgiebiger Härte gegen den eigenen schwachen Leib geschwungen, kann mir Luzifers bösartige Fratze und seine satanischen Einflüsterungen austreiben! Ich bin einfach so beschämend elendig schwach. Und dabei träumte ich noch als kleiner Junge davon, eines Tages als Märtyrer zu sterben, um als Blutzeuge für unseren Heiland in den Himmel einzuziehen und die Krone der ewigen Herrlichkeit zu empfangen!«

Sebastian mühte sich redlich, Verständnis für Notkers Seelenqual aufzubringen, aber es wollte ihm nicht recht gelingen. Wie konnte man nur glauben, seine ewige Seligkeit zu verlieren, nur weil man gerne aß und eine Schwäche für süße Speisen hatte? Dann stände doch wohl der größte Teil der Päpste, Kardinäle, Bischöfe und noblen Kanoniker vor verschlossenen Himmelstüren!

Nein, was diese Dinge betraf, war er von seinen geliebten Zieheltern in einer völlig anderen christlichen Gesinnung erzogen worden. Zwar hatten auch sie ihm beigebracht, vor den Einflüsterungen des Teufels auf der Hut zu sein, dem Weg der Tugend zu folgen und stets die zehn Gebote zum unverrückbaren Maßstab all seiner Handlungen zu machen. Aber sie hatten doch auch nicht die Augen vor den alltäglichen Schwächen der menschlichen Natur verschlossen und ihn wissen lassen, dass nur die allerwenigsten von ihnen zu einem wahrhaft heiligmäßigen Leben beschaffen waren. Was jedoch nicht bedeutete, dass deshalb allen anderen das ewige Seelenheil verwehrt blieb.

»Du darfst keinem davon erzählen, Laurentius!«, beschwor ihn Notker, nachdem er sich alles von der Seele geredet hatte, was ihn quälte. »Vor allem darf Bruder Sulpicius nichts davon erfahren, sonst bekommt er einen Wutanfall und lässt mich womöglich mein ewiges Gelübde erst in einem halben Jahr ablegen! Unser Prior will von den Segnungen der Selbstgeißelung nämlich nichts wissen und er neigt in diesen Dingen schnell zu einem Tobsuchtsanfall. Bruder Scriptoris ist zwar leider auch kein Freund der Geißel, aber er belässt es wenigstens bei Ermahnungen und straft einen nur mit scharfzüngigen Bemerkungen. Vor allem kann ich ihm all meine Verfehlungen beichten, ohne befürchten zu müssen, dass dem Prior davon etwas zu Ohren kommt. Denn die beiden gehen wohlweislich ihre eigenen Wege, wenn du verstehst, was ich damit sagen will.«

»Du meinst, sie können sich nicht ausstehen?«

Notker zuckte die Achseln. »Nicht dass sie verfeindet wären und sich gegenseitig bekriegen, so weit will ich nicht gehen.

Aber in allzu großer brüderlicher Liebe zueinander sind sie jedenfalls nicht entflammt! Als Bruder Scriptoris damals zu uns gekommen ist, da hat er in unserem Konvent beim Abt und vielen anderen sehr schnell große Sympathien gewonnen, und so mancher von uns geht insgeheim schon davon aus, dass er zu den drei, vier Brüdern mit Priesterweihe zählt, von denen einer mal unser nächster Abt sein wird. Denn er war ja schon mal Prior, ist ein ungemein gelehrter Mann und auch nicht ohne Ehrgeiz, wie ihm der eine oder andere unterstellt. Und unser Vater Abt Adelphus ist schon hoch betagt und in letzter Zeit sehr kränklich, so dass seine Zeit bald kommen kann.«

»Und jetzt sieht Bruder Sulpicius seine Felle davonschwimmen?«, mutmaßte Sebastian.

»Ja, möglicherweise sieht unser derzeitiger Prior das so, obwohl vielleicht gar nichts dran ist. Und das trifft auch auf Bruder Vitus, unseren einflussreichen Cellerar zu, der sich auf die Finanzen versteht wie kaum ein anderer und auch nicht gerade ohne Ehrgeiz nach hohen Ämtern ist. Aber das sind nichts weiter als vage Mutmaßungen«, schränkte Notker vorsichtig ein. »Eines ist jedoch sicher, nämlich dass der Prior und der Cellerar in manch wichtigen klösterlichen Belangen recht gegensätzliche Ansichten zu denen unseres Novizenmeisters vertreten.«

»Ist mir euer Cellerar schon begegnet?«, wollte Sebastian wissen, denn einem solch einflussreichen Mann innerhalb eines Konvents wollte er in diesen Tagen, wo man ihn ganz besonders kritisch beäugte, auf keinen Fall unliebsam auffallen.

»Bruder Vitus ist der gedrungene, kräftige Mann mit dem spitzkantigen Kinn und der sehr ausgeprägten, höckrigen Nase. Er hat eine leicht schleppende Stimme und stark behaarte Hände. Im Refektorium sitzt er immer links neben dem Abt«, sagte Notker, um dann wieder zu dem zurückzukehren, was ihn beschäftigte. »Wie dem auch sei, ich beichte jedenfalls lieber bei Bruder Scriptoris als beim Prior, auch wenn unser Novizenmeister manchmal ein äußerst hitziges Temperament hat und urplötzlich aus der Haut fahren kann, als hätte ihn aus heiterem Himmel der Hafer gestochen. Also sei bloß gewarnt!«

Sebastian versicherte, sich seinen Ratschlag zu Herzen zu nehmen und alles zu unterlassen, was den Novizenmeister reizen könnte.

»Aber auch Bruder Sulpicius kann rasch seine scheinbare Sanftmut verlieren«, fuhr Notker redefreudig fort. »Obwohl ich nicht verhehlen will, dass das Leben bei uns im Kloster um einiges leichter geworden ist, seit der Prior die Geschäfte in Vertretung unseres kranken Abtes führt und zum großen Missfallen des Cellerars eine wachsende Anhängerschaft um sich schart, die bei der nächsten Abtswahl den Ausschlag zu seinen Gunsten geben kann. Große Strenge und strikte Befolgung der Regel liegen nämlich genauso wenig in seiner Natur wie große Geduld.«

Das überraschte Sebastian nicht, hatte der wohlgerundete Prior auf ihn doch den Eindruck eines sehr lebensfrohen Mannes gemacht, der den Freuden der Gaumenlust genauso wenig abgeneigt war wie der Novize.

Sie redeten noch eine ganze Weile in der Marienkapelle und Notker weihte ihn nur zu bereitwillig in die vielen kleinen Eigenarten seiner Mitbrüder ein. Dann wurde es aber allerhöchste Zeit, dem vertraulichen nächtlichen Gespräch ein Ende zu bereiten und sich in ihre Zellen zu begeben, um wenigstens noch zwei, drei Stunden Schlaf bis zum Beginn der Vigilien zu finden.

»Ich danke dir, dass du in dieser schweren Stunde für mich da gewesen bist und auch über alles Stillschweigen halten wirst, Laurentius!«, flüsterte Notker, als sich ihre Wege im Obsthain trennten. »Ich bin froh, dass du zu uns gekommen bist und wir so schnell Freunde geworden sind! Dem Allmächtigen Lob und Dank, dass er uns eine so gute Seele wie dich geschickt hat!«

Sebastian lächelte verlegen, bezweifelte er doch, dass er ihm der erhoffte Freund sein konnte. Und dass ihn nicht der Himmel, sondern der Kapuzenmann in dieses Kloster geschickt hatte, konnte er ihm auch nicht sagen.

»Schlaf gut, Laurentius!« Notker schenkte ihm ein von Dankbarkeit und Herzlichkeit erfülltes Lächeln. »Also dann, bis zu den Vigilien! Und gelobt sei Jesus Christus!«

»In Ewigkeit, Amen.«

Mit dem beunruhigenden Gefühl, ungewollt bei Notker Erwartungen geweckt zu haben, die er nicht erfüllen konnte, kehrte Sebastian in seine Kammer in der einstigen Kornmühle zurück. Todmüde sank er auf seinen Strohsack und zog die Decken über sich. Diesmal ließ der Schlaf nicht lange auf sich warten.

Die Geißelung, bei der er den Novizen in der Marienkapelle überrascht hatte, verfolgte ihn bis in seine Träume. Nur war es in seinem grässlichen Alptraum er selbst, auf dessen Rücken die Peitsche mit den knotigen, blutgetränkten Lederriemen niedersauste. Und es war der Scherge Jodok, der die Geißel in einer Kerkerzelle mit grimmiger Genugtuung schwang, während der Domherr Tassilo von Wittgenstein der Tortur mit bösartig wohlgefälligem Lächeln zusah und seinem Handlanger immer wieder anfeuernd zurief: »Tausend Streiche! … Tausend Streiche! … Tausend Streiche!«

6

Am folgenden Morgen erhielt Sebastian eine erste Kostprobe von dem unberechenbaren, hitzigen Temperament des Novizenmeisters, vor dem Notker ihn in der Nacht zuvor gewarnt hatte.

Während die Mönche sich nach der Prim zur Kapitelsitzung versammelten, verbrachte er die halbe Stunde bis zum Arbeitsbeginn in der Druckwerkstatt damit, mehrere große Körbe mit Feuerholz zu füllen und in die Klosterküche zu schleppen. Er wünschte, schon jetzt etwas zu sich nehmen zu dürfen, aber im Kloster gab es nur zwei Mahlzeiten am Tag, die erste zur Mittagsstunde und die zweite am Abend zwischen Vesper und Komplet. Sich daran zu gewöhnen würde ihm schwer fallen.

Nachdem er die ihm aufgetragene Arbeit erledigt hatte, suchte er noch schnell den Abort auf, der ihn mit seiner Rinne fließenden Wassers überraschte, war er es bisher doch nur gewohnt gewesen, sein Geschäft in einem stinkenden Verschlag über einer Latrinengrube zu verrichten, auch auf *Erlenhof*. Dann eilte er über den Klosterhof zur Werkstatt.

Die Tür zur Druckerei stand offen, so dass er die laute und ärgerliche Stimme von Bruder Scriptoris schon gut vernehmen konnte, als er in den Vorraum mit der nach oben führenden, steilen Stiege trat.

»Was soll denn das schon wieder, Notker? Ich denke nicht daran, dich schon wieder anzuhören! Das heilige Sakrament der Beichte ist nicht dazu geschaffen worden, damit du mir jeden zweiten Tag jammervoll mit deinen angeblichen Verfehlungen in den Ohren liegst!«, herrschte Bruder Scriptoris den Novizen an.

»A-a-aber … m-m-mich … v-v-verlangt … d-d-danach!«, hörte Sebastian den Novizen aufgeregt stammeln.

»Unfug! Das redet dir dein überhitztes Gemüt nur ein!«, donnerte der Novizenmeister. »Deine Sucht zu beichten wird ja allmählich zu einer Plage! Was solltest du denn jetzt schon wieder zu beichten haben, das keinen Aufschub duldet? Hast du vielleicht wieder den Teufel im Chorgestühl gesehen, wie er sich hinüber auf die Priorseite geschlichen hat, als die Brüder bei den Vigilien vor Schläfrigkeit nicht mit der gewünschten Inbrunst psalmiert haben?«

»N-n-nein, B-b-bruder Scriptoris. Es … s-s-sind … meine f-f-fleischlichen G-g-gelüste, die …«

Weiter kam Notker nicht, denn der Novizenmeister fiel ihm barsch ins Wort. »Fleischlichen Gelüste! Komm mir bloß nicht wieder mit dieser Litanei! Ich habe dir mehr als einmal gesagt, was du tun sollst, um diese deine Schwäche besser unter Kontrolle zu bekommen. Also verschone mich davon in der Beichte! Wenn du das nächste Mal um das Sakrament der Beichte bittest, will ich etwas hören, das sich der Mühe des Anhörens auch lohnt!«

»Ja, aber …«

»Um Himmels willen, lass dir doch endlich mal eine wirklich handfeste Sünde zuschulden kommen!«, donnerte der Novizenmeister. »Betrüge jemand! Stiehl etwas! Setze hässliche Lügen in die Welt! Raube jemanden aus! Lüstere nach dem Leib einer Frau oder lass dich meinetwegen auch zu einem Mord hinreißen! Aber verschone mich in Gottes Namen mit deinen angeblichen Einflüsterungen des Teufels, wenn dir mal wieder der Magen knurrt und du die Finger nicht von den Töpfen in der Vorratskammer lassen kannst! Denn wenn das deine einzigen Dämonen sind, die dir als Mönch zusetzen, dann darfst du dich glücklich schätzen. Und wenn du dennoch meinst, beim Niederringen deiner Dämonen fremder Hilfe zu bedürfen, dann wende dich an unseren Infirmarius*! Ja, genau das wirst du heute nach der mittäglichen Mahlzeit tun, hast du mich verstanden? Bruder Eusebius wird in seinem großen Kräutergarten sicherlich ein paar Gewächse haben, aus denen er dir einen Trunk brauen kann, der dein überhitztes Gemüt in etwas sanftere Bahnen lenken kann. Und jetzt genug davon! Wir haben zu arbeiten. Und wo steckt denn bloß der Neue?«

Hastig trat Sebastian durch die Tür in den lang gestreckten Raum der Werkstatt. »Verzeiht, aber ich musste erst noch den Abort aufsuchen!«, entschuldigte er sich und erblickte die beiden Männer, die in der Mitte der Werkstatt vor der großen, hölzernen Druckerpresse** und umgeben von schweren Regalen mit allerlei Werkzeugen, bauchigen Gefäßen und hohen Stapeln Papier standen, Bruder Scriptoris mit vor Unmut gerötetem Gesicht und Notker bleich wie Kreide. Zwei angrenzende, zum Fluss hin liegende Räume waren mit der Werkstatt durch Durchgänge mit Rundbögen verbunden, die jedoch nicht mit Türen, sondern nur mit schweren Stoffvorhängen versehen waren.

»Schon gut, wenn die Natur ruft und auf ihrem Recht auf Erleichterung besteht, hat man ihr zu folgen«, brummte der Novizenmeister nachsichtig, winkte ihn zu sich heran und begann ganz unvermittelt, ihm einen ersten groben Überblick über die Kunst der beweglichen Lettern zu geben. Und von

* Dem Infirmarius unterstand die Krankenstation eines Kloster, in dem kranke und gebrechliche Mönche untergebracht waren. Zumeist verfügte er über besondere medizinische Kenntnisse und war in der Kräuterheilkunde ausgebildet.

** Die Zeichnung einer Druckerpresse aus jener Zeit findet sich im Anhang am Ende des Romans.

einem Augenblick auf den anderen schien er seinen Zorn auf Notker vergessen zu haben.

Sebastian war über den raschen Stimmungsumschwung des Novizenmeisters nicht wenig überrascht, vergaß dann aber auch sehr schnell den unerfreulichen Zwischenfall. Denn was ihm Bruder Scriptoris über das komplizierte Handwerk des Buchdrucks erklärte, schlug ihn augenblicklich in Bann. Und während sich Notker unter betretenem Schweigen im Hintergrund hielt, folgte er voller Staunen den ruhigen Erklärungen des Mönches, der von dem beweglichen Karren sprach, auf den man den mit Druckerschwärze eingefärbten Satz legte, und ihn die Funktion des so genannten Deckels demonstrierte, auf den das zu bedruckende Papier kam und den man unter den Tiegel schob. Bruder Scriptoris beschrieb ihm auch die Bedeutung der Spindel und des langen Holzhebels, der Bengel hieß und mit dem man den Tiegel auf das Papier und dieses auf die aus Blei gegossenen Buchstaben presste.

Anschließend zeigte er ihm auch die dicken, pilzförmigen Druckballen, mit denen man die Druckerschwärze gleichmäßig auf den Satz verteilte, und führte ihn dann zum großen Setzkasten hinüber, wo sich Hunderte unterschiedlicher Schriftzeichen fanden, die Buchstaben in langen Reihen nach dem Alphabet geordnet, gefolgt von häufig vorkommenden Buchstabenverbindungen, Ligaturen genannt, und einer Vielzahl von Abbreviaturen, bei denen es sich um Abkürzungen handelte.

»Und das hier nennt man Winkelhaken, die man sich auf den linken Arm legt und auf denen man erst einmal die Lettern aus dem Setzkasten zu einer Zeile zusammenfügt«, sagte der Novizenmeister, griff zu einer Holzschiene und drückte sie ihm in die Hand. »Man muss die Buchstaben dabei jedoch spiegelbildlich anordnen. Kannst du dir denken, warum?«

Sebastian überlegte kurz und nickte dann. »Weil das, was man auf dem bedruckten Blatt von rechts nach links liest, in umgekehrter Reihenfolge auf den Karren muss, sonst wird der erste Buchstabe einer Zeile zum letzten, wenn man das bedruckte Blatt aus dem Deckel nimmt und umdreht.«

»Wie ich sehe, hast du aufmerksam zugehört und weißt deinen Verstand zu gebrauchen!«, sagte Bruder Scriptoris zufrieden. »Ich denke mal, du wirst dich schnell in die Arbeit einfinden. Und eine wirklich verlässliche Hilfe habe ich auch dringend nötig, denn bei dem Werk, das wir gerade drucken, handelt es sich um ein recht umfangreiches. Es sind die Bekenntnisse unseres heiligen Kirchenvaters Augustinus.« Er deutete dabei auf das dickleibige, noch handschriftlich verfasste Buch, das etwa im letzten Viertel aufgeschlagen neben dem Setzkasten auf einem Stehpult lag. »Am besten fängst du gleich einmal damit an, deine ersten Zeilen zu setzen. Das eigene Tun ist immer noch der beste Lehrmeister.«

Bruder Scriptoris wies ihm einen lateinischen Absatz aus dem aufgeschlagenen Buch zu, während er Notker mit der recht undankbaren Aufgabe betraute, den Satz vom Vortag auseinander zu nehmen und die vielen einzelnen Lettern wieder in den Setzkasten zurückzulegen.

Sebastian gab sich allergrößte Mühe, diese erste Prüfung seiner handwerklichen Geschicklichkeit möglichst fehlerfrei zu bestehen. Denn ihm war bewusst, dass Bruder Scriptoris zweifellos ein gewichtiges Wort mitzureden hatte, wenn es um die Entscheidung des Konventes ging, ob man ihn im Kloster als Novize aufnehmen sollte oder nicht. Und wenn er sich hier anstellig zeigte, würde sich der Novizenmeister auch entsprechend für ihn einsetzen. Denn er ahnte, dass Notker dem Mönch nicht die Hilfe war, die seinen Ansprüchen an einen zuverlässigen Gehilfen gerecht wurde.

Die ersten drei Zeilen setzte er fehlerlos und der Novizenmeister war voll des Lobes. »Ganz ausgezeichnet! Jeder Buchstabe sitzt an seinem Platz! Aber dennoch sind die Zeilen so zum Druck nicht geeignet.«

Irritiert sah Sebastian ihn an. Wieso lobte ihn der Mönch zuerst, um dann im nächsten Atemzug seine Arbeit als unbrauchbar zu bezeichnen?

Bruder Scriptoris lachte. »Ich weiß, das klingt verwirrend, aber das eine ist so richtig wie das andere. Das soll dich jedoch nicht betrüben, weil du das natürlich nicht wissen kannst. Ich werde es dir erklären. Hier, sieh dir einmal diese beiden Wörter *glorificamus te* an, die du gesetzt hast. Fällt dir daran etwas auf?«

Sebastian nahm sich die lateinischen Wörter für »wir rühmen dich« Buchstabe für Buchstabe vor, um den Fehler zu entdecken, der ihm da irgendwo unterlaufen sein musste, fand jedoch keinen. »Nein«, murmelte er verunsichert.

Der Mönch schmunzelte. »Nun ja, das wäre wohl auch zu viel verlangt, fehlt dir doch noch das geschärfte Auge eines Druckers. Die Wörter selbst sind zwar fehlerfrei gesetzt, aber die Abstände zwischen den einzelnen Buchstaben entsprechen nicht dem Anspruch, den das lesende Auge an einen gut gedruckten Text stellt. Das ›g‹ im *glorificamus* nimmt einen breiteren Raum ein als das gleich darauf folgende schmale ›l‹, auch klebt die Buchstabenkombination ›ifi‹ viel zu nahe zusammen. Um diese Unterschiede auszugleichen und dadurch einen gut lesbaren Text zu erreichen, verwendet man zwischen den Lettern Füllzeichen, auch Blindmaterial genannt.«

Sebastian fiel es wie Schuppen von den Augen, als der Mönch nun zu solchen Füllzeichen griff und sie zwischen die viel zu eng aneinander sitzenden Buchstaben schob, so dass nun ein erheblich gefälligeres Bild des Wortes *glorificamus* entstand. Aufmerksam hörte er zu, als Bruder Scriptoris ihm erklärte, bei welcher Buchstabenfolge man zu welchem Füllzeichen greifen musste, um für die nötigen Zwischenräume zu sorgen. Und als er seine drei Zeilen nach diesen Erläuterungen ein zweites Mal setzte, hatte der Mönch nichts mehr an ihnen zu beanstanden.

»Alle Achtung, Laurentius! Das ist einwandfreie Arbeit! Ich werde dich hier gut gebrauchen können.«

Als der Novizenmeister wenig später kurz die Werkstatt verließ, sagte Notker ein wenig neidvoll: »Da hast du unseren Novizenmeister ja wirklich schwer beeindruckt. Ich wünschte, ich hätte nur die Hälfte von deiner Gelehrigkeit. Ich fürchte nämlich, bei mir hat er in den ersten Wochen so einige graue Haare bekommen. Und auch jetzt unterlaufen mir noch immer zu viele Fehler.«

»Ach was, vermutlich habe ich einfach nur Glück gehabt und einen guten Tag erwischt«, antwortete Sebastian.

Notker lächelte traurig. »Es ist nett von dir, das zu sagen, aber das glaube ich nicht. Du bist einfach ein heller Kopf, Laurentius – ganz im Gegensatz zu mir. Dich wird man bestimmt schon bald zum Priester ausbilden, und dann wirst du wie die anderen Patres am Altar die heilige Messe zelebrieren, während ich wohl nie für die sieben heiligen Priesterweihen* in Frage kommen werde.«

Verblüfft sah Sebastian ihn an. »Ich und Priester? Nichts liegt mir ferner!«, entfuhr es ihm und fast hätte er laut aufgelacht. »Dazu muss man berufen sein!«

»Diese Entscheidung liegt doch gar nicht in deinen Händen.

* Die sieben Weihegrade bestanden aus den vier Niederen Weihen (*ordines minores*) und den drei Höheren Weihen (*ordines maiores*). Niedere Weihen: Ostiariat, Lektorat und Akoluthat. Höhere Weihen: Subdiakonat, Diakonat und Presbyterat.

In einem Kloster entscheidet allein der Abt mit seinen Beratern, wer wann zur Priesterausbildung bestimmt wird«, erklärte Notker wehmütig. »Und so wie ich dich einschätze, wird ihr Augenmerk sehr schnell auf dich fallen.«

»Oft kommen die Dinge ganz anders, als man denkt, das weiß ich aus guter Erfahrung. Wir sollten uns darüber nicht den Kopf zerbrechen, wo ich doch noch nicht mal als Novize aufgenommen bin und du wohl noch gar nicht weißt, was alles in dir steckt. Überlassen wir unsere Zukunft vertrauensvoll Gottes Ratschluss«, sagte Sebastian. Fast fühlte er sich ein wenig schuldig, dass er sich gleich am ersten Tag so gelehrig gezeigt und Notker damit in den Schatten gestellt hatte. Und dann wechselte er schnell das Thema, indem er auf die großen Holzrahmen wies, die mit dickem, schwarzem Stoff bespannt waren und neben den beiden Fenstern, die zum Klosterhof hinausgingen, an der Wand lehnten, und fragte: »Sag mal, was hat es denn mit diesen Rahmen für eine Bewandtnis?«

»Die hängt er gelegentlich vor die Fenster, wenn ihm das Sonnenlicht zu hell in die Werkstatt scheint. Ich verstehe diese Marotte auch nicht, weil man doch bei den kleinen Buchstaben gar nicht Licht genug haben kann. Auch bräuchte er an sehr sonnigen Tagen eigentlich bloß die Holzläden vor den beiden Fenstern zuziehen. Aber Bruder Scriptoris schwört auf diese von innen vorgehängten Rahmen. Er hat wohl sehr empfindliche Augen und zieht es häufig vor, beim Schein von Kerzenleuchten zu arbeiten. Manchmal habe ich den Verdacht …«

Welchen Verdacht er hegte, sprach Notker nicht mehr aus, denn da kehrte Bruder Scriptoris auch schon zu ihnen in die Werkstatt zurück, und sie beeilten sich, dass sie wieder ihre Arbeit aufnahmen.

Sebastian hörte an diesem Tag noch viele andere Fachausdrücke, die man wissen musste, um sich bei den vielfältigen

Handgriffen beim Druck einer Buchseite zurechtzufinden. Und wenn ihm der Einstieg in die schwarze Kunst der beweglichen Lettern auch recht vielversprechend gelungen war, wusste er doch nur zu gut, dass er noch vieles lernen musste und gewiss auch noch so mancher Fehlschlag auf ihn wartete. Aber wichtig war im Augenblick allein, dass er einen guten Eindruck auf den Novizenmeister gemacht hatte und hoffen durfte, bald als Novize aufgenommen zu werden, um hier im Kloster vor den Nachstellungen des Domherrn sicher zu sein.

7

Ihm knurrte schon mächtig der Magen, als es nach der Sext endlich die erste Mahlzeit im Refektorium gab. Das deftige und gottlob reichhaltige Essen, zu dem auch reichlich Wein auf die langen, blank polierten Tische kam, wurde unter strengem Stillschweigen eingenommen, während einer der jüngeren Mönche von einer kleinen Kanzel aus die bei Mahlzeiten obligatorische Tischlesung vornahm. Er las mit recht monotoner Stimme erst aus dem Heiligenkalender vor, dann einen Abschnitt aus der Ordensregel des heiligen Benedikt und schließlich eine längere Textstelle aus der Bibel.

Ein Großteil der Mönche sprach kräftig dem Wein zu, der in großen, dunklen Steinkrügen die Runde machte, insbesondere Bruder Sulpicius und Bruder Vitus, der Cellerar mit dem spitzkantigen Kinn, ließen sich die süffige Kost aus den bauchigen Krügen schmecken.

Nach dem Essen erhielt Sebastian vom Novizenmeister die Erlaubnis, Notker zum Infirmarius zu begleiten, der zu den wenigen zählte, die sich beim Essen mit Wasser begnügt hatten, und der nach dem Dankgebet sofort aus dem Refektorium geeilt war.

Der Kräuterbruder Eusebius war eine hagere, lang aufgeschossene Gestalt unbestimmten Alters mit einem leicht schielenden Blick. Eine hüfthohe Mauer aus aufgeschichteten Feldsteinen umschloss seinen Kräutergarten, der hinter dem Konventsgebäude neben dem Friedhof lag und an die rückwärtige Klostermauer grenzte. Innerhalb dieses Geländes befand sich ein kleines Steinhaus, in dem er einen Großteil seiner getrockneten Gräser und Pflanzen aufbewahrte und allerlei Kräutermischungen, Salben und Tinkturen herstellte. Dort trafen sie ihn an.

»Bruder Scriptoris schickt mich zu Euch. Ich soll Euch um einen Kräutertee bitten, der … der mein leicht fiebriges Gemüt, wie er es nennt, beruhigen und mir einen gesunden Nachtschlaf verschaffen soll«, teilte Notker ihm verlegen mit. »Könnt Ihr mir mit solch einem Tee helfen?«

Bruder Eusebius nickte verständnisvoll. »Da weiß ich eine Remedur, auf deren gute Wirkung Verlass ist. Ein gut Teil Kamille, eine Spitze Salbei und noch einige andere Zutaten sind schnell zu einem hilfreichen Tee gemischt, der Euch bei regelmäßiger Einnahme von Euren Beschwerden befreit, Bruder Notker«, sagte er leicht lispelnd.

Der Kräuterbruder nahm nun aus einer der vielen Stellagen, die mit zahlreichen, gut verschlossenen Holzkästen, bauchigen Flaschen, kleinen Phiolen und schweren Steingutgefäßen voll gestellt waren, mehrere Behälter, die er auf den Tisch vor dem Fenster stellte. Dort fanden sich neben einer gewöhnlichen Kaufmannswaage sowie einer sehr kleinen Waage mit gerade mal dukatengroßen Schalen und einer langen Reihe von Gewichten, von denen das kleinste kaum mehr als eine Messerspitze Mehl wiegen mochte, mehrere verschieden große Mörser und Pressen sowie Gerätschaften zum Aufkochen, Sieden und Destillieren von Säften, Ölen und Konzentraten.

Sebastian war fasziniert von all den vielen Tiegeln, Töpfen, Glasbehältern, Kästchen und irdenen Behältern, auf die sein Blick überall fiel, sowie von den langen Reihen gebündelter Trockenkräuter, die von der Decke herabhingen und den Raum mit einem intensiven Duft erfüllten. Er kam sich vor, als hätte er das Labor eines Alchimisten betreten, der in diesem kleinen Steinhaus auf der Suche nach dem Stein der Weisen geheimnisvolle Experimente vornahm.

Sein Staunen blieb nicht unbemerkt, und Bruder Eusebius erwies sich als freundlicher Mann, dem es offensichtlich Vergnügen bereitete, ihm die Herkunft und Wirkung einiger seiner Kräuter, Wurzeln und Beeren zu erklären, nachdem er die Kräutermischung für Notkers Tee unter gewissenhaftem Abwiegen der einzelnen Bestandteile in eine kleine Holzdose gekippt und ihm die nötige Dosierung beim Aufbrühen erklärt hatte.

Einige der kleineren Steingutbehälter im obersten Fach eines der Regale weckten ganz besonders Sebastians Interesse, trugen sie doch neben einer lateinischen Aufschrift auch noch das grobe Bild eines Totenkopfes.

»Sind das giftige Substanzen, die Ihr darin aufbewahrt?«, fragte er voller Ehrfurcht vor so vielen Geheimnissen, die ihn in diesem kühlen Raum umgaben.

Bruder Eusebius nahm eines der Gefäße aus dem Fach. »Du hast ebenso Recht wie Unrecht«, sagte der Mönch mit einem feinen Lächeln. »Das Wunder von Gottes Schöpfung findet sich auch in den kleinsten seiner großartigen Werke, und zu denen zählt die Vielfalt der Gewächse. Hier zum Beispiel haben wir das *Aconitum napellus*, dir vermutlich besser bekannt unter dem Namen Blauer Eisenhut, neben dem Schierling eine der gefährlichsten Giftpflanzen. Die tödliche Dosis dieser Droge liegt bei der winzigen Menge von zwei Gramm. Allein schon das Pflücken kann gefährlich sein, weil das Gift durch die Haut eindringt. Und wenn man gar eine offene Wunde an den Fingern hat, hat einen der Tod schnell ereilt.«

Sebastian bekam eine Gänsehaut. »Kein Wunder, dass Ihr das Gefäß mit einem warnenden Totenkopf gekennzeichnet habt!«

»Ja, aber bei manchen Krankheiten und Vergiftungen kann der tödliche Eisenhut in feinster Dosierung in Verbindung mit anderen Kräutern eine wunderbar heilende Wirkung haben, ähnlich wie beim Kapselextrakt des Schlafmohns und anderen Gewächsen«, erklärte der Kräuterbruder. »Das Gute wie das Böse liegt in Gottes Schöpfung stets nahe beieinander, beim Menschen ebenso wie in der Natur. Die Grenze vom einen zum andern ist schnell überschritten.«

»Ja, beim Blauen Eisenhut ist man von der Ewigkeit immer nur eine feine Messerspitze entfernt!«, sagte in dem Moment eine leicht spöttische Stimme in ihrem Rücken.

Es war Bruder Vitus, der gedrungene, krummnasige Cellerar, der in der offenen Tür stand und sich mit einem spitzen Holzspan einen Essensrest aus einer Zahnlücke puhlte.

Bruder Eusebius stellte rasch das Gefäß mit dem Eisenhut ins Regal zurück und erkundigte sich beim Cellerar, was den Mitbruder zu ihm führte.

»Unser ehrwürdiger Vater Abt verlangt nach Euch«, teilte ihm der Cellerar mit, und ein leicht unmutiger Zug legte sich um seine Mundwinkel, um die herum sich tiefe Kerben eingegraben hatten. »Er besteht übrigens unvernünftigerweise darauf, das Krankenbett zu verlassen, weil er glaubt, das Schlimmste überstanden zu haben. Aber ich halte es für ratsamer, wenn Ihr ihm davon mit allem Nachdruck abratet, so geschwächt wie er von seiner schweren Krankheit noch ist. Vielleicht solltet Ihr ihm ein wenig mehr Schlafmohnextrakt verabreichen, damit der Schlaf ihn niederzwingt und er sich noch mehr Schonung gönnt. Ein Rückfall in seinem jetzigen Zustand dürfte zweifellos sein Tod sein. Aber wem erzähle ich das.«

Bruder Eusebius nickte. »Ich sehe sofort nach ihm!«, sagte er und fügte mit einem bedauernden Seufzen hinzu: »Wenn doch nur sein gebrechlicher Körper mit seiner bewunderswerten Willenskraft und seinem klaren Geist mithalten könnte!«

Notker nahm seine Dose mit dem Beruhigungstee, und Sebastian beeilte sich mit ihm, dass sie noch rechtzeitig zum Beginn der Non in die Klosterkirche kamen.

Die nächsten Tage verliefen ohne besondere Ereignisse und ohne ein Zeichen von Lauretia, was Sebastian am meisten bedrückte. Er fand in dieser ersten Woche jedoch allmählich in den anstrengenden klösterlichen Rhythmus aus acht Gebetszeiten, viel Arbeit und wenig Schlaf hinein.

Als Bruder Scriptoris eines Morgens in die Stadt musste, weil mal wieder Verhandlungen mit seinem dortigen Buchhändler und dem Besitzer der Papiermühle anstanden, bot er Sebastian an, ihn nach Passau zu begleiten. Doch Sebastian lehnte dankend ab, unter dem Vorwand, dass er sich in der Zeit seiner Prüfung nicht weltlichen Eindrücken und Ablenkungen aussetzen wollte. Umso bereitwilliger begleitete ihn dann Notker.

In dieser ersten Woche leistete der pummelige Novize die sehnlichst von ihm herbeigewünschte Profess, das ewige Gelübde, legte das geweihte Gewand an und wurde damit als gleichberechtigter Bruder in der Ordensgemeinschaft aufgenommen. Bei der feierlichen Zeremonie im Kapitelsaal, an der Sebastian nicht teilnehmen durfte, erhielt Notker auch seinen neuen Namen. Von nun an hieß er Bruder Pachomius. Der neue Name sollte mit zum Ausdruck bringen, dass er sein bisheriges Leben abgestreift und der Welt entsagt hatte und dass er von nun an bis zu seinem Tod als Mönch nach den so genannten »drei evangelischen Räten« in Armut, Gehorsam und Keuschheit hinter Klostermauern leben würde.

Notker glühte vor Freude und war stolz auf seinen neuen Namen. »Der Pachomius, von dem ich meinen Ordensnamen habe, war ein frommer und berühmter Mönchsvater, der zu Beginn des vierten Jahrhunderts nach der Geburt unseres Erlösers in Ägypten am Nil ein Kloster gegründet hat und schon zu Lebzeiten im Ruf eines heiligen Mannes stand! Bei seinem Tod hinterließ er neun Männerklöster mit über neuntausend Mönchen!«, teilte er Sebastian hinterher überglücklich und ohne jedes Stottern mit. Dass man ausgerechnet solch einen berühmten Abt zu seinem Namenspatron ausgewählt hatte, weckte in ihm die mit viel Zweifeln durchsetzte Hoffnung, dass die Klosteroberen ihn eines Tages vielleicht doch noch für würdig erachteten, zum Priester ausgebildet zu werden und die Weihen zu empfangen.

Sebastian freute sich mit ihm und bestärkte ihn auch in seiner Hoffnung, dass sich sein Traum sehr wohl erfüllen und er eines Tages am Altar die heilige Messe zelebrieren könnte. Und warum auch nicht? So vieles, was er noch bis vor wenigen Wochen nicht für möglich gehalten hätte, war ihm doch selbst schon widerfahren.

Und dann nahmen die Tage wieder ihren gewohnten Lauf. Wirklich Freude bereitete ihm die Arbeit in der Druckwerkstatt. Auch fand er an der täglichen religiösen Unterweisung des Novizenmeisters mehr Gefallen, als er für möglich gehalten hätte. Bruder Scriptoris mochte in vielem hitzig und unberechenbar sein, erwies sich jedoch nicht nur als guter Lehrmeister, der sich verständlich auszudrücken verstand, sondern er würzte seine Ausführungen auch mit erklärenden Geschichten und Vergleichen, die man so schnell nicht vergaß.

Aber er ließ es auch nicht an scharfen Ermahnungen und Belehrungen mangeln. »Die frohe Botschaft Jesu ist keine bequeme Botschaft! Sie war es nicht zu seinen Lebzeiten, ist es heute nicht und wird es auch in tausend Jahren nicht sein!«, sagte er eines frühen Vormittags, als sich Sebastians zweite Woche im Kloster ihrem Ende näherte. »Das Evangelium ist nicht von dieser Welt. Es ist Gottes heiliges Wort an die sündige Welt und fordert deren Widerspruch heraus. Gottes Wort, das ist glühendes Eisen, und wenn du es befolgen und den Weg zur Seligkeit beschreiten willst, kannst du es nicht mit der Zange anfassen, um dir nicht die Finger daran zu verbrennen. Nein, du musst schon mit beiden Händen danach greifen, wenn du die Nachfolge unseres Heilands und Erlösers Jesu Christi antreten willst! Und nicht durch eigensüchtiges Nachgrübeln erfährt der Mensch, wer er ist und wozu er geschaffen ist. Er erfährt es nur allein die hingebungsvolle Begegnung mit der Wirklichkeit Gottes und durch die Tat, zu der ihn die göttliche Gnade befähigt!«

Wenige Augenblicke später wurde der Novizenmeister in seinen Ausführungen unterbrochen, als Bruder Sulpicius in der Werkstatt auftauchte. Ein scheinbar brüderliches Lächeln lag auf seinem runden, leicht geröteten Gesicht mit den kleinen, funkelnden Augen, als er auf den Novizenmeister zusteuerte, der gerade ein frisch bedrucktes Blatt aus dem Deckel des Karrens hob.

»Wie geht es mit Eurer Arbeit voran, Bruder Scriptoris?«, erkundigte sich der wohlbeleibte Prior leichthin, als verdankte der Novizenmeister seinen Besuch einer spontanen Laune.

»Werdet Ihr mit unserem heiligen Augustinus bald zum Ende kommen?«

»Ein, zwei Wochen wird es wohl noch dauern, bis der Druck abgeschlossen ist«, gab der Novizenmeister vage zur Antwort und zwar mit deutlich reserviertem Tonfall, so als glaubte er, vor dem Prior und dessen wahren Gründen für seinen Besuch auf der Hut sein zu müssen.

»Das sollte uns aber nicht davon abhalten, schon jetzt verbindlich darüber zu reden, mit welchem neuen Druckwerk unser Kloster in der heutigen, von abscheulichen Irrlehren heimgesuchten Zeit einen Beitrag zur Wahrung des einzig wahren Glaubens und der reinen Lehre leisten kann«, sagte Bruder Sulpicius.

Sebastian stand mit Pachomius auf der anderen Seite der Druckpresse bei den Setzkästen. Der jüngste Bruder der Klostergemeinschaft fing seinen fragenden Blick auf und raunte ihm leise zu: »Über das, was gedruckt werden soll, bekommen sich die beiden immer in die Haare. Pass auf, gleich geht es los!«

Und genau so kam es dann auch. Als Bruder Scriptoris davon sprach, als Nächstes die Briefe der heiligen Katharina zum Druck ins Auge gefasst zu haben, lobte der Prior zwar erst einmal den rein historischen Wert ihrer Schreiben an die großen kirchlichen Persönlichkeiten ihrer Zeit, erhob dann jedoch sofort Einwände dagegen. Die Veröffentlichung ihrer Briefe in einer Buchauflage von hundertfünfzig Exemplaren erschien ihm weit weniger wichtig als die der Schriften des Doktor Johannes Eck.

»Spricht er von demselben Johannes Eck, der als erbitterter Widersacher von Martin Luther bei dessen Prozess in Leipzig und dann 1521 vor dem Reichstag in Worms gegen ihn zur Disputation angetreten ist?«, raunte Sebastian, der sich noch gut an die erregten Debatten auf *Erlenhof* erinnern konnte, als Rom damals den Bann über den aufrührerischen Mönch aus Sachsen verhängt hatte, nachdem dieser sich standhaft geweigert hatte, seine ketzerischen Lehren zu widerrufen.

Pachomius nickte. »Ja, dieser Johannes Eck aus Ingolstadt hat eine Unmenge Schriften gegen Luthers ketzerische Thesen verfasst und hört gottlob nicht auf, sie mit seiner Feder zu bekämpfen.«

Bruder Scriptoris zeigte jedoch nicht die geringste Neigung, eine Zusammenstellung der wichtigsten Anti-Luther-Schreiben des Johannes Eck zu einem Buch zusammenzustellen und zu drucken, wie der Prior es von ihm verlangte.

»Ein solches Unternehmen macht weder vom kaufmännischen Standpunkt noch aus der Sicht kirchlicher Belehrung einen Sinn!«, erklärte er. »Von Eck kursieren schon mehr aus genug gedruckte Flugschriften im Land. Für eine weitere Veröffentlichung in Form eines teuren Buches wird sich kein Markt finden lassen.«

»Das sehe ich anders!«, widersprach der Prior und sein Gesicht nahm einen verkniffenen Ausdruck an.

»Das steht Euch frei, Bruder Sulpicius«, entgegnete der Novizenmeister ungerührt. »Zudem pflegt der ehrenwerte Johannes Eck, bei aller Anerkennung für seinen unermüdlichen Einsatz gegen die schädlichen lutherischen Auswüchse, bedauerlicherweise einen nicht gerade lesenswerten Schreibstil!«

»Was wollt Ihr damit sagen?«, fragte Bruder Sulpicius erbost, als hätte ihn sein Mitbruder persönlich beleidigt.

»Nur das, was unter Gelehrten wohl ganz unstrittig ist«, antwortete der Novizenmeister gelassen. »Nämlich dass er nicht gerade mit schriftstellerischem Talent gesegnet ist, um es freundlich auszudrücken. Eck schreibt zu trocken und zu lehrhaft, ganz der ewige Lehrmeister, der seine innere Trockenheit und Saftlosigkeit nicht eine Seite lang verbergen kann. Nie gelingt ihm ein zündendes Wort. Zudem bleiben seine Argumente auf dem Papier erschütternd schwach, die theologischen Begründungen dürftig, um nicht zu sagen armselig. Kein Wunder also, dass die meisten seiner Schriften nicht gelesen werden und unverkauft bleiben. Und da sollen wir ein kleines Vermögen hinterherschmeißen, um ein weiteres unverkäufliches Buch auf den Markt zu bringen? Ich glaube nicht, dass unser ehrwürdiger Vater Abt dafür Verständnis haben wird. Ganz davon abgesehen, dass ich nicht gewillt bin, die Pamphlete eines zwar ehrenwerten Kämpfers für die Verteidigung der Kirche, aber miserablen Streiters mit der Feder zu drucken!«

Der Prior schnappte vernehmlich nach Luft. »Ihr wisst nicht, was Ihr da sagt!«, empörte er sich. »Das … das grenzt ja schon fast an Blasphemie!«

Bruder Scriptoris zeigte sich von dem Vorwurf unbeeindruckt. »Da übertreibt Ihr in Eurer verständlichen Enttäuschung doch ein wenig, wie Ihr bei ruhiger Betrachtung sicherlich selbst feststellen werdet«, erwiderte er. »Man muss nicht gleich die Kuh schlachten, nur weil der unfähige Stallbursche die Milch hat sauer werden lassen.«

Sebastian musste sich beherrschen, um bei diesem spöttischen Vergleich nicht belustigt loszuprusten.

Der Prior bemühte sich, seine Fassung zu wahren. »Ob Doktor Johannes Eck wirklich einen nicht ganz so griffigen Schreibstil pflegt oder nicht, mag einmal dahingestellt sein. Aber die Besorgnis erregenden Ereignisse der letzten Zeit sprechen dafür, dass eine größere Verbreitung seiner Schriften dringender denn je ist! Denkt nur an diese Wiedertäufer, die sogar in unserer Stadt Anhänger gefunden haben. Diese Ketzer sind wie übelster Schimmelpilz, dem man früh zu Leibe rücken muss, wenn man das Mauerwerk schützen will. Oder habt Ihr nicht gehört, dass einem dieser Ungläubigen gerade der Prozess gemacht wird und er wohl schon in den nächsten Wochen auf dem Richtplatz vor den Scharfrichter treten wird?«

Erschrocken fuhr Sebastian zusammen. Man rechnete schon fest damit, dass einer dieser Wiedertäufer zum Tode verurteilt werden würde?

Der Novizenmeister gab einen schweren Seufzer von sich. »Ja, ich habe davon gehört. Nur glaube ich nicht daran, dass der Scheiterhaufen oder das Schwert unseres Scharfrichters Hubertus Haberstroh irgendwelchen Irrlehren Einhalt gebieten können«, sagte er nachdenklich.

Der Prior ging erst gar nicht auf den Einwand ein. »Und diese Wiedertäufer sind nicht die einzige Nattern, die über den Acker des Herrn kriechen und ihr lutherisches Gift verspritzen!«, fuhr er erregt fort. »Denkt nur an diesen Seelenverführer namens Leonhard Kaiser, der es gewagt hat, sich hier wieder blicken zu lassen. Und nicht ein einziges Zeichen von Reue ob seiner ketzerischen Lehren soll er zeigen! Dem Himmel sei Dank, dass er im Kerker einsitzt und man auch ihm in den nächsten Wochen den Prozess machen wird. Und wie dieser ausgehen wird, steht ja wohl außer Frage! Je schneller er auf dem Scheiterhaufen landet, desto besser ist es für alle treuen Anhänger der reinen Lehre!«

»Auf einem Scheiterhaufen kann man zwar Menschen qualvoll sterben lassen und Bücher in Asche verwandeln, aber die Ideen und Überzeugungen, die in beiden stecken, haben sich noch nie mit Feuer aus der Welt schaffen lassen!«, gab der Novizenmeister zu bedenken. »Das kann man nur mit den besseren Argumenten und Lehren.«

»Unsinn!«, widersprach Bruder Sulpicius mit finsterer Miene.

»Nur durch eiserne Härte gegen jede Art lutherischer Ketzerei kann der Unruhe im Volk begegnet und den Umtrieben dieser satanischen Schlangenbrut von Ungläubigen Einhalt geboten werden, die mitten unter uns mit ihren anonymen Schriften gegen die heilige Mutter Kirche und den Papst hetzen. Seht nur dieses schändliche Flugblatt, das mir gestern in Passau in die Hände gefallen ist!« Er zog ein verknittertes Blatt unter seiner Kutte hervor, faltete es auseinander und stieß mit zornesrotem Gesicht hervor: »Hört Euch nur diese blasphemische Überschrift an: *Wider die Missbräuche und gottlosen Sitten der kirchlichen Fürsten auf Petri Stuhl – Zwölf Thesen zur Erneuerung der päpstlichen Autorität!* Martin Luther, die verfluchte Wittenberger Schlange, hätte diese Flugschrift kaum übler verfassen können, als dieser anonyme Schmierfink es getan hat! Flugblätter, getränkt mit dieser Art von geistiger Gülle, zirkulieren in der Stadt und auf dem Land!«

»Nun ja…« Bruder Scriptoris machte ein bedenkliches Gesicht und kratzte sich am Kinn. »Aber dass die Autorität des Papstes in der nicht gerade glücklich geführten Auseinandersetzung mit Luther schweren Schaden genommen hat, ist leider eine traurige Tatsache, die wohl keiner von uns beiden bestreiten wird«, wandte er dann ein. »Unter diesem Gesichtspunkt wäre eine Erneuerung der gnadenvollen Botschaft, die von Rom ausgeht, schon sehr zu begrüßen.«

»Ach was! Das ist nichts als blanke Ketzerei! Und diese Gesellen des Verderbens gehören ohne Ausnahme auf den nächsten Scheiterhaufen! Wie die Wiedertäufer und dieser Leonhard Kaiser!« Der Prior knüllte das Flugblatt mit einer Miene der Wut und des Abscheus in seiner Faust zusammen und warf es mit einer heftigen Geste von sich.

Der Papierball flog auf Pachomius zu, der erschrocken einen Schritt zur Seite machte, als fürchtete er, sich schon durch die bloße Berührung mit diesem ketzerischen Flugblatt zu beschmutzen und sein Seelenheil in Gefahr zu bringen.

Der Novizenmeister gab einen lang gezogenen Seufzer von sich. »Unsere Zeit ist wahrlich nicht gerade arm an betrüblichen Vorfällen. Doch wenn ich mich recht erinnere, hatten wir eigentlich ein ganz anderes Thema, Bruder Sulpicius.«

»Aber diese gotteslästerlichen Flugblätter, das Unwesen der Widertäufer und die Sache mit dem abtrünnigen Pfarrer Leonhard Kaiser, all das gehört dazu!«, erwiderte der Prior. »Dagegen müssen wir rechtgläubige Schriften setzen! Und zwar die des Johannes Eck!«

Den Rest des Streitgespräches zwischen den beiden Mönchen bekam Sebastian nicht mehr mit. Denn in diesem Moment fiel sein Blick zufällig durch eines der Fenster auf den Hof hinaus, wo gerade ein mit Bauholz beladenes Fuhrwerk durch das Tor rollte. Und der Fuhrknecht auf dem Kutschbock war niemand anders als Lauretia!

8

Weder der Prior, der mit zunehmend galligem Temperament auf den angeblich so unbestreitbaren Vorzügen des gelehrten Doktor Johannes Eck beharrte, noch Bruder Scriptoris, dessen Erwiderungen in gleichem Maße an Bissigkeit zunahmen, schenkte ihm auch nur einen flüchtigen Augenblick Beachtung, als Sebastian entschuldigend murmelte, seinen Arbeitsplatz am Setzkasten verlassen und dringend den Abort aufsuchen zu müssen. Sie waren viel zu sehr in ihrem ganz und gar nicht brüderlichen Streitgespräch gefangen. Und dann war er auch schon aus dem Haus und eilte über den Hof zu Lauretia hinüber. Er musste sich sehr zusammennehmen, um seine übergroße Freude nicht zu zeigen und ihr nicht schon von weitem zuzurufen.

Lauretia hatte das Fuhrwerk zur Brandstelle auf der anderen Hofseite gelenkt und bemerkte ihn erst, als sie dort das Gespann zum Stehen brachte und vom Kutschbock sprang.

»Brauchst du Hilfe beim Abladen, Fuhrmann?«, fragte Sebastian und sah sie mit leuchtenden Augen an. Wie schwer es ihm doch fiel, sie nicht in seine Arme zu nehmen und sie fest an sich zu drücken! Und er fragte sich in diesem Moment unwillkürlich, wie Mönche und Nonnen es bloß schafften, auf dieses wahrlich göttliche Geschenk zu verzichten und für den Rest ihrer Erdentage ohne dieses Wunder der Liebe von Mensch zu Mensch zu leben. Er wusste, dass er weder die Kraft noch den Willen zu einer derartig radikalen Entsagung hatte.

»Ich denke, das werden die Konversen schon übernehmen«, antwortete sie und fragte mit fröhlichem Spott: »Oder gehörst du vielleicht auch zu ihnen?«

»Nein, ich warte darauf, hier als Novize aufgenommen zu werden«, sagte er, um dann hastig mit leiser Stimme hinzufügen: »Endlich bist du gekommen! Das waren schlimme anderthalb Wochen! Ich habe schon befürchtet, du würdest dich gar nicht mehr blicken lassen, Lauretia! Wenn du wüsstest, wie sehr ich jeden Tag darauf gehofft und gewartet habe, dich wiederzusehen!«

»Wegen der schäbigen Bibel?«, flüsterte sie neckend und blickte sich verstohlen um, ob sie beobachtet wurden.

»Ach was! Natürlich wegen dir!«, gestand er und spürte, wie ihm das Blut ins Gesicht schoss.

»Es ging leider nicht eher, Sebastian. Meister Dornfeld …«

Sie unterbrach sich, als sie durch einen Spalt zwischen der Balkenladung und dem Kutschbock hindurch zwei bärtige Konversen sah, die in Begleitung eines Mönches aus den Trümmern der Brandruine traten und dem hoch beladenen Fuhrwerk zustrebten. Bei dem Mönch handelte es sich um Bruder Vitus, den Cellerar, wie Sebastian bemerkte. Hastig raunte Lauretia ihm zu: »Aber davon später!«

»Wo und wann später?«

»Ich habe die Bibel oben an der Landstraße im großen Ginstergebüsch versteckt. Wenn du dich aus dem Kloster schleichen kannst, werde ich heute Nacht so gegen elf dort auf dich warten. Sag, kannst du dich nachts überhaupt davonstehlen, ohne dass jemand etwas davon mitbekommt?«

»Ich werde kommen, darauf gebe ich dir mein Wort!«, versprach Sebastian, der keine Bedenken hegte, sich im Schutz der Nacht unbemerkt aus der einstigen Kornmühle und durch das Loch in der halb eingestürzten Mauer aus dem Klostergelände schleichen zu können. »Ganz sicher!«

»Gut, dann verschwinde jetzt besser! Man sollte uns nicht zusammen sehen. Mönche sind recht misstrauische Gesellen, habe ich mir sagen lassen.« Sie warf ihm ein verstohlenes Lächeln zu, wandte sich sogleich von ihm ab und machte sich an den Stricken zu schaffen, mit denen die Bauholzladung gesichert war.

Sebastian entfernte sich rasch und mit zum Boden gerichtetem Blick, wie es die Klosterregel zwingend vorschrieb, in Richtung Abort. Es fiel ihm jedoch schwer, sich dabei nicht noch einmal nach ihr umzublicken. Aber er wusste mittlerweile, dass ein Kloster tausend Augen hatte und nur sehr wenig unbemerkt blieb.

Es war wohl nicht verwunderlich, dass es ihm an diesem Tag allergrößte Mühe bereitete, sich auf die Arbeit in der

Druckwerkstatt zu konzentrieren. Diesmal war er es und nicht der linkische Pachomius, den Bruder Scriptoris mehrfach ermahnen musste, die ihm zugeteilten Aufgaben gewissenhaft auszuführen. Und der Novizenmeister war nach dem unerquicklichen Wortwechsel mit dem Prior nicht gerade geneigt, auf Nachlässigkeiten mit Milde zu reagieren. Er war gereizt und seine bissigen Zurechtweisungen hatten es in sich.

»Was ist denn heute bloß in dich gefahren? So kenne ich dich ja gar nicht!«, raunte Pachomius ihm zu, nachdem Sebastian ein wahres Donnerwetter des Novizenmeister über sich hatte ergehen lassen müssen, weil er ihm bei einer unbedachten Drehung das Winkeleisen aus der Armbeuge gestoßen und die Bleilettern über den ganzen Boden verstreut hatte. »Willst du mich heute vielleicht an Ungeschicklichkeit in den Schatten stellen?«

»Ich weiß es auch nicht«, murmelte Sebastian, während er hochroten Kopfes mit ihm über die Dielenbretter kroch, um die zerstreuten Buchstaben wieder einzusammeln. Dabei wusste er sehr wohl, was ihn bei der Arbeit so unaufmerksam machte.

Der Tag zog sich mit qualvoller Zähigkeit hin. Die Sonne schien sich einfach nicht gen Westen neigen und den Abend zu seinem Recht kommen lassen zu wollen. Es war, als hätte sich die Zeit gegen ihn verschworen und eine sadistische Freude daran, ihm das Warten auf das nächtliche Treffen mit Lauretia so sauer wie nur irgend möglich werden zu lassen.

Schlimmer noch als die Stunden der Arbeit in der Werkstatt wurden ihm die Gebetszeiten, in denen es keine Ablenkung gab. Ihm schien es, als würden sie eine wahre Ewigkeit dauern. Sogar das vergleichsweise kurze Stundengebet zur Sext und zur Non kam ihm endlos vor.

Schließlich aber rief die Klosterglocke dann doch zur Vesper in die Klosterkirche. Diesmal wartete er ungeduldig darauf, dass die letzten Töne des *Magnificat* im hohen Kirchenschiff verklangen, dabei hatte ihn gerade dieser Chorgesang der Mönche zusammen mit dem *Salve, Regina*, das am Ende der Komplet gesungen wurde, bisher stets jedes Mal tief berührt.

Nach der Vesper folgte er den Mönchen, die mit ihren langen Kukullen* bekleidet waren und in Zweierreihen einherschritten, als Letzter und mit respektvollem Abstand durch den dämmrigen Kreuzgang** zum Refektorium.

Plötzlich blieben die beiden letzten Mönche vor ihm in dem hohen und tiefen Rundbogen stehen, durch den man vom Kreuzgang in den Speisesaal gelangte. Auch er hielt unwillkürlich im Schritt inne, weil er sie miteinander reden hörte. Und da wollte er nicht auf einmal in ihrem Rücken auftauchen, zumal doch in diesem Bereich das Gebot des Schweigens galt. Und schon gar nicht wollte er derjenige sein, der sie bei diesem groben Verstoß im Kreuzgang ertappte und beschämte, denn das könnte sie gegen ihn einnehmen.

Abwartend blieb er im Dunkel der inneren Wand stehen. Er erkannte die Mönche an ihren Stimmen. Es handelte sich um Eusebius, den Kräuterbruder, und Bruder Vitus, den einflussreichen Klostercellerar.

Im nächsten Moment hörte er ganz deutlich, wie der hö-

* Mantelähnlicher Schulterumhang mit weiten Ärmeln und Kapuze, auch Flocke genannt, die nur bei bestimmten feierlichen Anlässen wie beispielsweise dem Chorgebet getragen wird. Die Kukulle ist bei Zisterziensern aus weißem Stoff gearbeitet.

** Ein überdeckter Umgang um einen rechteckigen Hof oder kleinen Garten, in dessen Mitte sich oft ein Brunnen befindet. Die Arkaden sind zum Hof hin offen. Vom Kreuzgang aus zweigen Zugänge zu den wichtigsten Räumen der Klostergemeinschaft ab, so unter anderem zur Kirche, zum Refektorium, zum Kapitelsaal, zur Küche und zur Bibliothek. Siehe dazu auch den Grundrissplan einer Zisterzienser-Abtei im Anhang am Ende des Romans.

ckernasige Cellerar zu dem Kräuterbruder sagte: »Dass seine Seligkeit morgen schon wieder die Geschäfte übernehmen will, ist viel zu früh, lasst Euch das gesagt sein! … Nein, wartet! Das müsst Ihr ihm ausreden! Auch solltet Ihr unseren ehrwürdigen Vater Abt noch einmal zur Ader lassen, damit er die letzten faulen Säfte aus dem Leib bekommt, sonst hat er schon bald einen Rückfall, von dem er sich garantiert nicht mehr erholen wird!«

»Seid Ihr noch bei Sinnen?«, kam es gedämpft, aber unüberhörbar erschrocken von Bruder Eusebius zurück. »Wollt Ihr, dass ich den Vater Abt umbringe? Ein Adererlass wäre sein sicherer Tod!«

»Aber jeder Medicus sagt doch, dass …«, setzte Bruder Vitus zu einem Einwand an.

»Nein, ich will nichts mehr davon hören!«, fiel ihm Bruder Eusebius ins Wort. »Er hat sich von der Krankheit gut erholt, soweit man das bei einem Mann seines Alters sagen kann, und ich werde mich hüten, so einen irrwitzigen Vorschlag auch nur in Erwägung zu ziehen! Zudem ist dies wirklich nicht der rechte Ort, um derlei Dinge zu bereden!« Und damit ließ er den Cellerar stehen.

Sebastian meinte zu hören, wie Bruder Vitus einen unterdrückten Fluch ausstieß, bevor er dem Infirmarius ins Refektorium folgte. Aber er konnte sich das auch nur eingebildet haben.

Während der anschließenden Mahlzeit beobachtete er den Cellerar. Der saß mit verschlossener Miene neben dem leeren Stuhl des Abtes und zeigte nur wenig Appetit, füllte sich aber mehrmals den Becher mit Wein. Und er erinnerte sich, was ihm Pachomius in den ersten Tagen über Bruder Vitus und den Prior erzählt hatte, nämlich dass sich beide große Hoffnungen machten, hier der nächste Abt zu werden – und dass auch der Novizenmeister gut im Rennen um die Gunst der Mitbrüder lag. Aber schon bald verdrängten die Gedanken an Lauretia diese Überlegungen. Wenn es doch bloß schon Nacht wäre!

9

Nach der Komplet wurde seine Geduld noch einmal auf eine harte Probe gestellt, musste er doch die Stunden bis zu ihrem Treffen in seiner Kammer und ohne jede Ablenkung verbringen. Er hätte sich die Zeit mit dem vorgeschriebenen Studium der Bibel und der Regel des heiligen Benedikt vertreiben können, aber dafür fehlte ihm die innere Ruhe.

Dann war endlich die so lang herbeigesehnte Stunde ihres Treffens gekommen!

Als Sebastian vor die Tür trat, den tiefen Schatten des Wirtschaftstraktes zu seiner Linken suchte und dabei noch einmal nach rechts in Richtung des Konventsgebäudes blickte, glaubte er einen Moment lang, aus einem der Fenster der Druckwerkstatt einen schwachen Lichtschimmer hinaus in die Dunkelheit dringen zu sehen.

Aber sogleich sagte er sich, dass das unmöglich war. Die schweren Holzläden waren ja vor die Fenster geklappt und von außen mit den handbreiten Eisenriegeln verschlossen. Und wenn Bruder Scriptoris sich zu dieser späten Stunde in die Werkstatt begeben hätte, wäre ihm oben in seiner Kammer ohne jeden Zweifel ans Ohr gedrungen, wie er die schwere Tür aufgeschlossen hatte. Und als er noch einmal genau hinsah, traf sein Blick auch wirklich nur auf nachtschwarze Fensterläden.

Die Reflexion des Mondlichtes auf den vorgelegten Eisenriegeln musste ihm einen Streich gespielt haben. Und er vergaß die Sache sofort wieder.

Er hielt sich nahe an der Wand, verschmolz förmlich mit den tiefen Schatten der Nacht, huschte an der Pforte vorbei, gelangte zu dem hohen Stapel aus Balken und Brettern, die Lauretia am Vormittag aus Passau angeliefert hatte, und stieg dann vorsichtig über die Trümmer der Brandruine zur halb eingestürzten Mauer hoch. Immer wieder verharrte er kurz in geduckter Haltung, lauschte in die Dunkelheit und vergewisserte sich, dass sich niemand dort draußen aufhielt, der ihn hätte bemerken können.

Augenblicke später sprang er von dem hüfthohen Rest der Umfassungsmauer ins Freie. Er lief durch ein kurzes Stück Grasfläche und dann quer über den sich daran anschließenden Acker zu den Heckensträuchern und knorrigen Eichen, die auf beiden Seiten den Weg von der Landstraße zum Kloster säumten, ohne jedoch eine gleichmäßige und planvoll angelegte Allee zu bilden, wie er sie vom *Erlenhof* her kannte.

Sein Herz schlug wie wild vor Aufregung und freudiger Erwartung, als er den Weg im Schatten der Bäume und Hecken zur Landstrasse hoch eilte. Die Nacht war noch sommerlich warm, aber der Himmel stark bewölkt, so dass nur gelegentlich ein wenig Mond- und Sternenlicht zur Erde drang.

Er hielt Ausschau nach dem großen Ginstergebüsch, von dem Lauretia geredet hatte. Und dann sah er es – und die Gestalt, die im nächsten Augenblick hinter dem Ginsterdickicht hervortrat und die rechte Hand leicht zum Gruß erhob.

»Lauretia!« Atemlos blieb er vor ihr stehen. Fast hätte er seinem spontanen Verlangen nachgegeben und sie in seine Arme geschlossen. Aber dann fehlte ihm doch der letzte Rest Courage, ihr seine Zuneigung so unmissverständlich zu zeigen.

Stattdessen fragte er: »Hast du schon lange auf mich gewartet?«

Sie schüttelte den Kopf und lachte ihn an. »Und wenn schon! Heute Nacht habe ich nichts Besseres vor«, sagte sie und zwinkerte ihm zu. »Hier ist deine Bibel.« Sie bückte sich und zog die alte Ledertasche aus dem Gebüsch hervor.

»Danke, dass du dir die Mühe gemacht hast«, sagte er und hängte sie sich über die Schulter. Dann bemerkte er, dass nirgendwo ein Fuhrwerk oder ein Pferd zu sehen war. »Aber sag mal, wie kommst du nachher zurück nach Passau? Die Tore sind doch von Sonnenuntergang bis Sonnenaufgang geschlossen!«

»Ich habe Rufus in der Scheune vom Bauern Hubert Schlittpacher untergestellt und werde nachher da auch im Heu schlafen«, teilte Lauretia ihm mit, als sei das das Selbstverständlichste auf der Welt. »Sein Hof liegt gleich linker Hand hinter dem kleinen Wald da oben. Er kennt mich und stellt keine Fragen. Du brauchst dir also um mich keine Sorgen zu machen.«

»Es tut mir Leid, dass ich dir so viele Umstände mache«, sagte er.

»Ach was, du machst mir keine Umstände!«, versicherte sie, um dann mit noch sanfterer Stimme hinzuzufügen: »Ich tue es wirklich gern für dich, Sebastian. Ohne dich ist es bei Dornfeld richtig… na ja, irgendwie einsam und nicht mehr so schön wie in der Zeit, als du da warst.«

Ihm war, als machte sein Herz vor Freude einen Sprung. »Du hast mir auch sehr gefehlt, Lauretia. Ich wünschte, wir hätten uns nicht trennen müssen.«

Sie seufzte. »Ja, ich auch, aber du wirst dich ja nicht auf ewig im Kloster verstecken müssen.«

»Hast du inzwischen etwas vom Kapuzenmann gehört? Gibt es irgendeine Nachricht von ihm für mich?«

»Nein, nichts. Aber was erwartest du? Es sind ja noch nicht mal zwei volle Wochen verstrichen, seit du ins Kloster gingst. Und er hat doch gesagt, dass es einige Zeit dauern kann, bis er wieder mit dir Kontakt aufnimmt und dich da rausholt.«

»Aber mir kommt die Zeit schon jetzt wie eine Ewigkeit vor – zumal ohne dich.«

Sie schenkte ihm ein wehmütiges Lächeln. »Ich weiß, mir ist die Zeit doch auch lang geworden. Aber im Kloster bist du wenigstens vor den Nachstellungen des Domherrn und seiner Knechte sicher und das ist im Augenblick nun mal das Wichtigste. So, und jetzt lass uns zum Fluss hinuntergehen und uns dort ein nettes Plätzchen suchen. Und dann musst du mir erzählen, wie das Klosterleben als Novize ist!«

Nur zu bereitwillig ging Sebastian auf ihren Vorschlag ein. Sie schlugen einen Bogen um das Kloster. Als sie ein schmales Waldstück durchquerten, das sich wie ein dichter grüner Riegel am Ufer des Inn erstreckte, und das verfilzte Unterholz das Fortkommen etwas beschwerlich machte, nutzte er die Gelegenheit, um ihre Hand zu ergreifen, als wollte er ihr Halt geben. Dabei wusste er nur zu gut, dass Lauretia auch ohne seine Hilfe gut zurechtgekommen wäre. Es beglückte ihn, dass sie ihm ihre Hand nicht entzog, sondern ihn vielsagend anlächelte und den zärtlich stummen Druck seiner Hand erwiderte. Er wünschte, stundenlang so mit ihr Hand in Hand durch die Nacht gehen zu können.

Wenig später saßen sie dann an einer grasbewachsenen Stelle am Ufer des Inn, der dunkel und mit geheimnisvoller Eile seinem gewundenen Flusslauf folgte.

»Nun, wie geht es im Kloster *Unserer Lieben Frau vom Inn* zu? Und warum trägst du noch keine Kutte? Erzähl! Ich bin schon ganz gespannt!«, forderte sie ihn auf.

»Ich weiß gar nicht, womit ich anfangen soll«, sagte Sebastian und überlegte, mit welchen skurrilen klösterlichen Eigenheiten er sie am besten unterhalten sollte.

An Stoff mangelte es ihm nicht. Da gab es bei den Mönchen etwa die seltsame Vorschrift, bei der Beichte Übertretungen stets in der Reihenfolge der fünf Sinne, der sieben Todsüden und der zehn Gebote zu nennen. Oder dass es einem Laienbruder nicht gestattet war, einen Klerikermönch zu rasieren, und dass die Rasur der Bärte alle acht Tage und die der Köpfe alle vierzehn Tage vorgeschrieben war. Er konnte sich über die Mahlzeiten im Refektorium auslassen, wo oftmals dem Wein und dem guten Essen mehr Beachtung geschenkt wurde als dem, was der Tischleser aus dem Heiligenkalender, der Benediktregel und der Bibel vortrug, und dass man den Becher stets mit beiden Händen fassen musste, sich auf dem Stuhl nicht anlehnen durfte und es verboten war, den Tisch mit dem Ellbogen zu berühren. Auch hätten die kleinen und großen Zwistigkeiten, die zwischen einigen Klosterbrüdern bestanden und die manch kuriose Blüten trieben, einige prächtig erheiternde Lästergeschichten abgegeben. Er brauchte da bloß an den Cellerar, den Prior und seinen Novizenmeister und einige andere zu denken, die alle nicht gerade mit einem sanftmütigen Temperament gesegnet waren. Auch Bruder Pachomius und vor allem der blinde Bruder Lombardus, von denen jeder auf seine ganz eigene Art im Kampf mit irgendwelchen wirklichen oder eingebildeten Dämonen lag, boten sich an. Zudem hätte er sich auch über die Zeichensprache lustig machen können, in der man sich nötigenfalls verständigte, sowie über das Verbot des lauten Lachens und die Vorschrift, die Hände in den Ärmeln der Kutte zu verschränken, den Blick ständig gesenkt zu halten und nie zu lachen. Dieses und vieles andere mehr kam ihm in den Sinn.

Aber all diese Eigenarten der Mönche und die klösterlichen Gepflogenheiten nun zur reinen Unterhaltung zum Besten zu geben wäre ihm auf einmal als beschämende Undankbarkeit und Überheblichkeit vorgekommen. Immerhin hatten ihn die Mönche freundlich bei sich aufgenommen und gewährten ihm ihren Schutz, auch wenn sie sich dessen nicht bewusst waren. Ganz zu schweigen davon, dass Bruder Scriptoris ihn die schwarze Kunst des Buchdrucks lehrte.

Und er zweifelte auch nicht daran, dass die Mehrzahl der Mönche mit reinem Herzen den mühseligen Weg des Heils suchte und Gott hingebungsvoll in Armut, Gehorsam und Keuschheit dienen wollte. Und deshalb nahm er schnell Abstand davon, sich mit Spott und Geschwätzigkeit über das Leben der Zisterzienser von *Unserer Lieben Frau vom Inn* auszulassen.

»Das Leben hinter Klostermauern ist so völlig anders als das, das wir gewöhnt sind. Es ist ein ganz fremde Welt, die sich mit ihren ganz eigenen Regeln nicht so leicht in Worte fassen lässt. Und vermutlich bin ich auch noch gar nicht lange genug dabei, um mir ein Urteil erlauben zu können«, antwortete er schließlich zurückhaltend. »Jede Stunde des Tages ist genau geregelt. Alles läuft nach einem festen, unabänderlichen Plan und Rhythmus ab, der von den vielen Gebetszeiten bestimmt wird. Und bis auf Kleinigkeiten, die mit den verschiedenen Jahreszeiten zu tun haben, ändert sich da nie etwas. Tag für Tag und Jahr für Jahr leben sie nach dieser strengen Regel.«

Lauretia sah ihn überrascht an. »Du klingst ja so, als wärst du regelrecht beeindruckt!«

Sebastian nickte nachdrücklich. »Ja, das bin ich im Großen und Ganzen auch«, gestand er. »Manche Mönche sind zwar schon recht eigenartige, kauzige Burschen und an Eitelkeit, Neid und Machtgelüsten herrscht auch bei ihnen kein Mangel. Aber dennoch ist da etwas, das mich trotz all der Unzulänglichkeiten irgendwie … nun ja, fasziniert. Diese vollkommene Hingabe und Entschlossenheit, auf ewig im Kloster in Armut, Gehorsam und Keuschheit zu leben und sich in strenger Zucht ganz der Anbetung Gottes und der Verehrung der Muttergottes zu widmen, ist schon etwas sehr … ja, Mutiges. Da kommt man durchaus ins Nachdenken. Auch haben es mir die Chorgesänge sehr angetan. Die Mönche verstehen sich wirklich darauf, ihren Wechselgesang zu einem ungemein feierlichen Lobpreis Gottes zu machen. Manchmal bekomme ich eine Gänsehaut, wenn der Gesang der Mönche das Kirchenschiff erfüllt. Dann ist mir, als rückte ich selbst dem Himmel ein Stück näher.«

Auf Lauretias Gesicht zeigte sich Besorgnis. »Aber du bist doch hoffentlich nicht so sehr vom Klosterleben beeindruckt, dass du nun ernsthaft daran denkst …«

Er ließ sie erst gar nicht ausreden und lachte auf. »Nein, keine Sorge, für das ewige Gelübde bin ich wahrlich nicht geschaffen. Armut und Gehorsam zu geloben würde mir schon mehr als genug Probleme bereiten. Aber niemals könnte ich mich zu Keuschheit und Ehelosigkeit verpflichten. An das Kloster wirst du mich also ganz sicher nicht verlieren.«

Der letzte Satz rutschte ihm einfach so heraus. Erst als er ihn ausgesprochen hatte, wurde ihm bewusst, welch eindeutige Gewichtung ihrer Beziehung in diesen Worten lag. Und er fürchtete, dadurch zu schnell und vorlaut bei ihr Gefühle vorausgesetzt zu haben, die sie ihm in dieser unzweifelhaften Klarheit noch gar nicht zu verstehen gegeben hatte.

Lauretias Antwort enthob ihn dieser Befürchtung. »Das hätte ich auch nicht zugelassen, Sebastian!«, erklärte sie mit leiser, aber entschlossener Stimme.

Ohne dass es eines Wortes bedurfte, trafen sich ihre Hände

im warmen Gras, um stumm zu besiegeln, was sie an tiefen Gefühlen füreinander empfanden.

Eine Weile saßen sie in einträchtigem Schweigen so am Ufer, blickten auf die dunklen, unergründlichen Fluten, auf die Mond und Sterne gelegentlich einen flüchtig silbrigen Schein warfen, und waren erfüllt von der beglückenden Nähe des anderen.

Später dann redeten sie über vieles andere, auch über Kleinigkeiten, die sich in den vergangenen zehn Tagen auf dem Mühlhof von Meister Dornfeld ereignet hatten. Natürlich kamen sie irgendwann auch wieder auf den mysteriösen Kapuzenmann und den Domherrn zu sprechen, und wieder einmal zerbrachen sie sich erfolglos den Kopf über der Frage, welche Beweggründe wohl hinter deren rätselhaftem Handeln stecken mochten, was sich hinter dem Geheimnis von Sebastians Abstammung verbarg, was es mit seinem unbekannten leiblichen Vater auf sich hatte und was die Zukunft für sie beide wohl bereit hielt.

Da diese Grübeleien jedoch fruchtlos waren und Sebastian nur mit Kummer und Schmerz erfüllten, wechselte Lauretia rasch das Thema. Sie erzählte ihm von dem Prozess gegen die beiden Wiedertäufer, bei denen es sich um zwei bislang unbescholtene Handwerker, einen Bäcker und einen Schneider aus der Innbrückgasse handelte. Und dass beide standhaft auf ihrem Irrglauben beharrten und nicht bereit waren, den verlangten Widerruf zu leisten, so dass ihnen die Verurteilung und Hinrichtung drohte. Ähnliches hörte man auch von dem abgefallenen Pfarrer Leonhard Kaiser, der seine Treue zu seinem sterbenskranken Vater nun vermutlich ebenfalls mit seinem Leben bezahlen musste, da auch er jeglichen Widerruf seiner lutherischen Überzeugungen verweigerte.

Lange verweilten sie dort am einsam gelegenen Ufer des

Inn und zögerten die Trennung voneinander möglichst lange hinaus. Aber die Zeit, die während des Tages scheinbar nicht hatte vergehen wollen, raste jetzt dahin.

Lauretia begleitete ihn dann noch bis zum Saum des Waldes, wo das Gelände in die freien Flächen der klösterlichen Äcker und Felder überging.

»Wann sehen wir uns wieder?«, fragte Sebastian beklommen und hielt ihre beiden Hände umfasst, als wollte er sie nicht mehr loslassen.

»Meister Dornfeld hat mit eurem Cellerar ausgemacht, dass er einmal die Woche Bauholz anliefert. Das heißt, dass wir uns erst nächsten Mittwoch wieder treffen können«, sagte sie mit großem Bedauern. »Ich weiß nicht, ob sich mir vorher eine Gelegenheit bietet, abends noch vor dem Schließen der Tore aus der Stadt zu kommen, da ich die nächsten Tage viele Fahrten hoch zur Festung machen muss und die Zeit dann meist nicht mehr reicht, um das Fuhrwerk zurückzubringen, Dornfelds Pferde auszuspannen und Rufus aus dem Stall zu holen. Auch weiß ich nicht, wie ich es dir mitteilen sollte, falls es mir irgendwann vielleicht doch gelingt. Ich kann ja schlecht bei Einbruch der Dunkelheit an die Pforte klopfen und nach dir fragen.«

Auch Sebastian wusste keinen Ausweg aus diesem Dilemma. Und sich jede Nacht auf die bloße Hoffnung hin aus dem Kloster zu schleichen, dass Lauretia es vielleicht doch hatte einrichten können, erschien ihnen beiden zu riskant. Das hieße, sein Glück auf eine gefährliche Probe zu stellen. Und so beschränkten sie sich darauf, sich erst wieder am folgenden Mittwoch zur selben Zeit zu treffen, doch dann nicht oben an der Landstraße, sondern gleich unten am Ufer des Flusses, wo der Wald ihnen Schutz vor zufälliger Entdeckung bot.

Zum Abschied überwand Sebastian seine Hemmung und

schloss sie in seine Arme. Und dann fanden auch ihre Lippen in einem langen, zärtlichen Kuss zueinander.

Sebastian glaubte noch immer, ihren weichen Mund auf seinen Lippen spüren zu können, als er sich schon längst wieder jenseits der Klostermauern befand und über den ausgestorbenen Hof zur Kornmühle schlich. Die alte Ledertasche mit der Reisebibel hatte er sich über die Schulter gehängt.

Er war noch ganz vom Aufruhr seiner Gefühle gefangen, als er durch die offen stehende Tür in den pechschwarzen Vorraum trat, von dem aus es links in die Druckwerkstatt und über die Stiege hoch zu seiner Kammer ging.

Er war dermaßen in Gedanken an Lauretia versunken, dass er um ein Haar mit der Gestalt zusammengestoßen wäre, die sich dort im Vorraum plötzlich vor ihm aus der Schwärze löste. Er stieß einen unterdrückten Schrei aus und geistesgegenwärtig schob er mit seinem Ellbogen die Tasche mit der Bibel von der Hüfte weg und auf seinen Rücken.

Es war der Novizenmeister, der vor ihm stand.

10

Auch Bruder Scriptoris zuckte bei ihrem Zusammentreffen erschrocken zusammen, er fasste sich jedoch sofort wieder. »Da bist du ja!« Es klang, als hätte er ihn gesucht.

Sebastian starrte ihn mit offenem Mund an und wusste nicht, was er sagen sollte. Die Verzauberung, die Lauretias inniger Kuss in ihm ausgelöst hatte, war augenblicklich wie weggewischt. Schließlich brachte er ein dümmlich lahmes »Ihr wollt zu mir?« hervor.

»In der Tat! Aber ich war doch sehr überrascht, deine Kammer leer vorzufinden. Seit wann treibst du dich denn des Nachts draußen herum, Laurentius? Gehörst du vielleicht zu den Leuten, die unter Schlafwandel leiden?«, fragte Bruder Scriptoris mit leicht spöttischem Tonfall. »Ich dachte, so etwas geschieht nur bei Vollmond, und du machst so gar keinen schlafwandlerischen Eindruck auf mich. Mal davon abgesehen, dass es bis zum nächsten Vollmond noch gute zwei Wochen hin sind.«

Sebastian brach der Schweiß aus, was der Novizenmeister in der Dunkelheit zum Glück nicht sehen konnte.

»Mir … mir war so warm in der Kammer, und dann … dann drückte mich auch noch ein menschliches Bedürfnis, so dass es mich da oben nicht länger hielt«, log er und deutete mit der rechten Hand vage die Stiege hinauf, während er mit dem linken Arm die Ledertasche auf den Rücken presste. Gleichzeitig drehte er sich von der Tür weg und in die Schwärze des Vorraumes. Dennoch rechnete er jeden Augenblick damit, dass der Mönch trotz der Dunkelheit den Lederriemen über seiner Schulter bemerkte, ihm die Tasche mit der Bibel abnahm und ihn zur Rede stellte. Und was sollte er ihm dann erzählen? Wenn die Wahrheit ans Licht kam, waren seine Tage als Novizenanwärter in diesem Kloster gezählt.

»So«, sagte Bruder Scriptoris nur und ein argwöhnischer Unterton schwang in seiner Stimme mit.

»Aber wieso wolltet Ihr mitten in der Nacht zu mir?«, fragte Sebastian verwundert und hoffte ihn mit dieser Frage von seiner schwachen Lügengeschichte abzulenken.

»Mir war, als hätte ich in deiner Kammer noch Licht brennen sehen, als ich mir im Hof einen Augenblick frische Luft gönnte. Und da dachte ich, dich noch beim eifrigen Studium der Heiligen Schrift oder unserer Regel anzutreffen und dir die Nachricht unseres Vater Abtes sogleich überbringen zu können«, antwortete der Novizenmeister.

»Welche Nachricht?«

»Ich hatte ein langes nächtliches Gespräch mit unserem ehrwürdigen Vater Abt, der sich gesund genug fühlt, um morgen in unsere Mitte zurückzukehren und sein Hirtenamt wieder aufzunehmen. Dabei ging es auch um dich und deinen Wunsch, als Novize aufgenommen zu werden.«

Sebastian hielt unwillkürlich den Atem an.

Bruder Scriptoris ließ sich einen langen Moment Zeit, bevor er endlich fortfuhr: »Ich habe ihm gesagt, dass du Gnade vor den prüfenden Augen von Prior, Novizenmeister und Kapitel gefunden hast und dass nichts gegen deine Aufnahme bei uns spricht. Daraufhin hat er festgelegt, dass deine Rezeption übermorgen nach der Prim sein soll.«

Übermorgen sollte er als Novize aufgenommen werden! Damit war endlich die Gefahr gebannt, vielleicht schon bald die Sicherheit der Klostermauern verlassen zu müssen!

Die Überraschung hätte für Sebastian nicht größer sein können, und er stammelte einen Dank, dem der Novizenmeister jedoch ein schnelles Ende bereitete.

»Morgen nach der Kapitelsitzung bringe ich dich zu unserem Abt«, teilte der Mönch ihm sachlich mit. »Er will sich vor deiner Rezeption noch einen persönlichen Eindruck von dir verschaffen, und dann nimmt er dir die Generalbeichte ab, so wie es die Regel vorsieht. So, und jetzt sieh zu, dass du bis zu den Vigilien noch ein wenig Schlaf findest!« Und damit eilte er hinaus auf den nächtlichen Klosterhof.

Ein stummes Stoßgebet des Dankes auf den Lippen und in dem Bewusstsein, dass sein nächtlicher Ausflug um ein Haar ein katastrophales Ende genommen hätte, sackte Sebastian im nächsten Moment auf die Stufen der Stiege. Er musste erst einmal tief Atem holen und seinem heftig schlagenden Herz einen Moment der Ruhe gönnen, bevor er sich zum Schlafen nach oben in seine Kammer begab. Was hatte er bloß für ein Glück gehabt, dass er dem Mönch hier im dunklen Vorraum und nicht draußen im Freien begegnet war! Sonst hätte er die Ledertasche mit der Bibel nicht vor dem Novizenmeister verbergen können. Und Gott allein wusste, was dann geschehen wäre!

Als sich sein Herz und seine Nerven beruhigt hatten, stieg er ins Obergeschoss hoch, versteckte die Ledertasche mit der Heiligen Schrift unter seiner Bettstelle und streckte sich dann auf dem Strohsack aus.

Er rief sich wieder die zärtliche Umarmung und den berauschenden Kuss in Erinnerung, mit dem Lauretia und er am Waldrand voneinander Abschied genommen hatten. Aber sosehr er auch versuchte, sich wieder in diese glückselige Stimmung zu versetzen, es gelang ihm nicht. Irgendetwas rumorte in seinem Inneren und sabotierte seinen Versuch, sich ganz seinen zärtlichen Gefühlen und Erinnerungen hinzugeben. Und als er dieser Irritation schließlich nachgab, sah er vor seinem geistigen Auge wieder den Novizenmeister und ihre seltsame nächtliche Begegnung.

Plötzlich befielen ihn starke Zweifel, dass der Mönch über den Hof und in die einstige Kornmühle gekommen war, weil er ihn in der Kammer hatte aufsuchen wollen, um ihm die Entscheidung des Abtes mitzuteilen. Als ob das mit der Rezeption nicht noch bis zum Morgen Zeit gehabt hätte! Aber angeblich hatte er sich ja nach dem langen Gespräch mit Abt Adelphus ein wenig frische Luft gönnen wollen und dabei Lichtschein aus dem Fenster seiner Kammer dringen sehen …

Lichtschein aus seinem Fenster?

Mit einem Ruck setzte er sich auf. Bruder Scriptoris hatte

gelogen! Was immer den Mönch um Mitternacht in dieses Gebäude geführt hatte, es hatte mit Sicherheit nichts mit dem schwachen Schein eines Kerzenlichts zu tun! Selbst wenn in seiner Kammer eine helle Lampe gebrannt hätte, hätte Bruder Scriptoris das nicht sehen können. Denn das kleine, schmale Fenster ging doch gar nicht zum Hof, sondern nach hinten zum Fluss hinaus! Er war also nie und nimmer in seiner Kammer gewesen, denn sonst hätte er gewusst, dass der Raum auf der Rückseite des Hauses lag.

Aber was hatte der Novizenmeister dann hier zu dieser nächtlichen Stunde gewollt? Und vor allem: Warum hatte er, ein Mann Gottes, der doch jedes Recht hatte, sich in diesem Haus aufzuhalten, wann immer es ihm beliebte, ihn angelogen?

11

Sebastian fühlte sich regelrecht übel vor angespannter Nervosität, als er im Kreuzgang darauf wartete, dass ihn Bruder Scriptoris in den Kapitelsaal führte. Die festgesetzte Stunde seiner Rezeption und Einkleidung als neuer Novize in Gegenwart des versammelten Konvents war gekommen.

Voller Unruhe ging er auf der Arkadenseite vor den Bogenfenstern auf und ab, durch die helles Morgenlicht in den Kreuzgang fiel. Die ganze Situation erschien ihm so unwirklich wie ein wirrer Traum, und er verspürte das fast unbändige Verlangen, davonzulaufen. Und im Stillen verwünschte er den Kapuzenmann, dass ihm kein besserer Einfall als der Eintritt ins Kloster gekommen war, um ihn vor dem Domherrn und seinen Häschern zu schützen.

Am Tag zuvor hatte er das erstaunlich kurze Gespräch mit dem Abt und die ihm äußerst unangenehme Generalbeichte hinter sich gebracht, bei der er unter heftigen Gewissensbissen seine falsche Lebensgeschichte sowie seine angebliche Berufung zum Klosterleben vor den erstaunlich klaren und wachen Augen des Oberen in groben Zügen wiederholt hatte. Zum ersten Mal in den fast zwei Wochen seiner Anwesenheit in der Abtei *Unserer Lieben Frau vom Inn* hatte er den Abt zu Gesicht bekommen.

Er hatte damit gerechnet, einem alten und gebrechlichen Mann in den letzten Jahren seines achten Lebensjahrzehnts zu begegnen, der von langer auszehrender Krankheit gezeichnet war. Doch zu seiner Überraschung sah er sich einem zwar sehr hageren Mönch mit einem knöchrigen Gesicht und einer durchscheinenden, von braunen Altersflecken übersäten Haut gegenüber, doch von greisenhafter Gebrechlichkeit fehlte jede Spur. Der Abt hielt sich aufrecht wie ein Gardesoldat, sprach mit fester Stimme und musterte ihn mit ungetrübten, aufmerksamen Augen, denen nichts zu entgehen schien. Und es hätte Sebastian nicht verwundert, wenn er seine Lügenmärchen auf Anhieb durchschaut und ihn schon nach den ersten verlogenen Worten scharf des Klosters verwiesen hätte.

Aber nichts dergleichen war geschehen. Und jetzt trennten ihn nur noch wenige Minuten von der Zeremonie, die ihn zum Novizen mit allen Rechten und Pflichten im Orden der Zisterzienser machen würde.

»Bist du bereit?«

Sebastian schreckte aus seinen nervösen Gedanken auf und fuhr wie ertappt herum. Der Novizenmeister stand in der offenen Tür des Kapitelsaals, dessen Zutritt ihm bisher verwehrt gewesen war. Er schluckte, weil ihm ein fetter Kloß in der Kehle saß, und beschränkte sich auf ein Nicken als Antwort.

»Gut, dann wollen wir den Konvent nicht warten lassen und zur Rezeption schreiten, Laurentius!«

Bruder Scriptoris führte ihn in den Kapitelsaal, dessen Wände bis zur Gewölbedecke holzgetäfelt und in Kassetten unterteilt waren. Bunte, bleiverglaste Bogenfenster dämpften das einfallende Licht, das dem Holz eine warme, honigfarbene Tönung gab. Die Mönche saßen entlang der Wände in einem aufwändig geschnitzten Chorgestühl. Allein der Abt saß leicht erhöht und auf einem besonders kunstvoll gearbeiteten Lehnstuhl vor den Stufen des kleinen Altars, der die umlaufenden Sitzreihen an der Stirnseite des Kapitelsaals unterbrach.

Sebastian rauschte das Blut in den Ohren, und sein wild hämmerndes Herz schien wie ein dicker Klumpen Teig aufzuquellen und ihm die Brust sprengen zu wollen, als er dem Novizenmeister in den Raum folgte. Alle Augen waren auf ihn gerichtet und er fühlte sich nackt und bis auf die Seele entblößt.

Bruder Scriptoris versetzte ihm verstohlen einen leichten Knuff in die Seite, als er auf halbem Weg zum Stuhl des Klosteroberen plötzlich stockte. »Weiter!«, raunte er so leise, dass Sebastian ihn gerade noch verstehen konnte, sonst aber niemand. »Und dann runter auf die Knie.«

Mit einem Würgen im Hals machte Sebastian noch weitere vier, fünf Schritte. Dann stand er im Angesicht von Abt Adelphus, vor dem er nun wie vorgeschrieben in die Knie ging.

Einen Augenblick herrschte feierliche Stille im Kapitelsaal. Dann fragte der Abt mit kräftiger, klarer Stimme: »Was begehrst du, Laurentius Mangold?«

»Gottes Gnade und Eure Barmherzigkeit«, antwortete Sebastian, so wie es die Ordensregel verlangte. Die Fragen und Antworten bei einer Rezeption hielten sich an eine strenge, vorgegebene Reihenfolge, die insbesondere dem Novizenanwärter keinen Raum für Eigenwilligkeiten ließ.

»Erhebe dich!«

Sebastian folgte der Anweisung des Abtes. Dabei hätte er die Befragung viel lieber kniend ertragen, wäre es ihm so doch erspart geblieben, die ganze Zeit dem prüfenden Blick der wachen Augen des Abtes standhalten zu müssen.

Abt Adelphus stellte die üblichen Fragen, die Sebastian auch schon dem Novizenmeister am Tag seiner Ankunft im Kloster hatte beantworten müssen, nämlich ob er verheiratet sei, ob hörig oder in anderer Weise wirtschaftlich abhängig und ob von geheimen Krankheiten befallen.

»Nein, ehrwürdiger Vater Abt!«, antwortete Sebastian auf jede dieser Fragen und hatte dabei Mühe, das Zittern in seiner Stimme zu unterdrücken.

Nachdem dieser formelhafte Teil der Rezeption abgeschlossen war, nahm ihn der Abt scharf in seinen Blick und warnte ihn mit größter Eindringlichkeit vor der strengen Zucht des klösterlichen Daseins. Er verwies auf die kärgliche Nahrung, die ihn erwarte, und dass die Kleidung eines Mönches rau sei. Er hielt ihm vor Augen, dass ihm wenig Schlaf vergönnt sein werde, da der Tag der Arbeit gehöre und des Nachts die Vigilien zu halten seien.

»Fasten wird deinen Körper ermatten, harte Arbeit deinen Stolz austreiben und Abgeschlossenheit und Schweigen werden Geist und Seele auf eine harte Probe stellen!«, prophezeite er ihm abschließend. »Denn nur durch Härte und Beharren lernt man seinen eigenen Willen und die Schwachheit des Fleisches zu überwinden.« Er machte eine kurze Pause, um seine letzten mahnenden Worte wirken zu lassen. »So sag denn: Ist es noch immer dein Wunsch, in unser Kloster einzutreten, nach unserer Regel zu leben und deinen Willen deinen Oberen zu unterwerfen, Laurentius Mangold?«

Sebastian lief es heiß und kalt den Rücken hinunter. Und

er musste alle Willenskraft aufwenden, um nicht beschämt aus dem Kapitelsaal zu stürzen. »Ja, das ist es, ehrwürdiger Vater Abt!«, sagte er dann mit fester Stimme.

»So sei es denn!«

Während Sebastian nun eingekleidet wurde, stimmte der Konvent einen herrlichen Choral an. Bruder Scriptoris half ihm dabei, das Gewand der Zisterzienser anzulegen, die weite Mönchskutte mit dem Skapulier*, das vorn und hinten bis auf die Füße herunterfiel und einen Mönch bei Tag und bei Nacht und selbst noch im Grab umschloss.

»Der Herr ziehe dir einen neuen Menschen an«, betete Abt Adelphus, als Sebastian den Habit** der Mönche anlegte, der jedoch nicht geweiht wurde. Das geschah erst, wenn ein Novize bei der Profess das ewige Gelübde ablegte.

Sebastian fühlte sich wie benommen, als auf den feierlichen gregorianischen Gesang der versammelten Mönche eine Rezitation und darauf die Prozession des Konvents in Zweierreihen in den Chor der Kirche folgten. Zusammen mit dem Abt bildete er das Ende der Mönchsprozession. In der Kirche warf er sich der Ordensregel gemäß vor dem Altar nieder, die Arme von sich gestreckt wie Christus am Kreuz, während der abschließende Hymnus der Mönche die Kirche erfüllte.

Wilde Scham ob seiner Verlogenheit, mit der er die Ahnungslosigkeit und Gastfreundschaft der Mönche ausnutzte, tobte in ihm, während er mit ausgestreckten Armen auf den kalten Bodenplatten lag. Und ihm war, als müsste jeder die

* Ein breiter, von den Schultern bis zu den Füßen herabfallender Tuchstreifen, der über dem Ordenskleid, Talar genannt, getragen wird und wie eine Arbeitsschürze nur die Vorder- und Rückseite seines Trägers bedeckt, an den Seiten dagegen offen ist. Über dem Skapulier wird der Gürtel getragen, früher zumeist ein einfacher Strick.

** Die Kleidung der Mönche wird Habit oder auch Ordenshabit genannt.

anklagende Stimme hören, die in ihm schrie: »Lüge! ... Lüge! ... Lüge!«

Endlich hatte die Feier ein Ende, als der Abt die Zeremonie mit den Worten »Nicht wer angefangen hat, sondern wer beharret bis ans Ende, wird selig werden!« beschloss und ihm den Kuss des Friedens gab.

Nach der Rezeption zeigte ihm Bruder Pachomius, welche Zelle ihm der Novizenmeister im Haupthaus zugewiesen hatte. Sie lag im zweiten Stockwerk, ging nach hinten auf den Klosterfriedhof hinaus und war sogar noch kleiner als die Kammer, die er bisher in der ehemaligen Kornmühle bewohnt hatte. Sie maß gerade mal knappe drei Schritte sowohl in der Länge wie in der Breite, ein ärmliches Klostergelass, das nur mit einem Stuhl, Tisch, Strohlager und einer Wolldecke ausgestattet war.

Wie bei allen Klosterzellen, so ließ sich auch hier die Tür nicht von innen verschließen, damit jederzeit unangekündigte Visitationen der Oberen, also Besuche vom Novizenmeister, Prior oder Abt, möglich waren. Zudem wies die Tür eine große Öffnung in Augenhöhe auf, so dass zu allen Tages- und Nachtstunden der Blick ungehindert von außen in die Zelle fallen konnte. Denn so wenig wie einem Klosterbruder Privateigentum erlaubt war, so wenig gab es für einen Mönch so etwas wie ein Privatleben, nicht einmal in seiner Zelle.

»Jetzt gehörst du richtig zu uns!«, flüsterte Pachomius mit freudestrahlendem Gesicht. »Ich bin ja so froh, dass du bei uns eingetreten bist!«

»Ja«, murmelte Sebastian mit einem gequälten Lächeln, blickte zum Fenster hoch, das weit oben in der Wand saß und nichts als Himmel sehen ließ, und wünschte sich in Wirklichkeit weit weg von diesem Ort. Ihm war, als hätte er sich einer schweren Gotteslästerung schuldig gemacht, und da half auch nicht das Wissen, dass der Kapuzenmann ihm keine andere Wahl gelassen und er den Schutz des Klosters bitter nötig hatte.

Sebastian ahnte nicht, dass die Sicherheit, in der er sich hinter den Mauern der Abtei wähnte, so trügerisch war wie die dünne Eisschicht auf einem zugefrorenen See. Schon in der folgenden Woche sollte er erkennen, dass an diesem Ort mehr Gefahren lauerten, als er gar in seiner blühendsten Fantasie für möglich gehalten hätte.

12

Die rätselhaften und beklemmenden Ereignisse, die in der Abtei schließlich in heimtückischen Verbrechen und einem Anschlag auf sein Leben gipfeln sollten, begannen damit, dass Sebastian vier Tage nach seiner Aufnahme als Novize nach der Komplet erschrocken feststellte, dass jemand seine Reisebibel aus der Zelle gestohlen hatte. Er hatte sie noch am Abend der Rezeption heimlich in seine neue Unterkunft gebracht und in seinem Strohsack versteckt. Und nun war sie verschwunden!

Der Diebstahl stürzte ihn in heillose Verwirrung und weckte in ihm dunkle, namenlose Ängste. Wer konnte davon gewusst haben, dass er dieses Buch versteckt gehalten hatte? Hatte Bruder Scriptoris in jener Nacht trotz der Dunkelheit vielleicht doch die Ledertasche bemerkt, daraufhin seine Zelle durchsucht, dabei die Bibel entdeckt und sie an sich genommen? Oder steckte etwas ganz anderes dahinter, etwas Bedrohliches, das irgendwie in einem Zusammenhang mit dem Domherrn stand?

Aber das konnte nicht sein, denn von der alten Reisebibel wusste niemand außer Lauretia und dem Kapuzenmann. Und wenn Tassilo von Wittgenstein inzwischen erfahren hätte, dass er sich hier im Kloster versteckt hielt, dann hätte sich dieser skrupellose Mann kaum damit begnügt, ihm heimlich die schäbige Bibel aus der Zelle zu stehlen, sondern dann hätte er ihn bestimmt längst festnehmen und einkerkern lassen.

Sebastian kämpfte mit der Angst und wünschte, Lauretia wäre bei ihm, damit er mit ihr bereden konnte, was er jetzt bloß tun sollte. Aber bis zu ihrem nächsten Treffen waren es noch eine lange Nacht und ein langer Tag hin – immer vorausgesetzt, dass sie auch wirklich kommen und er sich wieder unbemerkt aus dem Kloster schleichen konnte.

Ihm blieb nichts anderes übrig, als sich mit der Vermutung zu beruhigen, dass es nur der Novizenmeister gewesen sein konnte, der die Bibel an sich genommen hatte. Und er rechnete damit, schon am nächsten Morgen in der Druckwerkstatt wegen seines Verstoßes gegen die Regel, die jedes private Eigentum streng untersagte, zur Rede gestellt zu werden.

Aber das geschah nicht. Bruder Scriptoris erwähnte die Reisebibel mit keinem Wort und benahm sich bei der Arbeit ihm gegenüber nicht anders als in den Tagen zuvor. Kein vielsagend fragender Blick, der eine reuige Erklärung verlangte. Nicht ein einziges Wort der Zurechtweisung!

Und er, Sebastian, wagte es nicht, ihn von sich aus darauf anzusprechen. Vielleicht wollte der Mönch ihn ja vor einer Strafe bewahren, und da wäre es einfältig von ihm, wenn er die Sache nicht auf sich beruhen ließe. Oder erwartete Bruder Scriptoris, dass er seinen schweren Verstoß beichte, ohne vorher dazu aufgefordert worden zu sein?

Nein, er zog es vor, so zu tun, als wäre nichts geschehen,

was einer Erklärung und reumütigen Selbstbezichtigung bedurfte.

Und er tat gut daran. Denn als er sich am Abend in seine Zelle begab, um dort voller Ungeduld der Stunde seines Treffens mit Lauretia entgegenzufiebern, fand er die Bibel samt der Ledertasche wieder in seinem Strohsack vor!

Als er sich von dem Schock einigermaßen erholt hatte und die alte Bibel ratlos in seinen Händen hin und her drehte, stellte er plötzlich fest, dass die beiden Schlösser aufgebrochen waren, sich wohl nach der Gewaltanwendung nicht wieder hatten abschließen lassen und nun schon bei leichtem Druck aus ihren Halterungen rutschten.

Ihn befiel augenblicklich die dunkle Ahnung, dass Lauretia und er einen schweren Fehler begangen hatten, als sie die Bibel für nicht sonderlich wertvoll eingeschätzt und deshalb davon abgesehen hatten, sie einer genauen Prüfung zu unterziehen. Und als er nun den metallenen Buchdeckel aufklappte, sah er, dass die Ahnung ihn nicht getrogen hatte.

Die alte Bibel war innen bis auf einen schmalen Seitenrand vollkommen ausgehöhlt. Das unansehnliche Buch mit den wenig kunstvollen, verkratzten Metalldeckeln hatte als Versteck gedient!

Doch was sich in diesem Versteck befunden hatte, darüber konnte er sich jetzt nur noch in müßigen Spekulationen ergehen. Denn aus der rechteckigen Aushöhlung, die gute vier Finger tief reichte, starrte ihm gähnende Leere entgegen.

Sebastian schalt sich einen ausgemachten Tölpel und verwünschte seine sträfliche Nachlässigkeit, denn er erkannte nun, dass seine Ziehmutter ganz und gar nicht vom hohen Fieber geistig beeinträchtigt gewesen war, als sie ihn beschworen hatte, diese alte Reisebibel auf seiner Flucht mitzunehmen und sie wie seinen Augapfel zu hüten.

Zu den heftigen Selbstvorwürfen gesellte sich sofort eine ganze Reihe von beunruhigenden Fragen, nämlich was sich in dem Versteck wohl befunden haben mochte; welchen Wert es besaß; wem der Inhalt einst gehört hatte; zu welchem Zweck es dort verborgen gewesen war; wieso es sich im Besitz seiner Ziehmutter befunden hatte; was er damit hätte anstellen sollen; ob es wohl etwas mit seinem unbekannten leiblichen Vater zu tun hatte – und nicht zuletzt die Frage, wer von dem Versteck gewusst haben konnte.

Dieser ebenso mysteriöse wie beängstigende Vorfall beherrschte auch Stunden später sein nächtliches Wiedersehen mit Lauretia, kaum dass sie sich auf der vom Wald geschützten kleinen Uferwiese in die Arme gefallen waren und sich geküsst hatten.

Lauretia war nicht weniger überrascht und zugleich erschrocken, als sie erfuhr, dass der alte Foliant als Versteck gedient hatte und nun im Kloster von einem Unbekannten seines geheimen Inhalts beraubt worden war.

»Ja, unheimlich ist das alles schon. Aber ich glaube nicht, dass du jetzt im Kloster nicht mehr sicher bist«, sagte sie. »*Eine* beruhigende Gewissheit haben wir zumindest!«

Sebastian runzelte die Stirn. »Ich wüsste nicht, was an der ganzen Sache beruhigend sein sollte!«

»Ich schon«, erwiderte sie. »Nämlich die unzweifelhafte Tatsache, dass der Domherr nicht hinter der Sache stecken kann. Denn in dem Fall würdest du jetzt nicht mit mir hier am Flussufer sitzen, sondern in einem dreckigen Kerker liegen.«

»Das stimmt wohl«, gab Sebastian zu. Der Domherr hatte es in erster Linie auf ihn persönlich abgesehen, das stand nach allem, was passiert war, außer Zweifel. Und wenn er gewusst hätte, dass Sebastian sich hier im Kloster aufhielt, hätte er ihn nie und nimmer verschont. »Aber beruhigend finde ich das alles trotzdem nicht, denn dadurch wird die ganze Angelegenheit nur noch undurchschaubarer und unheimlicher.«

»Da gebe ich dir Recht«, pflichtete sie ihm bei. »Aber lass uns doch mal in aller Ruhe durchgehen, wer als Täter überhaupt in Frage kommen könnte.«

»Also, mein Verdacht ist zuerst auf Bruder Scriptoris gefallen, denn das hätte einen Sinn ergeben, weil privates Eigentum ja jedem Mönch verboten ist«, sagte Sebastian. »Aber Bruder Scriptoris kann erstens unmöglich von dem Versteck in dem Folianten gewusst haben. Und zweitens: Weshalb hätte er dann die Bibel und die Ledertasche wieder in meinem Strohsack verstecken sollen? Er hätte beides in jedem Fall einbehalten und mich zur Rede stellen müssen! Denn der Novizenmeister nimmt es mit der Einhaltung der Ordensregel um einiges genauer als so mancher seiner Mitbrüder! Er ist voll des Lobes, dass der Abt nun wieder auf unverwässerte Einhaltung der strengen Klosterzucht achtet, die der Cellerar und der Prior während seiner langen Krankheit wohl recht großzügig ausgelegt haben. Nein, Bruder Scriptoris hätte mir diese Verfehlung nie und nimmer durchgehen lassen.«

Lauretia nickte. »Gut, dann können wir ihn also schon mal ausschließen. Du bist dann vermutlich einem ganz gewöhnlichen Dieb unter den Mönchen oder Konversen zum Opfer gefallen, der zufällig auf das Versteck in der Bibel gestoßen ist. Vielleicht befand sich darin Geld oder ein kostbares Schmuckstück, das der Schweinehund natürlich behalten hat. Aber weil das ausgehöhlte Buch ja für sich allein keinen Wert besitzt und er damit nichts anfangen kann, hat er es gleich am nächsten Tag wieder in deinen Strohsack gesteckt, wohl in der Hoffnung, dass du noch gar nicht bemerkt hast, dass es kurz verschwunden war.«

Sebastian zog die Stirn kraus. »Mhm, möglich wäre es«,

räumte er ein. »Denn dass die Reisebibel verschwunden war, ist mir wirklich nur durch einen Zufall aufgefallen. Weil ich nämlich den Strohsack aufschütteln und die Füllung besser verteilen wollte.« Und plötzlich kam ihm ein Gedanke, der ihn elektrisierte. »Warte! Es gibt da noch einen Verdächtigen!«

»Und der wäre?«, fragte Lauretia gespannt.

»Der Kapuzenmann!«

Verblüfft sah sie ihn an. »Das kann nicht dein Ernst sein!«, stieß sie ungläubig hervor.

»Ja, warum denn nicht? Es kam mir doch schon in der Nacht vor meinem Eintritt ins Kloster so merkwürdig vor, dass er mir unbedingt die Reisebibel abnehmen wollte!«

»Aber dann hätte er sich ja unbemerkt von allen Zugang zum Kloster und zu deiner Zelle verschaffen müssen!«, hielt sie ihm entgegen. »Und das gleich zweimal!«

»So unmöglich ist das nicht. Zum einen wissen wir doch gar nicht, um wen es sich bei dem Kapuzenmann handelt und über welche Mittel er verfügt. Ein völlig unbedeutender Mann kann er jedenfalls nicht sein«, gab er zu bedenken und erinnerte sie daran, dass sowohl Stumpe als auch die Besitzerin des Frauenhauses nicht gezögert hatten, ihm zu Diensten zu sein. »Und das Kloster ist ja kein Ort, der völlig von der Außenwelt abgeschnitten ist. Die Werkstätten, die Bauarbeiten und die Verwaltung und Bestellung der klostereigenen Ländereien bringen es mit sich, dass täglich Leute ins Kloster kommen, die weder Mönche noch Konversen sind. Auch sind die Zellen ja nicht abgeschlossen, sondern stehen jedem offen. Und eine Mönchs- oder Konversenkutte lässt sich leicht beschaffen, wenn man unerkannt bleiben und sich in das Konventshaus schleichen will.«

»Stimmt.«

»Also, dem Burschen traue ich vieles zu! Und wer weiß, aus

welchen Beweggründen heraus er mir bisher geholfen hat, dem Domherrn zu entkommen?« Ein neuer Verdacht schoss ihm plötzlich durch den Kopf. »Und was ist, wenn er hier im Kloster einen Komplizen hat?«

Lauretia runzelte die Stirn. »Ein Komplize unter den Mönchen? Ist das nicht sehr weit hergeholt?«, fragte sie skeptisch zurück.

»Überhaupt nicht!«, erwiderte er. »Warum wollte er, dass ich ausgerechnet in dieses Kloster eintrete, wo es in und um Passau doch noch viele andere gibt. Irgendeinen Grund wird er bestimmt gehabt haben, nur hat er ihn uns nicht verraten. Der Bursche wird mir immer unheimlicher, je länger sich diese Sache hinzieht. Und es ist ausgerechnet der Kapuzenmann, der uns im Ungewissen lässt, obwohl er doch alle Fäden in der Hand hält und auf alles eine Antwort geben könnte. Allmählich macht mich das sehr misstrauisch!«

»Dein Verdacht klingt zwar verrückt, aber auszuschließen ist es natürlich auch nicht«, gab sie zu.

»Du musst mir einen Gefallen tun und unbedingt Stumpe finden!«, bat er sie eindringlich. »Sag ihm, er soll ihn nach der Bibel fragen und ob er seine Finger im Spiel gehabt hat. Der Kapuzenmann wird dann schon Mittel und Wege finden, um mit dir oder mit mir Kontakt aufzunehmen und uns wissen zu lassen, was das alles zu bedeuten hat. Ich will endlich Gewissheit haben, wer mein Vater ist und was hier überhaupt gespielt wird! Am besten richtest du ihm über Stumpe aus, dass ich damit gedroht habe, mich nicht länger auf seine Hilfe zu verlassen, nun eigene Pläne zu schmieden und aus dem Kloster zu verschwinden. Dann wird er gezwungen sein, endlich mit der Wahrheit herauszurücken und sein wahres Gesicht zu zeigen. Zumindest ist das meine Hoffnung.«

»Aber das hast du doch nicht wirklich vor, oder?«, stieß sie bestürzt hervor und griff nach seiner Hand. »Ich meine, einfach bei Nacht und Nebel aus dem Kloster zu verschwinden!«

»Nein, noch gehe ich das Wagnis nicht ein«, beruhigte er sie und streichelte zärtlich ihre Hand. »Und wenn ich es tue, dann mache ich mich nicht allein auf den Weg, sondern mit dir.«

Sie ergriff seine Hand, hielt sie fest und ließ sie bis zum schmerzlichen Augenblick ihres Abschieds am Waldsaum nicht mehr los.

13

Am frühen Nachmittag des folgenden Tages begann Bruder Scriptoris mit dem Druck einer der letzten Seiten von den Bekenntnissen des heiligen Augustinus. Sebastian hatte zusammen mit Pachomius alle Hände voll zu tun, um die Bögen vor dem Druck anzufeuchten, dem Mönch an der Presse rasch genug zur Hand zu gehen und die noch druckfeuchten Blätter sorgfältig zum Trocknen auf die Leinen zu hängen, die sie fünf Reihen tief der Länge nach durch die Werkstatt gespannt hatten. Zum Glück handelte es sich bei den Handreichungen um Arbeiten, die wenig Anforderung an den Geist stellten und die er mittlerweile im Schlaf beherrschte. Und während seine Hände geschickt und geübt taten, was getan werden musste, konnten sich seine Gedanken zwischendurch immer wieder auf Wanderschaft begeben, mit brennender Sehnsucht bei Lauretia weilen und sich in düsteren Grübeleien über sein weiteres Schicksal ergehen. Der Kapuzenmann hatte ihn zwar mit der Versicherung ins Kloster geschickt, dass er sich dort nur für relativ kurze Zeit zu verstecken brauchte. Aber er hatte ihm nicht verraten, auf welch ein Ereignis er denn wartete oder hinarbeitete, damit er, Sebastian, sich nicht länger in Gefahr befand und endlich wieder unbeschwert seiner eigenen Wege gehen konnte.

Es wurde kaum gesprochen. Der Mönch, der die gemeinsame Arbeitszeit in der Werkstatt gewöhnlich für religiöse Unterweisungen nutzte, beschränkte sich in diesen Stunden auf sehr knappe Anweisungen. Gelegentlich gab er einen ungeduldigen Zischlauf von sich oder äußerte eine scharfe Ermahnung, wenn ihm etwas nicht schnell genug ging. Mehr kam jedoch nicht über seine Lippen.

Stumm arbeiteten Sebastian und Pachomius ihm zu. Sie wussten nur zu gut, was sie von seinem wortkargen und leicht gereizten Gebaren zu halten hatten. Wenn es ans Drucken ging, befiel den Novizenmeister stets eine nervöse Anspannung. Er sorgte sich bei jedem handgeschöpften Bogen Papier, der auf den Deckel kam, ob er die schwarze Farbe mit dem pilzförmigen Druckerballen wohl auch gleichmäßig auf die Lettern aufgebracht und dann den Tiegel mit dem Bengel auch kräftig genug auf den Satz gepresst hatte.

Ausgerechnet in dem Moment, als Bruder Scriptoris einen fehlerhaften Druck aus dem Deckel nahm und feststellte, dass einer der Druckballen Risse aufwies, tauchte unerwartet Bruder Sulpicius bei ihnen auf. Der dickleibige Prior hätte sich keinen ungünstigeren Moment für seinen Besuch in der Werkstatt aussuchen können.

»Habt Ihr schon die Neuigkeit von dem Prozess gehört, Bruder Scriptoris?«, fragte er beschwingt, ja fast triumphierend. »Ich komme gerade aus Passau zurück, und ich denke, Euch gebührt es zuerst, die Nachricht von mir zu erfahren.«

Der Novizenmeister wandte sich ihm widerwillig zu. »Dass die beiden Wiedertäufer heute Morgen zum Tode verurteilt worden sind und in den nächsten Tagen vor der Stadt hingerichtet werden sollen, weiß ich bereits!«, blaffte er gereizt. »Da ist Euch leider ein einfacher Stallknecht zuvorgekommen, werter Bruder Sulpicius!«

Sebastian krampfte sich der Magen zusammen, als er dies hörte. Das Urteil war also gefällt! Nun wartete auf die Ketzer der Scheiterhaufen – oder der gnädige Streich des Richtschwertes, sofern sie noch in letzter Minute bereuten und ihrer Ketzerlehre abschworen. Und er fragte sich, ob der Prozess gegen die Wiedertäufer wohl etwas mit den Geheimnissen um seinen Vater, den Domherrn und den Kapuzenmann zu tun hatte, die sein Leben an jenem nebligen Aprilabend so plötzlich aus seiner sicheren und beschaulichen Bahn geworfen hatten.

Der Prior lachte auf und winkte ab. »Aber nein! Das ist nicht die bedeutsame Neuigkeit, die ich Euch überbringe. Was kümmern uns diese beiden namenlosen Ketzer! Ihr Schicksal war gottlob schon besiegelt, als der Prozess begann. Die Kerle werden wohl noch diese Woche brennen und zur Hölle fahren, so wie sie es als Satans teuflische Brut verdient haben«, sagte er mit selbstgefälliger Miene, während er näher trat. »Nein, ich rede vom Prozess gegen diese viel giftigere und gefährlichere Natter unter den lutherischen Ketzern namens Leonhard Kaiser. Der Verräter an unserer heiligen Kirche und der Rechtgläubigkeit wird sich bald vor Gericht verantworten müssen. Er soll ja nach Luthermanier recht gelehrt sein. Aber dem berühmten Scholaren, der ihm bald vor Gericht auf der Seite der Anklage gegenübersteht, wird er nicht gewachsen sein. Der Gelehrte der Anklage wird die neugläubigen Bekenntnisse von Leonhard Kaiser unschwer als das entlarven, was sie sind – nämlich Ketzerei und Teufelswerk!« Er machte eine kurze Pause und fragte dann mit einem Lächeln: »Ja, wollt Ihr denn gar nicht wissen, um wen es sich bei dem berühmten Gelehrten handelt?«

»Ich bin sicher, dass Ihr es mich gleich wissen lassen werdet«, erwiderte Bruder Scriptoris sarkastisch.

Der spitzzüngige Spott perlte an dem Prior ab wie Regentropfen von einem eingewachsten Segeltuch. »Es ist niemand anderes als der allseits bewunderte Doktor Johannes Eck, der vorzügliche Ingolstädter Professor, dem der Herzog die Vorbereitung der Anklage übertragen hat!«, verkündete Bruder Sulpicius, und er klang, als hätte er in einem langen und erbittert geführten Streit den Sieg errungen. »Der aufrechte Mann, der schon Luther bei den Disputationen in Leipzig 1519 und erneut zwei Jahre später auf dem Reichstag in Worms in die Knie zwang und der wohl das größte und anerkannteste Werk gegen den lutherischen Irrglauben verfasst hat!«

Mit dem schadhaften Druckerballen in der Hand stand Bruder Scriptoris neben der Presse und starrte den Prior mit zusammengekniffenen Lippen und Augenbrauen an. Er machte den Eindruck, als würde er im nächsten Moment seine Beherrschung verlieren.

Sebastian hielt den Atem an. Ausgerechnet diesem Johannes Eck, den Bruder Scriptoris für einen lausigen Schriftsteller in Stil und Argumentation hielt, war vom Herzog die Ehre zuteil geworden, in Passau die Anklage gegen den einstigen Pfarrer zu erheben! Wie sehr musste das dem aus dem Wittenberger Land geflohenen Mönch gegen den Strich gehen! Und er wäre jede Wette eingegangen, dass der Novizenmeister diesen mit schwarzer Farbe befeuchteten Lederpilz, den er noch immer in der Hand hielt, seinem Mitbruder am liebsten an den Kopf geworfen und ihn scharfen Tones der Werkstatt verwiesen hätte. Aber das gehörte sich natürlich nicht für einen hingebungsvollen Diener Gottes, der nach der benediktinischen Ordensregel nicht nur zu Armut, Keuschheit und Gehorsam, sondern auch zu Demut, Nachsicht und brüderlicher Liebe verpflichtet war.

Bruder Scriptoris verlor seine Fassung tatsächlich nicht. Seine Brust hob und senkte sich nur einmal schwer. Ohne ein äußeres Zeichen von Unmut legte er den rissigen Druckerballen aus der Hand, griff zu einem Tuch, um sich Druckerfarbe von den Händen zu wischen, und sagte dann schließlich mit beiläufigem Ton: »Die Menschen lassen sich leider gern von großen Namen blenden, die nicht halten, was ihre glänzende Fassade verspricht. Denn wenn Eck Luther damals wirklich überzeugend in die Knie gezwungen hätte, wäre die Geschichte völlig anders verlaufen.« Er schüttelte verständnislos den Kopf. »Ich hatte unseren Herzog für klüger gehalten.«

Der wohlbeleibte Prior machte eine verblüffte Miene und stemmte dann die Hände in die Seite. »Ihr werdet doch wohl nicht die Befähigung unseres hochwohlgeborenen Herzogs in Frage stellen wollen, oder?« Seine Frage klang, als bewegte sich die Äußerung seines Mitbruders scharf am Rand einer Fürstenbeleidigung, wenn nicht sogar einer Gotteslästerung.

»Ihr mögt die Dinge sehen, wie Ihr wollt, aber an den Tatsachen ist nicht zu rütteln. Denn wenn der wohlmeinende Doktor Eck wirklich in der Lage gewesen wäre, Martin Luther von Angesicht zu Angesicht oder zumindest doch in seinen Schriften zu widerlegen, dann wäre die Bannbulle des Papstes 1521 wohl kaum so wirkungslos geblieben – und dann wäre das Land heute nicht gespalten in Neugläubige und Altgläubige!«, erwiderte Bruder Scriptoris belehrend.

»Es gibt keine Neugläubigen und Altgläubigen, sondern nur Rechtgläubige und Ketzer!«, korrigierte ihn der Prior sofort ungehalten. »Und wenn man nicht wüsste, dass Ihr aus dem Wittenberger Land geflohen seid, um den Nachstellungen dieses ketzerischen Natterngezüchts zu entkommen, könnte man fast glauben, dass Ihr den schändlichen Irrlehren der Lutheraner gewisse Sympathien entgegenbringt!«

Der Novizenmeister ging auf diesen Vorwurf erst gar nicht ein, sondern fuhr ungerührt fort: »Und was diesen Leonhard Kaiser angeht, so dürfte es doch auch Euch zu Ohren gekommen sein, dass sich nicht wenige andere hochwohlgeborene Fürsten wie Kurfürst Johann von Sachsen und Markgraf Kasimir von Brandenburg, aber auch zahlreiche österreichische Adelige wie derer von Schaunberg und von Starhemberg sich schon für ihn beim Herzog Ernst von Bayern eingesetzt haben.«

Der Prior wischte den Einwand mit einer verdrossenen Geste beiseite. »Das weiß ich sehr wohl, aber was zählt das Wort von irregeleiteten Fürsten, die Ketzern Schutz in ihren Ländern gewähren und die Bannbulle unseres Papstes missachten? Viel bedeutsamer ist doch wohl, dass Martin Luther, dieser willfährige Gehilfe des Teufels, Leonhard Kaiser einen Brief in den Kerker geschickt und ihn aufgefordert hat, standhaft an den Irrlehren festzuhalten! Allein das ist schon Beweis genug, dass er zu den lutherischen Brunnenvergiftern des einzig wahren Glaubens zu zählen ist und auf den Scheiterhaufen gehört! Und dort wird er auch landen, dafür wird Doktor Eck schon sorgen!«

Bruder Scriptoris seufzte geplagt. »Das mag schon sein, doch es ändert nichts an meiner Entscheidung, irgendwelche Schriften dieses Mannes für eine Drucklegung in dieser Werkstatt auch nicht einmal nur in Erwägung zu ziehen!«, stellte er unmissverständlich klar.

Zornesröte stieg dem Prior ins Gesicht. »Ich hatte Euch für klüger und einsichtiger gehalten, Bruder Scriptoris! Aber gut, wenn Ihr nicht mit Euch reden lasst, muss ich eben andere Wege gehen!«, drohte er verärgert. »Ich glaube nämlich nicht, dass Ihr allein in diesem Kloster darüber entscheidend könnt, welche Bücher hier gedruckt werden und welche nicht! Und sollten bei Euch darüber Zweifel bestehen, so wird unser ehrwürdiger Vater Abt Euch sicherlich eines Besseren belehren!«

»So sprecht denn mit ihm, Bruder Sulpicius. Der weise Ratschluss unseres Abtes wird uns beiden sicherlich den rechten Weg weisen. Und jetzt entschuldigt, wenn ich Euren Ausführungen nicht länger mein Ohr schenken kann, wartet doch hier wirklich wichtige Arbeit auf mich und meine Gehilfen, die keinen weiteren Aufschub verträgt«, sagte der Novizenmeister süffisant. »Gelobt sei Jesus Christus!«

»In Ewigkeit, Amen!«, presste der Prior wütend hervor und hastete aus der Werkstatt. Mit einem lauten Knall zog er die Tür hinter sich zu.

Der Novizenmeister trat an eines der Fenster und blickte dem Prior nach, wie er mit wehender Kutte über den sonnenbeschienenen Hof in Richtung Konventshaus eilte. Für einen Moment herrschte Schweigen. Dann gab er einen schweren Seufzer von sich und sagte gedankenverloren: »Es zieht Sturm auf.«

Dass er damit nicht das Wetter meinte, das ihnen einen warmen und wolkenlosen Sommertag bescherte, war Sebastian und wohl auch Pachomius klar. Und wie sehr er mit seiner Prophezeiung Recht hatte, das sollte schon der nächste Morgen zeigen.

14

Gerade griff die aufgehende Sonne mit ihren ersten rotgoldenen Leuchtfingern besitzergreifend nach dem Himmel des jungen Sommermorgens, als sich die schockierende Kunde von der Infamie des unbekannten Übeltäters im Kloster wie ein Lauffeuer verbreitete und den Konvent in helle Aufregung und Empörung versetzte.

Sebastian bekam Kunde von der Schandtat, als er sich nach der Kapitelsitzung zum Werkzeugschuppen begab, um sich dort eine Sichel zu holen. Denn ihm war aufgetragen worden, vor der Arbeit in der Druckwerkstatt erst einmal zusammen mit Pachomius das hohe Gras zwischen den Obstbäumen zu schneiden.

Es war Pachomius, der ihm auf dem Hof entgegeneilte. Er wedelte wild mit einem Flugblatt durch die Luft und stotterte vor Aufregung derart stark, dass Sebastian anfangs kein einziges Wort von dem verstand, was der junge Mönch ihm mitzuteilen versuchte. Erst nachdem er ihm gut zugeredet hatte, begriff er langsam, was in der Nacht vorgefallen war.

»Jemand hat in der Nacht ketzerische Flugblätter über die Klostermauer geworfen!«, berichtete Pachomius verstört. »Sie liegen überall herum! Hinten im Kräutergarten, oben bei der Kapelle zwischen den Obstbäumen und vor der Mauer neben der Druckerei! Und sogar an der Klosterpforte klebte so ein Blatt! Der Portarius und Bruder Vitus haben die meisten schon eingesammelt, aber es liegen noch viel mehr herum. Ich habe das hier drüben beim Torbrunnen gefunden! Der Wind muss es dort hingeweht haben.«

»Lass mal sehen!« Sebastian nahm ihm das Flugblatt aus der

Hand, und er glaubte, seinen Augen nicht trauen zu dürfen, als sein Blick auf die fett gedruckte Überschrift fiel, die da lautete: *Wider die heidnische Barbarei im Namen unseres Herrn und Erlösers!* Hastig überflog er die zwölf Punkte dieser anonymen Anklage, die sich gegen die anstehende Hinrichtung der beiden verurteilten Wiedertäufer richtete. Wer immer dieses Flugblatt verfasst hatte, musste über eine hervorragende Kenntnis der Heiligen Schrift verfügen. Denn jede dieser zwölf kurzen Thesen, die die Hinrichtung der beiden Männer scharf als unchristlich verurteilten, war mit einem entsprechenden Hinweis auf ein Schriftwort versehen. Da fand sich ebenso Jesu Warnung »Wer zum Schwert greift, wird durch das Schwert umkommen!« wie »Wer ohne Sünde ist, werfe den ersten Stein!«.

»Ein ungeheurer Frevel!«, stieß Pachomius hervor, empört über diesen blasphemischen Angriff auf die Kirchenoberen von Passau. »Wenn herauskommt, wer das verfasst und diese Flugblätter hier und anderswo verbreitet hat, der wird selbst auf dem Scheiterhaufen landen!«

Hastig nahm Pachomius das Flugblatt wieder an sich, faltete es zusammen und versteckte es schnell in seiner Kutte, als Bruder Vitus auftauchte. Der Cellerar hielt mehrere dieser Flugblätter in seiner Hand. Hektische rote Flecken überzogen sein Gesicht. Ohne sie zu beachten, eilte er an ihnen vorbei und verschwand im Haupthaus, wohl um dem Vater Abt von dem ungeheuerlichen Vorfall zu berichten.

Sebastian fragte sich, was nun geschehen würde. Nach dem Konventamt erfuhr er es, als der Abt die Ordensgemeinschaft zu einer außerordentlichen Versammlung in den Kapitelsaal berief. Mit gedämpften Stimmen, aber unüberhörbar aufgeregt tuschelten die Mönche, während sie auf das Eintreffen ihres Oberen warteten. Erst als Abt Adelphus auf seinen Stock gestützt im Kapitelsaal erschien und auf seinem erhöhten Lehnstuhl Platz nahm, erstarb das erregte Gemurmel.

»Ich denke, jeder von uns hat inzwischen erfahren, was in dieser Nacht vorgefallen ist«, begann er ohne Umschweife. »Wer immer diese Flugschrift verfasst und sie über die Mauern unseres Kloster geworfen hat, er wird sich für sein Tun verantworten müssen – spätestens wenn er im Angesicht unseres Herrn und Schöpfers steht!«

»Brennen wird er!«, zischte der Prior an seiner rechten Seite. »Und hoffentlich nicht erst im ewigen Fegefeuer!«

»Es gehört nicht zu unseren Aufgaben, diese Tat aufzuklären und ihren Täter vor ein Gericht zu bringen«, fuhr der Abt kühl und mit einem Seitenblick auf den Prior fort, den man auch als stumme Zurechtweisung werten konnte. »Aber mir scheint, dass die Unruhe, die diese Flugschrift in unserem Konvent hervorgerufen hat, nach einer Remedur verlangt. Ich vermag nämlich nicht auszuschließen, dass diese zwölf Thesen üble Verwirrung stiften und die religiöse Gewissheit einiger unserer Mitbrüder erschüttern, die nicht über die priesterlichen Weihen und somit auch nicht über den Wissensschatz eines intensiven theologischen Studiums verfügen. Denn auf den ersten Blick scheint der Verfasser, der sich bei seiner Beweisführung nicht weniger lutherischer Lehrsätze bedient hat, die Heilige Schrift auf seiner Seite zu haben.«

Sebastian war nicht der Einzige, der sich verwirrt fragte, was der Abt mit Remedur meinte und worauf er bloß hinauswollte.

»Mir scheint es daher nicht nur nützlich, sondern sogar ausgesprochen notwendig zu sein, dass wir uns alle noch einmal nachdrücklich davon in Kenntnis setzen lassen, auf welchen heiligen Schriftworten sowie Konzilbeschlüssen und Offenbarungen unserer Kirchenväter unser Glauben sich gründet«, fuhr der Abt fort. »Die Disputationen, die vor Jahren zwischen den Vertretern unserer heiligen Mutter Kirche und Doktor Martin Luther stattfanden …«

Der Prior verzog das Gesicht, als hätte ihm jemand bitteren Essig in den Mund geträufelt. »Doktor!« Leise, aber unüberhörbar, spie er dieses Wort aus.

»… haben für viel Klarheit gesorgt«, führte Abt Adelphus seinen Satz nach kurzem Stocken zu Ende. »Nur ist es wenigen vergönnt gewesen, bei diesen Disputationen zwischen Martin Luther und Johannes Eck in Leipzig und Worms zugegen zu sein oder aber später wenigstens die Protokolle dieser Begegnungen zu studieren. In Unkenntnis der genauen Argumentation beider Seiten haben sich unter den von unserer Kirche Abgefallenen völlig falsche und verdrehte Ansichten über das festgesetzt, was unseren Glauben ausmacht. Aber auch in den Köpfen vieler Ordensleute und anderer Rechtgläubiger hat sich aus Mangel an hinreichender Kenntnis über die gegnerischen Glaubenspositionen ähnliche Verwirrung eingenistet.«

Sebastian bemerkte, dass die Miene von Bruder Sulpicius nun so finster wie die Nacht wurde. Und bei vielen anderen Mönchen rief das indirekte Eingeständnis ihres Abtes, aus mangelndem Wissen vielleicht nicht immer gerecht über die neugläubigen Lutheraner zu urteilen, zumindest ein verständnisloses Stirnrunzeln hervor. Hier und da erhob sich sogar verdrossenes Gemurmel.

»Die Zeiten haben sich geändert, meine liebe Mitbrüder. Man mag es bedauern, aber ändern lässt es sich nicht«, setzte der Abt seine Ausführungen ungerührt fort. »Uns allen hier im Konvent ist die Gnade der Glaubensgewissheit zuteil geworden und dafür müssen wir unserem Herrn und Erlöser jeden Tag auf Knien danken. Aber wir sind dennoch der Schwachheit des Fleisches und den unablässigen Einreden des Teufels ausgesetzt.«

Neben Sebastian seufzte Pachomius leidvoll.

Der Abt blickte mit einem väterlich wohlwollenden Lächeln in die Runde seiner Mitbrüder. »Ja, wir leben hier in der Gnade der Glaubensgewissheit!«, bekräftigte er noch einmal, was zur Folge hatte, dass sich die Gesichter der Mönche sofort wieder erhellten und das murrende Gemurmel erstarb. »Aber so kostbar einem auch der eigene Glaube sein mag, so kann man ihn doch nur dann in seiner segensreichen Fülle bewahren sowie wehrhaft gegen Irrlehren und innere Aufweichung schützen, wenn man genaue Kenntnis von dem hat, vor dem man sich schützen will. Nur wer die Waffen und Taktiken seines Gegners kennt, kann seine eigenen Kräfte richtig und sinnvoll einsetzen, um als Sieger aus der Auseinandersetzung hervorzugehen.« Er machte eine kurze Pause, um dann mit fester Stimme zu verkünden: »Deshalb habe ich nach reiflicher Überlegung beschlossen, dass wir zu unserer gemeinsamen Glaubensstärkung und Wissensbereicherung hier im Kapitelsaal unsere eigene Wormser Disputation zwischen Martin Luther und Johannes Eck haben werden – indem wir sie nämlich nach besten Kräften nachstellen.«

Die Ankündigung schlug wie ein Blitz ein und traf die versammelte Ordensgemeinschaft wie ein lähmender Schock. Für einen langen Moment saß ein jeder wie erstarrt im Gestühl. So mancher Mund stand ungläubig weit auf.

Auch Sebastian war wie vom Donner gerührt und glaubte, seinen eigenen Ohren nicht trauen zu dürfen. Die berühmte Wormser Disputation zwischen Martin Luther und Johannes Eck hier im Kloster *Unserer Lieben Frau vom Inn*? Unglaublich! Aber nein, Abt Adelphus hatte dies und nichts anderes soeben verkündet!

Die allgemeine Erstarrung löste sich nach zwei, drei Herzschlägen fast atemloser Stille. Und plötzlich sprachen alle auf einmal. Ein lautes und erregtes Stimmengewirr brandete gegen die Buntglasfenster und schoss wie die glühende Lavafontäne eines ausbrechenden Vulkans zum Rippengewölbe des Kapitelsaals empor. In diesem wilden Durcheinander hoben sich die entrüsteten Stimmen des Cellerars und des Priors besonders klar von den vielen anderen ab, aber auch Bruder Clemens, der über das Scriptorium gebot, versuchte sich mit seiner hohen Fistelstimme Gehör zu verschaffen.

Abt Adelphus ließ seine Mitbrüder eine Weile gewähren, ohne auch nur den Versuch zu unternehmen, sie zur Ordnung zu rufen. Mit unbeweglichem Gesicht und aufrecht wie ein in den Boden gerammter Pfahl saß er im Lehnstuhl, in dem sich seine nach langer Krankheit abgemagerte Gestalt fast verlor. Dann jedoch, als er wohl meinte, dass es nun genug des unziemlichen Lärms sei, stieß er seinen Krückstock dreimal hart und mit durchdringendem Klang auf den Steinboden.

Augenblicklich fiel das lärmende Stimmengewirr in sich zusammen wie ein frisch aufgegangener Teig, der plötzlich unter eisigen Windhauch gerät und alle aufblähende Kraft verliert. Das letzte Gemurmel versickerte unter dem gestrengen Blick des Abtes.

Sofort nutzte der Prior das einsetzende Schweigen dazu, um als Erster seine heftigen Einwände vorzubringen. Aber er kam über den ersten Halbsatz nicht hinaus.

»Ich kenne Eure Bedenken, ohne dass Ihr sie auszusprechen braucht, und ich weiß sie auch zu würdigen, weil ich sie schon längst selbst mehr als einmal im Geiste durchgegangen bin und im Gebet geprüft habe, werter Bruder Sulpicius«, fiel Abt Adelphus seinem Prior schon nach dessen ersten Worten freundlich, aber bestimmt in die Rede. »Doch ich habe meinen Entschluss nach gründlichem Abwägen und langem Verharren im Gebet gefasst und dieser Entschluss ist unverrückbar. Und da ich um Eure Gelehrsamkeit und unzweifelhafte Festigkeit im Glauben weiß, übertrage ich Euch die Aufgabe, in der Disputation die Rolle des Johannes Eck zu übernehmen.«

Groll und Empörung auf dem Gesicht des Priors verwandelten sich im Nu in eine Miene wohlgefälliger Überraschung. »Nun, wenn das Euer Wunsch ist, ehrwürdiger Vater Abt, so werde ich diese verantwortungsvolle Aufgabe demütig auf mich nehmen und gewissenhaft zu erfüllen versuchen«, versicherte er salbungsvoll.

Abt Adelphus nickte mit unbewegter Miene. »Da dies nun geklärt ist, brauchen wir noch einen aus unserer Mitte, der bei der Disputation die Rolle des *advocatus diaboli** übernimmt und uns mit derselben Wahrhaftigkeit und Gelehrsamkeit die Überzeugungen des Martin Luther vorträgt.«

Sebastian ahnte sofort, was nun kommen würde.

Und richtig, der Blick des Abtes richtete sich schon im nächsten Moment auf den Novizenmeister. »Ich denke, für diese Aufgabe ist wohl keiner so gut geschaffen wie unser nicht minder gelehrter Bruder Scriptoris, da er doch in seinem einstigen Heimatkloster im Wittenberger Land die unseligen Auseinandersetzungen mit den Lehren des Martin Luther am eigenen Leib zu spüren bekommen hat und wohl besser mit ihnen vertraut ist als jeder andere von uns.«

Nun war es Bruder Scriptoris, der Einwände dagegen er-

* Als *advocatus diaboli* (= Anwalt des Teufels) bezeichnet man jemanden, der in einer Diskussion die Gründe der gegnerischen Partei in überspitzt scharfer Kritik vertritt, ohne dass diese jedoch seinen persönlichen Ansichten und Überzeugungen entsprechen müssen. Der Begriff stammt aus katholisch kirchlichen Prozessen für Heilig- und Seligsprechungen, bei denen ein Geistlicher in der Rolle des *advocatus diaboli* die Aufgabe hat, alles vorzubringen, was auch nur irgendwie gegen die geplante Heilig- oder Seligsprechung angeführt werden kann.

hob, aber ohne die empörte Verstimmung, die der Prior an den Tag gelegt hatte.

Doch auch ihm gab der Abt keine Gelegenheit, lang und breit auszuführen, warum er nicht geneigt sei und sich nicht für fähig halte, diese Rolle zu übernehmen.

»Ihr solltet Euer Licht nicht unter den Scheffel stellen, Bruder Scriptoris. Natürlich weiß ich sehr wohl, welch undankbare Aufgabe ich Euch damit übertrage, in unserer Mitte lutherische Lehren mit möglichst großer Überzeugungskraft zu vertreten«, räumte der Abt ein. »Aber wir alle kennen Eure Glaubensstärke und wissen, was es mit der Rolle des *advocatus diaboli* auf sich hat und dass diese stets scharf von der Person zu trennen ist, die jene fremden Überzeugungen vorzutragen hat.«

Erneut versuchte Bruder Scriptoris darum zu bitten, ihm diesen bitteren Kelch zu ersparen, wie er sich ausdrückte.

Doch der Abt blieb hart. »Nein, es bleibt dabei! Und damit betrachte ich die Diskussion darüber für beendet.« Und mahnend fügte er noch an die Adresse des Novizenmeisters hinzu: »Vergesst nicht, was unsere Ordensregel lehrt – nämlich dass der erste Grad klösterlicher Demut der Gehorsam ist!«

Der Novizenmeister gab seinen Widerstand auf und neigte stumm den Kopf, um seinem Oberen den verlangten Gehorsam zu bezeugen.

»Wir werden morgen eine Stunde vor der Vesper hier im Kapitelsaal mit der Disputation beginnen«, teilte der Abt dem Konvent noch zum Abschluss mit. »Wegen der Vielfalt der Themen werden wir sie in zwei Teilen abhalten. Morgen werden unsere Disputanten die Themen ›Ablass‹ und ›lutherische Rechtfertigungslehre‹ behandeln. Übermorgen sollen dann die Themen ›Abendmahl‹, ›Autorität von Papst und Konzilien‹ sowie andere Punkte zur Debatte stehen, über deren genaue

Reihenfolge sich Bruder Sulpicius und Bruder Scriptoris vorher absprechen sollen. Und nun lasst uns wieder an unsere Arbeit gehen!«

Sebastian und auch Pachomius waren auf das Höchste gespannt, was der Novizenmeister gleich in der Abgeschiedenheit der Druckwerkstatt zu alledem sagen würde. Doch Bruder Scriptoris überraschte sie mit einer ungewöhnlichen Wortkargheit und Geistesabwesenheit. Wie sehr er mit seinen Gedanken woanders weilte, verdeutlichte allein schon der Umstand, dass er Cato nicht sofort wieder hinausjagte, als sich der herumstreunende, weißgefleckte Kater zu ihnen in die Werkstatt wagte. Denn gewöhnlich duldete der Mönch keine der Klosterkatzen in diesen Räumen.

Sebastian brannte darauf, von dem Novizenmeister zu hören, was er von dem Vorfall mit dem Flugblatt und der vom Abt angeordneten Disputation hielt. Und um ihn zum Reden zu animieren, ließ er sich zu der Bemerkung hinreißen, dass er, der Novizenmeister, seine Sache morgen bestimmt ganz ausgezeichnet machen werde und der Prior es mit seiner überragenden Gelehrsamkeit sicherlich nicht aufnehmen könne.

Damit riss er den Mönch in der Tat aus seinem brütenden Schweigen, doch dessen Reaktion fiel ganz anders aus, als Sebastian erwartet hatte. Denn der Novizenmeister antwortete ihm mit zurechtweisender Schärfe: »Ein ausgemachter Narr, wer seinen Gegner verachtet und geringschätzt!« Und wenig später trug er ihnen auf, die Arbeit ohne ihn fortzusetzen, da er sich auf seine morgige Aufgabe gründlich vorzubereiten habe. Damit ließ er sie allein in der Werkstatt.

Das verschaffte Sebastian und Pachomius die seltene Gelegenheit, sich ganz ungestört über die verwirrenden Ereignisse des Tages zu unterhalten. Eine Gelegenheit, die Pachomius im Anschluss daran auch noch nutzte, um Sebastian einmal mehr seine verzweifelten Kämpfe gegen die vielfältigen Dämonen in seinem Innern zu schildern. Er sprach mit Schaudern in der Stimme von Satans heimtückischen Bestien, die ihn nachts heimsuchten und ihn manchmal geradezu wie wütende Bestien anfielen. Und er erzählte wirre Geschichten über unsichtbare dämonische Mächte, deren Stimmen er jedoch deutlich hörte und gegen die er sich mit Stoßgebeten, schnellen Kreuzzeichen, Weihwasser und immer wieder mit der Geißel zu erwehren versuchte. Auch drängte es ihn, Sebastian aus seiner Kindheit auf dem Land erschreckende Geschichten über gehörnte Teufelshuren, Wettermacherinnen und Milchdiebinnen* zu berichten, die zum willfährigen Anhang des Leibhaftigen gehörten, wie ja wohl jeder wusste, und vor denen seine Mutter ihn immer wieder gewarnt hatte. Und als wäre es damit nicht genug, sah er in dem ketzerischen Flugblatt das unheilvolle Zeichen, dass der Teufel mit seinem zerstörerischen Gefolge unter den Menschen auf dem Vormarsch sei. Die göttliche Ordnung sei von einem wachsenden Heer von Ketzern und anderen Gottesfeinden bedroht, die wie ein riesiger, wimmelnder Schwarm über die Welt herfielen und sie ihrem Untergang entgegentrieben.

Sebastian wünschte, Bruder Scriptoris hätte sie nicht allein gelassen, und er atmete erleichtert auf, als die Glocke schließlich zur Sext rief und er Pachomius' beklemmenden Vorahnungen, Schauergeschichten und Selbstvorwürfen endlich entkam. Die fast wollüstige Besessenheit, mit der sich der junge, pummelige Klosterbruder immer wieder mit seinen inneren Dämonen beschäftigte und sich selbst zerfleischte, be-

* So bezeichneten abergläubische Menschen jene vermeintlichen Hexen, von denen sie glaubten, sie könnten mit ihrem »bösen Blick« bei Frauen, die gerade ein Kind zur Welt gebracht hatten, die Muttermilch zum Versiegen bringen.

stürzte ihn und machte es ihm so gut wie unmöglich, so etwas wie freundschaftliche Gefühle für ihn zu empfinden.

Auf dem Weg über den Hof dachte er an Lauretia und daran, dass sie letzte Nacht verabredet hatten, sich das nächste Mal nicht erst wieder in einer Woche, sondern schon in drei Tagen dort unten am Fluss zu treffen. Er hoffte inständig, dass es ihr in der kurzen Zeit gelang, Stumpe ausfindig zu machen, über ihn Kontakt mit dem Kapuzenmann aufzunehmen und ihm begreiflich zu machen, dass er, Sebastian, nicht länger gewillt war, die Rolle der Puppe am Ende der Fäden zu spielen, an denen der mysteriöse Puppenspieler nach Belieben zog. Die Ungewissheit, wer er war und um was es ging, musste ein Ende haben! Wenn der Kapuzenmann es wirklich gut mit ihm meinte, dann würde er ein Einsehen haben und ihm die Antworten auf all die vielen Fragen nicht länger vorenthalten!

Sollte sich der Kapuzenmann jedoch weigern und irgendwelche Ausflüchte vorbringen, würde er zusammen mit Lauretia eigene Pläne für eine Flucht schmieden, so hatten sie es ausgemacht. Er hatte nicht vergessen, wohin Ansgar und Elmar ihn auf Anweisung seiner geliebten Ziehmutter hin hatten bringen sollen, um vor Tassilo von Wittgenstein sicher zu sein. Und sie verfügten über ausreichend Geld, um nicht nur eine Flucht aus Bayern glücken zu lassen, sondern sich auch fern von Passau und seinen mächtigen Domherrn zusammen eine Existenz aufbauen zu können. Sie durften nicht zulassen, dass ihnen das Heft des Handelns aus der Hand glitt und sie zum willenlosen Spielball von Männern wie dem Kanoniker und dem Kapuzenmann wurden.

Zudem spürte er, dass er es auch so nicht mehr lange im Kloster aushalten würde. Seine Unruhe wuchs mit jedem Tag, und nicht erst seit dem rätselhaften Diebstahl der Reisebibel. Dass auch hinter den Mauern des Klosters Gefahren lauerten, war inzwischen mehr als nur eine vage Ahnung. Es war für ihn Gewissheit. Die einzige Gewissheit neben der, dass er Lauretia liebte und sie ihn. Je nach dem, was Lauretia für Nachrichten aus Passau brachte, war er sogar entschlossen, erst gar nicht wieder ins Kloster zurückzukehren. Und dieser Gedanke verschaffte ihm ein wenig innere Ruhe, als er sich wenig später in den Strom der Mönche einreihte, die sich zur Sext begaben.

Wie sehr das Flugblatt *Wider die heidnische Barbarei im Namen unseres Herrn und Erlösers!* und die ungewöhnliche Reaktion des Vater Abtes darauf den gesamten Konvent in große Unruhe und Aufregung versetzt hatten, merkte Sebastian an diesem Tag an vielen Kleinigkeiten, die ihm zu Beginn seines Aufenthaltes vermutlich überhaupt nicht ins Auge gefallen wären. Jetzt aber vermochte er die Blicke und hektischen Handzeichen der Klosterbrüder besser zu deuten. Ihm entging auch nicht, dass hier und da getuschelt wurde, wo doch eigentlich das Schweigegebot galt. Und wie bei einem wild schwirrenden, gereizten Bienenschwarm verspürten offenbar nicht wenige Lust, ihren Giftstachel in das Fleisch desjenigen zu bohren, der sie so aus ihrem ruhigen Alltag aufgescheucht hatte.

Zu ihnen gehörten der Cellar Bruder Vitus, Bruder Clemens, der Vorsteher des Scriptoriums, und der vierschrötige Bruder Egidius, der für die großen Fischteiche jenseits der Klostermauer verantwortlich war.

Die drei Männer standen nach dem Abendessen auf der Rückfront des Konventshauses beisammen und ahnten nicht, dass jemand hören konnte, was sie dort sprachen. Den schmalen Kellerschlitz knapp über dem Erdboden in ihrer Nähe übersahen sie wohl, vermutlich wegen der Sträucher, die dort wuchsen.

Sebastian war in dieser Woche mit Pachomius und zwei

anderen jüngeren Mönchen zum Küchendienst eingeteilt worden. Gerade hatte er ein leeres und ausgewaschenes Gurkenfass in den Kellerraum getragen, als die Stimmen der drei Mönche durch den gerade mal drei Handbreit hohen Lüftungsschlitz zu ihm drangen.

»… bei aller gebotenen Ehrfurcht für unseren Abt, aber da lobe ich mir doch unseren Prior, der in der langen Zeit Vertretung unseres Abtes das gebotene Augenmaß in seiner Amtsführung bewiesen hat! Wieso soll uns jetzt die tägliche Weinration wieder auf das frühere Maß gekürzt werden und das Essen wieder völlig fleischlos sein? Wir leben doch nicht in einem armen Bettelorden!«

Sebastian stellte das kniehohe Gurkenfass leise ab und trat schnell an die schmale Öffnung, als er die empörte Stimme des Cellerars hörte. Die Sträucher auf der anderen Seite verwehrten ihm einen klaren Blick auf die Männer, die jenseits davon standen, aber er machte drei Paar nackte Füße in Sandalen aus, die unter den Kutten hervorkamen. Und schnell wusste er, um wen es sich bei den beiden anderen Mönchen handelte, die da zusammen mit dem Cellerar ihrem Unmut über ihren Abt Luft machten.

»Da muss ich Euch Recht geben«, antwortete die unverwechselbare Fistelstimme von Bruder Clemens. »Diese scharfen Ermahnungen, zu einer rigoros strengen Klosterzucht zurückzukehren, gleich am ersten Tag, als er wieder die Geschäfte übernahm, sind mir doch sehr gegen den Strich gegangen.«

»Da seid Ihr nicht der Einzige«, meldete sich Bruder Egidius zu Wort. »Ich habe in die Runde geblickt und kaum ein Gesicht gefunden, das auch nur annähernd so etwas wie Zustimmung ausgedrückt hätte! Und unseren Prior habe ich noch nie so hochrot vor Zorn gesehen wie bei dieser Kapitelsitzung.

Ein wahres Wunder an Selbstbeherrschung, dass Bruder Sulpicius diese Zurechtweisung so über sich ergehen ließ und nicht ein Wort zu seiner Verteidigung von sich gegeben hat!«

»Und als hätte Abt Adelphus mit seiner asketischen Vorliebe für übermäßige Klosterstrenge den Bogen nicht schon genug überspannt, zwingt er uns jetzt auch noch diese irrwitzige Disputation auf!«, fügte der Cellerar hinzu. »Er muss nicht ganz bei Sinnen sein, dass er uns zumutet, die ketzerischen Lehren dieses abtrünnigen Wittenberger Mönchs in elend langer Ausführlichkeit anzuhören.«

»Ja, ein Skandal ist das!«, pflichtete ihm Bruder Clemens bei. »Uns wie faule Tröpfe und unwissende Novizen zu behandeln, die einer Unterweisung in den wahren Glaubenslehren bedürfen! Und was soll der Unsinn, dass wir auch mit den lutherischen Irrlehren vertraut sein müssen, um unseren wahren Glauben schätzen und schützen zu können! Ich habe seit achtzehn Jahren die Gnade priesterlicher Weihen!«

»Es fällt mir schwer, es auszusprechen, aber mir scheint, dass unser Vater Abt nicht länger über die nötige geistige Klarheit verfügt, um unserem Kloster so vorzustehen, wie man es von einem Oberen erwarten darf!«, sagte Bruder Vitus energisch. »In diesem Licht betrachtet ist seine überraschende Genesung alles andere als ein Segen für unsere Gemeinschaft gewesen. Und ich fürchte, dass wir uns etwas überlegen müssen, wenn wir nicht wollen, dass es bei diesen untragbaren Zuständen bleibt.«

»Das befürchte ich auch!«, stimmte ihm Bruder Egidius zu. »Und ich weiß, dass wir nicht die Einzigen sind, die so denken! Bruder Sulpicius gehört mit Sicherheit auch zu ihnen.«

»Ja, aber was tun, um … um dieses Problem in unserem Sinne … besser gesagt zum Segen des ganzen Konvents zu lösen?«, fragte der Vorsteher des Scriptoriums vorsichtig. »Immerhin sind wir unserem Vater Abt zu striktem Gehorsam verpflichtet.«

Sebastian sog die Luft scharf ein, als er das hörte. Denn was dieser letzte Wortwechsel bedeutete, lag auf der Hand: Die drei Mönche waren sich darüber einig, dass sie sich von dem strengen Regiment des alten Abtes befreien wollten.

»Aber nicht, wenn …«

Was der Cellerar danach noch sagte, bekam Sebastian nicht mehr mit. Denn in dem Moment tauchte Bruder Cäsarius, der für die Klosterküche zuständige Mönch, hinter ihm auf und fragte ungnädig, wo er denn bleibe und ob er sich mit Herumlungern im Keller vor der Arbeit drücken wolle.

Sebastian beeilte sich, ihm hinauf in die Küchenräume zu folgen und seine Pflichten zu erledigen. Doch die ganze Zeit ging ihm nicht aus dem Kopf, was er dort am Kellerschlitz von dem Gespräch zwischen den drei Mönchen aufgeschnappt hatte. Und in ihm verdichtete sich die dunkle Ahnung, dass sich irgendetwas Gefährliches im Kloster zusammenbraute und dies kein sicherer Ort mehr für ihn war.

15

Unter verdrossenem Schweigen versammelte sich der Konvent am nächsten Tag eine knappe Stunde vor der Vesper im Kapitelsaal. Es wurde leise getuschelt. Das Gemurmel klang wie ein dunkles Gewittergrollen, das zwar noch aus weiter Ferne kam, aber dennoch schon bedrohlich klang.

Sebastian beobachtete die einziehenden Mönche und bemerkte viele ergrimmte, teilweise sogar unverhohlen feindselige Blicke. Sein besonderes Interesse galt dabei dem Cellerar sowie Bruder Clemens und Bruder Egidius. Und er fragte sich, als er in dem finsteren, höckernasigen Gesicht von Bruder Vitus forschte, wie weit ihr Komplott gegen ihren Oberen wohl schon gediehen sein mochte.

Abt Adelphus schien die grimmigen Blicke, die ihn von allen Seiten trafen, und die verdrossene Stimmung nicht wahrzunehmen. Sein Blick ruhte unbeirrt auf dem Kruzifix, das an der gegenüberliegenden Wand hing. Es war, als hielte er mit dem Gekreuzigten, dem eine dornenreiche Krone das Haupt blutig gerissen hatte, stumme Zwiesprache.

In der Mitte des Saals warteten auf die beiden Disputanten schon zwei brusthohe Stehpulte, die man aus dem Scriptorium herbeigeschafft hatte. Sie waren so aufgestellt, dass die beiden Redner sich halb schräg gegenüberstanden, sich gleichzeitig aber auch gut im Blick des versammelten Konvents befanden.

Als Bruder Scriptoris und Bruder Sulpicius sich nun hinter die Stehpulte begaben und auf der schrägen Holzfläche die Blätter mit ihren Notizen ablegten, wurde es einige Wimpernschläge lang so unnatürlich still, als gäbe es kein menschliches Leben im Kapitelsaal.

Abt Adelphus brach die schwer lastende Stille, indem er die ungewöhnliche Kapitelsitzung mit einem nicht weniger ungewöhnlichen Gebet begann. »Herr, die ganze Welt ist vor dir wie ein Stäubchen auf der Waage, wie ein Tautropfen, der am Morgen zur Erde fällt. Du hast mit allen Erbarmen, weil du alles vermagst, und siehst über die Sünden der Menschen hinweg, damit sie sich reumütig bekehren. Du liebst alles, was ist, und verabscheust nichts von allem, was du gemacht hast. Denn hättest du etwas gehasst, so hättest du es nicht erschaffen. Wie könnte etwas ohne deinen Willen Bestand haben, oder wie könnte etwas erhalten bleiben, das nicht von dir ins

Dasein gerufen wäre? Du schonst alles, weil es dein Eigentum ist, Herr, du Freund des Lebens!«*

Sebastian wunderte sich im Stillen, dass der Vater Abt die Disputation ausgerechnet mit solch einem Gebet begann, das doch die Barmherzigkeit und den Großmut Gottes, der ein Freund des Lebens sei, so nachdrücklich betonte. Denn stand diese biblische Botschaft nicht in krassem Gegensatz zu der unbarmherzigen Politik der Kirchenoberen, die mitleidlos jede ketzerische Äußerung sogleich mit dem Feuertod ahnden wollten?

Bruder Vitus machte ein verkniffenes Gesicht, als hätte man ihn eben gezwungen, sich den Mund mit bitterstem Essig auszuspülen. Auch andere Gesichter verfinsterten sich zusehends. Hier und da hörte man nervöses Räuspern und Sandalenscharren.

»Im Sieb bleibt, wenn man es schüttelt, der Abfall zurück«, fuhr der Abt mit klarer Stimme fort. »So entdeckt man die Fehler eines Menschen, indem man über ihn nachdenkt. Töpferware wird nach der Brennhitze des Ofens eingeschätzt, ebenso der Mensch nach dem Urteil, das man über ihn fällt. Der Art des Baumes entspricht seine Frucht; so wird ein jeder nach seiner Gesinnung beurteilt. Lobe keinen Menschen, ehe du ihn beurteilt hast; denn das ist die Prüfung für jeden!«** Er machte eine kurze Pause, um den mahnenden Worten des Bibelzitats Nachdruck zu verleihen. »Und nun lasst uns mit der Disputation beginnen! Jeder Seite sei eine allgemeine Eröffnungsrede eingeräumt, die sich jedoch auf wenige Minuten beschränken sollte. Und alle Mitbrüder sollen hiermit noch ein weiteres Mal daran erinnert sein, dass beide Disputanten nicht

* Buch der Weisheit, Kapitel 11, Vers 22–26.

** Jesus Sirach, Kapitel 27, Vers 4–7.

sich selbst vertreten, sondern sich zur Stärkung unserer Glaubensgewissheit redlich bemühen, die Argumentation des Doktor Johannes Eck und des Doktor Martin Luther nachzustellen.«

Der Cellerar gab ein geringschätziges Schnauben von sich und tat denn so, als hätte er sich schnäuzen müssen, um diese Respektlosigkeit halbwegs zu überspielen.

Der Abt überließ dem Wurf einer Münze die Entscheidung, wer von den beiden Disputanten zuerst das Wort ergreifen durfte. Das Los fiel auf den Novizenmeister.

Bruder Scriptoris sammelte sich kurz, segnete sich stumm und begann dann mit den Worten: »Vor Euch, werte Brüder in Christo, steht Martin Luther, Augustinermönch, Doktor der Theologie und Inhaber des theologischen Lehrstuhls zu Wittenberg. Die Themen meiner Disputation mit Doktor Johannes Eck sollen heute, wie vom ehrwürdigen Vater Abt bestimmt, der Ablasshandel und die Rechtfertigungslehre sein, die meinen Namen trägt. Gut, kommen wir also gleich zur Sache. Was hat es mit dem Ablass auf sich? Geht es der Kirche wahrhaftig um das Seelenheil ihrer vielen armen Schäfchen und der Verstorbenen? Nein, es geht ihr allein um das unaufhörliche Raffen von schnödem Mammon für eigennützige, weltliche Zwecke! Die Kirche ist allgegenwärtig, beherrscht das Leben der Menschen von der Wiege bis ans Sterbelager, ja mit dem schändlichen Ablasshandel sogar angeblich noch über den Tod hinaus! Und die Kirche lehrt, dass sie allein über Verdammnis oder Seligkeit entscheidet.«

»Fürwahr!«, stieß der Prior leise während der kurzen Atempause seines Kontrahenten hervor.

Bruder Scriptoris warf ihm einen Seitenblick zu. »Wirklich ›fürwahr‹?«, fragte er kühl. »Die Macht der Kirche ist erdrückend, insbesondere für die geknechteten Bauern und das einfache Stadtvolk, die von der Kirche ausgepresst werden. Und es fließen ungeheure Summen aus allen Ländern, vor allem aber aus dem Heiligen Römischen Reich Deutscher Nation in den unersättlichen Schlund Roms. Nicht von ungefähr sagt man, Rom sei die große Scheune des Erdkreises, in deren Mitte der unersättlich gefräßige Kornwurm sitze und ungeheure Haufen Frucht verschlinge, den Deutschen das Fleisch abnage und ihnen das Blut aussauge!«

»Ein Schandwort, das aus dem Mund dieses Raubritters und elenden Ketzers Ulrich von Hutten* stammt!«, warf Bruder Sulpicius da sofort sarkastisch ein. »Ein wahrlich ehrenwerte Quelle, aus der Ihr Euch bedient, Martin Luther!«

Für seinen bissigen Einwurf erntete der Prior beifälliges Gelächter von den Mitbrüdern.

Auch Pachomius gehörte zu den Lachern, und Sebastian hätte ihm am liebsten einen derben Stoß in die Rippen versetzt, empfand er eine solche Reaktion doch nicht nur als respektlos gegenüber dem Novizenmeister, sondern auch als ausgesprochen schäbig. Immerhin wusste doch auch er, dass Bruder Scriptoris die Rolle des Martin Luther nicht freiwillig übernommen hatte, sondern nur tat, was ihm der Abt aufgetragen hatte. Was er zudem sehr überzeugend tat! Denn stimmte nicht jedes Wort der heftigen Anklage?

Bruder Scriptoris zeigte sich unbeeindruckt von Zwischenruf, Hohn und Gelächter. »Dass ungeheure Summen gen Süden ins Zentrum der Christenheit fließen, wo der Stellvertreter auf Erden sitzt, ist ja wohl unbestritten. Dort hält der

* Der Reichsritter und Humanist Ulrich von Hutten, ein Anhänger von Luther, verfasste neben anderen publizistischen Werken leidenschaftliche Anklageschriften gegen das Papsttum, beteiligte sich an regionalen Aufständen gegen Fürsten und Kirche am Mittelrhein und floh in die Schweiz, wo er 1523 auf der Insel Ufenau im Zürichsee starb.

Papst, umgeben von einem riesigen Gefolge, prunkvoll Hof. Doch diesem ach, so frommen Stellvertreter Gottes reicht das viele Geld nicht, das er den Gläubigen als Peterspfennig und in Form von Kreuzzugsgeldern und Türkenobulus aus den Taschen zieht. Um die Macht der geldhungrigen Kurie zu sichern und sie noch weiter auszudehnen, bedarf es immer größerer Summen. Es müssen Stimmen gekauft, Spione ausgeschickt, kostbare Geschenke gemacht, Meinungen beeinflusst und ein Heer von päpstlichen Beamten und Mätressen sowie Legaten und Nuntien in aller Welt teuer bezahlt werden. Dazu kommen der verschwenderische Luxus der päpstlichen Hofhaltung, der den Lehren unseres gekreuzigten Erlösers und dem Leben der Heiligen Hohn spricht, und die gigantischen Aufwendungen für Kirchen- und Klosterneubauten, mit denen sich der Papst den Ruhm der Nachwelt sichern will. Ist es da verwunderlich, dass in Rom für Geld alles zu haben ist, von der Domherrnstelle mit ihren reichen Pfründen bis hin zum Kardinalshut, der gegen eine entsprechend große Summe in Gold gern auch mal an einen halbwüchsigen Jungen aus der Verwandtschaft verkauft wird? Der Opferstock Roms ist ein unersättlicher Fresser. Und allein um Roms endlose Gier nach Geld zu befriedigen, hat man den Ablasshandel, diese schändliche Ausbeutung und Täuschung des Volkes, eingeführt und sich dabei mit dem Bankhaus der Fugger verbündet.«

»Wollt Ihr vielleicht in Abrede stellen, dass unsere heilige Mutter Kirche durch die Leiden Christi und der Märtyrer über einen unendlichen Segensschatz an Gnadenmitteln verfügt, den sie zur Rettung der Seelen verwenden kann?«, wollte der Prior wissen, der offenbar nicht daran dachte, der Rede seines Widersachers allzu lang widerspruchslos zuzuhören.

»Nein, dass es diesen Segensschatz gibt, stelle ich nicht in Abrede!«, erwiderte Bruder Scriptoris. »Schon zu Beginn meines Aufbegehrens gegen die römischen Missbräuche habe ich in meiner 71. These geschrieben: ›Wer gegen die Wahrhaftigkeit des apostolischen Ablasses redet, der sei verbannt und verflucht!‹ Aber ich kämpfte von Anfang an gegen die verlogenen Pfennigprediger und Beutelschneider im Gewand der Dominikaner, die in päpstlichem Auftrag durch die Lande ziehen, und gegen die falsche Auffassung von der Kraft des Ablasses, die sie dem Volk aufschwatzen. Der Papst kann nämlich nur diejenigen Kirchenstrafen erlassen, die er selbst verhängt hat, und nichts darüber hinaus. Schuld vergeben kann nur Gott allein! Die Verstorbenen sind frei von irdischen Kirchenstrafen. Daher können und brauchen sie auch nicht erlassen zu werden. Was sie bedürfen, ist Gebet und Mehrung der Liebe durch das Gebet. Zudem: Wenn der Papst wirklich Sünden vergeben könnte, warum befreit er dann nicht alle im Fegefeuer leidenden Seelen aus christlicher Sorge und aus dem Drang heiliger Liebe heraus? Soll man wirklich glauben dürfen, er tue es nur des schändlichen Geldes wegen, um einen prachtvollen Kirchenbau wie den Petersdom errichten und seinen ausschweifenden Hofstaat finanzieren zu können? Er, der Stellvertreter Gottes? Was kann einem Papst, der im wahren Glauben steht, schon an schnödem Mammon gelegen sein? Hat Christus vielleicht gelehrt, man solle seinen Mantel verkaufen, um dafür Ablässe erstehen zu können? Nein, der Ablass ist eine Schande für die Kirche und den wahren Glauben, den Jesus Christus gelehrt und uns in der Heiligen Schrift hinterlassen hat!«

Ein erregtes Raunen ging ob der scharfen Verurteilung der päpstlichen Ablasspraxis durch die Reihen der Mönche, aber hier und da sah Sebastian, den die Ausführungen nicht nur beeindruckt, sondern von ihrer Wahrheit überzeugt hatten, auch einige nachdenkliche und verunsicherte Mienen.

Denn die Vorwürfe, die Martin Luther erhoben hatte, ließen sich theologisch nicht entkräften.

Das zeigte sich auch sogleich, als der Prior zu seiner Gegenrede ansetzte. Es gelang ihm nicht, mehr als einige sehr schwammige Argumente für den Ablass ins Feld zu führen. Er berief sich erst auf die kirchengeschichtliche Tradition, und als er merkte, dass er damit wenig überzeugend klang und gegenüber seinem Widersacher keinen Boden gewann, verschanzte er sich umgehend hinter der Behauptung, dass der Papst nun mal kraft seines Stellvertreteramtes mit besonderen göttlichen Offenbarungen gesegnet sei und es daher sehr wohl in seiner Macht stehe, die Gnadenmittel des Ablasses auch über weltliche Kirchenstrafen hinaus auszudehnen. Und unter dem leicht zu durchschauenden Vorwand, dass der Streit um den Ablass ja angesichts der anderen, viel schwerwiegenderen lutherischen Irrlehren eine eingehendere Diskussion gar nicht lohne, hatte er es dann sehr eilig, zum nächsten Punkt zu kommen, nämlich zu der ketzerischen lutherischen Rechtfertigungslehre.

Bruder Scriptoris erlaubte sich ein feines, flüchtiges Lächeln, ging jedoch kommentarlos auf die Aufforderung zum Themenwechsel ein.

»Bei meiner so genannten Rechtfertigungslehre geht es um die entscheidende Frage, wie der glaubende Mensch zu Gott kommt und vor ihm bestehen kann«, leitete er seinen Exkurs ein. »Rom besteht darauf, dass der Gläubige nur durch die römisch-katholische Kirche und den Weg über die Vermittlerrolle ihrer geweihten Priesters zu Gottes Gnade und zum Frieden seiner Seele gelangen kann.«

»In der Tat!«, bekräftigte der Prior, und viele der Mönche zeigten durch nachdrückliches Nicken an, dass auch sie nicht an diesem zentralen Dogma zweifelten.

»Aber ich, Martin Luther, habe nach intensivem Studium der Heiligen Schrift und langer Betrachtung im Gebet erkannt, dass diese Behauptung der wahre Irrglaube ist, eine Verblendung der päpstlichen Dogmatiker, die sich wie hartherzige Buchhalter gebärden und das drückende Kirchenrecht wie Mühlsteine auf die Seelen der Gläubigen legen!«, verkündete Bruder Scriptoris kategorisch. »Was Rom lehrt, ist ein armseliger Kinderglaube, den man auch nur einem unwissenden Kindergemüt verzeihen kann. Denn den Frieden der Seele und die Rechtfertigung vor Gott erreicht der Gläubige nicht, indem er die hartherzigen, kirchlichen Vorschriften getreu befolgt, sich in blindem Gehorsam den zahllosen Lehrsätzen unterwirft und sich guter Taten befleißigt, sondern nur *sola fide* – also allein aufgrund des Glaubens – kann ihm Gottes Gnade zuteil werden. Denn im Römerbrief Kapitel 1, Vers 17 steht unmissverständlich geschrieben: ›Denn im Evangelium wird die Gerechtigkeit Gottes offenbart aus Glauben zum Glauben, wie es in der Schrift heißt: Der aus Glauben Gerechte wird leben.‹ Gott ist kein Krämer, zu dem wir mit der Liste unserer guten Taten und Ablässe kommen, um dafür unseren schon auf Erden bezahlten göttlichen Lohn abzuholen. Deshalb kann sich auch kein Mensch vor Gott durch Befolgung von Dogmen und aufgrund seiner Werke rechtfertigen und sich von seinen Sünden reinwaschen. Allein der Glaube an Gott und seine große Liebe vermag das zu leisten. Der Weg zum Himmel ist eben nicht gepflastert mit sklavischer Unterwerfung unter das von hartherzigen und engstirnigen Menschen geschaffene Kirchenrecht und einer möglichst großen Zahl guter Werke, sondern es ist in erster Linie der hingebungsvolle Glaube, der den Menschen zu retten vermag. Dann ergibt sich ganz von selbst das rechtschaffene, gottgefällige Leben mit seinen guten Taten. Die Befreiung des Menschen aus seiner Sündhaftigkeit geschieht allein durch einen Akt göttlicher Gnade, die nicht erzwungen oder gar erkauft werden kann. Alles andere ist eitles und nichtiges Menschenwerk.«

Und er führte anschließend noch näher die drei zentralen lutherischen Prinzipien aus, nämlich dass der Gläubige seiner Überzeugung nach allein durch die Gnade Gottes, *sola gratia*, allein aus Glauben, *sola fide*, und allein durch das eigenständige Studium der Heiligen Schrift, *sola scriptura*, vor Gottes Angesicht Gnade und sein Seelenheil erhalten werde. Wobei er betonte, dass der gläubige Christ sich nicht der kirchlichen Auslegung der Bibel zu beugen habe, sondern völlig ohne deren Vermittlerrolle und allein durch eigenes Studium zur wahren Erkenntnis der Botschaft Jesu Christi vordringen könne. Den einzigen Vermittler, den er, Martinus Luther, und jeder freie Christenmensch anerkennen könne, sei Jesus Christus. *Solus Christus* nannte er das, Rechtfertigung allein durch den Glauben an den Erlöser, dessen Botschaft das Kernstück der Heiligen Schrift sei.

Als der Prior nun das Wort zur Gegenrede ergriff, überzog er seinen Gegner zuerst einmal mit triefendem Hohn. »So, einem unbedeutenden Augustinermönch aus der hintersten Provinz wie Euch ist diese … *Rechtfertigungslehre*«, er spie das Wort wie einen Schwall bitterer Galle aus, »also in einer Art von göttlicher Offenbarung zuteil geworden, ja? Ihr also wurdet vom Heiligen Geist dazu auserkoren, endlich zu erkennen, was die gelehrtesten Kirchenväter und Theologen in tausendfünfhundert Jahren theologischer Mühen nicht gefunden und erkannt haben?«

»In der Treue und Liebe gerade schwacher Menschen wird Gottes Kraft offenbar«, antwortete Bruder Scriptoris ruhig. »Die Bibel ist voll von diesen Beispielen, dass die scheinbar Unwürdigsten von Gott berührt und zu Besonderem bestimmt wurden. Und Jesus ging in erster Linie nicht zu den Frommen, Gesunden und Angesehenen seiner Zeit, sondern seine große Liebe und Hingabe galt zuerst den Sündern und Kranken und Ausgestoßenen!«

Bruder Sulpicius machte eine unwillige, wegwischende Geste. »Ihr irrt auf das Fürchterlichste, Martin Luther! In jeder Beziehung. Eure Irrtümer sind die der alten Häretiker, der Waldenser, Pikarden, Wiclefiten, Hussiten und anderer, und sie sind schon längst vom Papst und von den Konzilien verworfen und verdammt worden. Wie könnt Ihr Euch also anmaßen, in Zweifel zu ziehen, was die katholische Kirche in anderthalb Jahrtausenden rechtlich festgelegt, was unsere Väter im Glauben festgehalten und wofür unzählige Märtyrer willig den Tod erlitten haben? Was die klügsten Gelehrten der Kirche in Hunderten von Jahren an Lehrsätzen festgelegt haben, um die übersinnliche Wahrheit zu fassen, ist so etwas wie ein gewaltiges, Ehrfurcht gebietendes Kirchengewölbe, das sich zum Schutz über das gläubige Volk spannt. Ein Lehrsatz greift in den anderen, so wie beim Bau eines kunstvoll gemauerten Deckengewölbes ein Stein an den anderen gesetzt wird. Und da kann man dann nicht ungestraft einfach aus einem Rundbogen hier einige Steine und dort ein Stück herausbrechen. Tut man es doch, so wie Ihr es Euch in Eurer Verblendung und Verirrung anmaßt, dann wird das ganze Gewölbe auseinander brechen und als Trümmer herabstürzen. Und deshalb müssen die kirchlichen Lehrsätze schlichtweg geglaubt und bekannt werden!«

»Das ist nichts weiter als eine Behauptung, die jeglicher theologischen Begründung entbehrt«, merkte der Novizenmeister trocken an.

»Dann lest doch in der Bibel nach, wem Jesus Christus die Schlüsselgewalt zu Himmel und Hölle übergeben hat, nämlich

Petrus und seinen Nachfolgern! In ihren Händen allein liegt diese universale Schlüsselgewalt auf Erden! ›Du bist Petrus und auf diesen Felsen will ich meine Kirche bauen und die Pforten der Unterwelt werden sie nicht überwältigen. Dir will ich geben die Schlüssel des Reiches der Himmel!‹ So steht es geschrieben bei Matthäus in Kapitel 16, Vers 19, falls Ihr das bei Eurem ach, so intensiven Studium überlesen haben solltet!«, hielt ihm der Prior mit triumphierender Heftigkeit vor. »Und habt Ihr, der so gelehrte Doktor der Theologie und stolze Inhaber eines solchen Lehrstuhls, vielleicht vergessen, was schon der weise Cusanus* über unsere heilige Mutter Kirche vor gut hundert Jahren geschrieben hat? Ich will es Euch gerne in Erinnerung rufen: Nämlich dass er, nachdem er alles durchdacht habe, was dem menschlichen Verstand zugänglich sei, vor der abgründigen Leere schaudere, in der der Mensch nicht atmen könne, und er sich daher dankbar an den Felsen klammere, auf dem die Kirche als auf einem aus den Tiefen der Erde gewachsenen Fundament ihre Lehre aufgemauert habe, und daran, dass ihre dicht geschlossenen Fugen Schutz gegen den Zweifel gewähren! Deshalb dürfen keine noch so kleinen Löcher geduldet werden, die Ketzer wie Ihr in die Mauern reißen und durch die der Satan seinen giftigen Rauch in die heilige Mutter Kirche blasen kann!«

»Das mag für Cusanus gelten, widerlegt jedoch nicht meine Erkenntnis und Lehre!«, wies Bruder Scriptoris den Vorwurf zurück.

* Cusanus, auch Nikolaus von Kues genannt (1401–1464), berühmter Philosoph und Theologe. Autor zahlreicher Schriften. Cusanus begann nicht nur mit der Reform des römischen Klerus, sondern er kann auch als Begründer des Idealbilds einer Weltreligion gelten. Seiner Überzeugung nach sollten sich die Gegensätze aufheben, indem die einzelnen Religionen unter Wahrung ihrer äußeren Form im letztlich gemeinten Kern zu einer einzigen Weltreligion zusammenkommen.

»Lehre!« Der Prior machte eine abschätzige Handbewegung. »Eure wirren ketzerischen Lehren haben doch zu nichts als Aufruhr und Chaos geführt, selbst unter Euren eigenen, irregeleiteten Anhängern! Was ist denn in den von Eurem schändlichen Gedankengut befallenen Städten seitdem passiert? Die Bilder wurden bei Euch aus den Kirchen gerissen, die Messe in der tradierten Form abgeschafft, das Abendmahl in beiderlei Gestalt ausgeteilt sowie Mönche und Nonnen aus ihren Klöstern vertrieben und nicht selten zur Heirat gezwungen. Priestern, die sich nicht fügen wollten, wurde Gewalt zugefügt, ja sogar getötet hat man einige! Pöbel und Willkür herrschen und haben zur Auflösung jeglicher Ordnung geführt. Und der blutige Bauernaufstand vor zwei Jahren geht auch auf das Konto Eurer aufrührerischen Predigten und Irrlehren!«

»Ja, derartige bedauerliche Auswüchse sind vorgefallen«, räumte Bruder Scriptoris ein. »Aber sie sind nur denjenigen zuzuschreiben, die meine Lehren falsch ausgelegt und zum Freibrief für ihre persönlichen, sehr eigennützigen Ziele genommen haben.«

»Unsinn!«, widersprach Bruder Sulpicius. »Das ist stets das unabwendbare Ergebnis, wenn man dem Unglauben, der Dummheit und der Verworfenheit des sündigen Menschen die zügellose Freiheit lässt, so wie Ihr es getan habt. Um dieses selbstsüchtige Wirrwarr zu verhindern, bedarf es nun mal der festgemauerten Dogmen der Kirche. Wohin kämen denn die Kirche und der Glaube, wenn ein jeder nach seinem eigenen Gutdünken entscheiden dürfte, was zu glauben ist und was nicht? Ohne eine Einbindung des Glaubens in Regel und Vorschrift würde er sich bald ins Leere verlieren, und nicht das Ideale, sondern nur das Platte und Absurde würden sich ausbreiten – wie bei Euren Anhängern geschehen.«

Zustimmendes Gemurmel erhob sich im Kapitelsaal.

Der Abt räusperte sich und meldete sich zum ersten Mal seit Beginn der hitzigen Disputation zu Wort. »Wir sollten langsam zum Ende kommen, werte Mitbrüder.«

Bruder Scriptoris setzte zu einer Erwiderung an, doch der Prior redete hastig weiter, weil er in diesem Punkt den Vorteil auf seiner Seite wusste.

»Und lasst mich noch ein Wort zu Eurer verderblichen Behauptung sagen, der Mensch werde allein durch den Glauben vor Gott gerechtfertigt und nicht durch seine Werke. Wisst Ihr, was Ihr mit diesem verwerflichen Lehrsatz in Wirklichkeit bewirkt habt? Er hat dazu geführt, dass überall dort, wo Eure böse Saat aufgegangen ist, die guten Werke ausbleiben, es kaum noch zu wohltätigen Stiftungen und Schenkungen kommt und die Verrohung und Verwilderung der Sitten wüste Triumphe feiern! Eure irregeleiteten Anhänger werfen nur zu bereitwillig die Last der guten Werke ab und frönen ganz zügellos der Selbstsucht und der Fleischeslust. Wozu auch sich mühen und gute Werke tun, wenn doch angeblich allein der Glaube reicht? Kein Wunder, dass Eure zersetzende Irrlehre ganz nach dem Geschmack des Pöbels ist! Aber was sagt neuerdings Euer langjähriger Freund und Förderer Johannes von Staupitz dazu, der einst Euer Klosteroberer war und Euch so viele Jahre treu beigestanden hat? Er hat sich enttäuscht von Euch abgewendet und die folgenden bezeichnenden Worte zu Eurer Ablehnung der guten Werke geschrieben: ›Höre des Narren Worte: Wer an Christus glaubt, der bedarf keiner Werke. Höre dagegen die Worte der Weisheit: Wer mir dient, der folge mir nach. Wer mich liebt, der nehme sein Kreuz auf sich!‹ Ja, dieses vernichtende Urteil kommt aus der Feder Eures langjährigen Wegbegleiters Johannes von Straupitz! Und er ist nicht der einzige von Euren einstigen Fürsprechern, der mittlerweile erkannt hat, welche Gefahren für den wahren

Glauben Eure Irrlehren in sich bergen! Und jetzt lasst uns mal davon reden, dass Ihr Eure anfangs so vielgerühmte Freiheit des Christenmenschen längst an Eure Landesfürsten verkauft habt, die Ihr einst mit den übelsten Schmähungen überzogen habt, und dass Ihr inzwischen dabei seid, Euch wie der Papst von Wittenberg zu gebärden und Euer eigenes festgemauertes Gewölbe aus einer Vielzahl von Dogmen zu errichten, die genau wie die römischen Dogmen ohne Widerspruch zu glauben und zu bekennen sind!«

Zu einer Auseinandersetzung darüber sollte es jedoch nicht mehr kommen, denn da ergriff der Abt auch schon das Wort und gebot der flammenden Rede des Priors Einhalt. »Ich denke, das muss bis morgen warten, Bruder Sulpicius, denn gleich ruft uns die Glocke zur Vesper. Für heute haben wir von Euch und Bruder Scriptoris auch mehr als genug gehört, was des Nachdenkens wert ist. Morgen zur selben Stunde werden wir die Disputation fortsetzen.«

Sebastian hätte nur zu gern noch erfahren, ob und mit welchen Erklärungen Bruder Scriptoris in seiner Rolle als Martin Luther die heftigen Vorwürfe des Priors entkräften konnte. Aber das musste nun wohl bis zum folgenden Abend warten.

Diesen geplanten zweiten Teil der Disputation sollte es jedoch nie geben, denn der Tod hatte längst seine dunklen, gewalttätigen Schatten über das Kloster geworfen und sollte mit teuflischer Heimtücke schon sein erstes Opfer fordern, noch bevor die Sonne im Westen verglüht war.

16

Nach der Komplet erledigte Sebastian seinen letzten abendlichen Küchendienst, der darin bestand, mit dem Reisigbesen den Steinboden des großen Gewölbes, das angrenzende Refektorium sowie den Gang vor der Küche gründlich zu fegen. Das kratzende Geräusch des Besens vermischte sich in der Küche mit dem rhythmisch kurzen, scharfen Geräusch einer Messerklinge, die mit geübten Bewegungen an einem Schleifstein geschärft wurde. Es war der Prior, der auf der anderen Seite des schweren, eichenen Anrichtetisches sein Messer an einem der drei Schleifsteine schärfte, die dort neben dem Fenster an dicken, geflochtenen Lederriemen von der Wand hingen.

Es roch im Küchengewölbe intensiv nach angebrannter Milch. Bruder Cäsarius hatte, abgelenkt von anderen Arbeiten, den Kessel mit der Milch für den Schlaftrunk des Abtes nicht rechtzeitig von der Feuerstelle genommen. Voller Ingrimm schüttete er die brennige Milch weg, griff zu einem anderen, sauberen Kessel und machte sich daran, ein zweites Mal Milch zu erhitzen. Bruder Candidus, einer der jüngeren Mönche und seit kurzem die rechte Hand des bärbeißigen Küchenvorstehers Cäsarius, wartete mit dem ihm eigenen Gleichmut darauf, dem ehrwürdigen Vater Abt das Tablett mit Krug und Becher auf sein Zimmer tragen zu können. Aber das würde jetzt wohl noch etwas dauern und dann musste Bruder Cäsarius ja auch erst noch reichlich Honig unter die Milch geben und gut verrühren. Und so nutzte er die Zeit des Wartens, indem er dem Prior auf der anderen Seite des schweren, eichenen Anrichtetisches Gesellschaft leistete und ebenfalls das Messer schärfte, das jeder Mönch an seinem Gürtel zu tragen hatte.

Als Sebastian fegend und seinen Gedanken nachhängend dem rechtwinkligen Knick der Küchenwand folgte und zur breiten Treppe gelangte, die hinunter in die weitläufigen Kellerräume führte, kam ihm Pachomius entgegen. Mit einem leisen Zischlaut machte dieser auf sich aufmerksam.

Sebastian hielt im Fegen inne und sah Pachomius fragend an. Der junge Klosterbruder hatte ihm schon beim Abendessen und sogar während der Komplet bedeutungsvolle Blicke zugeworfen und ihm versteckte Zeichen gegeben, die er jedoch nicht recht zu deuten vermocht hatte. Dass ihn wieder irgendetwas bewegte und in starke Aufregung versetzt hatte, lag jedoch auf der Hand.

Pachomius schlich sich so eng an der linken Treppenwand hoch, dass die drei Mitbrüder auf der anderen Seite des Küchengewölbes ihn nicht sehen konnten. Sechs, sieben Stufen vor dem oberen Absatz blieb er stehen und bedeutete Sebastian, zu ihm zu kommen.

Sebastian zögerte. Er hörte hinter sich, wie der Prior zu Bruder Cäsarius sagte: »Ja, gut so. Spart nicht am Honig! Unser ehrwürdiger Vater Abt braucht in diesen schweren Tagen jede nur erdenkliche Stärkung! Er ist noch viel schwächer, als es den Anschein hat.«

»Für mehr als seinen Schlaftrunk reicht der Honig sowieso nicht mehr«, brummte der Klosterbruder.

Sebastian glaubte, es riskieren zu können, und tat so, als würde er auch die oberen Kellerstufen fegen. Auf diese Weise kam er Pachomius vier Stufen entgegen. »Was ist denn?«, flüsterte er.

»Ich muss unbedingt mit dir reden!«, gab Pachomius leise und mit sichtlich verstörter Miene zurück. »Und zwar heute noch! Du wirst bestimmt einen Rat wissen! Ich weiß sonst nicht, was ich tun soll!«

Sebastian verzog das Gesicht und musste an sich halten, um nicht auch noch die Augen zu verdrehen. Er hatte genug von Pachomius' Geschichten. »Wenn du mir wieder mit deinen Versuchungen und den Dämonen kommst, dann ...«

Pachomius ließ ihn nicht ausreden. »Nein, das ist es nicht! Ich habe etwas entdeckt! Etwas Ungeheuerliches, das ...« Er schluckte schwer und schüttelte den Kopf, als könnte er es nicht über sich bringen, dieses Ungeheuerliche beim Namen zu nennen.

»Was hast du entdeckt?« Skepsis schwang in Sebastians Stimme mit.

»Was es mit den ketzerischen Flugblättern auf sich hat!«, stieß Pachomius beschwörend hervor, und so etwas wie Angst flackerte in seinen Augen auf. Seine Hand glitt unter das Skapulier, griff in die Tasche seines Gewandes und kam kurz mit den Zipfeln von zusammengefalteten Blättern Papier wieder zum Vorschein. »Ich habe die beiden Flugblätter verglichen und dabei ist mir etwas Erschreckendes aufgefallen! Aber das kann ich dir nicht hier sagen. Ich muss es dir zeigen, damit du verstehst, was ich meine! Am besten treffen wir uns nachher in der Kapelle! Sagen wir in einer halben Stunde, einverstanden?«

Sebastian nickte knapp und kehrte mit seinem Reisigbesen schnell wieder nach oben auf den Treppenabsatz zurück. Was mochte Pachomius wohl so Ungeheuerliches aufgefallen sein? Und wieso hatte er von zwei Flugblättern gesprochen?

Gerade hatte Sebastian oben im Küchengewölbe seine Arbeit wieder aufgenommen, als von der anderen Seite des Raumes ein scharfer, schmerzerfüllter Aufschrei kam, gefolgt von einem Messer, das klirrend auf den Bodenplatten aufschlug.

»Sagt bloß, Ihr habt Euch mal wieder geschnitten, Candidus?«, rief Bruder Cäsarius ahnungsvoll.

Bruder Candidus hielt sich mit schmerzerfüllter Miene die verletzte linke Hand. Blut rann zwischen den Fingern hervor und über sein Handgelenk. »Ich … ich weiß auch nicht, wie mir das passieren konnte. Ich bin plötzlich vom Schleifstein abgerutscht und da ist mir die Klinge in den Handballen gefahren!«, brachte er kläglich hervor.

Der Prior schüttelte ob solch einer groben Ungeschicklichkeit nur stumm den Kopf.

Bruder Cäsarius warf dem jungen Mitbruder ein altes Küchentuch zu. »Wickelt Euch das um die Hand! Und dann seht zu, dass Ihr so schnell wie möglich zum Infirmarius kommst!«

Sebastian fegte mit seinem Besen schon draußen den Gang vor der Küche, als Bruder Candidus mit bleichem Gesicht an ihm vorbei eilte. Und dann hörte er, wie der grantige Küchenvorsteher Pachomius zu sich rief: »Hier! Nehmt das Tablett und bringt unserem ehrwürdigen Vater Abt seinen Schlaftrunk!«

Wenige Augenblicke später tauchte Pachomius mit dem kleinen, rundgeschnitzten Tablett bei Sebastian im Gang auf. »Sieh zu, dass du nachher oben in der Kapelle bist!«, raunte er ihm im Vorbeigehen beschwörend zu, als fürchtete er, Sebastian könne es sich noch einmal anders überlegen. »Lass mich nicht im Stich, hörst du? Ich weiß sonst nicht, was ich machen soll!«

»Ich werde da sein!«, versicherte Sebastian.

Pachomius ging nun schnell weiter, weil der Prior hinter ihnen aus der Küchentür trat und mit energischen Schritten den Gang hochkam. Weiter oben ging gerade Bruder Scriptoris mit dem Kräuterbruder Eusebius den Treppenaufgang hinauf.

Die Dämmerung war nicht mehr fern und es fiel nur noch wenig Licht durch die Hoffenster in den Gang. Die Schatten ergriffen immer mehr Besitz von den Räumen und Fluren hinter den dicken Mauern.

Aber dass Pachomius am Treppenaufgang beinahe über den Kater Cato gestolpert und zu Boden gestürzt wäre, lag nicht allein an dem schwachen Licht, sondern wohl auch daran, dass er in seinen Gedanken mit ganz anderen Dingen beschäftigt war. Ungeheuerlichen Dingen, die irgendetwas mit ketzerischen Flugblättern zu tun hatten.

Er stockte abrupt, als ihm der Kater durch die Beine hindurch huschte. Und der Krug auf dem kleinen Rundtablett schwankte bedenklich. Noch im letzten Moment bekam Pachomius den Henkel zu fassen. Was er jedoch nicht verhindern konnte, war, dass ein kleiner Schwall Milch dabei über den Rand des Gefäßes schwappte und am Fuß der Treppe eine kleine Lache bildete.

Der Novizenmeister und Bruder Eusebius blieben kurz oben auf dem Absatz stehen und sahen zu ihnen hinunter, enthielten sich jedoch jeden Kommentars.

Der Prior stand im nächsten Moment bei Pachomius. »Passt gefälligst besser auf! Ihr habt Eure Augen auf den Boden zu richten, nicht in die Wolken!«, wies er ihn leise, aber scharf zurecht. »Und jetzt seht zu, dass Ihr seine Seligkeit nicht länger auf seinen Schlaftrunk warten lasst!«

Mit hochrotem Kopf stammelte Pachomius so etwas wie eine zerknirschte Entschuldigung und beeilte sich dann, die Treppe in den zweiten Stock hinaufzueilen. Dabei hielt er den Henkel des Milchkrugs mit der rechten Hand fest umklammert, um ein weiteres Missgeschick schon im Ansatz vereiteln zu können.

Indessen wandte sich der Prior an Sebastian. »Und Ihr besorgt Euch einen Lappen aus der Küche und wischt diese Milchpfütze auf!«, befahl er ihm.

Sebastian nickte, lehnte den Besen gegen das steinerne Treppengeländer und begab sich in die Küche, um einen Aufwischlappen zu holen. Als er zum Treppenaufgang zurückkehrte, hatte der Prior sich schon vom Ort des Missgeschicks entfernt. Dafür fand er Cato am Fuß der Treppe vor. Genüsslich kauerte der Kater über der Milchpfütze und leckte die mit Honig reich gesüßte, warme Flüssigkeit vom Boden auf.

Bei dem Anblick schlich sich ein Lächeln auf Sebastians Gesicht, und er hielt Abstand zum Kater, um ihn nicht zu vertreiben. »Lass es dir nur in Ruhe schmecken, Cato. Was dem Abt mundet, soll wohl auch dem stolzen Kater unter den Klosterkatzen recht sein«, murmelte er und wartete, bis Cato die Milch aufgeschleckt hatte, was schnell geschehen war. Der Kater leckte sich mehrfach über das Maul und trollte sich dann mit sanftpfotigem Wiegeschritt.

Sebastian wischte mit dem Lappen über die Stelle, obwohl der Kater die Arbeit eigentlich schon für ihn erledigt hatte, nahm dann seinen Besen wieder auf und fegte durch den Gang, wie es ihm Bruder Cäsarius aufgetragen hatte. Als er zum Küchenbruder zurückkehrte, fand dieser zu seinem stummen Groll noch weitere Arbeiten für ihn, die eigentlich zu den Pflichten von Bruder Candidus gehörten. Doch dieser ließ sich einfach nicht mehr in der Küche blicken, so dass Sebastian gar nichts anderes übrig blieb, als sich in das Unvermeidliche zu schicken und diese Aufgaben auch noch zu erledigen.

Bruder Cäsarius hielt ihn mehr als eine halbe Stunde über das Ende seiner eigentlichen Arbeiten hinaus in der Küche fest. Sebastian beeilte sich damit, so gut er konnte. Aber dass er nicht pünktlich zum heimlichen Treffen mit Pachomius in der Kapelle eintreffen würde, darüber machte er sich schon keine Illusionen mehr, als der Küchenmönch ihm auch noch den Kessel zum Säubern zuschob, in dem er die Milch beim ersten Mal hatte anbrennen lassen. Er baute jedoch darauf, dass Pachomius genug Verstand hatte, um zwei und zwei zusammenzuzählen und zu wissen, dass er noch in der Küche aufgehalten worden war, und dass er in der Kapelle eine Weile auf ihn warten würde. Schon weil er ihm seine Entdeckung, was immer es damit auch auf sich haben mochte, ja unbedingt noch vor der Nachtruhe mitteilen wollte und seinen Rat suchte.

Den dumpfen Schlag hörte Sebastian nicht, dafür aber den gellenden Schrei blanken Entsetzens, der im nächsten Moment über den abendlichen Klosterhof schallte und jedem, der ihn hörte, durch Mark und Bein ging. Und jeder ließ augenblicklich stehen und liegen, womit er gerade auch beschäftigt gewesen sein mochte.

»Allmächtiger!«, stieß Bruder Cäsarius erschrocken hervor. »Wer hat denn da geschrien? Und was hat das zu bedeuten?« Und im selben Augenblick stürzte er auch schon zur Tür, die auf den Hof hinausführte.

Sebastian folgte ihm auf dem Fuße, nicht weniger begierig zu erfahren, wer da einen derart markerschütternden Schrei ausgestoßen hatte und warum.

Auch andere Mönche sowie Konversen eilten herbei, einige hatten sich auf dem Hof aufgehalten, andere kamen aus dem Haus gerannt. Die Klosterbrüder blickten sich verwirrt nach demjenigen um, der geschrien hatte.

»Der Schrei kam von da hinten! Da bin ich mir ganz sicher!«, verkündete jemand und deutete an der Nordseite des Konventshauses entlang in Richtung auf die Pforte in der Klostermauer, durch die man zu den drei Fischteichen gelangte.

»Da hinten an der Hausecke liegt jemand am Boden!«, rief

im nächsten Moment der Cellerar. »Und der Mitbruder, der da bei der Gestalt kniet, ist doch Bruder Egidius!«

Alle liefen nun zu Bruder Egidius und dem Mönch, der an der hinteren Hausecke verkrümmt am Boden lag, wo die Klausur in den Kräutergarten von Bruder Eusebius und ein gutes Stück weiter links in den Friedhof überging.

Sebastian war einer der Ersten, die mit hastig geraffter Kutte an der Hausecke eintrafen. Bruder Egidius hatte sich indessen wieder aufgerichtet und verdeckte den Blick auf den Mann, der da mit unnatürlich verrenkten Gliedern auf dem Kiesweg lag. Das Blut war ihm aus dem Gesicht gewichen, das so bleich wie das einer Leiche wirkte.

»Von da oben … er ist … er hat sich … von da oben in die Tiefe gestürzt!«, stammelte er mit bebender Stimme und wies vage zum zweiten Stockwerk hoch. »Wollte zu … zu den Fischteichen … noch einmal nach dem Rechten sehen … so wie immer … und da … da … plötzlich direkt vor mir … er … er muss sofort tot gewesen sein … Jesus, Maria und Joseph … aus solcher Höhe!« Er schlug das Kreuz.

»Wer ist es?«, wollte der Cellerar wissen und drängte sich grob an Sebastian vorbei.

»Es ist unser junger Bruder Pachomius!« Der Mönch schluckte heftig, als hätte er Mühe, den Brechreiz in sich zu unterdrücken. »Der Herr möge seiner gequälten Seele gnädig sein!«

17

Sebastian schlug vor Entsetzen die Hand vor den Mund, als Bruder Egidius einen Schritt zur Seite trat und sein Blick nun ungehindert auf den Toten fiel. Ihm war, als gefror das Blut in seinen Adern. Vor einer knappen Stunde hatte er noch auf der Kellertreppe und am Treppenaufgang mit Pachomius gesprochen und nun war tot! Hatte sich durch einen Sturz in die Tiefe das Leben genommen!

Pachomius lag mit verdrehten Gliedern halb auf der linken Seite. Seine leblosen Augen starrten mit gebrochenem Blick schräg an ihm vorbei in den Abendhimmel. Das blutleer wirkende Gesicht war zu einer verzerrten Maske der Angst oder des Schmerzes erstarrt. Es glänzte zudem, als wäre ihm noch kurz vor seinem Tod der Schweiß aus allen Poren gebrochen. So etwas wie Schaum oder Erbrochenes rann ihm aus dem klaffenden Mund.

Nun näherte sich der Prior im Laufschritt der Menge, die sich in Windeseile um den Toten gebildet hatte. Bei seiner rundlichen Gestalt war das ein ungewöhnlicher Anblick für seine Mitbrüder.

»Macht Platz! … Zur Seite, Brüder! … Lasst mich durch!«, rief er ungeduldig und mit hochrotem Kopf, dabei fuchtelte er mit den Händen so ähnlich durch die Luft, wie ein ungeübter Schwimmer im Wasser die Wellen vor sich zu teilen versucht.

Die Mönche bildeten nun rasch eine Gasse, um ihren Prior zu dem Toten durchzulassen.

Auch Sebastian trat zwei Schritte zur Seite, achtete jedoch darauf, dass er seine Position in der vordersten Reihe trotz des Gedränges der Mönche verteidigte.

»Wie … wie ist das passiert?«, fragte Bruder Sulpicius nach Atem ringend in die Runde.

»Ich wollte zu den Fischteichen … und da … da ist Bruder Pachomius von da oben herabgestürzt«, teilte Bruder Egidius ihm mit und rang noch immer um Fassung. »Fast erschlagen hätte er mich im Tod noch!« Hastig schlug er erneut das Kreuz.

Der Cellerar schob ihn sacht zur Seite, während er zum Prior trat. »Er kann sich nur aus dem Fenster dort oben gestürzt haben! Es gehört zu dem kleinen Versammlungsraum neben der Abtskapelle«, stellte er nüchtern fest und wies auf das Eckfenster im zweiten Stockwerk, das einzige Fenster in der Reihe, dessen Flügel sperrangelweit aufstanden. Und düster fügte er hinzu: »Die Dämonen in seinem Innern müssen ihm mehr zugesetzt haben, als wir wohl alle geglaubt haben! Ihm war es einfach nicht gegeben, den hohen Anforderungen gerecht zu werden, die das monastische Leben an einen Ordensmann stellt.«

Bruder Sulpicius wischte sich mit dem Kuttenärmel über die schweißfeuchte Stirn. Seine ansonsten stets rosige Gesichtsfarbe war einer auffallenden Blässe gewichen. »Ja, er kann nicht bei Sinnen gewesen sein, als er aus dem Fenster gesprungen ist und seinem Leben ein Ende gesetzt hat!«, stieß er hervor. »Der Teufel muss ihm das eingeredet haben! Nie hätte er diesen Frevel klaren Geistes auf sich geladen.«

Aufgeregt und bestürzt redeten die Mönche durcheinander und erinnerten einander, was Pachomius seit seinem Eintritt ins Kloster keine Ruhe gelassen hatte. Jeder wusste von den Seelenqualen, die ihr junger Mitbruder im inneren Kampf mit seinen Dämonen gelitten hatte. Und so manch einer erinnerte auch an seine Angewohnheit, sich selbst bis aufs Blut zu geißeln, wenn er wieder einmal um sein Seelenheil fürchtete. Und man sprach davon, dass man ihm deshalb auch nicht eine Beerdigung in gesegneter Erde versagen dürfe, dass er ja zweifellos nicht klaren Verstandes in die Tiefe gesprungen, sondern ein Opfer des Leibhaftigen geworden war.

Nun trafen auch Bruder Scriptoris und der Abt ein. Der Novizenmeister hielt sich abseits und sagte kein Wort. Indessen sackte der Abt vor dem toten Mitbruder auf die Knie, schloss ihm die Augen und segnete ihn. Er war es auch, der dem Gerede der Männer, dass es mit dem armen Bruder Pachomius ja früher oder später so hatte kommen müssen, mit scharfer Zurechtweisung ein jähes Ende bereitete – zumindest an diesem Ort und zu dieser Stunde.

»Sorgt dafür, dass man ihn in den Kreuzgang bringt und dort in der Nische für die Totenwache aufbahrt!«, wies Abt Adelphus den Prior an und forderte die Mönche auf: »Und nun kehrt in Eure Zellen zurück und betet für die gequälte Seele unseres Mitbruders, der verwirrten Geistes war, als er sich in den Tod stürzte, und der nun in Gottes unendlicher Gnade ruht! Morgen werden wir ihn mit unserem Segen zu Grabe tragen.«

Die Menge begann sich schon aufzulösen, als plötzlich der blinde Mönch Lombardus stockschwingend und unsicheren Ganges um die Hausecke kam.

»Bekenne deine verruchte Tat, du Teufel!«, rief er seinen Mitbrüdern schrill und zugleich mit nuschelndem Tonfall zu, während er zwischen ihnen umherirrte. »Gehe in dich und gestehe, du willfähriger Handlanger des Leibhaftigen! Nicht einmal des Teufels leise Schritte entgehen mir! Bis zum Sonnenaufgang will ich dein Geständnis hören. Hast du dem Teufel bis dann nicht entsagt, wird dich meine Zunge anklagen, Verfluchter! Gehe in dich und gestehe! … Gehe in dich und gestehe!« Dabei schlug er mit seinem Stock nach den Mönchen, die sich gerade zufällig in seiner Nähe befanden. Der Kies, der unter ihren Sandalen knirschte, wies ihm dabei die Richtung, in die er schlagen musste.

Der Cellerar machte eine verdrossene Miene. »Dieses Geschrei von Bruder Lombardus hat uns gerade noch gefehlt! Jetzt verliert er offenbar auch noch den letzten Rest Verstand!«, knurrte er voller Ingrimm. »Als ob wir nicht schon genug Scherereien hätten! Bruder Clemens und Bruder Egidius, nehmt Euch seiner an und bringt ihn in seine Zelle! Und wenn er keine Ruhe gibt, soll ihm Bruder Eusebius einen kräftigen Schluck von seinem Schlafmohnsaft einflößen.«

»Das muss am Vollmond liegen«, raunte Bruder Egidius, um dann zusammen mit Bruder Clemens den blinden Mitbruder beherzt in ihre Mitte zu nehmen und ihn mit sanfter Gewalt zurück ins Haus zu führen.

Weil Sebastian noch immer wie benommen in unmittelbarer Nähe des Toten stand, fiel der Blick des Priors auch sofort auf ihn, als kurz darauf Bruder Eusebius mit einer Krankentrage auftauchte. »Du hilfst dem Infirmarius, den Toten in den Kreuzgang zu bringen und für die Totenwache aufzubahren!«, trug Bruder Sulpicius ihm auf und hatte es dann selbst sehr eilig, den Ort zu verlassen.

Sebastian schauderte, als er auf Anweisung von Bruder Eusebius die Beine des Toten ergriff und den Leichnam von Pachomius auf das schmutzige Segeltuch zwischen den beiden Tragestangen wuchtete. Dabei fiel ihm auf, dass die Kutte des jungen Klosterbruders auf der Brust feucht und verschmiert aussah. Zudem waren die Kuttenärmel sowie das Skapulier unter dem Hals aufgefetzt.

Auch Bruder Eusebius schien etwas Ungewöhnliches aufgefallen zu sein. Denn er kniete sich mit gefurchter Stirn neben den Leichnam, betastete die Gliedmaßen des Toten, als wollte er deren Körperwärme erfühlen, untersuchte die Augen und roch an der nassen Stelle seiner Kutte. Dann steckte er dem Toten den Zeigefinger in den Mund, strich darin herum und roch an dem Schleim, der an seinem Finger kleben blieb.

»Warum tut Ihr das?«, fragte Sebastian leise und voller Beklemmung, ahnte er doch schon, welcher Verdacht dem Kräuterbruder gekommen war. »Stimmt irgendetwas nicht?«

»Hier stimmt eine ganze Menge nicht«, murmelte der schieläugige Mönch mit finsterer Miene und so leise, als würde er zu sich selber sprechen. »Jedenfalls ist er nicht freiwillig aus dem Fenster gesprungen! Skapulier und Kuttenärmel reißen wohl kaum ein, wenn man auf eine Fensterbank steigt, in die Tiefe springt und auf glattem Gelände aufschlägt!«

Sebastian erschrak bei diesen Worten, die seinen eigenen vagen Verdacht zur Gewissheit werden ließen. »Wollt Ihr damit sagen, dass er… ermordet worden ist?«, stieß er hervor.

Der Kopf des dürren Mönchs fuhr ruckartig zu ihm herum. Er sah ihn mit einem verblüfften Ausdruck an, als würde er sich erst jetzt bewusst, was er da soeben Ungeheuerliches ausgesprochen hatte – und vor allem wem gegenüber er das getan hatte.

»Gar nichts will ich sagen! Mir ist auch nichts dergleichen über die Lippen gekommen! Und Ihr tut besser daran, in Eurer jugendlichen Voreiligkeit keine falschen Schlüsse zu ziehen und schon gar keine Gerüchte in die Welt zu setzen, für deren Wahrheitsgehalt Ihr keine handfesten Beweise anführen könnt!«, wies er ihn zurecht. »Ihr würdet Euch damit bestimmt keine Freunde bei uns im Konvent machen! Und nun will ich keinen Ton mehr davon hören. Los, packt an!«

Gemeinsam trugen sie den Toten in den Kreuzgang und bahrten ihn in der Nische auf, die in die zum Innenhof weisenden Arkaden eingelassen war und in der sich auch ein kleiner Altar mit einem Kruzifix darüber und zwei Heiligenbilder rechts und links davon befanden.

Und während Sebastian dem Kräuterbruder stumm bei der schauderhaften Arbeit zur Hand ging, grübelte er darüber nach, warum Bruder Eusebius plötzlich davor zurückgeschreckt war, seinen Verdacht offen auszusprechen. Aber noch mehr beschäftigte ihn, warum Pachomius ermordet worden war. Denn dass der arme Kerl einem Mordanschlag zum Opfer gefallen war, daran hegte er jetzt nicht mehr den geringsten Zweifel. Auch war er sich sicher, dass dessen gewaltsamer Tod in Zusammenhang stand mit der Entdeckung, die Pachomius gemacht hatte.

Doch welcher Ungeheuerlichkeit war er bloß auf die Spur gekommen?

Es musste mit den Flugblättern zusammenhängen, von denen er so geheimnisvoll gesprochen und die er nur ganz kurz aus seiner Gewandtasche hervorgezogen hatte. Und wenn der Mörder sie ihm nicht abgenommen hatte, mussten sie sich noch immer in der Tasche des Toten befinden!

Als Bruder Eusebius ihn für einen kurzen Moment unbeobachtet ließ, um Kerzen zu holen, suchte Sebastian sofort unter dem Skapulier des Toten nach der Gewandtasche und den zusammengefalteten Bögen Papier, die vielleicht noch dort steckten.

Und in der Tat, da waren sie!

Rasch nahm Sebastian die Papiere an sich und ließ sie unter seiner Kutte verschwinden. Mit drängender Ungeduld wartete er nun darauf, dass Eusebius seiner nicht weiter bedurfte und er sich in seine Zelle zurückziehen konnte, um die beiden Flugschriften zu studieren und nach einem Hinweis darauf zu suchen, was Pachomius entdeckt und was ihn das Leben gekostet hatte.

Als er schließlich in seiner Zelle war, setzte er sich mit dem Rücken zur Tür an den schmalen Tisch und schlug das Buch mit der Ordensregel auf. Sollte jemand durch die Türöffnung in seine Zelle schauen, würde sein Körper verdecken, was wirklich vor ihm auf dem Tisch lag. Und trat jemand ein, würde er die beiden Blätter noch rasch genug im weiten Ärmel seiner Kutte verschwinden lassen können.

Mit wild schlagendem Herzen faltete er im Licht der Kerze die beiden Blätter auseinander und stellte überrascht fest, dass Pachomius nicht nur heimlich ein Exemplar der Flugschrift *Wider die heidnische Barbarei im Namen unseren Herrn und Erlösers* aufbewahrt hatte, sondern auch das Flugblatt mit der Überschrift *Wider die Missbräuche und gottlosen Sitten der kirchlichen Fürsten auf Petri Stuhl – Zwölf Thesen zur Erneuerung der päpstlichen Autorität*, das Bruder Sulpicius vor Wochen aus Passau mitgebracht und in seinem Streit mit dem Novizenmeister als Beweis angeführt hatte, warum die Drucklegung der gesammelten Schriften des Johannes Eck gerade zu diesem Zeitpunkt so überaus dringlich sei.

Auf den ersten Blick vermochte Sebastian nicht zu erkennen, was an den beiden Flugblättern außergewöhnlich oder gar ungeheuerlich sein sollte – von ihrem als ketzerisch verurteilten Inhalt einmal abgesehen. Doch als er die Blätter näher betrachtete, fiel ihm auf, dass Pachomius auf beiden Flugblättern an mehreren Stellen im Text den Buchstaben W unterstrichen hatte. Diesem Buchstaben fehlte auf beiden Blättern der letzte obere Bogen, was darauf hinwies, dass die Bleigießung der Letter nicht ganz einwandfrei verlaufen war.

»Gut, das bedeutet also, dass der Satz der beiden Flugblätter aus ein und demselben Setzkasten stammt. Aber was soll daran ungeheuerlich sein, Pachomius?«, murmelte Sebastian leise und mit gefurchter Stirn vor sich hin. »Jede Druckwerkstatt hat einige nicht ganz perfekte Buchstaben. Die hier im Kloster auch. Und so ein W ist auch darunter …«

Er erstarrte, kaum dass ihm die letzten Worte über die Lippen gekommen waren. Wie Schuppen fiel es ihm von den Augen. Gleichzeitig fuhr ihm ein eiskalter Schauer den Rücken hinunter, als er jäh begriff, was Pachomius entdeckt hatte – nämlich dass die beiden Flugblätter aus *ihrer* Druckwerkstatt stammten! Offenbar heimlich nachts von Bruder Scriptoris gedruckt, denn von all den Mönchen und Konversen verstand nur er allein sich auf die schwarze Kunst. Und sofort erinnerte er sich wieder an die merkwürdige nächtliche Begegnung mit Bruder Scriptoris im Vorraum zur Druckerei, als er sich von seinem ersten nächtlichen Treffen mit Lauretia ins Kloster zurückgeschlichen hatte und beinahe mit ihm in der Diele der einstigen Kornmühle zusammengestoßen wäre. Jetzt verstand er auch, was es mit den stoffbespannten Rahmen für die Fenster wirklich auf sich hatte. Sie dienten ganz und gar nicht zum Schutz der angeblich so lichtempfindlichen Augen des Novizenmeisters an blendend hellen Sommertagen. Vielmehr sollten sie gewährleisteten, dass kein verräterischer Lichtschimmer aus den Fenstern der Werkstatt auf den Hof hinausfiel, wenn er nachts seiner geheimen Tätigkeit als Drucker von ketzerischen Flugschriften nachging!

Sebastian starrte benommen auf die beiden vor ihm liegenden Flugblätter. Der Novizenmeister hatte sie alle über seine wahre Person getäuscht, vom falschen Novizen bis hin zum Abt.

Bruder Scriptoris war ein Ketzer!

Nein, er war viel mehr als nur ein heimlicher Verfechter von Luthers Lehre!

Er war ein Mörder!

18

Die halbe Nacht wälzte Sebastian sich schlaflos auf seinem Lager von einer Seite auf die andere, während sich seine Gedanken unablässig mit den erschreckenden Ereignissen des vergangenen Tages beschäftigten. Ihm war, als würde ihn ein dunkler Mahlstrom erfassen und immer tiefer in seinen Schlund reißen.

Bis vor wenigen Stunden hatte er den Novizenmeister für einen gelehrten und gottgefälligen Mönch gehalten, der es mit seinem Gelübde um einiges ernster nahm als die meisten seiner Mitbrüder. Und nun lag auf ihm der schreckliche Verdacht, Bruder Pachomius ermordet zu haben! Konnte er sich dermaßen in ihm getäuscht haben?

Wer war Bruder Scriptoris wirklich? Warum hatte er vor Jahren sein Kloster im Wittenberger Land verlassen und war nach Passau geflohen, wenn er doch den aufrührerischen Lehren des Martin Luther anhing, wie seine geheimen anklagenden Flugschriften bewiesen? In der Disputation hatte er die scharfe Kritik des Wittenbergers an den kirchlichen Missständen mit großer Überzeugungskraft dargelegt, und vieles daran war auch ihm, Sebastian, einsichtig und nachvollziehbar erschienen.

Aber wie ließen sich diese flammenden Überzeugungen von einer wahrhaftigen Nachfolge Christi mit dieser skrupellosen Bluttat an Bruder Pachomius vereinbaren? Was hatte sich dort oben in der Kammer ereignet? Hatte Pachomius vielleicht die Dummheit begangen, ihn zur Rede zu stellen? Ihm womöglich damit gedroht, ihn zu entlarven und vor Gericht zu bringen? Hatte Bruder Scriptoris, aus Angst vor dem Feuertod auf dem

Scheiterhaufen, daraufhin die Nerven verloren und in seiner Panik diese entsetzliche Tat begangen?

Auch grübelte er darüber nach, was es bloß mit dem merkwürdigen Verhalten von Bruder Lombardus auf sich gehabt hatte. Dass der blinde Mönch seltsam im Kopf war und manchmal sinnloses Zeug plapperte, war jedem im Kloster bekannt. Aber war es nicht möglich, dass das schrille Gezeter von einem willfährigen Handlanger des Teufels, der verflucht sei und bis zum Morgengrauen zu gestehen habe, einen Kern Wahrheit enthielt? Doch was konnte der blinde Kauz von einem Mönch schon wissen?

Wie oft Sebastian all diese verstörenden Fragen auch drehte und wendete, es wollte sich doch keine Antwort einstellen, die alle Widersprüche logisch auflöste oder doch wenigstens eine vage Form von Sinn ergab. Und als ihn schließlich doch noch der Schlaf übermannte, geisterten der tote Pachomius und Bruder Scriptoris in wirren, grässlichen Szenen durch seine Alpträume.

Am folgenden Morgen fasste Sebastian den Entschluss, noch in dieser Nacht das Kloster zu verlassen. Nach dem Mord an dem jungen Klosterbruder hielt ihn nichts mehr an diesem Ort. Hier fühlte er sich alles andere als sicher. Gegen Mitternacht würde Lauretia unten am Fluss auf ihn warten. Mit ein wenig Glück brachte sie Nachrichten vom Kapuzenmann. Zusammen mit ihr würde er entscheiden, was nun zu tun war. Jedenfalls würde er nicht hinter die Klostermauern zurückkehren!

Die Beerdigung von Bruder Pachomius fand wegen der ungewöhnlichen sommerlichen Hitze schon am frühen Vormittag statt. Als der Konvent nach der Totenmesse in geschlossener Prozession aus der Kirche auszog und sich auf den schlichten Friedhof begab, fiel keinem auf, dass Bruder Lombardus fehlte. Sebastian hatte sowieso nur Augen für den Novizenmeister. Immer wieder forschte er in dessen Gesicht, das ihm an diesem Tag wie versteinert vorkam, nach einem Hinweis darauf, wer dieser Mann wirklich war und ob er den Toten auf seinem Gewissen hatte. Doch das Einzige, was er bemerkte, war, dass Bruder Eusebius ihn bei der Beerdigung verstohlen am Ärmel zupfte, mit ihm etwas von den anderen zurücktrat und aufgeregt mit ihm tuschelte. Verwundert fragte er sich, was die beiden ausgerechnet jetzt, wo sie doch einen Mitbruder unter die Erde brachten und eigentlich in Andacht versunken sein sollten, so Wichtiges miteinander zu bereden hatten. Ihm fiel jetzt auch wieder ein, dass gestern Abend, kurz bevor Pachomius zu Tode gekommen war, der Kräuterbruder zusammen mit dem Novizenmeister die Treppe hochgestiegen war. Steckten die beiden vielleicht unter einer Decke?

Die sterblichen Überreste von Bruder Pachomius wurden nicht in einem Sarg, sondern nur in einem einfachen Leinensack zu Grabe gelassen, so wie es die Regel für jeden verstorbenen Mönch vorsah. Gerade waren die ersten Erdbrocken auf die Leiche des Toten im Grab gefallen, als ein Konverse durch die Pforte bei den Fischteichen in die Klausur stürzte und in heller Aufregung angerannt kam.

»Ich habe Bruder Lombardus gefunden!«, rief er schon von weitem und ohne Rücksicht auf die Beerdigung, die noch nicht ihr Ende gefunden hatte, stand doch der abschließende Segen des Abtes aus. »Im hinteren Fischteich! … Er ist ertrunken! … Bruder Lombardus ist ertrunken!«

Sebastian erschauerte, als hätte sich ihm unverhofft eine eiskalte Hand in den Nacken gelegt. Der blinde Mönch ertrunken! Und das keine zwölf Stunden, nachdem er seine scheinbar wirren Verwünschungen und Drohungen gegen den Verfluchten, den Handlanger des Teufels, ausgestoßen hatte! Das konnte unmöglich ein Zufall sein!

Der Mörder unter den Mönchen, der Pachomius auf dem Gewissen hatte und bis zum Morgengrauen seine verruchte Tat hatte gestehen sollen, hatte ein zweites Mal zugeschlagen!

19

In den frühen Morgenstunden hatten Sebastian heftige Zweifel befallen, ob Bruder Scriptoris wirklich der Mörder sein konnte. Er wollte einfach nicht glauben, dass er sich im Novizenmeister so getäuscht haben sollte. Doch als er nun auf dem Friedhof sah, wie der Mönch auf die Schreckensnachricht vom Tod seines blinden Mitbruders reagierte, kehrte der Verdacht mit unverminderter Stärke wieder zurück. Denn während der Abt hastig den letzten Segen spendete und dann mit den anderen des Konvents in Richtung der Fischteiche davoneilte, zeigte Bruder Scriptoris keine Spur von Eile, den anderen zu folgen. Er blieb vielmehr zurück – und mit ihm der Kräuterbruder.

Sebastian tat so, als wollte auch er mit den anderen zu den Fischteichen, hielt sich jedoch am Schluss der davoneilenden Mönche und Konversen. An der Pforte blieb er stehen und blickte zurück. Er erhaschte gerade noch einen Blick auf Bruder Scriptoris und Bruder Eusebius, wie sie im gedrungenen Steinhaus des Kräutergartens verschwanden.

Was hatten sie jetzt dort zu suchen?

Er zögerte kurz, dann lief er schnell zurück. Das kleine Tor im Bretterzaun, der den Kräutergarten mit seinen üppigen Sträuchern und peinlichst gepflegten Beeten umschloss, stand offen. Geduckt schlich er sich an das kleine Steinhaus heran.

Efeu rankte an der Hauswand hoch und ein kräftiger Holunderbusch mit einem dichten Blätterkleid wuchs direkt zwischen den beiden kleinen Fenstern in die Höhe. Er bot ihm einen gewissen Schutz vor Entdeckung.

Vorsichtig richtete er sich hinter dem Strauch auf und spähte durch eines der Fenster in das Innere des Hauses, in dem Eusebius seine Vielzahl an Kräutern und Tinkturen aufbewahrte und seine Rezepturen herstellte. Er sah, dass die beiden Mönche vor einem der Tische standen. Sie kehrten ihm den Rücken zu und schienen irgendetwas zu studieren, das vor ihnen auf dem Tisch lag. Um was es sich dabei handelte, konnte er jedoch nicht feststellen, da sie den Tisch zum größten Teil mit ihren Körpern verdeckten. Er sah nur, dass Eusebius aufgeregt gestikulierte. Was er dabei sagte, vermochte er nicht zu verstehen, dazu redeten sie zu leise miteinander. Doch als Bruder Scriptoris plötzlich einen Schritt zur Seite machte und sich vorbeugte, konnte Sebastian sehen, was ihre Aufmerksamkeit so sehr in Anspruch nahm.

Im ersten Moment wusste er nicht, was genau er da vor seinen Augen hatte. Er sah etwas Pelziges und viel blutrotes Fleisch. Dann erblickte er das klaffende, im Tod erstarrte Gebiss des Tieres und begriff. Er erschrak und zuckte unwillkürlich vom Fenster zurück, als er erkannte, was da vor den beiden Mönchen auf dem Holztisch lag. Es war der Klosterkater Cato! Der Kadaver des Tieres lag, alle Viere von sich gestreckt, auf dem Rücken und war vom Hals abwärts der Länge nach aufgeschlitzt! Und seine blutigen Innereien ruhten davor in mehreren flachen Tonschalen.

Eusebius hatte Cato seziert!

Aber warum?

Bruder Eusebius griff nun mit der linken Hand zu einer der Schalen, hielt sie Bruder Scriptoris hin und deutete dabei mit einem schmalen, scharfen Messer, das er in die Rechte genommen hatte, auf Teile der blutigen Innereien, während er auf seinen Mitbruder sichtlich erregt einredete. Und Bruder Scriptoris starrte mit bleicher Miene auf das, was der Infirmarius ihm da zeigte und erläuterte.

Sebastian schreckte auf, als er plötzlich Stimmen von der hinteren Klosterpforte hörte, und er beeilte sich, dass er aus dem Kräutergarten kam.

Er mischte sich unter die von den Fischteichen zurückkehrenden Mönche und Konversen. Ihren bestürzten Äußerungen entnahm er, dass Bruder Lombardus mit einer klaffenden Kopfwunde im Wasser neben dem Steg des hinteren Teiches gefunden worden war. Und wie er erfuhr, hatte Bruder Vitus die Mutmaßung geäußert, ihr blinder Mitbruder sei wohl verwirrten Geistes aus der Klausur gewandert, vom Weg abgekommen und auf den kurzen Steg geraten, dort zu Fall gekommen, mit dem Kopf auf einen der Stützpfähle aufgeschlagen und bewusstlos in den Teich gestürzt, wo er dann ertrunken war. Man hatte Blut oben an der Pfahlkante gefunden. Eine schreckliche Tragödie, aber doch nichts anderes als ein Unfall.

Sebastian glaubte kein Wort davon. War der Cellerar mit Blindheit geschlagen, oder wollte er nicht die Zusammenhänge sehen, die doch so deutlich die Handschrift eines Verbrechens trugen? Weder hatte sich Pachomius von inneren Dämonen getrieben aus dem Fenster in die Tiefe gestürzt, noch handelte es sich beim Tod von Bruder Lombardus im Fischteich um einen tragischen Unfall. Der Tod des einen hing mit dem Tod des anderen unmittelbar zusammen und in beiden Fällen musste ein Dritter seine Hand im Spiel gehabt haben!

Der blinde Mönch musste den Mörder des jungen Klosterbruders an seinem Schritt oder an der Stimme erkannt haben, und der Mörder hatte nach Lombardus' Drohung, ihn bei Sonnenaufgang zu entlarven, wenn er seine Tat nicht gestand, keinen anderen Ausweg gesehen, als auch ihn noch für immer zum Schweigen zu bringen! Nur in der Verbindung ergaben die beiden Todesfälle, die sich in so kurzen Abständen ereignet hatten, einen Sinn.

Aber welche Rolle spielten Bruder Eusebius und Bruder Scriptoris bei diesem Verbrechen? Und warum hatte der Kräuterbruder den Kater seziert und den Novizenmeister gedrängt, ihm den aufgeschlitzten Kadaver zu zeigen, während die anderen zu den Fischteichen gerannt waren? Was hatte Cato mit dem Tod der beiden Mönche zu tun? Wie und woran war er gestorben? Und was hatte Eusebius beim Sezieren des Tieres entdeckt, das er dem Novizenmeister so dringend hatte zeigen müssen?

All das stürzte Sebastian in tiefe, ruhelose Verwirrung, die das Verlangen nach einer Klärung in ihm immer stärker werden ließ. Eines jedoch glaubte er jetzt mit Sicherheit zu wissen, nämlich dass Bruder Scriptoris nicht der Mörder sein konnte. Woher er auf einmal diese Gewissheit nahm, wusste er selbst nicht genau. Es hing aber irgendwie mit dem Kadaver des Klosterkaters und den Erklärungen von Bruder Eusebius zusammen, denen der Novizenmeister mit sichtlich bestürzter Miene gefolgt war. Aber wenn der Tod von Bruder Pachomius nichts mit den Flugblättern zu tun hatte, wie er jetzt zu wissen glaubte, was steckte dann hinter dem Verbrechen?

War er am Morgen noch fest entschlossen gewesen, sein Wissen über den Verfasser und Drucker der ketzerischen Flugschriften für sich zu behalten und sich in der Nacht aus dem Staub zu machen, so drängte es ihn nun, vorher noch mit Bruder Scriptoris über die Vorgänge zu reden, ja ihm eine

Erklärung für seine heimliche Drucklegung anonymer Flugschriften abzuverlangen.

Dass der zweite Teil der Disputation, der an diesem Tag wieder vor der Vesper im Kapitelsaal stattfinden sollte, auf einen unbestimmten Tag verschoben wurde, wie Abt Adelphus durch den Prior verkünden ließ, verwunderte niemand.

Sebastian ging davon aus, gleich in der Druckwerkstatt ausreichend Gelegenheit zu haben, mit Bruder Scriptoris unter vier Augen zu reden. Der Mönch würde seine Urheberschaft nicht abstreiten und ihm die Wahrheit verweigern können, wenn er die beiden Flugschriften hervorzog und ihn auf das fehlerhafte W hinwies. Jede der in der Werkstatt verwendeten Lettern hatte der Mönch von eigener Hand gegossen, wie er wusste. Die Gussformen befanden sich in einem der beiden Nebenräume. Da blieb kein noch so geringer Raum für irgendwelche Ausflüchte. Der Novizenmeister würde ihm Rede und Antwort stehen müssen!

Aber nicht mehr an diesem Vormittag, wie Sebastian wenig später erfuhr. Bruder Scriptoris winkte ihn am Fuß des dunklen Treppenaufgangs zu sich, als die Mönche nach der Aufbahrung von Bruder Lombardus in der Nische des Kreuzgangs in gedrückter Stimmung auseinander gingen.

»Schreckliche Dinge, die sich gestern und heute ereignet haben«, sagte er düster.

»Abgründig wäre wohl der treffendere Ausdruck dafür«, erwiderte Sebastian.

Der Novizenmeister runzelte die Stirn, ging jedoch nicht darauf ein. »Hör zu, du begibst dich in die Werkstatt und erledigst dort die Arbeiten, die du ohne meine Aufsicht zu erledigen weißt.«

»Kommt Ihr nicht auch?«, fragte Sebastian verwundert.

»Nein, ich habe heute anderes zu erledigen«, gab der Mönch

vage zur Antwort. »Und wenn du damit fertig bist, meldest du dich bei Bruder Cäsarius.«

»Aber ich muss dringend mit Euch reden!«

Bruder Scriptoris zog die Augenbrauen hoch. »So? Nun, das wird warten müssen. Und so dringend wird es ja wohl nicht sein, dass es nicht noch eine Weile warten kann.«

»Ihr irrt!«, beharrte Sebastian. »Ich weiß, wer Ihr wirklich seid, und will wissen, warum Ihr das getan habt!«

Der Mönch sah ihn nun scharf und wachsam an. »Was soll ich getan haben?«

»Das mit den Flugblättern!«

»Ich weiß nicht, wovon du redest! Und jetzt tu, was ich dir gesagt habe!«, herrschte Bruder Scriptoris ihn schroff an.

»Nein, so werdet Ihr mich nicht los!«, stieß Sebastian hervor. Er war entschlossen, sich nicht für dumm verkaufen zu lassen. »Ich weiß, dass Ihr der Verfasser der beiden Flugblätter seid! Ihr habt nicht nur die Flugschrift *Wider die heidnische Barbarei*, sondern auch das Flugblatt *Wider die Missbräuche und gottlosen Sitten der kirchlichen Fürsten auf Petri Stuhl* heimlich hier im Kloster gedruckt! Und ich kann es sogar beweisen! So wie auch Bruder Pachomius es hätte beweisen können, wenn er nicht plötzlich eines sehr seltsamen Todes gestorben wäre. Also versucht bloß nicht, abzustreiten, dass Ihr der Verfasser und Drucker der Schriften seid!«

Ein Ausdruck blanken Erschreckens trat auf das Gesicht des Mönches. »Um Himmels willen, bist du von Sinnen?«, zischte er. »Weißt du, was du da sagst?«

»Ja, das weiß ich sehr wohl, Bruder Scriptoris! Und ich will auf meine Fragen klare Antworten hören!«

»Allmächtiger! Kein weiteres Wort mehr, hörst du!«, beschwor ihn der Mönch und fuhr sich mit einer fahrigen Geste über die Stirn. »Also gut, wir werden über alles reden und ich werde dir auch die Wahrheit sagen. Aber nicht hier und nicht jetzt. Ich muss dringend in die Stadt und etwas erledigen, das keinen Aufschub verträgt.«

»Wann dann?«

»Wir müssen uns heimlich treffen! Hier haben sogar die Wände noch Ohren!« Er überlegte kurz. »Um zehn heute Nacht in der Werkstatt! Einverstanden?«

Sebastian zögerte einen Moment. Ein heimliches nächtliches Treffen konnte eine Gefahr bedeuten. Doch er glaubte nicht, dass der Mönch finstere Hintergedanken hegte. Bruder Scriptoris mochte ein geheimnisumwitterter Mönch sein, aber Furcht weckte er nicht in ihm. Und da er sich in dieser Nacht sowieso aus dem Kloster schleichen wollte, konnte er das eine gut mit dem anderen verbinden.

»Einverstanden«, sagte er deshalb.

Der Mönch legte ihm seine Hand auf die Schulter. »Verhalte dich in Gottes Namen unauffällig! Lass dir nichts anmerken! Nicht ein Wort zu irgendjemand anderem, hast du mich verstanden? Es könnte dich dein Leben kosten!«, beschwor er ihn. »Ich fürchte, du weißt schon zu viel, Sebastian!« Und mit diesen Worten eilte er davon.

Dass der Mönch ihn nicht mit Laurentius angesprochen, sondern seinen richtigen Namen genannt hatte, den er doch eigentlich gar nicht kennen konnte, dieser Schock traf ihn erst, als er draußen auf dem Hof stand und Bruder Scriptoris nachsah, der neben einem Konversen auf dem Kutschbock eines einachsigen Fuhrwerks saß, das in höchster Eile durch die Klosterpforte entschwand.

Der Mönch wusste, wer er wirklich war!

20

Die Nacht schien sich mit Sebastian verbündet zu haben, als er sich zur verabredeten Stunde mit seiner Ledertasche über der Schulter durch eine der Türen auf der Rückfront aus dem Konventshaus schlich. Eine dichte Wolkendecke verhüllte den Himmel, so dass kein einziger Schimmer Mond- und Sternenlicht zur Erde drang. Es war, als hätte die Nacht ein rabenschwarzes Tuch über das Land geworfen.

Die Luft hatte sich mit Einbruch der Dunkelheit auch nur unmerklich abgekühlt. Die für diesen Monat schon ungewöhnlich starke Sommerhitze, mit der sich die Erde tagsüber ausgiebig gesättigt hatte, entströmte dem Boden so spürbar, als glühten im Erdreich riesige Kohlenbecken.

Kein noch so schwacher Windzug ging, und Sebastian hatte das Gefühl, in eine von unsichtbarem Dampf erfüllte Waschküche geraten zu sein, kaum dass er aus den dicken, kühlenden Mauern des Hauses getreten war. Augenblicklich brach ihm der Schweiß aus.

Es war jedoch nicht allein die drückende Sommerschwüle, die sich ihm auf die Brust legte, während er um das Konventshaus herumlief und sich dann auf den Weg zum alten Fachwerkhaus machte. Dabei hielt er sich im Schutz der flussseitigen Klostermauer. Allen beruhigenden Einreden zum Trotz, dass er von Bruder Scriptoris nichts zu befürchten hatte, beschlich ihn nun doch ein mulmiges Gefühl, als er sich in der beklemmenden Finsternis der einstigen Kornmühle näherte. Und sein Herz schlug auf einmal vor Aufregung in einem heftig hämmernden Rhythmus.

Die schweren hölzernen Schlagläden waren wie gewohnt

vor die Fenster der Druckwerkstatt geklappt und die breiten Eisenriegel vorgelegt. Kein noch so schwacher Lichtschimmer drang durch ihre Ritzen in die Nacht hinaus. Und dennoch wusste Sebastian instinktiv, dass sehr wohl Licht in der Werkstatt brannte und der Mönch dort schon auf ihn wartete.

Warum druckte er heimlich solche Flugschriften, die ihn auf den Scheiterhaufen bringen konnten? Und wieso wusste er, dass er nicht Laurentius, sondern Sebastian hieß? Wer verbarg sich hinter der Fassade des frommen, scheinbar rechtgläubigen Novizenmeisters? Hatte er, Sebastian, sich vielleicht zu leichtsinnig von ihm in Sicherheit wiegen lassen? Was war, wenn sich dieses nächtliche Treffen als raffinierte Falle herausstellte?

Nur ruhig Blut!, ermahnte sich Sebastian. Du siehst Gespenster! Er weiß offenbar längst, wer ich bin. Und wenn er mir feindlich gesonnen wäre, hätte er in den vergangenen Wochen Zeit genug gehabt, mich an den Domherrn zu verraten. Bei unserem Treffen kann es sich daher unmöglich um eine Falle handeln! Ich werde mir anhören, was er mir zu seiner Person zu sagen hat und wieso er meinen wahren Namen kennt. Und dann werde ich mich mit Lauretia aus dem Staub machen!

Das Herz schlug ihm dennoch im Hals, als er Augenblicke später den pechschwarzen Vorraum betrat und leise gegen die Tür zur Werkstatt klopfte.

Umgehend hörte er, wie sich auf der anderen Seite der Schlüssel im Schloss drehte. Die Tür öffnete sich einen Spalt und Kerzenlicht fiel in den Vorraum.

»Komm! … Schnell!«, raunte Bruder Scriptoris und winkte ihn herein.

Sebastian zwängte sich durch die schmale Öffnung und sofort verriegelte der Mönch wieder die Tür hinter ihm.

Sebastians Blick ging unwillkürlich zu den beiden hofseitigen Fenstern, vor denen wie erwartet die mit dickem, schwarzem Tuch bespannten Holzrahmen hingen. »Deshalb also diese Bespannungen! Dachte ich es mir doch! Ihr leidet nicht an lichtempfindlichen Augen, sondern fürchtet die Entdeckung Eurer heimlichen nächtlichen Arbeit!«

»Also gut, halten wir uns nicht mit langen Vorreden auf«, sagte Bruder Scriptoris. »Woher weißt du, dass ich diese Flugschriften verfasst und gedruckt habe? Und wieso hat auch Bruder Pachomius davon gewusst?«

Sebastian klappte die alte Ledertasche auf, in der auch die ausgehöhlte Reisebibel steckte, zog die beiden Flugblätter hervor und faltete sie auseinander. »Pachomius ist es gewesen, der Euch auf die Spur gekommen ist. Denn auf beiden Flugblättern findet sich der Buchstabe W, dem überall der letzte obere Bogen fehlt. Und dieses nicht ganz rein gegossene W stammt eindeutig aus Eurem Setzkasten!«

Mit gefurchter Stirn blickte der Mönch auf die beiden Flugblätter, auf denen Bruder Pachomius die entsprechenden Stellen unterstrichen hatte. »In der Tat! Dass mir das nicht selber aufgefallen ist!«, sagte er verblüfft. »Da sieht man es wieder, dass es oft lächerliche Kleinigkeiten sind, die einen zu Fall bringen können.«

»Da Ihr gerade vom Fallen sprecht«, sagte Sebastian. »Erscheint es Euch nicht auch sehr merkwürdig, dass Pachomius ausgerechnet an dem Tag, an dem er Euch auf die Schliche gekommen ist, angeblich von Dämonen getrieben in den Tod gesprungen ist? Ich denke, Ihr habt mir eine Menge zu erklären! Nicht nur was seinen Tod und Eure lutherischen Flugschriften, sondern auch was meine Person angeht!«

Ein flüchtiges Lächeln huschte über das Gesicht des Mönches, um dann aber sogleich einem ernsten, kummervollen Ausdruck zu weichen. »Du wirst deine Antworten erhalten, aber alles der Reihe nach. Was den entsetzlichen Tod von Bruder Pachomius und Bruder Lombardus betrifft, so hat der nichts mit meinen Flugschriften zu tun.«

»Sie sind ermordet worden!«, platzte Sebastian heraus, der mit seinem Verdacht nicht länger hinter dem Berg halten konnte.

Bruder Scriptoris nickte und ein dunkler Schatten schien über sein Gesicht zu fallen. »Ja, das sind sie zweifellos«, räumte er unumwunden ein. »Bruder Pachomius wurde mit einer hohen Dosis von Blauem Eisenhut vergiftet. Aber der gottlose Mörder hatte es gar nicht auf ihn abgesehen, sondern auf unseren Vater Abt!«

Sebastian riss die Augen auf. »Was sagt Ihr da?«

»Das Gift befand sich in seinem Schlaftrunk, den Bruder Pachomius ihm gestern bringen sollte. Doch der Vater Abt hatte ihn damit wieder weggeschickt, wie ich inzwischen in Erfahrung gebracht habe. Und da hat Pachomius offenbar nicht der Versuchung widerstanden, den honigsüßen Trank selbst zu sich zu nehmen.«

Sebastian fiel es nun wie Schuppen von den Augen. »Natürlich! Die Milch, die Pachomius vor dem Treppenaufgang verschüttet hat! Cato hat die Milchlache aufgeleckt! Deshalb ist der Kater also auch gestorben und von Bruder Eusebius aufgeschnitten und untersucht worden!«, stieß er hervor. Nun fügten sich die einzelnen Steine, die bislang keinen Sinn ergeben wollten, zu einem ebenso klaren wie erschreckenden Bild zusammen.

Der Mönch sah ihn überrascht an. »Du weißt auch davon?«

Sebastian nickte. »Ich habe Euch heimlich dabei beobachtet, wie Ihr mit Bruder Eusebius den sezierten Körper des armen Tieres im Kräuterhaus begutachtet habt, während die anderen zu den Fischteichen gelaufen sind. Es ist also Bruder Eusebius gewesen, der festgestellt hat, woran Bruder Pachomius und der Kater gestorben sind.«

»Ja, er hat gestern Abend gleich den Verdacht gehabt, dass Bruder Pachomius schon tot oder doch so gut wie tot gewesen sein musste, als er aus dem Fenster gestürzt ist… besser gesagt, gestürzt worden ist. Und als er dann heute nach den Vigilien noch den toten Kater gefunden hat, ist er der wahren Todesursache sofort auf den Grund gegangen. Ich wollte es erst nicht glauben, dass einer unserer Mitbrüder zu solch verbrecherischen Taten fähig sein soll, aber die Tatsachen sprechen eine zu deutliche Sprache, um jetzt noch Zweifel zuzulasssen. Der Mörder, der eigentlich unseren Vater Abt ins Grab bringen wollte und nun Pachomius und Lombardus auf dem Gewissen hat, kann nur einer aus unserer Mitte sein!«

»Und Bruder Lombardus musste sterben, weil er von dem Mord an Bruder Pachomius irgendetwas mitbekommen hat«, folgerte Sebastian. »Er muss den Mörder an seinem Schritt oder an der Stimme erkannt haben.«

Der Mönch nickte. »Ja, irgendetwas in der Art muss er bemerkt haben, als der Mörder Pachomius aus dem Fenster gestoßen hat. Vielleicht hat Pachomius sich sogar noch gewehrt oder um Hilfe gefleht. Denn wie Bruder Eusebius mir erklärt hat, dauert es bei einer schweren Vergiftung mit Blauem Eisenhut eine ganze Weile, bis der Tod eintritt. Erst befällt das Opfer ein starkes Kribbeln und Brennen am ganzen Körper, dann erbricht der Vergiftete schleimigen Schaum und schließlich setzt eine Lähmung ein, ohne dass der Sterbende dabei jedoch das Bewusstsein verliert. Er stirbt klaren Sinnes. Ein grässlicher Tod. Aber was genau sich dort oben abgespielt hat, weiß allein der Mörder, der verflucht sei und auf ewig im Fegefeuer brennen möge!«

»Wer mag es denn auf Euren Abt abgesehen haben?«, wollte Sebastian nun wissen. »Und wie konnte er das Gift unbemerkt in den Schlaftrunk mischen? Ich war gestern in der Küche und habe gesehen, wie Bruder Cäsarius die Milch erhitzt und den Honig hineingerührt hat. Wenn er …«

Bruder Scriptoris fiel ihm ins Wort. »Nein, Bruder Cäsarius kommt als Täter nicht in Frage, darin stimme ich mit Bruder Eusebius überein. Er verehrt unseren Abt und wäre zu solch einem Verbrechen nie und nimmer in der Lage. Wir nehmen an, dass sich das Gift im Honig befand. Denn den Honig, mit dem der Schlaftrunk von Abt Adelphus gesüßt wird, bewahrt Cäsarius in einem gesonderten Topf auf, der nur unserem Abt vorbehalten ist. Der Mörder hat das Gift dem Honig vermutlich schon vorher beigemengt.«

»Und wer kommt dann in Frage?«

Der Mönch gab ein kurzes, bitteres Lachen von sich. »Eigentlich nur jemand, der gehofft hatte, dass unser Abt seine Krankheit nicht übersteht, und der es in seinem brennenden Ehrgeiz nicht erwarten kann, bei der nächsten Abtswahl selbst in dieses hohe Amt gewählt zu werden.«

»Also der Cellerar und der Prior«, folgerte Sebastian und verkniff sich den Zusatz, dass auch er, der Novizenmeister, von nicht wenigen als nächster Abt gehandelt wurde.

»Ja, darauf deuten alle Zeichen hin«, pflichtete ihm Bruder Scriptoris bei. »Aber es ist auch möglich, dass ein anderer unserer Mitbrüder ihn loswerden will, weil ihm die strenge Zucht nicht passt und er hofft, dass das Leben bei uns im Kloster unter Bruder Vitus oder Bruder Sulpicius wieder um einiges leichter wird. Aber bei Gott, wir werden es herausfinden, wer hinter den Verbrechen steckt! Und er wird seine gerechte Strafe bekommen!«

»Weiß der Abt, dass man ihm nach dem Leben trachtet?«

Der Mönch schüttelte den Kopf. »Nein, ich bin mit Bruder Eusebius übereingekommen, unser Wissen noch eine Weile für uns zu behalten, bis wir irgendeinen handfesten Beweis in der Hand haben, um den Mörder zu überführen. Wir fürchten, dass unserem Abt diese Nachricht bei seinem angegriffenen Gesundheitszustand im wahrsten Sinne des Wortes das Herz brechen und seinen Tod bedeuten könnte.«

»Aber setzt Ihr ihn damit nicht der ungeheuren Gefahr aus, ahnungslos einem zweiten Anschlag auf sein Leben zum Opfer zu fallen?«, gab Sebastian zu bedenken.

»Nein, das glauben wir nicht. Nach den beiden Todesfällen innerhalb so kurzer Zeit wird sich der Mörder hüten, einen dritten Mord zu wagen. Er wird wissen, dass der eine oder andere von uns den Verdacht hegt, dass an den beiden Todesfällen etwas faul ist. Viele Augen und Ohren werden in nächster Zeit wachsamer sein als bisher. Nein, wer immer der Mörder ist, er wird nach seinem katastrophalen Fehlschlag nicht so dumm sein, es noch einmal mit Gift zu versuchen.«

»Und was genau wollt Ihr und Bruder Eusebius unternehmen, um den Mörder zu stellen?«

Der Mönch seufzte. »Bruder Eusebius ist ein frommer und rechtschaffener Mann, der viel von Kräutern und derlei Dingen versteht, aber leider auch von eher ängstlicher Natur ist. Daher wird die schwere Aufgabe, den Mörder zu entlarven, wohl allein auf meinen Schultern liegen. Eine Aufgabe, die mir noch viel Kopfzerbrechen bereiten dürfte und von der ich nicht weiß, ob ich ihr gewachsen bin. Aber ich vertraue auf Gott und werde tun, was in meiner Macht steht.«

Sebastian hatte noch eine ganze Reihe von Fragen an ihn, vor allem von wem und wieso er wusste, wie er wirklich hieß. Aber er sollte an diesem Ort keine Gelegenheit mehr bekommen, sie zu stellen.

Denn in diesem Moment wurde der lederne Vorhang, der im Durchgang zu einem der Nebenräume hing und vor dem Sebastian stehen geblieben war, mit einem heftigen Ruck zur Seite gerissen. Und eine Stimme sagte höhnisch: »Diese Mühe werde ich Euch ersparen, Ihr verfluchten Ketzer!«

Im selben Augenblick spürte Sebastian eine kalte Messerklinge an seiner Kehle.

»Keiner von Euch rührt sich von der Stelle, sonst steche ich zu!«, drohte der Mann hinter Sebastian. »Und dass ich kein Mann leerer Drohungen bin, dürftet Ihr inzwischen begriffen haben!«

Es war Bruder Sulpicius, der Prior!

21

Grenzenloses Entsetzen ließ Sebastian erstarren. Er gefror in der halben Drehung, zu der er beim Geräusch des hinter ihm zur Seite fliegenden Vorhangs instinktiv angesetzt hatte. Aus den Augenwinkeln nahm er die Hand mit dem Messer wahr, dessen Schneide sich in seine Kehle in der Höhe der Halsschlagader drückte und die Haut merklich spannte.

Bruder Sulpicius hatte sich in der Seitenkammer der Werkstatt, wo sie ihren Papiervorrat und andere Utensilien aufbewahrten, versteckt gehalten und auf sie gewartet! Und das bedeutete, dass er, der heimtückische Mörder der Brüder Pachomius und Lombardus, am Vormittag sein kurzes Gespräch mit dem Novizenmeister am dunklen Treppenaufgang belauscht und ihre Verabredung zu einem nächtlichen Treffen in der Druckerei gehört haben musste!

»Wie gut, dass ich überall stets die Ohren offen halte und zudem auch noch weiß, wo die Nachschlüssel zu allen Räumen hängen! Aber um ein Haar hätte ich Euer Geplauder doch wahrhaftig verschlafen. Bin aber zum Glück noch früh genug hinter den Papierstapeln wieder aufgewacht. Wäre doch zu schade, wenn ich Euer heimeliges Zusammensein hier verpasst hätte. Denn heute Morgen habe ich leider nur einen Teil eures Wortwechsel an der Treppe mitbekommen«, sagte der Prior mit beißendem Hohn. »Nur dass ich auch gleich noch das Geständnis eines verfluchten Ketzers mit anhören würde, der in unserem Kloster heimlich lutherische Flugschriften druckt, hätte ich mir nicht träumen lassen. Das nenne ich wahrlich einen Wink der Vorsehung!«

Auch Bruder Scriptoris war beim plötzlichen Auftauchen des Priors wie vom Donner gerührt neben der Druckpresse zusammengefahren. Das Blut wich aus seinem Gesicht, als er die Tragweite des Geschehens begriff.

»Ihr also habt unseren Vater Abt zu vergiften versucht und den Tod von Pachomius und Lombardus auf dem Gewissen?«, stieß er ungläubig hervor, als könnte er noch immer nicht begreifen, dass sein Mitbruder diese grässlichen Verbrechen begangen hatte.

»Der alte Kauz hat sein Leben gelebt, und es wäre allerhöchste Zeit für ihn gewesen, endlich abzutreten und einem wirklich fähigen Mann auf dem Abtsstuhl Platz zu machen!«, erwiderte Bruder Scriptoris kaltschnäuzig. »Und was diesen von Dämonen besessenen Dummkopf von Pachomius angeht, so hat der sowieso nicht zum Klosterleben getaugt. Was für eine schwache, jämmerliche Gestalt! Eine Schande für jedes Kloster! Und dem alten Lombardus habe ich doch sogar noch einen Gefallen getan, indem ich ihn endlich von seinem Leiden in völliger Finsternis erlöste!«

»Ihr seid zum Mörder geworden!«, stieß Bruder Scriptoris voller Abscheu hervor.

Der Prior lachte auf. »Was für scheinheilige Worte aus dem Mund eines Ketzers, dessen einzig angemessener Platz auf einem lodernden Scheiterhaufen ist!«, höhnte er. »Ich hatte Euch ja schon immer im Verdacht, heimlich Sympathien für die lutheranischen Irrlehren zu hegen. Kein Wunder, dass Ihr Eure Rolle bei der Disputation so überzeugend gespielt habt. Aber dass Ihr einige dieser gottlosen Flugschriften verfasst und auch noch hier in unserem Kloster gedruckt habt, ist ja wohl der Abgrund der Infamie! Dafür gehört Ihr bis aufs Blut gepeitscht, bevor man Euch dem verdienten Feuertod überantwortet!«

»Ich weiß, was und warum ich es getan habe. Und ich war immer bereit, die Strafe für meine Schuld auf mich zu nehmen, sofern es denn überhaupt eine ist«, entgegnete der Novizenmeister mühsam beherrscht. »Das unterscheidet mich von einem feigen Verbrecher Eurer Sorte, der aus den niedrigsten Motiven mordet!«

»Auch ich weiß sehr wohl, was und warum ich es getan habe!«, gab der Prior zurück. »Und von einem Ketzer wie Euch brauche ich mir wahrlich keine Moralpredigten anzuhören.«

»Ihr mögt im Augenblick den Vorteil auf Eurer Seite haben. Aber Eurer gerechten Strafe werdet Ihr nicht entgehen!«, prophezeite Bruder Scriptoris.

»Und wer soll mich zur Rechenschaft ziehen? Ihr vielleicht? Oder etwa dieser unbeleckte Novize hier? Habt Ihr irgendwelche Beweise, die auch nur halbwegs für eine Anklage taugen? Zeugen? Nein, nichts habt Ihr! Und was hier gesprochen wird, hat vor Gericht so viel Wert wie ein Furz auf freiem Feld! Zumal aus dem Mund eines überführten Ketzers.« Der Prior lachte abfällig. »Außerdem kann man jemanden, dessen man nicht habhaft werden kann, schlechterdings vor ein Gericht zerren. Und damit sind wir bei dem, was jetzt zu tun ist, werte Mitbrüder. Denn ich möchte meine Reise, zu der ich mich trotz allem leider genötigt sehe, doch gern mit einem möglichst großen Vorsprung antreten. Also, fangen wir an. Bindet zuerst einmal Euren Gürtelstrick los, lasst ihn neben Euch zu Boden fallen und legt Euch dann bäuchlings auf den Boden! Wenn Ihr Dummheiten macht, schneide ich Eurem Günstling die Kehle auf!«

»Ihr seid ja nicht …«, setzte Bruder Scriptoris zu einem wütenden Einwand an.

»Runter habe ich gesagt!«, donnerte der Prior und erhöhte den Druck der Messerklinge.

Sebastian, der die ganze Zeit nicht einen Ton von sich gegeben und reglos vor dem Prior gestanden hatte, gab nun einen erstickten Aufschrei von sich, als die Schneide seine Haut aufritzte.

»Es liegt ganz bei Euch, ob Laurentius stirbt oder lebt!«, drohte Bruder Sulpicius. »Und wenn Ihr es dann noch schaffen solltet, mich zu überwältigen, werde ich glaubhaft machen können, dass ich Euch beide auf frischer Tat bei Eurer ketzerischen Arbeit ertappt und mich in einem Handgemenge mit dem Novizen nur meiner Haut erwehrt habe!«

»Verflucht sollt Ihr sein!«, stieß Bruder Scriptoris hervor. »Aber gut, Ihr sollt Euren Willen bekommen! Nur tut ihm nichts an!« Er band seinen Gürtelstrick los, ließ ihn zu Boden fallen und streckte sich dann wie befohlen bäuchlings auf den breiten Bohlen aus.

»So, und nun zu dir, Bursche!«, sagte der Prior zu Sebastian. »Du gehst jetzt ganz langsam zu ihm und wirst ihm die Hände mit seinem Strick auf dem Rücken fesseln. Aber glaube nicht, mich übertölpeln zu können! Mein Messer wird nicht eine

Sekunde lang von deiner Kehle weichen. Und machst du eine falsche Bewegung, ist es um dich geschehen. Hast du das verstanden?«

Sebastian nickte stumm, schnürte ihm doch die Angst die Kehle zu.

»Gut, dann setz dich in Bewegung! Aber ganz langsam! Und lass deine Hände unten, wenn du am Leben hängst!«, warnte der skrupellose Mönch.

Sebastian tat, wie ihm geheißen. Mit steifen, fast hölzernen Bewegungen ging er hinüber zu Bruder Scriptoris, während der Prior nicht von seiner Seite wich. Das Messer verlor auch nicht einen Augenblick den Kontakt mit seiner Kehle. Bevor der Prior mit ihm neben dem am Boden ausgestreckten Novizenmeister in die Knie ging, bemerkte er, dass Bruder Sulpicius mit der linken Hand irgendetwas von dem Seitentisch nahm, der zwischen den beiden Hoffenstern stand und auf dem allerlei Gerätschaften lagen. Doch was genau er an sich nahm, vermochte er nicht festzustellen. Ihn beschlich jedoch die beklemmende Ahnung, dass ihnen größeres Unheil drohte, als nur bis zum nächsten Morgen gefesselt in der Werkstatt zu liegen.

Nachdem er Bruder Scriptoris die Hände gefesselt hatte, war es nun an ihm, seinen Gürtelstrick loszubinden und sich mit dem Gesicht nach unten auf den Boden zu legen.

Der Prior schnürte nun ihm die Hände auf dem Rücken zusammen. Dann band er ihnen beiden die Füße mit Schnur zusammen, von der sich reichlich auf den Werktischen der Druckerei fand.

»Ach, ich vergaß da noch etwas zu erwähnen, was Ihr unbedingt wissen solltet«, sagte er mit bösartiger Häme. »Nämlich dass ich höchst persönlich dafür sorgen werde, dass Ihr die Strafe erhaltet, die Ketzern gebührt. Zwar werdet Ihr nicht auf dem Scheiterhaufen und in der Öffentlichkeit sterben, aber immerhin doch im Feuer zur Hölle fahren! Ein so altes Fachwerkhaus wie dieses mit einer Druckwerkstatt voll von Papier wird Euch nicht weniger gierig verzehren!«

»Nein!«, schrie Sebastian in Todesangst auf und wollte sich aufbäumen. Doch da traf ihn schon ein harter Gegenstand am Hinterkopf.

Sein Schrei erstarb jäh in der Kehle wie ein durchtrennter Faden, hallte nur noch einmal in seinem Kopf nach. Und das Letzte, was er wahrnahm, bevor er das Bewusstsein verlor, war der verzweifelte Gedanke, dass er in dieser Nacht sterben und dass seine geliebte Lauretia vergeblich unten am Fluss auf ihn warten würde. Dann stürzte er in die Finsternis der Ohnmacht, und jegliches bewusste Denken in ihm erlosch wie ein schwaches Kerzenlicht, über das ein schweres dunkles Tuch geworfen wurde.

22

Die ihn umfangende Schwärze war wie brennendes, flüssiges Pech, das ihm in Nase und Mund drang und ihn zu ersticken drohte. Verzweifelt rang er nach Atem, während sein Bewusstsein darum kämpfte, die wabernden Nebel in seinem Kopf zu durchdringen.

Ein heftiger Stoß, der Sebastian in die Rippen fuhr und einen stechenden Schmerz durch seinen Körper jagte, riss ihn schließlich endgültig aus der Ohnmacht. Er schlug die Augen auf und wollte schreien, doch irgendetwas saß fest wie ein Pfropfen in seinem Mund und ließ nur einen erstickten Laut hinaus.

Es dauerte einen Moment, bis er begriff, dass der Prior ihn nicht nur gefesselt, sondern ihm auch den Mund mit einem Knebel verschlossen hatte. Sein verstörter Blick registrierte schwere, vor ihm aufragende Balken, bei denen es sich um die klobigen Standbeine der Druckpresse handelte. Wild flackernder, roter Schein tanzte über das hölzerne Gestell. Und Hitze fuhr ihm wie ein glühender Windhauch in den Nacken.

Wieder erhielt er einen Stoß in die Seite, diesmal nicht gar so heftig, jedoch begleitet von einem gedämpften Laut. Er warf sich mit einem Ruck herum – und sah nun Bruder Scriptoris, der wie er gefesselt und geknebelt am Boden lag. Und im selben Moment fiel sein Blick auf das lodernde Flammenmeer, das nur wenige Schritte hinter ihnen bei der Tür und vor den beiden Fenstern aus hohen Stapeln von Papier und Holzkisten aufstieg. Die Flammen leckten schon an den Wänden aus Fachwerk und den stoffbespannten Holzrahmen hoch. Nicht mehr lange, und das Feuer würde mit rasender Zerstörungswut von dem ganzen Gebäude Besitz ergriffen haben!

Der verbrecherische Prior hatte nie vorgehabt, sie am Leben zu lassen und sich durch ihre Fesselung nur einen Vorsprung für seine angebliche Flucht zu verschaffen! Er wollte, dass sie in diesem Feuer umkamen und sie ihr Wissen um seine Mordtaten mit in den Tod nahmen! Fest darauf vertrauend, dass damit jede Gefahr der Entlarvung für ihn gebannt war und dass Bruder Eusebius nicht die Entschlossenheit besaß, nach handfesten Beweisen für seinen Verdacht zu suchen.

Panische Todesangst befiel Sebastian. Und in kopfloser Verzweifelung versuchte er, sich über den Boden krümmend und robbend vor dem sich schnell ausbreitenden Feuer in Sicherheit zu bringen. Dabei wusste er, dass die Werkstatt nur über einen Ausgang verfügte. Und dort tobte schon jetzt ein Feuer, das jegliche Flucht auf diesem Weg unmöglich machte.

Dasselbe galt für die Fenster. Und wenn erst einmal das alte, pulvertrockene Gebälk in Flammen stand, gab es kein Entkommen mehr. Denn die beiden angrenzenden Kammern verfügten nur über schießschartenschmale Öffnungen im Mauerwerk, die auf den Fluss hinausgingen. Höchstens ein kleines Kind hätte sich da hindurchzwängen können. Auch würde sie keiner hören, wenn sie dort auf den Fluss hinaus nach Hilfe schrien, sofern sie überhaupt dazu in der Lage gewesen wären.

Bruder Scriptoris kroch hinter ihm her, trat erneut nach ihm und stieß kurze, erstickte Laute aus, die trotz ihrer Unverständlichkeit etwas seltsam Dringendes, ja fast Beschwörendes an sich hatten. Sebastian warf sich erneut zu ihm herum und verstand nicht, was der Mönch von ihm wollte. Sie mussten doch weg von dem Flammenmeer, dessen Hitze schon auf ihrer Haut brannte!

Der Novizenmeister schob sich hastig an ihn heran und nickte dabei heftig mit dem Kopf, während er seinen Blick auf Sebastians Hüfte richtete.

Sebastian wusste noch immer nicht, was der Mönch wollte, folgte aber der Richtung seines Blickes und stellte nun fest, dass er noch immer sein Messer an der Hüfte trug. Der Prior war sich seiner Sache so sicher gewesen, dass er es offenbar nicht für nötig gehalten hatte, ihnen ihre Messer abzunehmen.

Und als Bruder Scriptoris sich nun auf die Seite drehte, so dass seine auf dem Rücken gefesselten Hände ihm zugewandt waren, verstand Sebastian auf einmal, was er vorhatte.

Er wollte ihm das Messer aus der Scheide ziehen!

Neue Hoffnung, dem Feuertod vielleicht doch noch entkommen zu können, verjagte die panische Angst, und Sebastian drehte sich ihm nun so zu, dass Bruder Scriptoris sein Messer zu fassen bekommen konnte.

Der Mönch zog es aus der Lederscheide, hielt es mit festem Griff und blieb ganz ruhig liegen.

Sebastian wusste, was er jetzt zu tun hatte. Er drehte ihm ebenfalls den Rücken zu, führte seine gefesselten Hände an das Messer heran und bewegte die Hände ruckartig über die scharfe Klinge. Mehrmals rutschte er ab und das Messer schnitt ihm in den Arm und in den Handballen. Aber den Tod so nah vor Augen, spürte er den Schmerz kaum.

Plötzlich merkte er, wie sich der Strick um seine Gelenke lockerte. Ein letzter kräftiger Ruck zerriss die restlichen Fasern. Mit blutigen Händen befreite er sich vom Knebel, warf sich dann zu Bruder Scriptoris herum, nahm ihm das Messer ab und durchtrennte hastig seine Fesseln. Als Letztes durchtrennte er den Strick, der seine Beine zusammenschnürte.

»Dem Himmel sei Dank, dass Ihr nicht den Kopf verloren und diesen genialen Einfall gehabt habt!«, stieß Sebastian hervor, dabei heftig nach Atem ringend.

»Es ist wohl Gottes Wille, dass unsere Stunde noch nicht gekommen ist«, erwiderte der Mönch und warf einen besorgten Blick auf Sebastians Handgelenke, während er wankend auf die Beine kam. »Hast du dich sehr verletzt?«

Sebastian schüttelte den Kopf. »Nur ein paar leichte Schnittwunden. Nichts, was nicht schnell verheilen würde, wenn …« Der immer dichter werdende Rauch ließ ihn husten und weiter nach hinten zurückweichen. Auch kehrten Todesangst und Hoffnungslosigkeit zurück. »… wenn wir denn nur eine schwache Chance hätten, dieser Feuersbrunst zu entkommen. Aber lebend schaffen wir es nie und nimmer durch die Flammenwand vor der Tür und den Fenstern. Zumal die von außen ja auch noch fest verriegelt sind! Dieser verfluchte Teufel hat dort alles Brennbare aufgetürmt, was er hier nur finden konnte! Wir sind verloren!«

»Du irrst!«, widersprach Bruder Scriptoris, während er ihn am Arm packte und in Richtung der hinteren Seitenkammer zog. »Sulpicius hat bei seinem teuflischen Plan einen entscheidenden Fehler gemacht. Wäre er während der Stunden des Wartens auf uns in der vorderen Kammer nicht eingeschlafen, hätte er sicherlich gemerkt, dass ich nicht dort durch die Tür in die Werkstatt gekommen bin, sondern durch einen geheimen Zugang, von dem nur ich weiß.«

Ungläubig sah Sebastian ihn an. »Es gibt einen geheimen Ausgang?«, wiederholte er erregt.

»Ja, einen unterirdischen Geheimgang, der noch aus der Zeit stammt, als hier einmal ein Rittergut stand. Er diente den Bewohnern, um bei einem feindlichen Angriff unbemerkt von der kleinen Burganlage hier in die Mühle und hinunter ans Flussufer entkommen zu können. Aber halten wir uns nicht länger mit Reden auf!«, drängte der Mönch. »Es wird Zeit, dass wir verschwinden!«

Sebastian folgte dem Mönch in den zweiten Lagerraum und zerrte hinter einer hohen Stellage, neben der eine verglaste Handlaterne mit brennender Kerze an einem Wandhaken hing, einen alten, abgewetzten Teppich zur Seite. Darunter kam eine quadratische Luke mit einem eisernen Zugring zum Vorschein.

Bruder Scriptoris zog die Luke auf, nahm die Laterne vom Haken und stieg die schmale Steintreppe hinunter. »Zieh die Luke hinter dir zu!«, rief er Sebastian über die Schulter zu. »Mit etwas Glück wird nach dem Feuer, wenn hier alles in rauchenden Trümmern liegt, lange Zeit nichts auf den Geheimgang hinweisen. Und Sulpicius wird uns für tot halten. Ich denke, das dürfte auch in deinem Sinne sein.«

Sebastian folgte seiner Anweisung. Augenblicklich umfing

sie modrig feuchte Dunkelheit, die vom Kerzenlicht nur wenige Schritte vor und hinter ihnen erleuchtet wurde.

Der unterirdische, gemauerte Gang war gerade breit genug, um einem kräftigen Mann mit einem Schwert an seiner Seite ausreichend Platz zu bieten. Die niedrige, rundgewölbte Decke zwang sie jedoch dazu, sich in leicht geduckter Haltung vorwärts zu bewegen. Schimmelgewächse und moosige Flechten bedeckten das alte, teilweise schon sehr schadhafte Mauerwerk, über das der Lichtschein der Handlaterne tanzte. Auch fanden sich auf dem Boden zahlreiche Wasserlachen, die auf die Nähe des Flussufers und durchsickerndes Grundwasser hinwiesen.

»Flüchten wir hinunter an den Fluss?«, fragte Sebastian mit gedämpfter Stimme, als fürchtete er, an diesem ihm unheimlichen Ort allzu sehr die Stimme zu heben.

»Nein, die einstige Abzweigung zum Flussufer ist nicht mehr begehbar und wohl schon vor langer Zeit eingestürzt«, teilte ihm der Mönch mit. »Wir nehmen den Hauptgang, der in einem der Kellergewölbe des Konventshauses endet. Als das Kloster vor gut hundertzwanzig Jahren gebaut wurde, hat man offenbar noch von dem unterirdischen Gang gewusst und ihn in die Errichtung des Gebäude miteinbezogen. Aber später muss er dann in Vergessenheit geraten sein.«

»Und wie habt Ihr davon erfahren?«

»Als ich hierher kam, befand sich die Bibliothek in einem äußerst desolaten Zustand. Als ich mich ihrer annahm und Ordnung in das Chaos brachte, stieß ich auf eine alte Kiste, in der sich allerlei Papiere befanden«, berichtete Bruder Scriptoris, während sie dem feuchten Gang folgten. »Das meiste davon ohne jeden Wert. Doch in einem alten Hauswirtschaftsbuch fand ich vor dem hinteren Deckel einen Teil der einstigen Baupläne des Rittergutes. Und dort war der Geheimgang eingezeichnet.«

»Der Euch natürlich sehr nützlich war, um sich nachts unbemerkt vom Konventshaus in die Druckerei zu schleichen und dort Eurer geheimen Tätigkeit als Drucker lutherischer Schriften nachzugehen«, folgerte Sebastian.

»Ich würde sie nicht lutherische Schriften nennen, sondern Aufrufe zu einer wahrhaft christlichen Gesinnung«, erwiderte der Mönch. »Denn nicht alles, was Luther anprangert und in der römisch-katholischen Kirche verändert sehen wollte, ist ketzerisch und völlig neues Gedankengut. Es gab Jahrhunderte währende Zeiten, da hätte er mit einem Großteil seiner heute so umstürzlerisch anmutenden Forderungen eigentlich nur das beschrieben, was in der Kirche ganz selbstverständlich gelehrt und gelebt wurde. Erst als die Stellvertreter Christi in Rom und die Bischöfe anderswo auch zu immer mehr weltlicher Macht gelangten und darüber ihren wahren göttlichen Auftrag immer mehr vernachlässigten, schlugen die Herrschenden in der Kirche einen unseligen Kurs ein, der zu den vielen Missständen und dem schändlichen Machtmissbrauch führten, die Luthers Aufbegehren und im Zuge der unglücklich verlaufenden Auseinandersetzungen mit Rom dann letztlich die Kirchenspaltung zur Folge gehabt haben. Nein, ich sehe mich trotz allem, was ich geschrieben und getan habe, noch immer als treuen Diener der römisch-katholischen Kirche. Sie ist nicht vom Teufel und vom Antichrist geleitet, wie Luther in seiner Vorliebe für Übertreibungen gern wettert, sondern sie ist krank an einigen Gliedern und bedarf mutiger Reformen. Aber darüber können wir gern an einem anderen Ort und zu einer anderen Zeit reden. Wir sind jetzt nämlich gleich am Ende des Gangs, und dann heißt es, höchst wachsam zu sein. Wir müssen damit rechnen, dass der Portarius oder irgendein anderer das Feuer inzwischen bemerkt und Alarm geschlagen hat!«

»Und wann sagt Ihr mir, wieso und von wem Ihr wisst, dass ich nicht Laurentius, sondern Sebastian heiße?«, wollte Sebastian wissen.

»Wenn wir in Sicherheit sind und die nötige Zeit dafür haben. Denn das ist eine längere Geschichte«, gab Bruder Sriptoris zur Antwort.

Im nächsten Moment hatten sie die alte, bröckelnde Steintreppe erreicht, die aus dem unterirdischen Gang hinauf in eines der Kellergewölbe des Konventshauses führte.

»Wartet!«, raunte Sebastian und hielt den Mönch an der Schulter zurück. »Ihr habt mir noch nicht gesagt, was nun werden soll! Habe ich Euch vorhin recht verstanden, dass Ihr nicht vorhabt, zu Euren Mitbrüdern zurückzukehren?«

»So ist es. Was hier geschehen ist, hat mich zu der Überzeugung gebracht, dass dieses Kloster nicht länger der Ort ist, wo Gott mich haben will. Nicht, dass ich schon Pläne hätte, wohin mich mein Lebensweg führen soll. Aber ich vertraue darauf, dass der Allmächtige mich schon richtig leiten wird, so wie er es stets getan hat.«

»Und was wird aus dem Prior? Wollt Ihr ihn ungestraft davonkommen lassen, nachdem er zwei Eurer Mitbrüder kaltblütig ermordet hat und uns im Feuer umkommen lassen wollte?«

»Mach dir darüber keine Gedanken. Es gibt mehr als nur irdische Gerechtigkeit. Sulpicius wird seiner Strafe nicht entgehen. Ich werde dafür sorgen, dass Abt Adelphus, Bruder Vitus und Bruder Eusebius von allem Kenntnis erhalten und die Tage des Priors hier im Kloster gezählt sind«, versicherte der Mönch. »Aber viel wichtiger ist, was aus dir wird. Ich werde tun, was in meiner Macht steht, um für deine Sicherheit zu sorgen – und mit Gottes Beistand vielleicht dabei zu helfen, deinen Vater zu retten.«

»Ihr wisst, wer mein Vater ist?«, fragte Sebastian aufgeregt.

»Ja, wir kennen uns und schätzen einander.«

»Sagt, wer ist mein Vater? Und wie heiße ich wirklich mit Nachnamen?«, bedrängte Sebastian ihn sofort.

»Nicht jetzt! Habe noch ein wenig Geduld, bis wir in Sicherheit sind und Zeit für ein langes Gespräch haben!«

»Nur seinen Namen! Bitte!«, flehte Sebastian inständig und griff nach seinem Arm.

Der Mönch, der seinen Fuß schon auf die unterste Steinstufe gesetzt hatte, zögerte kurz. Dann wandte er sich zu ihm um. »Also gut, ich werde dir seinen Namen nennen. Aber versprich, dass du dann erst einmal Ruhe gibst.«

»Ihr habt mein Wort!«, versprach Sebastian und sein Herz schlug wie wild. Jetzt würde er endlich erfahren, wie er wirklich hieß und wer sein leiblicher Vater war!

»Der Name deines Vaters ist Ekkehard von Wittgenstein«, eröffnete ihm Bruder Scriptoris. »Er ist der zwei Jahre jüngere Bruder des Domherrn Tassilo von Wittgenstein!«

23

Wild lodernder Flammenschein zerriss die tiefe Finsternis der Nacht über der Abtei und tauchte den weiten Klosterhof in ein gespenstisches Licht, das bis zur dichten Wolkendecke aufzusteigen schien, als wollten die Flammen auch noch den Himmel in Brand setzen. Aus den Unterkünften liefen die Mönche und Konversen unter wildem Geschrei zusammen. Die ersten hatten sich schon mit Eimern bewehrt und schöpften Wasser aus den Brunnen, während andere eine Kette bildeten, um die vollen Eimer weiterzureichen, das Wasser ins Feuer zu schleudern und vor allem zu verhindern, dass der Brand durch Funkenflug auf die Wirtschaftsgebäude bei der Pforte überspringen konnte. Denn dass die einstige Kornmühle nicht mehr zu retten war und unweigerlich bis auf ihre Grundfesten niederbrennen würde, für diese Gewissheit genügte schon ein einziger Blick auf die Flammen, die nicht nur aus den Fenstern schossen, sondern inzwischen auch schon aus dem Dachstuhl loderten und unter donnerndem Prasseln ihr Werk der Vernichtung verrichteten.

Alle Augen waren auf das Feuer gerichtet. Niemand bemerkte bei dem Tumult auf dem Klosterhof die beiden schemenhaften Gestalten, die hinter der Abteikirche auftauchten, hastig den kleinen Hang zum Obsthain erklommen und sich im Schutz der hinteren Bäume und der Klostermauer in Richtung der Baustelle schlichen, wo mit dem Wiederaufbau des Gästehauses und einem Teil der schon vor Monaten niedergebrannten Stallungen begonnen worden war.

Sebastian vergaß für einen kurzen Moment die schockierende Nachricht, dass sein leiblicher Vater der Bruder des Domherrn war, und blieb unwillkürlich stehen, als er zwischen den Bäumen hindurch auf das lichterloh brennende Fachwerkhaus blickte. Er schauderte, als er daran dachte, dass er und Bruder Scriptoris nur dank der Geistesgegenwart des Mönches und des geheimen unterirdischen Ganges dem scheinbar unabwendbaren Tod dort in den tobenden Flammen entkommen waren.

»Los, weiter!«, flüsterte Bruder Scriptoris und zupfte ihn am Kuttenärmel. »Hier gibt es nichts mehr für uns zu tun!«

Sebastian löste sich von dem ebenso entsetzlichen wie faszinierenden Bild, das die fürchterliche Naturgewalt des Feuers in die Nacht malte. Er folgte dem Mönch und schlüpfte mit ihm wenige Augenblicke später durch das Balkengerüst, das mit dem Holz aus Dornfelds Sägemühle an der oberen Brandstelle mittlerweile errichtet worden war. Von dort über die halb eingestürzte Mauer ins Freie zu gelangen stellte keine Schwierigkeit dar. Zwar hatte man indessen die Trümmer weggeräumt, jedoch noch nicht damit begonnen, die Lücke wieder zu schließen.

Der Mönch wollte zur Landstraße hoch, doch Sebastian zog ihn hinter ein hohes Gebüsch, um ihm von Lauretia und ihrem vereinbarten Treffen an der einsamen Uferstelle jenseits des kleinen Wäldchens zu berichten.

»Ich möchte sie nicht verpassen«, fügte Sebastian noch hinzu. »Zudem sind wir dort erst einmal sicherer als auf der Landstraße. Das Feuer ist bestimmt meilenweit zu sehen, und womöglich würden wir auf Bauersleute von den umliegenden Gehöften stoßen, die Hilfe leisten oder sich den Brand nicht entgehen lassen wollen. Und zwei Kuttenträger, die sich eiligst in die andere Richtung davonmachen, könnten dann sehr leicht Argwohn erwecken und zum Gerede werde.«

»Du hast Recht«, pflichtete ihm der Mönch bei, und ein schwaches Schmunzeln huschte über sein Gesicht, als er hinzufügte: »Von einem solchen Treffen kamst du also in jener Nacht, als wir einander im Vorraum der Werkstatt überraschten.«

Sebastian zuckte leicht verlegen die Achseln. »Wir hatten beide unsere Geheimnisse, obwohl Ihr davon eine Menge mehr zu haben scheint als ich. So habt Ihr mir noch immer nicht gesagt, woher Ihr meinen wahren Namen kennt, von wem er Euch verraten worden ist und was es mit Eurer Bekanntschaft mit meinem Vater auf sich hat … um nur einige der Fragen zu nennen, auf die ich gern eine Antwort hätte.«

»Du wirst sie erhalten, Sebastian von Wittgenstein«, versichterte Bruder Scriptoris und sprach zum ersten Mal seinen vollständigen Namen aus. »Aber führe mich erst einmal an diesen versteckten Ort am Fluss, wo du dich mit deiner Lauretia verabredet hast. Bevor sie kommt, haben wir vielleicht Zeit, dass ich dir die verworrene Geschichte in aller Ruhe erzählen kann.«

»Einverstanden, aber ich werde Euch beim Wort nehmen!«, sagte Sebastian. Er war entschlossen, sich nicht noch einmal auf einen späteren Zeitpunkt vertrösten zu lassen.

»Das kannst du. Ich werde dir nach bestem Wissen Rede und Antwort stehen, Sebastian«, versicherte Bruder Scriptoris. »Aber erwarte von mir nicht die Lösung aller Fragen …«

DRITTER TEIL

Die uneinnehmbare Festung

JULI 1527

1

Die Leuchtkraft des Feuers war so gewaltig, dass es die schwüle, wolkenverhangene Nacht auch noch eine gute Meile vom Kloster entfernt mit seinem Schein erhellte. Und wenn sie zwischen den Bäumen hindurch flussabwärts blickten, konnten Sebastian und Bruder Scriptoris den Eindruck gewinnen, als hätten sich dort unten die dunklen Fluten des Inn in einen glutroten Strom verwandelt. Sie saßen nicht auf jener grasbewachsenen Stelle Ufer, wo sich Sebastian mit Lauretia bei ihren nächtlichen Treffen niedergelassen hatte, sondern sie hatten wegen des hellen Feuerscheins sicherheitshalber einen Platz weiter oben am Waldrand gewählt, wo man sie auch vom anderen Ufer aus nicht entdecken konnte. Denn sie konnten jetzt nicht vorsichtig genug sein und wollten ihr Glück nicht über Gebühr auf die Probe stellen.

»So, jetzt gilt es, Euer Wort einzulösen!«, forderte Sebastian den Mönch auf. »Ich höre!«

Bruder Scriptoris atmete tief durch. »Tja, wo soll ich anfangen?«, fragte er sich selbst.

»Am besten damit, woher Ihr meinen Namen kennt«, schlug Sebastian vor.

Der Mönch schüttelte den Kopf. »Nein, das hieße das Pferd von hinten aufzäumen. Beginnen wir besser mit der Geschichte, wie ich deinen Vater kennen lernte und von ihm erfuhr, dass er einen Sohn in der Nähe von Passau bei seiner Schwägerin zurückgelassen hatte.«

»Gisa von Berbeck war meine Tante?«, stieß Sebastian überrascht hervor.

»Ja, sie war die ältere Schwester deiner Mutter, die das große Unglück traf, bei deiner Geburt während einer stürmischen Winternacht zu sterben«, teilte ihm Bruder Scriptoris mit. »Ein schwerer Schicksalsschlag für deinen Vater, der sich die Schuld daran gab, dass seine Frau Margarete ihre Niederkunft nicht überlebte – und nicht ganz zu Unrecht. Denn dein Vater, der damals ein junger Mann war und nach eigenem Eingeständnis auch zu einer gewissen Sorglosigkeit und Leichtlebigkeit neigte, glaubte seiner Frau in jener Tagen nicht, dass ihre Zeit schon gekommen war. Der Tag ihrer Niederkunft hätte nach Berechnung der Hebamme ja auch erst in einigen Wochen sein sollen. Und so feierte er weiter mit seinen Freunden, die damals in seinem Haus zu Gast waren. Als in jener Nacht dann doch die Wehen einsetzten, verhinderte der eisige Sturm, dass die Hebamme noch rechtzeitig bei deiner Mutter eintraf. Obwohl nicht sicher ist, ob sie deine Mutter hätte retten können.«

Erschüttert von der Geschichte, saß Sebastian an den Baum gelehnt und kämpfte mit den Tränen, unfähig, ein Wort herauszubringen. Irgendwie hatte er in den vergangenen Monaten immer noch gehofft, eines Tages nicht nur seinem leiblichen Vater, sondern auch seiner Mutter gegenüberzustehen. Und nun erfuhr er, dass seine Geburt ihr den Tod gebracht hatte.

Tröstend legte ihm der Mönch seine Hand auf die Schulter und schwieg eine Weile, wohl weil er wusste, dass Sebastian diese traurige Nachricht erst einmal verwinden musste, um sich auf das Weitere, das er ihm mitzuteilen hatte, konzentrieren zu können.

»Dein Vater und deine Mutter haben sich sehr geliebt, Sebastian«, fuhr er schließlich fort. »Der Schmerz und der Kummer über den Verlust seiner geliebten Frau, mit der er kaum zwei Jahre verheiratet gewesen war, stürzten deinen Vater, zerrissen von heftigen Selbstvorwürfen, in tiefe Trübsal. Um seine Schuld zu büßen, beschloss er, seine Stellung als studierter Theologe und Kirchenjurist aufzugeben und als Wandermönch das Evangelium zu predigen. Er verkaufte sein Haus, verteilte ein Großteil seines Geld unter die Armen, gab dich in die Obhut seiner Schwägerin und seines Schwagers, denen er auch den Rest seines Vermögens, das sie für dich verwalten sollten, anvertraute. Denn außer seinem älteren Bruder Tassilo, der damals noch nicht die mächtige Stellung eines Passauer Domherrn inne hatte, hatte er keine weiteren Familienangehörigen mehr. Und wie das Schicksal es wollte, gelangte er auf seinen rastlosen Wanderungen eines Tages auch nach Wittenberg, und zwar genau zu jener Zeit, als Martin Luther seine ersten aufrüttelnden reformatorischen Schriften verfasst hatte, also in den letzten Wochen des Jahres 1517. Sofort wurde er einer seiner glühendsten Anhänger und besuchte jede Vorlesung, die Luther in der Universität von Wittenberg hielt. Dort lernten wir uns kennen. Denn zur gleichen Zeit hatten mich meine Klosteroberen dorthin geschickt, damit ich nach meinem Theologiestudium auch noch den Doktorgrad erwarb.«

»Ihr habt also zusammen mit meinem Vater Luther predigen gehört?«, fragte Sebastian verblüfft.

Der Mönch lächelte. »Ja, im Vorlesungssaal und von der Kirchenkanzel der mittlerweile berühmten Schlosskirche. Es war eine ungeheuer aufregende Zeit. Wir alle glaubten damals noch, dass endlich ein frischer Wind unsere heilige Mutter Kirche durchwehen und die große Wende der Reformation einleiten würde, die vor Luther doch schon so viele andere angesehene Theologen angemahnt hatten. Und keiner konnte auch nur im Traum ahnen, dass es anstelle der dringend notwendigen Erneuerung zu einer unseligen Kirchenspaltung kommen würde. Doch je mutiger Luther in seinen Forderungen und leider auch in so manchen Ausfällen gegen den Papst und die Kirchenfürsten wurde und je vehementer Rom ihn als Ketzer verdammte und ihn auf dem Scheiterhaufen brennen sehen wollte, desto unüberwindlicher wurden die Positionen, die anfangs doch gar nicht so weit auseinander lagen, wie es heute den Anschein hat. Mit ein wenig Vernunft und dem demütigen Eingeständnis eigener Unzulänglichkeiten und verurteilungswürdiger kirchlicher Missstände auf der Seite Roms hätte der Streit ein gutes und für die Christenheit segensreiches Ende nehmen können. Tragischerweise war unserem Papst Leo X. und der Kurie, korrumpiert von vielfältigen weltlichen Gelüsten, der reine Machterhalt jedoch wichtiger als die unmissverständliche Botschaft des Evangeliums und die Einheit der Kirche. Und das gilt leider auch für unseren jetzigen Papst Clemens VII. Und so nahmen die Dinge ihren unseligen Lauf. Ach, wäre dem frommen Papst Hadrian VI. aus den Niederlanden damals doch ein langes Leben und vor allem mehr Durchsetzungskraft beschert gewesen! Er begann den Reichstag zu Nürnberg 1522 doch wahrhaftig mit einem Schuldbekenntnis der Kirche! Er wollte wirklich Ernst machen und wurde zu einer echten Gefahr für die Kurie und die Kirchenfürsten. Doch man stellte ihn kalt, machte ihn zu einem einsamen Mann, und dann ereilte ihn ein viel zu früher Tod. Was wäre geschehen, wenn Hadrian schon zu Beginn von Luthers Kampf gegen die kirchlichen Missstände Papst gewesen wäre, mehr Einfluss auf die Kurie gehabt hätte und heute noch immer auf dem Stuhl Petri sitzen würde! Dann wäre alles anders gekommen.«

Es folgte eine lange, gedankenschwere Pause, in der Bruder Scriptoris wohl seinen Erinnerungen an seine Wittenberger Zeit nachhing und kummervoll an die kurze, bedeutungslose Amtszeit von Papst Hadrian dachte.

»Übrigens bist du deinem Vater nie gleichgültig gewesen«, nahm der Mönch seine Erzählung schließlich wieder auf. »Er hat sich sogar mehrfach der nicht geringen Gefahr ausgesetzt, unter falscher Identität hierher zu reisen und dich auf *Erlenhof* zu besuchen, um dich wenigstens dann und wann einmal für einige Stunden wiederzusehen.«

Sebastian furchte die Stirn, erinnerte er sich doch sofort an jenen merkwürdigen Gast seiner Zieheltern, der stets am späten Abend auf ihrem Landgut eintraf, sich angeblich auf der Durchreise befand und am nächsten Morgen schon wieder abgereist war – und der so großes Interesse an ihm gezeigt, ihm Sagen und Märchen vorgelesen und sich auch anderweitig mit ihm beschäftigt hatte, als wäre er in Kinder vernarrt. »Nannte er sich Johannes Richling?«

Der Mönch nickte. »Das war in der Tat der falsche Name, den er auf seinen Reisen zu dir benutzte«, bestätigte er. »Aber in den letzten Jahren war die Gefahr einer zufälligen Entdeckung zu groß geworden, so dass er sich gezwungen sah, von weiteren Besuchen abzusehen, allein schon zu deinem Schutz. Und glaube mir, er hat sehr darunter gelitten.«

Eine ganze Weile überließ Sebastian sich der aufwühlenden Erkenntnis, dass er seinen Vater sehr wohl kannte und er bei seinen Besuchen auf *Erlenhof* viele Stunden mit ihm verbracht hatte, von deren Kostbarkeit er nichts geahnt hatte. Schließlich jedoch drängten sich wieder andere Fragen in seine Gedanken.

»Aber dann habt Ihr Euch doch von Luther abgewandt und seid hierher nach Passau ins Kloster geflüchtet«, gab Sebastian ihm nach einer Weile das Stichwort für die Fortsetzung seiner

Lebensgeschichte, die mit der seines Vaters und irgendwie wohl auch mit der seines Onkels väterlicherseits, des Domherrn Tassilo von Wittgenstein, verbunden war.

Dem Mönch entfuhr ein leiser Seufzer. »Ja, ich sah keine andere Wahl, weil ich mit Luthers zunehmender Radikalität nicht einverstanden war. So etwa mit der Auflösung der Klöster, die nicht selten unter Gewaltanwendung betrieben wurde, und mit der kompromisslosen Lehre, allein auf dem Ehestand und nicht auf dem monastischen Leben ruhe göttlicher Segen. Dies und anderes konnte ich nicht gutheißen. Es widersprach meinem Selbstverständnis und dem, was in der Heiligen Schrift zur Ehelosigkeit geschrieben steht. Hätte Luther jedem die freie Wahl gelassen und dem Mönchstum in seiner Lehre einen angemessenen, ehrenvollen Platz gelassen, wäre meine Entscheidung gewiss anders ausgefallen. So aber musste ich mir ein neues Kloster suchen. Und da ein Studienfreund gute Beziehungen zu Abt Adelphus unterhielt und dieser mir großherzig Aufnahme in seinem Konvent anbot, kam ich in dieses Kloster.«

»Weiß der Abt um Eure … nun ja, gewisse Sympathien für zumindest einige von Luthers Lehren?«

Bruder Scriptoris nickte. »Wir haben zwar nie völlig offen darüber geredet, aber dennoch weiß ich, dass auch er eine Reform unserer Kirche und ihrer geistlichen Führer für längst überfällig hält. Nicht von ungefähr hat er seine Mönche bei der Disputation Luthers Lehren in aller Deutlichkeit ausgesetzt. Und dass er dabei ausgerechnet mir die Rolle des Luther gab, ist auch sehr durchdacht gewesen, wusste er doch, dass kein anderer der Mitbrüder sich die Mühe gemacht hätte, Luthers Reformansätzen Gerechtigkeit widerfahren zu lassen, auch wenn er mit ihnen vertraut gewesen wäre.«

»Jetzt verstehe ich vieles besser, was Euch betrifft«, sagte Sebastian. Allerdings konnte er seine Ungeduld nun nicht länger bezähmen und wollte endlich zum Kern des Geheimnisses kommen, das Ansgar und Elmar den Tod gekostet und ihn in größte Lebensgefahr gebracht hatte. »Aber jetzt offenbart mir endlich, wer Euch gesagt hat, wer ich wirklich bin, was mit meinem Vater ist und warum mein eigener Onkel mich verfolgt und einkerkern will!«

»Leider wird dich meine Antwort auf den ersten Teil deiner Frage nicht zufrieden stellen«, erwiderte Bruder Scriptoris. »Ich habe ein anonymes Schreiben erhalten, in dem man mich über deine wahre Identität unterrichtet und mich um deines Vaters willen gebeten hat, mich deiner anzunehmen und im Notfall für deine Sicherheit zu sorgen, sollten die Häscher des Domherrn auch hinter unseren Klostermauern nach dir zu suchen.«

Sebastian runzelte die Stirn. »Ein anonymes Schreiben? Das kann Euch nur der Kapuzenmann gesandt haben!«

Nun war es an Bruder Scriptoris, verblüfft zu sein und um Erklärung zu bitten.

Sebastian erzählte ihm in groben Zügen, was sich auf *Erlenhof* ereignet, wie Lauretia ihm das Leben gerettet und was der Kapuzenmann für ihn getan hatte. Zum Schluss fragte er: »Und Ihr seid diesem mysteriösen Fremden nicht begegnet?«

Der Mönch schüttelte den Kopf. »Das Schreiben gelangte zu mir über meinen Vertrauten, den Buchhändler Burkhard Felberstätt, den übrigens auch eine Freundschaft mit Leonius Seeböck und deinem Vater verbindet. Eigentlich hätte ich den Brief schon am Tag deiner Ankunft bei uns im Kloster in Händen haben sollen. Aber als der Fremde das Schreiben im Haus der Felberstätts abgab, war mein Freund zufällig nicht im Haus. Seine Frau nahm das Schreiben entgegen, legte es in eine Schublade und vergaß es dann, als bei ihr kurz darauf die Nachricht eintraf, dass ihre Mutter schwer erkrankt sei und ihres Beistandes bedürfe. In der Aufregung ihrer überstürzten Abreise nach Ingolstadt vergaß sie, ihrem Mann von dem Brief zu berichten. Das fiel ihr erst wieder ein, als sie zehn Tage später nach Hause zurückkehrte.« Er holte tief Luft. »So, und jetzt zu deinem Vater und warum sein Bruder versucht, dich in seine Gewalt zu bringen. Sei gefasst, dass ich dir über die Situation deines Vaters leider nichts Gutes mitzuteilen habe.«

Sebastian schluckte und wartete angespannt, was der Mönch ihm nun sagen würde.

»Dein Vater sitzt im Kerker der Festung Oberhaus! Sein eigener Bruder hat ihn heimlich verhaften und dort in einem der Verließe verschwinden lassen.«

»Allmächtiger!«, entfuhr es Sebastian. »Aber warum? Und wie konnte er ihn denn verhaften und einkerkern, wenn mein Vater doch Euren Worten zufolge schon seit vielen Jahren in Wittenberg lebt?«

»Tja, wäre dein Vater in Wittenberg geblieben, wäre ihm dieser Verrat seines Bruders sicherlich erspart geblieben«, sagte Bruder Scriptoris. »Aber er ist gut mit Leonhard Kaiser befreundet…«

»Dem Ketzer, dem jetzt der Prozess gemacht wird?«, fiel Sebastian ihm ins Wort.

»Ja, als dein Vater erfuhr, dass Leonhard Kaiser verhaftet worden war und sein eigener Bruder eine wichtige Rolle bei dessen Prozess spielen würde, hielt es ihn nicht länger in Wittenberg, was ein schwerwiegender Fehler gewesen ist und all das in Gang gesetzt hat, was dir seitdem widerfahren ist«, berichtete der Mönch. »Soviel ich dem anonymen Schreiben dieses… Kapuzenmanns entnehmen konnte, war er nämlich so naiv zu glauben, seinen Bruder beeinflussen zu können, von einer Anklage seines Freundes abzusehen. Sie hatten ein geheimes Treffen vor der Stadt ausgemacht. Doch dein Vater hat nach so vielen Jahren der Trennung augenscheinlich nicht geahnt, zu welch einem Mann sein Bruder mittlerweile geworden war und dass Tassilo seiner Macht und seiner Karriere notfalls auch sein eigen Fleisch und Blut zu opfern bereit ist. Jedenfalls hat er ihn ohne jeden Skrupel in der Nacht ihres Treffens kurzerhand verhaften und auf die Festung bringen lassen. Denn als dein Vater sich damals Luther anschloss und für seinen Bruder zu einem Verräter und Ketzer wurde, hat Tassilo von Wittgenstein aus Angst, sein Aufstieg in höchste Kirchenämter könne durch den Makel eines Ketzers in der eigenen Familie ein jähes Ende finden, seinen Bruder kurzerhand für tot erklärt. Dabei kam es ihm sehr entgegen, dass sich dein Vater in seiner neuen Heimat nicht mehr von Wittgenstein nannte, sondern dort den bezeichnenden Namen Ekkehard von Neuleben annahm. Dass sein Bruder nun lebend in Passau auftauchte und sich gar noch zum Fürsprecher von Leonhard Kaiser machen wollte, hat Tassilo wohl in Angst um seine machtvolle Stellung versetzt.«

»Verdammt soll dieser gewissenlose Lump sein!«, fluchte Sebastian. »Er und Sulpicius sind offenbar von einem abscheulichen, verbrecherischen Schlag!«

»Ich denke, das trifft es recht gut«, pflichtete ihm der Mönch trocken bei.

»Aber wenn mein…« Sebastian unterbrach sich schnell, denn er wollte einem so skrupellosen Mann wie dem Domherrn nicht die familiäre Bezeichnung »Onkel« zubilligen. »…wenn Tassilo den Makel des ketzerischen Bruders so sehr fürchtet, warum hat er ihn dann erst auf die Festung gebracht, statt ihn gleich zu töten? Was bezweckt er damit?«

»Wenn ich die wenigen Hinweise, die ich in dem anonymen Schreiben dazu fand, richtig deute, will der Domherr deinen Vater dazu benutzen, dass Leonhard Kaiser seiner lutherischen

Überzeugungen abschwört«, erklärte Bruder Scriptoris. »Er verspricht sich davon einiges für seine Karriere. Denn es würde viel Aufsehen erregen, weit über Passau hinaus, unserem Herzog größte Genugtuung bereiten und Tassilo von Wittgenstein in das Licht eines überragenden Kirchemannes stellen, wenn es ihm gelänge, woran andere bislang gescheitert sind, nämlich einen bekannten Freund und Mitstreiter des verhassten Martin Luther dazu zu bringen, öffentlich dessen Lehren als ketzerische, vom Teufel eingeflüsterte Verirrungen zu brandmarken und reumütig wieder in den Schoß der römisch-katholischen Kirche zurückzukehren. Das wäre in der Tat ein Triumph, der sich für die weitere Karriere des Domherrn gewiss auszahlen würde. Aber bislang ist ihm das offenbar noch nicht gelungen, vermutlich weil dein Vater sich standhaft weigert, sich von seinem Bruder für seine Machtspiele missbrauchen zu lassen.«

»Meint Ihr, Tassilo lässt …« Sebastian stockte kurz, weil er den entsetzlichen Gedanken kaum auszusprechen wagte. »… meinen Vater foltern, um ihn gefügig zu machen?«

Der Mönch ließ einige quälend lange Sekunden verstreichen, bevor er antwortete: »Das kann ich dir nicht mit Gewissheit sagen, aber ich vermute einmal, dass er vorerst davon abgesehen hat.«

Nur zu gern wollte Sebastian ihm glauben, doch die Zweifel ließen ihn nachfragen: »Und worauf gründet Ihre Eure Zuversicht?«

»Auf die kompromittierenden Briefe«, lautete die rätselhafte Antwort des Mönchs. »Und weil der Domherr nichts unversucht lässt, um Euch in seine Gewalt zu bringen. Denn mit dir als Faustpfand würde dein Vater seinen Widerstand zweifellos aufgeben.«

Sebastian furchte die Stirn. »Briefe?«, wiederholte er verständnislos. »Von welchen Briefen sprecht Ihr?«

»Ich rede von den drei Briefen aus Tassilos Feder, die sich im Versteck der ausgehöhlten Reisebibel befunden haben«, eröffnete ihm Bruder Scriptoris.

»Dann seid Ihr es also gewesen, der mir die Bibel entwendet und die Schlösser aufgebrochen hat, um an den geheimen Inhalt zu kommen!«, stieß Sebastian hervor.

»Ich tat nur, wozu mich der anonyme Briefschreiber zum Schutz deines Vaters aufgefordert hat«, sagte der Mönch. »Nämlich festzustellen, ob du die alte Reisebibel auf deiner Flucht vom *Erlenhof* mitgenommen und vielleicht mit ins Kloster gebracht hast – und wenn ja, unbedingt ihren Inhalt sicherzustellen.«

Sebastians Ingrimm verrauchte sofort wieder, und er wollte nun wissen, um was für Briefe es sich handelte.

»Dein Vater unterhielt in den ersten Jahren seiner Wanderschaft und auch noch zu Anfang in Wittenberg, also in der Zeit von Ende 1517 bis zum Frühsommer 1518, als Luther seine 95 Thesen und seinen erläuternden *Sermon von dem Ablass und der Gnade* veröffentlichte, einen lockeren Briefwechsel mit seinem Bruder, der zu jener Zeit noch ein recht unbedeutender Kleriker und überaus unzufrieden mit seinem stockenden Aufstieg in höhere Kirchenämter war«, berichtete Bruder Scriptoris. »Dein Vater berichtete ihm in diesen Monaten mit glühender Begeisterung von Luthers Predigten und reformatorischen Forderungen. Und Tassilo schrieb ihm in diesen Monaten drei längere Briefe zurück, in denen er nicht nur seinem Groll über seine persönliche Situation und die Unfähigkeit der mächtigen Passauer Kanoniker Luft machte, sondern er äußerte in seiner Unzufriedenheit auch lang und breit Sympathien für Luthers Angriffe gegen Rom und gegen die zahlreichen kirchlichen Missstände. Briefe, von denen er nun als Domherr wohl wünscht, er hätte sie nie geschrieben!«

»Sagt jetzt nicht, dass Ihr diese Briefe im Kloster zurückgelassen habt!«, stieß Sebastian aufgeregt hervor.

»Sei unbesorgt, ich trage sie bei mir, seit ich die Bibel in deiner Zelle gefunden und die Schreiben an mich genommen habe!«, beruhigte ihn der Mönch.

Sebastian fühlte große Erleichterung. »Aber mit diesen drei Briefen haben wir den Domherrn dann doch in der Hand! Wir können mit ihnen meinen Vater freipressen! Und vielleicht auch diesen Leonhard Kaiser!«

»Ja, darüber werden wir uns wohl ausgiebig Gedanken machen müssen«, sagte Bruder Scriptoris sehr zurückhaltend. »Obwohl ich bezweifle, dass wir bei Tassilo damit durchkommen. Er scheint von den Briefen zu wissen, und so wie ich ihn einschätze, wird er sich längst darauf eingestellt haben, wie er der Gefahr begegnen kann. Immerhin sind gute zehn Jahre vergangen, seit er sie seinem Bruder geschrieben hat, und ein Mensch verändert im Laufe der Zeit seine Handschrift. Er braucht bloß zu behaupten, sie seien von lutherischen Ketzern gefälscht, um ihn in Misskredit zu bringen. Jedenfalls dürfte es schwer fallen, ihm die Urheberschaft zweifelsfrei nachzuweisen. Und wem von uns würde man diese Möglichkeit überhaupt zubilligen? So ungern ich dir die Hoffnung nehme, aber ich glaube nicht daran, dass Tassilos Briefe der Schlüssel zur Freiheit für deinen Vater ist, geschweige denn für Leonhard Kaiser.«

Wie ein Strohfeuer fiel Sebastians Zuversicht in sich zusammen, und bedrückt blickte er auf den Fluss, der noch immer im unverminderten Widerschein des Feuers glühte. »Und was soll nun werden?«, murmelte er bedrückt.

Der Mönch setzte schon zu einer Antwort an, als hinter ihnen im Unterholz ein trockener Zweig knackte. Erschrocken fuhren sie herum.

Sebastian erkannte die Gestalt sofort, die wenige Schritte von ihnen entfernt hinter einem Gestrüpp hervortrat. Sein Gesicht leuchtete auf.

Es war Lauretia.

2

Aufmerksam hörte Lauretia zu, als Sebastian und Bruder Scriptoris ihr abwechselnd berichteten, was sich in den letzten Tagen und Stunden im Kloster ereignet hatte. Und der Schreck fuhr ihr noch nachträglich in die Glieder, als sie von den Morden des Priors erfuhr und dass die beiden Männer nur knapp dem Tod in den Flammen entkommen waren, den Bruder Sulpicius in der einstigen Kornmühle gelegt hatte, während sie gefesselt und geknebelt dort in der Werkstatt gelegen hatten. Eine gute halbe Stunde nach ihrem Eintreffen am Flussufer war sie auch über alles andere unterrichtet, was der Mönch kurz zuvor Sebastian erzählt hatte. Dass Tassilo von Wittgenstein der Bruder von Sebastians Vater und also Sebastians Onkel war, hatte auch sie im ersten Moment sprachlos gemacht.

Was nun werden sollte und was sie unternehmen konnten, um Sebastians Vater aus der Kerkerhaft zu befreien, erschien ihnen in dieser Stunde als unlösbares Rätsel.

»Die Festung Oberhaus ist stark bewacht und sogar für ein gewöhnliches Söldnerherr ohne eine langwierige Belagerung uneinnehmbar«, sagte der Mönch. »Sich dort unbefugt Zugang verschaffen zu wollen ist von vornherein eine aberwitzige Illusion und zum Scheitern verurteilt.«

Sebastian ließ den Kopf sinken. »Ich weiß ja, Ihr habt Recht. Aber irgendetwas müssen wir doch versuchen«, murmelte er niedergeschlagen.

»Ich finde, es ist noch zu früh, uns darüber den Kopf zu zerbrechen. Erst mal muss es doch darum gehen, wo ihr für die nächsten Tage einen sicheren Unterschlupf finden könnt«, sagte Lauretia. »Auf Dauer könnt ihr euch ja nicht hier im Wald versteckt halten.«

Bruder Scriptoris warf ihr ob ihrer Sachlichkeit in dieser kritischen Situation einen anerkennenden Blick zu. »Ein wahres Wort, junge Frau.«

»Zu Dornfeld können wir wohl auch nicht«, sagte Sebastian düster. »Der war heilfroh, als er mich endlich los war.« Dann fiel ihm plötzlich etwas ein, was er bislang zu fragen vergessen hatte. »Aber sag, Lauretia, hast du über Stumpe Kontakt mit dem Kapuzenmann aufnehmen können?«

»Ja, habe ich.«

»Und? Was lässt er mir ausrichten?«, fragte Sebastian gespannt.

Lauretia verzog das Gesicht zu einer spöttischen Miene. »Ich sollte dir von ihm sagen, dass du dich im Kloster auf jeden Fall ruhig verhalten, abwarten und deinen Novizenmeister nach dem verschwundenen Inhalt der Reisebibel fragen sollst. Ich denke mal, all diese Ratschläge sind nach dem, was heute Nacht passiert ist, hinfällig und nutzlos.«

»Ja, damit ist uns nicht geholfen!«, sagte Sebastian. »Allmählich kommt mir der Verdacht, dass uns der Bursche hinhält und womöglich ganz eigene, dunkle Interessen verfolgt, von denen wir nichts wissen sollen!«

»Immerhin hat er dir mehr als einmal das Leben gerettet«, erinnerte Lauretia ihn. »Aber auch das ist Schnee von gestern. Und jetzt lasst mich mal in Ruhe überlegen, wie ich euch helfen kann. Mir wird schon etwas einfallen. Denn immerhin lebe ich schon lange genug in Passau, um über einige hilfreiche Bekanntschaften und Beziehungen zu verfügen.«

Lauretia machte schließlich den Vorschlag, dass sie sich für die Dauer des kommenden Tages erst einmal auf dem Hof des Bauern Hubert Schlittpacher verstecken sollten. Sie versicherte, dass sie dem Bauern Vertrauen schenken konnten und dieser gegen ein bescheidenes Handgeld auch keine neugierigen Fragen stellen würde.

»Ich besorge indessen neue Kleidung für euch«, fuhr Lauretia fort, während sie einen kurzen Seitenblick auf die Tonsur von Bruder Scriptoris warf. »Am günstigsten wird es für euch sein, wenn ihr euch in die Kluft von einfachen Bettelmönchen kleidet, die ja überall anzutreffen sind. Zudem bieten die in die Stirn gezogenen Kapuzen einen guten Schutz, wenn man sein Gesicht nicht unverhüllt zeigen will. Ich kenne einen Händler unten an der Floßlände, der mit alten Kleidern sein Geschäft macht und bei dem ich mir zwei dieser dunkelbraunen Wollkutten beschaffen kann. Und morgen am späten Vormittag ist für euch der beste Zeitpunkt, um ganz unbemerkt durch das Stadttor zu kommen.«

»Wieso das?«, fragte Sebastian.

»Weil sich dann halb Passau draußen vor der Stadt am Richtplatz versammeln wird, um sich das schauerliche Spektakel der Hinrichtung der beiden Wiedertäufer nicht entgehen zu lassen«, erklärte Lauretia.

Sebastian erschrak, als er das hörte, musste er dabei doch unwillkürlich daran denken, dass seinem Vater und dessen Freund Leonhard Kaiser womöglich das gleiche Schicksal drohte. »Die Hinrichtung der beiden findet schon übermorgen statt?«

Lauretia nickte. »Und wenn dann die Menge hinterher wieder in die Stadt zurückströmt, wird keine der Wachen zwei abgerissenen Bettelmönchen irgendwelche Beachtung schenken. Bis übermorgen weiß ich auch, wo ihr in Passau eine sichere Unterkunft findet.«

Da weder Sebastian noch Bruder Scriptoris eine bessere Alternative wussten und sie sich einig waren, dass sie wohl einige Tage Zeit brauchten, um sich einen halbwegs realistischen Plan zur Rettung von Sebastians Vater einfallen zu lassen, beschlossen sie, Lauretias Vorschlag anzunehmen.

»Am besten machen wir uns jetzt gleich auf den Weg«, sagte sie. »Ich kenne einige abgelegene Feldwege, die uns zum Bauernhof bringen, ohne dass wir über die Landstraße müssen.«

Als sie aufbrachen, sagte der Mönch leise zu Sebastian: »Deine Lauretia gefällt mir. Sie hat das Herz auf dem rechten Fleck und einen bewundernswerten Mut! Danke Gott dafür, dass er sie dir über den Weg geführt und du ihr Herz entflammt hast!«

»Glaubt mir, das tue ich auch!«, erwiderte Sebastian mit einem stolzen Lächeln. »Und nicht erst seit heute!«

»Ich bete zu Gott, dass euch das Glück vergönnt ist, das ihr verdient habt, und auch die schreckliche Geschichte mit deinem Vater ein gutes Ende nimmt«, murmelte der Mönch noch. Doch aus seiner Stimme klang nicht Zuversicht, sondern die kummervolle Sorge, dass sein Gebet sich wohl kaum erfüllen würde.

3

Die viele tausend Köpfe zählende Menschenmenge verengte sich vor dem wuchtigen Stadttor von Passau zu einem dichten Gedränge, das immer wieder ins Stocken geriet. Es war, als würde ein sich breit dahinwälzender Strom plötzlich gezwungen, ein Nadelöhr zu passieren. Etliche von den Schaulustigen waren schon in den frühen Morgenstunden vor die Mauern von Passau geeilt, um einen der vorderen Plätze auf dem Richtplatz zu ergattern. Beinahe hätte das Wetter die grausame Hinrichtung buchstäblich ins Wasser fallen lassen. Denn gerade als die Henkersknechte zu ihren Pechfackeln gegriffen hatten und die Scheiterhaufen in Brand stecken wollten, hatten sich die Himmelsschleusen geöffnet und einen dichten Sommerregen aus den dunklen Wolken stürzen lassen. Eine ganze Weile hatte es so ausgesehen, als wollte der Regen wie ein Gottesurteil die hektischen Versuche der Henkersknechte, ein loderndes Feuer unter den Verurteilten zu entfachen, zunichte machen. Aber schließlich hatte sich das Feuer dann doch noch seinen Weg durch die Holzstöße gefressen und nach den Körpern der beiden Unglücklichen gegriffen. Nun jedoch gab es nichts mehr, was es mit gottesfürchtigem Schaudern oder bösartiger Lust zu begaffen gab. Jetzt setzte bei vielen die Ernüchterung und ein klammes Unwohlsein ein. Nur wenige in der Menge ließen sich auf dem Weg zurück in die Stadt mit mitleidloser Genugtuung oder gar Häme über das aus, was sie an fürchterlichem Leiden auf dem Richtplatz verfolgt hatten. Einige jedoch zürnten dem Passauer Scharfrichter Hubertus Haberstroh, der sich geweigert hatte, die Vollstreckung der Todesurteile persönlich vorzunehmen. Angeblich hatte er sich geweigert, zum Handlager der Kirchenoberen zu werden, die den Wiedertäufern zwar bescheinigt hatten, der Ketzerei überführt zu sein, es dann aber wie üblich der weltlichen Macht überlassen hatten, das formelle Todesurteil auszusprechen und die Hinrichtung anzuordnen. Wie es hieß, hatte sich der Scharfrichter mit seiner Weigerung zwar eine Menge Ärger eingehandelt, sich letztlich aber durchgesetzt.

In erdbraune, schäbige Kutten von herumziehenden Bettelmönchen gekleidet, bewehrt mit einem knorrigen Wanderstab, die hölzerne Bettelschale am Gürtelstrick und die Gesichter mit Dreck verschmiert, so bewegten sich Sebastian und Bruder Scriptoris in der langsam dahinziehenden Menschenmenge, die man leicht mit einem Trauermarsch nach der Beerdigung eines bedeutenden Mannes verwechseln konnte, auf das Stadttor zu. Sie hatten die Kapuzen hochgeschlagen, nicht allein wegen des noch immer herabrieselnden Regens, und hielten die Köpfe gesenkt. Ein Stück weiter vor ihnen ritt Lauretia in ihrer Männerkluft auf Rufus hinter dem Fuhrwerk eines Händlers, der den Menschenauflauf am Richtplatz zu einem lukrativen Geschäft genutzt hatte, war er doch in der langen Zeit des Wartens auf den Beginn des Spektakels Körbe voller Backwaren und Holzspieße mit gerösteten Fleischstücken an die Schaulustigen losgeworden.

Sebastian, Lauretia und Bruder Scriptoris hatten es nicht über sich gebracht, der Hinrichtung aus nächster Nähe beizuwohnen und Zeugen dieser Barbarei im Namen Christi zu werden. Sie hatten fast eine Meile davon entfernt am Rand eines kleinen Gehölzes in stummem Gebet verharrt, als der Rauch in den Himmel aufgestiegen war, und gewartet, bis sie sicher sein konnten, dass der Tod die beiden Männer von ihren Qualen erlöst hatte. Dann erst hatten sie sich in Bewegung gesetzt und sich unter die Menge gemischt.

Sebastian fühlte sich elend wie kaum jemals zuvor. Er war an dem Richtplatz vorbeigezogen, ohne auch nur einmal den Kopf zu heben und einen Blick nach links auf den Ort zu richten, wo die beiden Wiedertäufer den Tod in den Flammen erlitten hatten. Auch kein noch so schwaches Bild davon sollte sich in seinem Gedächtnis festsetzen, wusste er doch, dass es ihn dann bis ans Ende seiner Tage verfolgen würde. Zu wissen, dass seinem Vater vielleicht dasselbe Schicksal drohte, wenn sie ihn nicht noch retten konnten, lastete schon schwer genug auf seiner Seele.

Wie Lauretia vorhergesagt hatte, schenkte ihnen keine der Wachen, die im tiefen Tordurchgang Schutz vor dem Regen gesucht hatten, auch nur einen flüchtigen Blick, als sie im Strom der Rückkehrer an ihnen vorbeischlurften.

Sebastian vermochte sich eines mulmigen Gefühls nicht zu erwehren, als er sich nun wieder in den Mauern der Stadt befand, in der er jeden Moment Tassilo von Wittgenstein oder Jodok über den Weg laufen konnte. Die einzig mögliche Vorsichtsmaßnahme bestand darin, dass sie tunlichst nur abgelegene Seitenstraßen und die schmutzigen Gassen der armen Wohnviertel benutzten. Aber er wusste, dass sich nur hier in Passau ein aussichtsreicher Plan schmieden und die Hilfe beschaffen ließ, die nötig war, um seinen Vater aus dem Kerker der Festung Oberhaus zu befreien. Insgeheim hegte er immer noch die Hoffnung, dass sich dies irgendwie doch mit Hilfe der drei Briefe des Domherrn bewerkstelligen ließe, auch wenn Bruder Scriptoris anderer Meinung war.

Kurz hinter der großen Kreuzung, wo ein Rundbrunnen in der Mitte den Menschenstrom teilte und es von der tiefer in die Stadt führenden Landstraße nach rechts in die kaum weniger breite Bader Straße ging, lenkte Lauretia ihr Pferd nach links in eine schmale Seitengasse.

Sebastian und Bruder Scriptoris folgten ihr mit einigem Abstand. Als sie um die Hausecke bogen, sahen sie, dass Lauretia indessen vom Pferd gestiegen war und sich scheinbar am Sattelgurt zu schaffen machte.

Lauretia sah sich nach ihnen um, um sich zu vergewissern, dass sie ihnen auch in die richtige Gasse gefolgt waren, und tauschte mit ihnen einen kurzen Blick. Dann nahm sie die Zügel auf und führte ihr Pferd hinter sich her, während sie ihren Weg unweit des rechtsseitigen Donauufers durch das verwinkelte Gassengewirr der einfachen Wohnviertel fortsetzte, so entfernt als möglich von den großen Plätzen und Straßen rund um den Dom, wo die Wohlhabenden und Mächtigen dieser Stadt ihre Wohnhäuser, Kontore und Geschäfte hatten.

Ihr Ziel war eine Taverne am östlichen Ende des Fischmarktes, doch nicht direkt an diesem betriebsamen Platz gelegen, sondern in einer Seitenstraße weiter flussabwärts. Das Wirtshaus trug den eigenartigen Namen *Zum weinenden Lautenschläger* und bot Reisenden mit knapp bemessener Barschaft ein billiges Quartier in seinen Dachstuben. Lauretia kannte den Wirt und seine Frau aus jenen Tagen, als sie an Bord eines Floßes nach Passau gekommen war und dort mehrere Nächte verbracht hatte. Und seitdem hatte sie manches Mal die Taverne besucht, um dort für wenig Geld ein einfaches, aber doch schmackhaftes Gericht und einen Krug Bier zu sich zu nehmen. Sie hatte ihnen versichert, dass sie bei den Eheleuten Fidelis und Mechthild Troller gut aufgehoben sein und nicht mit Fragen nach ihrem Woher und Wohin belästigt werden würden.

Der Sommerregen hatte wieder an Kraft zugenommen, als sie ihr Ziel jenseits des Fischmarktes erreicht hatten. Über dem Eingang des Wirtshauses hing von einer Eisenstange ein hölzernes Tavernenschild, das einen bunt gekleideten Lautenspieler zeigte, dem traubendicke Tränen über das pausbäckige Gesicht liefen, während er die Saiten zupfte.

Lauretia führte sie nicht durch den vorderen Eingang in das Wirtshaus, sondern ging mit ihnen durch einen Durchgang in den Hinterhof. Dort wickelte sie den Zügel ihres Pferdes an einen Eisenring, der neben der Hintertür an der Hauswand befestigt war.

»Wartet hier! Ich gehe erst mal allein hinein und sage Mechthild, dass ich rechtschaffene und gottesfürchtige, aber mittellose Gäste für sie habe, die dringend einige Tage der Ruhe und Erholung bedürfen«, flüsterte sie ihnen zu. »Und vergesst nicht, was wir besprochen haben. Ihr seid mir vor einigen Monaten bei Eichstätt im Altmühltal in einer brenzligen Situation zu Hilfe geeilt und habt mich vor üblen Strauchdieben bewahrt, die mich ausrauben wollten.«

Sebastian nickte und gab leise zurück: »Und jetzt hast du uns vor der Stadt wiedergetroffen und willst uns unsere mutige Tat von damals unbedingt vergelten, indem du hier für einige Tage das bescheidene Kost- und Logisgeld für uns übernimmst.«

Lauretia zwinkerte ihm zu. »Was du doch für ein heller Kopf bist«, scherzte sie leise und verschwand dann durch die Tür.

Wenige Minuten später kehrte sie in Begleitung einer stämmigen Frau zurück, deren Oberarme kaum weniger Umfang als ihre nicht eben schlanken Schenkel besaßen. Dunkler Bartflaum bedeckte ihre Oberlippe. Man sah ihr auf den ersten Blick an, dass sie eine resolute Person war, die hart zupacken konnte, wenn die Lage es erforderte, und die in ihrer Wirtsstube keinen Streithals und Krakeeler fürchtete. Doch ihr fülliges Gesicht mit den murmelkleinen Augen nahm einen freundlich warmen Ausdruck an, als Lauretia auf Sebastian und Bruder Scriptoris deutete und sagte: »Das sind also meine damaligen Retter, Bruder Bonifatius und Bruder Florian, von denen ich Euch erzählt habe und denen ich womöglich mein Leben verdanke.«

»Nun, wenn Ihr so großmütig seid, die Kosten zu übernehmen, Lukas, sollen sie uns von Herzen willkommen sein«, sagte Mechthild mit einer wohltönenden Bassstimme. »Es ist tröstlich zu hören, dass sich nicht nur gottloses Gesindel auf unseren Landstraßen herumtreibt, von dem es leider auch genügend im Gewand des Gottesmannes gibt, sondern auch noch wahrhaft fromme und uneigennützige Männer, die ihr eigenes Leben gering schätzen, wenn andere ihres Beistandes bedürfen!«

Die Wirtsfrau führte sie über die Hinterstiege zu den Gastkammern unter dem Dach. Bevor sie wieder hinunterstieg, vergaß sie jedoch nicht zu erwähnen, dass sie ihnen das größte ihrer drei Gästezimmer gegeben habe, aber doch nur den Preis für das kleinste zu berechnen gedenke.

Lauretia und die beiden angeblichen Bettelmönche dankten ihr gebührend und warteten dann schweigend hinter geschlossener Tür, bis ihre schweren Schritte auf der Treppe verklungen waren.

»So weit, so gut«, sagte Bruder Scriptoris und schlug die regennasse Kapuze zurück.

»Gut? Na, ich weiß nicht«, sagte Sebastian mutlos und ließ seinen Blick durch das Dachzimmer mit der schrägen Decke schweifen, das mit drei Personen zwischen den beiden primitiven Bettstellen und dem schmalbrüstigen Waschtisch neben der Tür wirklich keinem weiteren Besucher mehr Platz geboten hätte. Das gerade mal brustgroße und völlig verdreckte Fenster im Giebel ging auf den Hinterhof hinaus. Die Kammer war damit nicht gerade gemütlicher als die Zelle, die man ihm im Kloster zugewiesen hatte.

»Auch den kleinen Segnungen in unserem Leben gebührt Dank«, erwiderte Bruder Scriptoris. »Und wir haben in den letzten Tagen und Nächten für mehr als nur kleine Segnungen zu danken.«

»Ja, schon… und ich will auch nicht undankbar sein«, sagte Sebastian. »Aber…«

»Ich weiß. Wir alle kennen das große Aber, Sebastian«, fiel ihm der Mönch ins Wort. »Und es bedrückt uns nicht weniger als dich.«

Sie setzten sich auf die Betten und zerbrachen sich einmal mehr den Kopf, was sie bloß tun konnten, um Ekkehard von Wittgenstein aus der Gewalt seines Bruders zu befreien. Aber ihre Mühen blieben so fruchtlos wie bei allen vorherigen Versuchen.

Dass Lauretia sich schon einige Minuten nicht mehr an ihren verzweifelten Überlegungen beteiligt hatte und ganz in eigenen Gedanken versunken war, fiel Sebastian erst auf, als er eine Frage an sie richtete und sie zunächst gar nicht reagierte.

»Was hast du gesagt?«, fragte sie nach einer wiederholten Aufforderung.

Sebastian winkte ab. »Ach, wir drehen uns im Kreis und kommen einfach keinen Schritt weiter«, sagte er verdrossen. »Aber das hast du dir bestimmt selbst schon gesagt, so schweigsam wie du geworden bist.«

»Nein, das habe ich ganz und gar nicht!« Sie funkelte ihn an, weil sie seinen versteckten Vorwurf sehr wohl mitbekommen hatte. »Aber wenn man eine ganze Reihe von Möglichkeiten schon als untauglich verworfen hat, muss man sie ja wohl nicht immer und immer wieder durchkauen, oder?«

Sebastian schoss das Blut ins Gesicht. »Verzeih mir, das war gemein von mir«, sagte er zerknirscht und griff nach ihrer Hand. »Es tut mir Leid, Lauretia. Ich wollte dich nicht verletzen. Das ist das Letzte, was ich möchte. Bitte vergiss es schnell wieder.«

Sie erwiderte den Druck seiner Hand und schenkte ihm ein verzeihendes Lächeln. »Schon gut, ich weiß, wie dir zumute sein muss. Es ist, als ob man vor einer unüberwindlichen Wand steht. Aber ich glaube nicht, dass wir die Hoffnung schon aufgeben müssen.« Sie zögerte kurz, bevor sie weitersprach. »Mir ist da ein Gedanke gekommen.«

»Sag bloß, dir ist etwas eingefallen, was uns weiterbringen kann!«, rief Sebastian aufgeregt.

Auch Bruder Scriptoris sah sie erwartungsvoll an.

Lauretia wiegte den Kopf hin und her, als könnte sie sich selbst nicht schlüssig darüber werden, was von ihrem Einfall zu halten sei und ob sie ihn überhaupt aussprechen solle. »Reißt mir jetzt nicht den Kopf ab«, sagte sie schließlich. »Aber von einem richtigen Einfall, der auch nur annähernd Hand und Fuß hat, kann nicht die Rede sein. Und deshalb will ich diesen… nun ja, nebligen Gedanken erst einmal besser für mich behalten.«

»Aber warum?«, fragte Sebastian und hatte Mühe, keine gekränkte Miene zu machen.

»Weil ich nicht falsche Hoffnungen in dir wecken möchte«, antwortete sie. »Lasst mir ein wenig Zeit, meinen eigenen vagen Gedanken erst richtig auf die Spur zu kommen und mich in der Stadt umzuhören.«

Sosehr Sebastian sie auch bedrängte, ihnen doch wenigstens einen Hinweis zu geben, in welche Richtung sich ihre »nebligen Gedanken« bewegten, Lauretia war doch nicht zu bewegen, ihm den Gefallen zu tun. Und als sie ihn und den Mönch schließlich verließ, weil sie sich dringend wieder bei Meister Dornfeld blicken lassen musste, ließ sie ihn in einem quälenden Widerstreit zwischen banger Hoffnung und abgrundtiefer Niedergeschlagenheit zurück.

Zwei entsetzlich lange Tage und Nächte lebte Sebastian mit

der peinigenden und zugleich doch auch Hoffnung spendenden Frage, ob Lauretia womöglich das verborgene Tor zu dem Wunder gefunden hatte, das sie brauchten, um seinen Vater zu retten.

Dann kam die frühe Abendstunde, in der Lauretia mit der Sprache herausrückte. Und was sie ihnen mitzuteilen hatte, war mehr als nur neblige Gedanken. Weit mehr!

4

Ungläubig sah Sebastian sie an, und er brauchte einen Moment, um seine Sprachlosigkeit zu überwinden. »Verrückt!«, stieß er dann hervor, als zweifelte er an Lauretias gesundem Menschenverstand. »Das … das ist der reinste Wahnsinn!«

Bruder Scriptoris räusperte sich. »Ich gestehe, mir lag Ähnliches auf der Zunge.«

»Wieso?«, fragte Lauretia keck zurück, hatte sie doch schon mit solch einer ersten Reaktion gerechnet. »Ich halte das keineswegs für verrückt.« Sie wandte sich an den Mönch. »Wie Ihr schon vor Tagen richtig gesagt habt, ist die Festung Oberhaus uneinnehmbar und der Zugang für uns eigentlich unmöglich. Und da dem so ist, müssen wir eben zu einer List greifen, um das scheinbar Unmögliche möglich zu machen. Denn wirklich uneinnehmbar ist keine Festung auf Erden. Bisher ist noch jede gefallen, wenn ihre Angreifer sie um jeden Preis einnehmen wollten oder mussten.«

»Was hat denn dein Vorschlag, den Domherrn in unsere Gewalt zu bringen, mit einer List zu tun?«, wollte Sebastian wissen, dem es schwer fiel, sich seine bodenlose Enttäuschung nicht anmerken zu lassen. In den vergangenen beiden Tagen hatte er sich sehr an die Hoffnung geklammert, dass Lauretia sie mit einer wirklich Erfolg versprechenden Idee zur Befreiung seines Vaters überraschen würde. »Das ist doch heller Wahnsinn und völlig undurchführbar! Und ich dachte die ganze Zeit…« Er führte den Satz nicht zu Ende, sondern schüttelte nur verständnislos den Kopf.

Lauretia nahm ihm seine grimmige Enttäuschung nicht übel. »Als Wolfram Mahlberg, der großherzige Vagant und Wanderscholar, sich damals meiner annahm und er mir noch nicht das Lesen und Schreiben beigebracht hatte, las er mir einmal aus einem Buch vor, das von einem Schriftsteller aus dem alten Griechenland verfasst worden war und das den Titel *Ilias* trägt«, berichtete sie, scheinbar ohne jeden Zusammenhang mit den drängenden Fragen, die Sebastian und Bruder Scriptoris beschäftigten.

»Homer heißt der Mann, der die Geschichte geschrieben hat«, warf Sebastian brummig ein. »Aber was hat dieses uralte Heldenepos mit uns und unserer verfahrenen Situation zu tun?«

»Nun, in dieser Geschichte geht es doch auch darum, dass Troja jahrelang von seinen Feinden belagert wird, ohne dass es diesen gelingt, den Widerstand der Verteidiger zu brechen und diese stark befestigte Stadt zu erobern. Auch Troja galt als uneinnehmbar, wie hier die Festung Oberhaus, und dennoch fiel sie«, fuhr Lauretia unbeirrt fort. »Denn in der *Ilias* verfallen die erfolglosen Belagerer schließlich auf die raffinierte List, ein riesiges hölzernes Pferd zu bauen, es vor den Mauern der Stadt zurückzulassen und dann scheinbar abzurücken, als hätten sie ihre Niederlage akzeptiert.«

Sebastian zuckte die Schultern, kannte er das Heldenepos doch nur zu gut. »Ja, und in Wirklichkeit ist das riesige Pferd innen hohl und voll von bewaffneten Kriegern, die sofort ausschwärmen und dem eiligst zurückkehrenden Heer die Tore öffnen, als die ahnungslosen Trojaner das trügerische Abschiedsgeschenk in ihre Stadt gezogen haben und schon ihren Sieg feiern. Das war dann das Ende von Troja. Aber ich verstehe noch immer nicht, was das mit uns zu tun haben könnte. Denn der Domherr ist wirklich alles andere als ein willenloses, hölzernes Pferd, das sich ohne weiteres herumschieben lässt!«

»Wir müssen ihn eben dazu bringen, dass er für uns so etwas Ähnliches wie dieses Trojanische Pferd wird«, beharrte Lauretia. »Wenn er um sein nacktes Leben bangen muss und weiß, dass wir nichts zu verlieren haben, wird er schon tun, was wir von ihm verlangen.«

»Schön und gut, aber wie soll das zu bewerkstelligen sein?«, fragte Bruder Scriptoris nun. Er ahnte mittlerweile, dass Lauretia sich auch darüber schon sehr konkrete Gedanken gemacht hatte und zu dem Schluss gekommen war, dass ihre Idee Aussicht auf Erfolg hatte. Alles andere hätte seiner Einschätzung nach wohl kaum zu ihrem Wesen gepasst. Er kannte sie erst kurze Zeit, doch wusste er, dass sie nicht dazu neigte, sich in Illusionen zu flüchten.

»Wie schon gesagt, wir müssen den Domherrn in unsere Gewalt bringen«, erklärte sie bereitwillig. »Und wenn er weiß, dass es auch um sein Leben geht …«

»Langsam! Lass uns doch erst mal bei dieser ersten Bedingung bleiben, nämlich wie wir ihn in unsere Gewalt bringen könnten!«, fiel Sebastian ihr mürrisch ins Wort. »Wie sollen wir drei Figuren das denn anstellen? Sollen wir ihn vielleicht in seinem Haus oder gar auf offener Straße überfallen, wo er sich doch immer von seinen bewaffneten Dienstmännern begleiten lässt?« Er lachte kurz und freudlos auf. »Das zu versuchen wäre garantiert der schnellste Weg, um selbst im Handumdrehen auf der Folterbank und schließlich auf dem Richtplatz zu landen!«

Nun warf Lauretia ihm doch einen ungehaltenen Blick zu. »Ich verstehe ja, dass du erst mal skeptisch bist. Aber wenn du die Güte hättest, mich in Ruhe ausreden zu lassen und euch auseinander zu legen, was ich in Erfahrung gebracht habe, dann ist immer noch Zeit, meinen Vorschlag für untauglich zu erklären und nach einem besseren zu suchen!«, wies sie ihn zurecht.

Bruder Scriptoris nickte nachdrücklich. »Recht hat sie, Sebastian. Also lass sie erst einmal ausreden, ohne ihr gleich bei jedem Satz ins Wort zu fallen.«

Beschämt von dieser doppelten Rüge, senkte Sebastian den Kopf. »Entschuldige«, murmelte er kleinlaut. »Bitte rede weiter, Lauretia. Ich verspreche auch, den Mund zu halten und dich nicht wieder zu unterbrechen.«

Lauretia tauschte mit dem Mönch einen belustigten Blick. Dann nahm sie ihren Faden wieder auf. »Als mir der Einfall mit der List kam, habe ich mir stundenlang den Kopf darüber zerbrochen, wie das bloß zu machen ist. Aber ich habe die letzten beiden Tage und Nächte nicht nur gegrübelt und schon gar nicht Däumchen gedreht, sondern ich habe versucht, so viel wie möglich über Tassilo und seine Handlanger in Erfahrung zu bringen. Und wo kann man das besser als in den Wirtshäusern rund um den Domplatz, aber auch andernorts. Jedenfalls bin durch die Tavernen gezogen und habe meinen Mitzechern so manche Runde spendiert. Denn bekanntlich sitzt die Zunge umso lockerer, je mehr Branntwein oder Bier man in sich hineingekippt hat.«

»Deshalb haben wir dich also so selten zu Gesicht bekommen«, bemerkte Bruder Scriptoris.

Lauretia nickte. »Nun, das Geld, das ich in den Wirtsstuben

gelassen habe, hat schließlich die erhofften Früchte getragen. Man redet gern über die Reichen und Mächtigen der Stadt, und es ist erstaunlich, was die Leute so alles über das Leben und Treiben der Männer wissen, die sie unter ihrer Knute halten. So habe ich zum Beispiel erfahren, dass Tassilo es mit der Keuschheit ebenso wenig hat wie so viele andere Kanoniker, die sich ganz unverhohlen Mätressen halten, Dirnen aufsuchen und sich mit jungen Burschen verlustieren.« Sie verzog abfällig das Gesicht. »Aber warum sollte ausgerechnet er besser sein als Päpste, Kardinäle und Bischöfe, die völlig schamlos der Unzucht frönen, oder die Nonnen in manchen Klöstern, deren Konvente sich manchmal nicht sonderlich von Hurenhäusern unterscheiden!«

Der Mönch gab einen tiefen, kummervollen Stoßseufzer von sich. »Ich wünschte, ich könnte dir da in deinem harschen Urteil widersprechen. Aber leider hast du das Übel recht treffend beschrieben«, räumte er ein. »Es bleibt mir nur der schwache Trost, dass zum Glück nicht alle Glieder unserer Kirche diesen Geruch moralischer Fäulnis verströmen.«

»Und was ist nun mit Tassilo?«, wagte Sebastian zaghaft zu fragen. »Geht auch er zu käuflichen Frauen oder lässt er sich junge Männer kommen?«

»Bei der Frau, die er regelmäßig aufsucht, handelt es sich nicht um eine gewöhnliche Dirne, sondern um eine recht vermögende Kaufmannswitwe«, teilte ihnen Lauretia mit. »Ihr Name ist Ämilia Gerwald und sie lebt drüben auf dem rechten Ufer des Inn. Das Haus, das sie dort in der Innstadt bewohnt, steht direkt hinter der Brücke am Kirchplatz an der Ecke zur Lehmgrubengasse.«

»Interessant«, sagte der Mönch, und sein unbestimmter Tonfall ließ völlig offen, ob er tatsächlich interessiert war oder eher skeptisch.

»Tassilo ist offenbar ein Mann, der nichts von impulsiven Entscheidungen hält, sondern bei dem alles seine Ordnung und Regelmäßigkeit haben muss«, führte Lauretia ihre Ausführungen spöttisch weiter. »Jedenfalls ist unter seinen Dienstleuten allseits bekannt, dass er seine hübsche und noch recht junge Geliebte jeden Sonntag, Mittwoch und Freitag in der Innstadt aufsucht. Und immer zur selben Zeit. Aber seine Gefühle für sie gehen wohl nicht so weit, dass er das Bedürfnis verspürt, bei ihr auch zu übernachten, sondern er trifft stets am späteren Nachmittag bei ihr ein und kehrt bei Anbruch der Dämmerung schon wieder in die Domstadt zurück.«

»Genau zu wissen, wann er zu ihr geht und wann er ihr Haus wieder verlässt, das klingt vielversprechend!«, entfuhr es Sebastian, und er schämte sich einmal mehr, dass er ihr vorhin so übellaunig über den Mund gefahren war und ihren Vorschlag als irrwitzig abgetan hatte. Er wünschte, er wäre jetzt mit ihr allein, um sie in den Arm nehmen und mit einer Flut von Küssen Abbitte für seine Dummheit und Ungehörigkeit leisten zu können. Doch so musste er sich mit einem stummen, eindringlichen Blick begnügen, mit dem er noch einmal um Verzeihung bat.

Sie verstand, was er ihr damit sagen wollte, und entließ ihn aus seiner Beschämung, indem sie seinen Blick mit einem zärtlichen Lächeln erwiderte.

»Die ganze Sache hat nur einen Haken«, sagte sie dann. »Tassilo lässt sich immer in seiner prächtigen Kutsche zu seiner Ämilia bringen. Und dann begleiten ihn stets drei seiner bewaffneten Dienstleute. Es sind immer dieselben: der fiese Jodok auf dem Kutschbock und hinten auf dem Trittbrett zwei Männer, die auf die Namen Baldus und Rupert hören. Diesem Dreigespann unter seinen Handlangern gehört offenbar sein besonderes Vertrauen.«

»Also, mit drei von diesen groben Kerlen, die zweifellos bestens mit einer Klinge umzugehen wissen, können wir es natürlich nicht aufnehmen«, sagte Bruder Scriptoris.

»Ja, ausgeschlossen«, pflichtete Sebastian ihm bei, und er erinnerte sich mit Schaudern an den ungleichen Kampf im Moor, den Elmar und Ansgar nicht überlebt hatten und der auch ihm den Tod gebracht hätte, wäre er nicht wundersamerweise von einem fehlerhaft geschmiedeten Armbrustpfeil getroffen worden. »Aber kehren die drei Dienstmänner denn nicht wieder in die Stadt zurück, wenn sie ihren Herrn da drüben auf dem anderen Flussufer abgesetzt haben?«

Lauretia schüttelte den Kopf. »Leider nicht, sonst sähe die Sache günstiger für uns aus. Soviel ich gehört habe, besteht Tassilo darauf, dass seine Begleiter im Hof mit der Kutsche warten, bis er sein Schäferstündchen mit der hübschen Witwe beendet hat. Darüber sollen sich Jodok und seine beiden Kumpane gegenüber ihren Zechgenossen schon mehrfach bitterlich beklagt haben. Es geht ihnen mächtig gegen den Strich, dass er ihnen zumutet, stundenlang im Stallschuppen auszuharren, vor allem während der eisigen Wintermonate, weil es dann dort durch alle Ritzen zieht. Er erlaubt ihnen auch nicht, eine der nahe gelegenen Tavernen aufzusuchen, wohl weil er zu Recht befürchtet, dass sie sich betrinken und er dann Mühe hat, sie zu ihrer Arbeit anzutreiben. Denn wenn Jodok und seine beiden Freunde eine große Schwäche haben, dann ist es ganz klar die für schweren Branntwein, wie man mir berichtet hat.«

»Dann scheidet die Möglichkeit, Tassilo im Haus seiner Geliebten unbemerkt von seinen Bewachern überwältigen zu können, schon mal aus«, folgerte Bruder Scriptoris.

»Und was bleibt dann?«, fragte Sebastian, an Lauretia gewandt. »Weißt du eine Antwort?«

»Vielleicht«, antwortete sie unter leichtem Zögern. »Denn da gibt es noch diesen hageren, jungen Burschen namens Dominik Felten. Das ist der Stallbursche der Ämilia Gerwald, der bei Tassilos Besuchen für seine edlen Pferde zu sorgen hat sowie seinen Männern Essen und als schwachen Trost für den verbotenen Branntwein einige Kannen Dünnbier aus dem nächsten Wirtshaus bringen muss.«

»Und was soll das uns helfen?«, fragte Sebastian mit einem ratlosen Schulterzucken.

»So genau weiß ich das auch nicht«, gestand Lauretia.

Eine Weile herrschte grübelndes Schweigen.

Plötzlich ging ein kaum merklicher Ruck durch den Körper des Mönches, als hätte ihn unverhofft eine Hand aus dem Nichts angestoßen, und er hob den Kopf. »Du hast noch reichlich Goldstücke in deiner Börse, nicht wahr?«, vergewisserte er sich, und in seinen wachen Augen stand ein eigenartiges Funkeln.

Sebastian nickte. »Ja, an Geld mangelt es uns wahrlich nicht. Unsere Geldbörse ist mit Goldstücken noch prall gefüllt!«, bestätigte er. »Aber wenn Ihr hofft, Jodok und seine Spießgesellen damit bestechen zu können, so glaube ich nicht, dass sie sich darauf einlassen werden. Sie werden das Geld *und* unser Leben nehmen!«

»Das sehe ich auch so«, stimmte ihm Bruder Scriptoris zu. »Aber bei einem einfachen Stallburschen, dem von seinen kläglichen Lohn bestenfalls ein paar Münzen bleiben, um im Wirtshaus für ein paar Stunden sein Elend in Bier oder billigem Branntwein ertränken zu können, dürfte man mit ein, zwei Goldstücken sicherlich kleine Wunder bewirken.«

»Und welche Art von kleinem Wunder schwebt Euch vor?«, wollte Lauretia gespannt wissen.

»Nun, dass der Bursche an einem jener Tage, an dem Tassilo

seiner Geliebten wieder mal einen Besuch abstatten wird, kurz vor dem Eintreffen der Kutsche sich mit dem kleinen Vermögen von zwei Goldstücken in seinem ärmlichen Bündel still und leise aus der Stadt macht«, lautete die Antwort des Mönchs. »Und damit Platz schafft für einen neuen Stallburschen, der für Jodok und seine Freunde ein unbeschriebenes Blatt ist und ihnen gänzlich unverdächtig sein wird – und der entgegen seiner Kleidung und seines burschikosen Auftretens in Wirklichkeit gar kein Bursche ist, sondern eine ebenso mutige wie liebreizende junge Frau.«

Sebastian machte ein noch erschrockeneres Gesicht als Lauretia. »Ihr wollt, dass Lauretia es ganz allein mit Jodok und seinen beiden Kumpanen aufnimmt? Das kann nicht Euer Ernst sein!«

»Ist es auch nicht«, beruhigte Bruder Scriptoris sie sofort. »Ich dachte eher daran, die drei Dienstmänner mit einer List und ohne einen einzigen Hieb außer Gefecht zu setzen. Auf dass wir es dann sein können, die in der Kleidung der drei Dienstleute mit der Kutsche vorfahren, wenn Tassilo sein intimes Treffen mit seiner Ämilia beendet hat und aus dem Haus tritt, was ja stets bei Einbruch der Abenddämmerung der Fall sein soll, wie Lauretia in Erfahrung gebracht hat.«

»Allmächtiger! Wenn das wirklich möglich wäre, dann … ja, dann hätten wir ihn!«, stieß Sebastian begeistert hervor, um jedoch schon im nächsten Moment wieder von heftigen Zweifeln gepackt zu werden. »Aber wie soll Lauretia das denn anstellen?«

»Mit Hilfe zweier rechtschaffener Männer, denen ich in dieser Sache vertrauen kann, nämlich meines Klosterbruders Eusebius und des Buchhändlers Burkhard Felberstätt. Sein Besuch im Kloster wird bei keinem auch nur den Schimmer eines Verdachts erregen, wenn er sich nach den Büchern erkundigt, die ihm zum Verkauf versprochen waren, und dann noch mit Bruder Eusebius spricht, um sich von ihm eine Heilsalbe für seine Frau anrühren zu lassen!«, antwortete der Mönch verschmitzt und sagte zu Lauretia: »Besorg mir Feder, Tinte und Papier! Ich muss meinem werten Mitbruder noch heute einen langen Brief schreiben, den Felberstätt unserem Kräuterbruder heimlich zustecken wird. Und in dem Brief wird es nicht allein darum gehen, ihn und den Abt von Bruder Sulpicius' Verbrechen in Kenntnis zu setzen!«

5

Fünf Tage später hockte Sebastian auf den Stufen der Kirche, die den Marktplatz der Innstadt unweit der Donaubrücke beherrschte. Er trug seine abgerissene Bettelmönchskutte und hatte die hochgeschlagene Kapuze weit in die Stirn gezogen, als wollte er seine Augen vor dem blendenden Schein der schon tief stehenden Sonne schützen. Zu seinen Füßen lag die hölzerne Bettelschale, in der sich schon einige Münzen von sehr bescheidenem Wert befanden.

Es war Markttag in der Innstadt, und wenn die Zeit des größten Gedränges auch schon vorbei war, so herrschte zwischen den vielen Ständen, Buden und Fuhrwerken, von denen herab die Bauern aus dem Umland ihre Erzeugnisse verkauften, doch noch immer ein reges Kommen und Gehen.

Sebastian versuchte durch seine nach vorn gebeugte Haltung und die gefalteten Hände den Anschein zu erwecken, als wäre er in ein stilles Gebet versunken und als nähme er das Markttreiben vor seinen Augen nicht zur Kenntnis. Dabei war er hellwach und in einem Zustand äußerster innerer Anspannung, in die sich auch eine gehörige Portion Angst mischte, ihr sorgfältig ausgeheckter und vorbereiteter Plan könne durch irgendein unvorhergesehenes Ereignis scheitern.

Fünf ebenso geschäftige wie aufregende Tage lagen hinter ihnen, in denen sie vieles zu durchdenken und zu organisieren gehabt hatten. Angefangen von der eher einfachen Aufgabe, unauffällige Kleidung für vier Personen zu beschaffen, die für die Flucht aus dem Passauer Land für sie bereitliegen musste, über den unverdächtigen Kauf von vier ausdauernden Pferden bei vier verschiedenen Pferdehändlern bis hin zur allmählichen Umgarnung und schließlich Bestechung des jungen Stallknechts Dominik Felten. Ein Großteil dieser wichtigen Erledigungen hatte auf den Schultern von Lauretia gelegen. Aber auch der mit Bruder Scriptoris befreundete Buchhändler Burkhard Felberstätt hatte sich als große Hilfe erwiesen. Er kannte einen vertrauenswürdigen Bauern, dessen Hof auf dem linken Donauufer kurz vor dem Dorf Hacklberg lag und bei dem sie Rufus und die vier anderen Pferde unterstellen konnten, bis sie gebraucht wurden – was in wenigen Stunden der Fall sein würde, sofern alles nach Plan verlief. Und zu ihrem Plan gehörte es, möglichst auch Leonhard Kaiser aus der Kerkerhaft zu befreien.

Immer wieder blickte Sebastian verstohlen zu Bruder Scriptoris hinüber, der sich links von ihm am diesseitigen Ende der Brücke postiert hatte, die von Passau ans rechte Innufer herüberführte. Er hielt Ausschau nach der Kutsche des Domherrn, um ihn früh genug über dessen Kommen in Kenntnis zu setzen, damit wiederum er, Sebastian, das verabredete Zeichen sofort an Lauretia weitergeben konnte. Denn dann musste alles sehr schnell gehen, damit es beim Austausch des Stallknechtes keine Verzögerung gab, die ihren Plan mit einem Schlag zunichte machen konnte. Ein dicker, schmutziger Leinensack hing dem Mönch von der linken Schulter. In ihm befanden sich saubere Kleidung und Schuhe, wie sie auch einem wohlhabenden Kaufmann gut zu Gesicht gestanden hätten, sowie zwei dicke Rollen mit reißfester Kordel.

Lauretia stand an der Ecke, wo die Lehmgrabengasse auf den Kirchplatz mündete, und dort genau gegenüber der Toreinfahrt, durch die man in den Hinterhof von Ämilia Gerwalds Haus mit dem Stall gelangte. Sie hatte am Mittag in Passau einer höchst dankbaren alten Marktfrau einen großen Korb mit gebündelten Kienspänen abgekauft und unterschied sich mit diesem Korb zu ihren Füßen in nichts von anderen ärmlich gekleideten Gestalten, die rund um den Marktplatz ähnliche Pfennigware feilboten. Der zweite große Weidenkorb, den sie hinter sich an der Hauswand abgestellt hatte und der mit altem Sackleinen zugedeckt war, enthielt jedoch keine Bündel splittrigen Anmachholzes. In ihm verbargen sich ein frischer Brotlaib, ein dickes Stück Räucherschinken sowie drei verbeulte Blechkannen. Die beiden großen gefüllt mit schwerem Branntwein, die dritte und kleinere mit Dünnbier, das Lauretia noch mit einem Krug voll Wasser ordentlich gestreckt hatte, so dass es noch mehr von seiner sowieso schon bescheidenen alkoholischen Kraft verloren hatte. Bier, das Jodok und seine Spießgesellen nicht einmal anrühren würden, wo sie sich doch an bestem Branntwein schadlos halten konnten.

Immer wieder trafen sich ihre heimlichen Blicke und Sebastian glaubte auch über die Entfernung hinweg ihre nervöse Anspannung spüren zu können. Auf sie wartete gleich der schwerste, riskanteste und wohl entscheidendste Teil ihres Plans. Denn wenn nachher im Hinterhofstall irgendetwas schief lief und die drei Dienstmänner des Domherrn den falschen Braten rochen, dann scheiterte damit nicht nur ihr Plan, seinen Vater und vielleicht auch Leonhard Kaiser zu retten, sondern dann konnte sie vermutlich auch mit ihrem Leben abschließen. Ein entsetzlicher, herzzerreißender Gedanke, der ihn mit jeder Stunde mehr quälte, die sie dem Augenblick der Entscheidung näher brachte.

Sebastian fuhr erschrocken zusammen, als ein Schatten über ihn fiel und ein metallisches Klirren aus seiner Bettelschale kam. Sein Kopf ruckte hoch. Eine verhärmte, von Jahrzehnten harter Arbeit gebeugte Frau hatte zwei kleine Münzen in seine Bettelschale geworfen.

Hastig hob er die Hand, machte das Kreuzzeichen und murmelte einen Dank- und Segensspruch, wie es die großherzige Alte wohl von einem frommen Bettelmönch erwartete. Dann schlurfte sie an ihm vorbei die Stufen hoch und verschwand hinter ihm in der Kirche.

Als er seinen Blick wieder auf Bruder Scriptoris richtete, fuhr ihm zum zweiten Mal innerhalb weniger Sekunden der Schreck in die Glieder. Denn der Mönch stand nicht mehr an seinem Beobachtungsposten, sondern eilte die Straße zu ihm hoch. Und er kratzte sich dabei mit beiden Händen heftig am Kopf, als juckte es ihn rund um die Tonsur.

Es war das verabredete Zeichen!

Die Kutsche des Domherrn kam über die Brücke!

6

Hastig bückte Sebastian sich nach seiner Bettelschale, kippte sich noch im Aufspringen das kleine Häuflein Münzen in die Hand, das vielleicht gerade mal für eine bescheidene Mahlzeit gereicht hätte, und gab die Warnung an

Lauretia weiter, während er zu ihr an die Ecke zur Lehmgrubengasse eilte. Zwar hatten sie noch einen Spielraum von einigen Minuten, weil die Kutsche des Domherrn bei dem regen nachmittäglichen Betrieb auf der Brücke nur langsam vorankam und Tassilo zudem stets mit der schamlosen Unverfrorenheit des Mächtigen vor dem Vordereingang seiner Geliebten aus seinem standesgemäßen Gefährt stieg. Aber dennoch waren jetzt höchste Eile und Wachsamkeit geboten. Denn Lauretia musste den Platz des Stallburschen schon eingenommen haben, noch bevor die Kutsche den Marktplatz passiert hatte und Jodok vom Kutschbock aus die Toreinfahrt in sein Blickfeld bekam.

Sebastian hatte gerade noch Zeit, um mit Lauretia einige schnell geflüsterte Worte zu wechseln.

»Pass um Gottes willen auf dich auf!«, beschwor er sie. »Wenn du das Gefühl hast, dass sie den Köder nicht annehmen und misstrauisch werden, machst du dich sofort aus dem Staub. Sag, dass dich die Blase drückt, und verschwinde! So gern ich meinen Vater und seinen Freund auch retten möchte, so hat deine Sicherheit doch Vorrang vor allem anderen!«

»Keine Sorge, ich werde schon aufpassen. Dafür hänge ich zu sehr am Leben!«, versicherte sie, doch mit belegter Stimme und auch reichlich blass um die Nase. »Seht ihr nur zu, dass ihr euch bereithaltet! Und ein paar Gebete könnten auch nicht schaden.«

»Mein Gott, wenn du wüsstest, was für eine Angst ich jetzt um dich ausstehen werde!«, stöhnte er. Im selben Moment ging Bruder Scriptoris an ihnen vorbei, ohne ihnen scheinbar irgendwelche Beachtung zu schenken, und strebte dem Ende der Lehmgrubengasse entgegen.

»Ach was, Unkraut vergeht nicht! Denk an Troja!«, rief sie ihm zu, griff nach den beiden Weidenkörben und verschwand

Augenblicke später durch den Tordurchgang, der sich über die ganze Tiefe des Wohnhauses von Ämilia Gerwald erstreckte.

Sebastian betete in der Tat. Und zwar darum, dass Dominik Felten nicht noch im letzten Augenblick anderen Sinnes geworden war und von dem Tausch plötzlich nichts wissen wollte. Er flehte den Allmächtigen mit stummer Inbrunst an, dass der Stallbursche der enormen Verlockung von zwei Goldstücken nicht widerstehen werde.

Lauretia hatte ihm die Goldstücke gezeigt, ihn zur Prüfung ihres Goldgehaltes sogar auf die Münzen beißen lassen und ihm hoch und heilig versichert, dass er das Gold auch wahrhaftig von einem Bettelmönch erhalten werde, der am unteren Ende der Lehmgrubengasse vor der Taverne *Zum furchtlosen Fährmann* auf ihn warten werde. Sie hatte ihm sogar schon drei Silberstücke als Beweis dafür ausgehändigt, dass er ihr vertrauen könne und keine Hinterlist zu befürchten habe.

Das Blut pochte Sebastian in den Ohren, und die Zeit schien dahinzurasen, während er voller Bangen darauf wartete, dass der Stallbursche nun endlich in der Durchfahrt erschien und wie verabredet die Lehmgrubengasse zur Taverne hinuntereilte.

Wo blieb er nur? Und falls er es sich doch noch anders überlegt hatte, sollte Lauretia bloß nicht versuchen, ihn umzustimmen, sondern ihren Plan für verloren geben und sich so schnell wie möglich in Sicherheit bringen! Er fürchtete, sie könne aus Liebe zu ihm zu viel Mut beweisen wollen und dadurch ihr Leben verwirken.

Fast wallte Panik in ihm auf, als sein Blick zur Straßenecke hinüberging, wo die kurze Zufahrt von der Innbrücke auf den Kirchplatz stieß und er die von den vier prächtigen Schimmeln gezogene Kutsche des Domherrn in einem Gedränge aus heimwärts strebenden Bauernwagen, Handkarren ziehenden Händlern und schwere Körbe tragenden Frauen auftauchen sah.

Im selben Moment registrierte er aus den Augenwinkeln eine Bewegung in der Toreinfahrt der jungen Kaufmannswitwe. Sein Kopf ruckte sofort herum, und seiner Kehle entfuhr ein nur mühsam erstickter Laut unsäglicher Erlösung, als er sah, wer sich da zeigte.

Es war die hagere, abgerissene Gestalt von Dominik Felten! Der Stallbursche drückte sich wie ein Dieb in der Nacht mit einem Lumpenbündel unter dem Arm um die Torecke und beeilte sich, hinunter zur Taverne zu kommen, um von Bruder Scriptoris den versprochenen Lohn einzufordern.

»Dem Herrn sei Dank!«, murmelte Sebastian und entfernte sich nun ein gutes Stück vom Haus der Ämilia Gerwald, um auch jeder noch so geringen Gefahr, von Jodok auf dem Kutschbock erkannt zu werden, buchstäblich aus dem Weg zu gehen. Erst als er gute vierzig Schritte gezählt hatte und zum Laden eines Eisenwarenhändlers gekommen war, der vor seinem Geschäft große Holztruhen mit gusseisernen Kesseln, Pfannen und Feuereisen aufgestellt hatte, blieb er stehen und tat so, als würde er das Angebot in den Kisten einer interessierten Prüfung unterziehen.

In Wirklichkeit galt sein Augenmerk auch weiterhin dem Haus der Gerwald. Die Kutsche des Domherrn hielt gerade vor dem Eingang, dessen breite Tür als Zeichen des Wohlstands seiner Bewohner mit kunstvoll geschnitzten Blumenranken verziert sowie mit einem bronzenen Türklopfer versehen war.

Sebastian sah, wie Tassilo von Wittgenstein aus der Kutsche stieg und die drei Stufen zur Haustür hochschritt, die ihm geöffnet wurde, ohne dass er erst den Türklopfer zu betätigen brauchte. Die Tür hatte sich noch nicht ganz hinter dem Kanoniker geschlossen, als Jodok das Gespann in einem weiten Bogen und mit bewundernswertem Augenmaß in die Toreinfahrt führte. Auf dem Trittbrett an der Rückseite der Kutsche standen die beiden anderen Dienstmänner Baldus und Rupert, ganz wie Lauretia ihnen vor Tagen berichtet hatte, und hielten sich an den Griffen unterhalb der Dachkante fest.

»He, wo steckst du fauler Hund?«, rief Jodok verdrossen in die Einfahrt. »Na los, beweg dich! Es gibt Arbeit! Oder glaubst du vielleicht…« Das Weitere drang nicht mehr bis zu Sebastian.

Nun begann die lange, qualvolle Zeit des Wartens und Hoffens, dass die Schergen des Domherrn Lauretia auf den Leim gingen – und dass sich die Tinktur, die Burkhard Felberstätt ihnen von Bruder Eusebius aus dem Kloster mitgebracht hatte, auch als so wirksam erwies, wie Bruder Scriptoris Lauretia und ihm versichert hatte!

7

Fast ausgestorben lag der Kirchplatz vor ihnen. Längst waren die letzten Buden und Stände abgebaut und hatte der letzte Bauer den Markt mit seinem Gefährt verlassen. Die im Westen schon weit herabgesunkene Sonne verlor spürbar an Kraft und ließ die Schatten, die die hohen Bürgerhäuser auf dieser Seite des Platzes warfen, immer länger und dunkler werden.

Sebastian und Bruder Scriptoris hockten, erfüllt von nervöser Unruhe, vor dem Portal der Kirche auf der obersten Stufe. Von hier aus hatten sie einen ungehinderten Blick quer über den Platz auf das Wohnhaus von Ämilia Gerwald und die Toreinfahrt.

Am liebsten hätte sich Sebastian die ganze Zeit drüben vor dem Durchgang aufgehalten, um Lauretia so nahe wie möglich zu sein und ihr im Notfall unverzüglich zu Hilfe eilen zu können. Aber dort herumzulungern wäre sogar in der Kluft der Bettelmönche töricht gewesen und hätte den Argwohn eines Stadtdieners wecken können. Und deshalb hatten sie die Ecke an der Lehmgrubengasse wie auch den Kirchplatz eine gute Stunde lang tunlichst gemieden.

Sie waren kreuz und quer durch die nicht sehr weitläufige Innstadt gezogen, hatten sich für eine Weile hinter den letzten Häusern hinunter ans Ufer der Donau begeben, von dort zur trutzigen Festung Oberhaus hoch gestarrt, die sich jenseits der Domstadt auf dem Sankt Georgsberg mit der steinernen Arroganz herzoglicher Macht erhob, und waren erst dann wieder mit erzwungener Gemächlichkeit zum Kirchplatz zurückgekehrt. Auf dem Weg dorthin hatten sie sich einen Laib Brot gekauft und gaben sich nun den Anschein, hier auf den Kirchenstufen ihr karges Abendmahl zu sich zu nehmen und ihren müden Füßen eine Weile Ruhe zu gönnen.

Doch Sebastian bekam kaum einen Bissen hinunter, so sehr sorgte er sich um Lauretia, und was wohl jetzt dort hinten in der Stallung der Kaufmannswitwe vor sich ging.

»Und was ist, wenn die Tinktur von Bruder Eusebius nun doch nicht die betäubende Wirkung hat, die Ihr Euch davon versprochen habt?«, fragte er und würgte mühsam den Brotbrei in seinem Mund hinunter. »Jodok und seine Spießgesellen sollen doch wüste Zecher sein, die bestimmt eine Menge vertragen. So leicht kippen die nicht aus den Stiefeln.«

»Den mit der Tinktur vermischten Branntwein, den Lauretia ihnen vorsetzt, vertragen sie mit Sicherheit nicht«, versuchte der Mönch ihn zu beruhigen. »Laudanum, dieser konzentrierte Saft von Mohnkapseln, wirkt schon in sparsamer Dosierung betäubend. Und was wir ihnen da angerührt haben, ist nun wirklich alles andere als eine leicht bekömmliche Verdünnung. Und in Verbindung mit solch schwerem Branntwein potenziert sich die einschläfernde Wirkung noch. Nein, auch die standfestesten Zecher werden sich nach so einem tückischen Trunk nicht mehr lange auf den Beinen halten können.«

»Und warum hat Lauretia uns noch immer nicht das vereinbarte Zeichen gegeben, dass die List gelungen ist und die Burschen außer Gefecht gesetzt sind?«, wollte Sebastian, von Sorge gequält, wissen.

»Weil das Laudanum auch in dieser Stärke nun mal nicht so unvermittelt wirkt wie ein Keulenschlag auf den Hinterkopf«, antwortete Bruder Scriptoris geduldig. »Es muss erst einmal in den Körper wandern, sich überall ausbreiten und seine verborgene Kraft entfalten. Sie werden anfangs nur eine bleierne Müdigkeit verspüren und glauben, dem mit einem kleinen Nickerchen beikommen zu können und danach schon wieder flink auf den Beinen zu sein, wenn es Zeit ist, sich für die Rückfahrt ihres Herrn bereitzuhalten. Aber wenn ihnen erst einmal die Augen zugefallen sind, wird man sie weder mit Kanonenschlägen noch mit Stockhieben aus der tiefen Betäubung reißen können, die sie umfangen hält. Also ruhig Blut, Sebastian. Es ist gerade erst eine gute Stunde vergangen, und dass Lauretia sich bislang nicht gezeigt und auch niemand Alarm geschlagen hat, ist ein gutes Zeichen.«

»Gebe Gott, dass es so ist, wie Ihr sagt!«

»Es wird so und nicht anders sein!«, versicherte der Mönch mit fester Zuversicht.

»Dennoch hoffe ich inständig, dass es bald so weit ist!«, murmelte Sebastian mit Blick auf die tief stehende Sonne. »Es wird einige Zeit kosten, um ihnen die Kleidung abzunehmen, sie sorgsam zu fesseln und zu knebeln und uns ihre Sachen anzuziehen. Und dann müssen wir auch noch nach Passau hinüber und quer durch die Stadt aufs andere Donauufer, bevor es Nacht wird und sich die Tore schließen.«

»Du vergisst, dass wir nicht mit einem klobigen Fuhrwerk, sondern mit der herrschaftlichen Kutsche eines mächtigen Domherrn vor dem Tor stehen, wenn denn dieser Fall überhaupt eintrifft«, erwiderte Bruder Scriptoris. »Und kein Torwächter wird es wagen, Tassilo von Wittgenstein den Weg zu verwehren, wenn es ihm beliebt, zu eben dieser Stunde aus der Stadt und hinauf zur Festung zu wollen. Und jetzt höre endlich auf, dir wie ein eingefleischter Pessimist auszumalen, was alles schief laufen könnte! Bis jetzt ist doch alles so gekommen, wie wir es uns erhofft haben.«

»Ihr habt ja Recht«, gab Sebastian mit einem schweren Seufzer zu, doch sehr viel ruhiger wurde er nicht.

Plötzlich gellte ein kurzer, scharfer Pfiff aus der Lehmgrubengasse zu ihnen über den Platz.

»Lauretia!«, stieß Sebastian hervor und wollte schon aufspringen.

Doch sofort packte der Mönch seinen Arm und hielt ihn mit eisernem Griff neben sich auf der Treppenstufe. »Warte!«, zischte er. »Bettelmönche legen keine unziemliche Hast an den Tag und rennen wie Gassenjungen über einen Kirchplatz! Bewahre Ruhe und einen kühlen Kopf.« Und mit aufreizender Ruhe verstaute er den Brotlaib, von dem noch gut drei Viertel übrig waren, in dem alten Stoffsack, den er bei sich trug.

Wie schwer es Sebastian fiel, scheinbar gleichmütig neben Bruder Scriptoris sitzen zu bleiben und zu warten, bis dieser sich endlich erhob und sich gemessenen Schrittes auf den Weg hinüber zur Lehmgrubengasse machte!

Lauretia hatte sich indessen schon wieder in den Schutz des Tordurchgangs zurückgezogen. Lag die Gasse selbst noch zu einem gut Teil in weichem Abendschein, so kündete in der Torpassage das Zwielicht schon von der herannahenden Nacht.

»Sind sie auf die List hereingefallen?«, stieß Sebastian im Flüsterton hervor, kaum dass er mit dem Mönch den äußeren Torbogen passiert hatte und Lauretia am anderen Ende der Durchfahrt entdeckte. Eine Frage, die völlig überflüssig war, hätte Lauretia ihnen andernfalls doch nicht durch den Pfiff zu verstehen gegeben, dass die drei Schergen wehrlos niedergestreckt im Stall lagen und sie nun kommen konnten, um gemeinsam mit ihr den Rest zu besorgen.

»Das erste Troja ist kampflos gefallen!«, antwortete sie mit einem stolzen Lächeln.

»Dem Herrn sei Lob und Dank!«, raunte Bruder Scriptoris und zeigte nun doch deutlich Erleichterung, als wäre auch er insgeheim nicht frei von Sorge gewesen. »Zeig uns, wo sie liegen!«

»Kommt!«

Als Sebastian mit ihnen hinaus in den Hof trat, verstand er besser, warum ein erfahrener Kutscher selbst mit einem vierspännigen Gespann nicht allzu große Schwierigkeiten hatte, an diesem Ort zu wenden. Der verstorbene Kaufmann hatte einen großen Hinterhof angelegt, weil er hier sein Lager gehabt hatte, wie der Trakt zur Rechten mit seinen drei hohen Toren vermuten ließ. Auf der Linken erstreckten sich der Pferdestall und die Remise. Davor stand die Kutsche des Domherrn mit den vier Schimmeln im Geschirr, die ihre Köpfe in die ihnen umgehängten Futtersäcke versenkt hatten und sich den Hafer schmecken ließen.

Lauretia führte sie durch die nur angelehnte Tür in die Stallung, und gleich dahinter, in dem offenen Bereich zwischen den Abtrennungen der Einstellplätze für die Pferde, lagen sie reglos im Stroh, mit offenen Mündern und wie tot.

Schnell kniete sich Bruder Scriptoris zwischen sie und vergewisserte sich, dass ihr Atem gleichmäßig ging und ihr Pulsschlag keine Besorgnis erregenden Unregelmäßigkeiten aufwies. Aber auch wenn dem so gewesen wäre, hätten sie nichts für sie tun können.

»Sie werden sich morgen reichlich schlapp und elend fühlen, aber das ist auch alles, was sie als Nachwehen ihrer Zecherei zu befürchten haben«, sagte er. »Also dann, machen wir uns an die Arbeit.«

Ohne viele Worte und in großer Eile lösten Sebastian und Bruder Scriptoris den drei Gefolgsleuten des Domherrn die Waffengurte, zerrten ihnen die Stiefel von den Füßen, gurteten die Lederwamse auf und zogen sie dann gänzlich aus. Dabei rollten sie die Männer wie ausgeweidete Rinderhälften mal auf die eine Seite, mal auf die andere. Indessen trug Lauretia einen ganzen Arm voll Stricke zusammen, von denen es in jedem Pferdestall eine ausreichende Menge gab. Denn die Kordel, die sie vorsorglich mitgebracht hatten, wurde später im Kerker gebraucht.

Anschließend vertauschten sie ihre Kleidung mit der der Dienstmänner. Sebastian und der Mönch hatten mit der Größe der Kleidung keine Probleme, unterschied sich ihre Körperstatur doch nur unwesentlich von der der Schergen. Nur Lauretia sah sich gezwungen, ihr allzu locker sitzendes Lederwams und die kniehohen Stiefel mit Stroh auszufüttern, das sie vorher sorgsam mit dünnen Stricken zusammenband, damit es sich nicht löste und ihr verräterisch aus den Sachen rieselte. Und im Gegensatz zu Sebastian, der seine Kutte im Stall zurücklassen würde, gedachten sie und Bruder Scriptoris ihre eigene Kleidung später auf der Flucht wieder anzuziehen. Deshalb wickelten sie ihre Sachen zu einem Bündel zusammen, um es gleich in den Fußkasten der Kutsche zu legen.

Nachdem das getan war, fesselten sie Jodok, Baldus und Rupert an Händen und Füßen. Auf einen Knebel verzichteten sie, versicherte der Mönch doch, dass von ihnen nichts zu befürchten war, da sie nicht vor dem Morgen aus ihrem betäubenden Schlaf erwachen würden. Und damit man sie nicht sofort entdeckte, falls jemand nach dem Stallknecht Dominik Felten suchte, schleppten sie die nackten Gestalten zum Schluss noch nach hinten in die Sattelkammer und legten sie in die hinterste Ecke. Dann schoben sie noch einen Werktisch vor die Körper und warfen mehrere große Pferdedecken darüber, von denen die eine an der Vorderseite so weit herunterhing, dass sie die hinter dem Tisch liegenden Männer recht gut verbarg.

»Das sieht doch prächtig aus!«, bemerkte Bruder Scriptoris, als sie ihr Gemeinschaftswerk von der Tür aus noch einmal kritisch in Augenschein nahmen. Und damit zog er die Tür zu, schloss sie von außen ab und ließ den Schlüssel stecken.

»Jetzt kann der Domherr kommen!«, sagte Sebastian grimmig, rückte seinen Waffengurt zurecht und zog Jodoks Dolch. Mit der Daumenkuppe fuhr er vorsichtig über die Klinge, um sich von ihrer Schärfe zu überzeugen. »Wir werden ihm den Empfang bereiten, den er verdient hat!«

8

Die herrschaftliche Kutsche mit den vier edlen Pferden wartete abfahrbereit auf Tassilo von Wittgenstein. Lauretia hatte das Gespann ein Stück aus dem Hof und in die Tordurchfahrt geführt, so dass die Pferde und der vordere Teil des Gefährts im dunklen Schutz des Gewölbes standen.

Bruder Scriptoris hatte sich auf der rechten Seite hinter den Tieren und mit dem Rücken zur Ausfahrt an der Deichsel postiert. Die bauschige Kappe und der weite Umhang mit dem aufgestickten Wappen des Domherrn gaben bei dem schummrigen Licht nicht den geringsten Hinweis darauf, dass nicht Jodok in ihnen steckte, sondern ein völlig anderer. Sebastian und Lauretia warteten hinter der Kutsche.

»Und bist du dir auch sicher, mit solch einem Vierergespann umgehen zu können?«, fragte Sebastian.

»Es wäre wohl ein reichlich spät, um jetzt noch Bedenken anzumelden, findest du nicht auch?«, fragte sie spöttisch zurück. »Aber du kannst beruhigt sein. Wer wie ich schon viele Dutzend Mal ein mit Bauholz hoch beladenes Fuhrwerk durch die Stadt kutschiert und zur Festung hinaufgefahren hat, der hält auch so ein Gespann unter Kontrolle.«

»Natürlich!«, sagte Sebastian schnell. »Ich wollte nicht ...«

Sein Satz blieb unbeendet, denn in dem Moment drang die herrische Stimme des Domherrn von der Straße zu ihnen. »Jodok! Fahr vor!«

Sebastian zuckte wie unter einem Peitschenhieb zusammen und das Herz begann in seiner Brust zu rasen. Der Moment war gekommen, der über Gelingen oder Scheitern entschied! Jetzt galt es!

Anstatt sich wie befohlen auf den Kutschbock zu schwingen und mit der Kutsche vorzufahren, antwortete Bruder Scriptoris mit einem unverständlichen, missmutigen Grummeln.

»Zum Teufel, wo bleibst du? Hast du es auf den Ohren?«, rief Tassilo von Wittgenstein ungnädig und tauchte im nächsten Augenblick im Tordurchgang auf.

Sofort beugte sich Bruder Scriptoris zur Deichsel hinunter, fummelte leise fluchend daran herum und brummelte irgendetwas von »gelockertem Geschirr«.

Tassilo zögerte kurz, dann trat er aus dem Abendlicht der Straße in den schon recht dunklen Torgang. »Ich verstehe kein Wort von dem, was du vor dich hinbrabbelst! Was ist denn da los?«, bellte er.

Kaum war der Domherr an die Seite des Mönches getreten, den er für Jodok hielt, als Sebastian hinter der Kutsche hervorkam, den gezückten Dolch unter dem weiten Umhang verbergend. Und bevor Tassilo sich noch zu ihm umgedreht hatte, war Sebastian auch schon bei ihm und hielt ihm die Klinge an die Kehle.

»Ein Schrei oder sonst ein lautes Wort, und Ihr ersauft in Eurem eigenen Blut!«, drohte er und wünschte fast, der Domherr würde ihn wirklich dazu zwingen, so sehr hatten sich Wut und Abscheu in ihm aufgestaut.

Fast gleichzeitig fuhr Bruder Scriptoris herum und versperrte dem Kanoniker den Fluchtweg. »Ihr tut besser, was wir Euch sagen, sonst habt Ihr Euer Leben verwirkt!«

Tassilo stand einen Moment wie erstarrt. Dann wandte er sich ganz langsam zu Sebastian herum und sah ihn an. »Schau an, die junge Ketzerbrut ist aus ihren Löchern gekrochen und zeigt ihr widerliches Gesicht!«, stieß er hervor. »Du bist doch der, den ich gesucht habe, nicht wahr?«

»Ja, der bin ich … *Onkel* Tassilo!«, erwiderte Sebastian mit unbändigem Zorn und spuckte ihm ins Gesicht. »Und schaut Euch mein Gesicht nur gut an! Wenn es darauf ankommt, wird es das Letzte sein, was Ihr zu sehen bekommt, bevor Ihr zur Hölle fahrt!«

Ebenso vorsichtig langsam, wie er sich zu ihm umgedreht hatte, wischte sich Tassilo den Speichel von Stirn und Wange. »Das wird dir noch einmal Leid tun!«, zischte er. »Du bist ein einfältiger Tölpel, wenn du glaubst, mit deinen Komplizen …«

»Haltet Euer Schandmaul und steigt ein!«, schnitt Bruder Scriptoris ihm scharf das Wort ab. »Weder sind wir einfältige Tölpel noch sprechen wir leere Drohungen aus! Glaubt mir, dass Sebastian auch nicht eine Sekunde zögern wird, Euch die Klinge in den Leib zu rammen!«

»Und wenn einer diese Strafe verdient habt, dann seid Ihr es!«, fügte Lauretia hinter Sebastian grimmig hinzu und öffnete den Kutschenschlag.

»Los, steigt ein!«, befahl Sebastian. »Es liegt jetzt ganz bei Euch, ob Ihr mit dem Leben davonkommt oder gleich in Eurem Blut liegt! Niemand wird Euch zu Hilfe kommen, falls Ihr so dumm sein solltet zu schreien. Eure Handlanger Jodok, Baldus und Rupert schon gar nicht. Die liegen gut verschnürt an einem Ort, wo man sie so schnell nicht finden wird. Und jetzt bewegt Euch!«

Lauretia, die auch zu ihrem Messer gegriffen hatte, sprang in die Kutsche, um ihn dort in Empfang zu nehmen und ihn in Schach zu halten.

Dem Domherrn schien nun zu dämmern, dass ihm gar keine andere Wahl blieb, als ihnen zu Willen zu sein, wenn er sein Leben retten wollte.

»Brennen werdet ihr Elenden, ihr alle drei!«, fluchte Tassilo in ohnmächtiger Wut, stieg jedoch in die Kutsche, deren Wände mit safranfarbener Seide bespannt und deren weich gepolsterte Sitzbänke mit einem etwas dunkleren Samtstoff bezogen waren.

Sebastian folgte ihm und setzte sich neben ihn. Lauretia stieg nun wieder aus, schloss den Kutschenschlag, dessen Fenster mit einem gleichfalls safrangelben Spitzentuch verhängt war, und kletterte auf den Kutschbock, während Bruder Scriptoris sich hinten auf das Trittbrett begab. Alles sollte so wie immer aussehen, wenn der Domherrn in seiner prächtigen Kutsche ausfuhr.

»Darf ich erfahren, wohin Ihr mich zu bringen gedenkt?«, fragte Tassilo, als die Kutsche anruckte und aus der Tordurchfahrt rollte.

»Das werdet Ihr schon sehen!«, beschied Sebastian ihn knapp, während er ihn wachsam im Auge behielt und den Dolch nicht von seiner Kehle nahm.

»Ihr glaubt doch wohl nicht im Ernst, dass ihr mich als Geisel nehmen und deinen Vater freipressen könnt!«, sagte Tassilo und gab sich den Anschein unerschütterlicher Selbstsicherheit und Überlegenheit.

»Wir werden ihn nicht freipressen, sondern Ihr werdet höchstpersönlich dafür sorgen, dass die Kerkerzelle meines Vaters aufgeschlossen wird und er seine Freiheit erhält!«, erwiderte Sebastian. »Und Leonhard Kaiser ebenso!«

»Was? Ihr wollt mit mir in die Festung Oberhaus?«, stieß der Domherr ungläubig hervor und lachte höhnisch auf. »Ihr müsst wirklich den letzten Rest Eures Verstandes verloren haben, dass euch so etwas Irrwitziges überhaupt in den Sinn gekommen ist! Das wird euch nicht gelingen!«

»Dann beginnt jetzt schon mal zu beten und all Eure Schandtaten zu bereuen, denn nachher werdet Ihr dazu nicht mehr die Zeit haben!«, entgegnete Sebastian kalt und mit unerbittlicher Entschlossenheit, ihn notfalls mit in den Tod zu nehmen. »Denn Jodoks Dolch hier ist so scharf geschliffen, dass er so glatt durch Eure Kehle gehen wird wie ein heißes Messer durch einen Klumpen Butter! Wenn unser Plan misslingt, was einzig und allein bei Euch liegen wird, und wir den Tod vor Augen haben sollten, werdet Ihr der Erste sein, der in seinem Blut liegt! Das schwöre ich Euch bei Gott, der heiligen Jungfrau Maria, allen Aposteln, Märtyrern und Heiligen, und was mir sonst noch heilig ist!«

Tassilo konnte nun nicht verhindern, dass er heftig schlucken musste. Sein Verstand sagte ihm offenbar, dass sein Leben tatsächlich an einem seidenen Faden hing. Er presste die Lippen zusammen und fiel in ein finsteres, brütendes Schweigen, während die Kutsche schon über die Innbrücke zurück nach Passau ratterte.

Sebastian war das Schweigen nur zu recht. Er hasste und verabscheute seinen Onkel aus tiefster Seele, und so nahe neben ihm sitzen zu müssen bereitete ihm körperliches Unbehagen – nein, Ekel war es, der in ihm aufstieg.

Die verhängten Fenster verhinderten, dass Sebastian hinausschauen und verfolgen konnte, wo sie sich befanden. Doch der veränderte Ton der Räder verriet ihm, dass sie die Brücke mittlerweile hinter sich gelassen hatten und Lauretia das Gespann nun durch die Stadt lenkte. Und sie jagte offenbar so rücksichtslos durch Straßen und über Plätze, wie sie es in den Tagen ihrer Ausspähung bei Jodok beobachtet hatte. Der Kutsche des Domherrn war gefälligst Platz zu machen, sonst wurde man unter Flüchen und Drohungen zur Seite gescheucht oder es setzte sogar Hiebe mit der Peitsche. Und Lauretia sparte jetzt ebenso wenig mit wüsten Verwünschungen, wenn jemand nicht schnell genug den Weg freigab, und ließ auch die Peitsche kräftig knallen.

Während sie so zügig die Stadt durchquerten, bedachte Sebastian noch einmal in kurzen Gedankensprüngen, was alles im Laufe gerade mal einer Woche an Unglaublichem geschehen war und dass sie sich nun tatsächlich mit dem Domherrn in ihrer Gewalt auf dem Weg zur uneinnehmbaren Festung Oberhaus befanden. Und dann verharrten seine Gedanken einen Moment bei dem letzten noch immer ungelösten Geheimnis, nämlich wer sich hinter dem mysteriösen Fremden verbarg, den sie nur als den Kapuzenmann kannten. Hatte er ihre Spur verloren, seit der Mönch und er aus dem Kloster geflohen waren? War sein Interesse an ihm aus irgendeinem Grund plötzlich erloschen? Hatte er ihn nun seinem eigenen ungewissen Schicksal überlassen, oder lauerte er vielleicht hinter den Kulissen, bis der Zeitpunkt gekommen war, um wieder in Erscheinung zu treten und in sein Leben einzugreifen?

Sebastian verdrängte diese beunruhigenden Gedanken, als sie wenig später das Ausfalltor an der Donau passierten und die Hufe der vier Schimmel über die schweren Bohlen der Brücke trommelten, die Passau mit dem linken Flussufer verband. Dort ging es kurz hinter der kleinen Siedlung, die rund um die Brückenauffahrt am Fuß des Berges klebte, auf einer breiten, sich in die Höhe windenden Straße hinauf zur Festung Oberhaus.

»Hört mir jetzt gut zu«, brach Sebastian nun das Schweigen in der Kutsche, und er musste all seine Selbstbeherrschung aufbringen, um sich seine Angst nicht anmerken zu lassen. Denn die Vorstellung, dass der letzte Teil ihres Planes doch noch scheitern konnte und die Festung dann für sie zur unentrinnbaren Falle wurde, lag wie eine eiserne Klemme um seine Brust. Und als er fortfuhr, legte er deshalb eisige Entschlossenheit in seine Stimme, die er so überhaupt nicht empfand, die aber den Anschein erwecken sollte, als würden seine Freunde und er vor nichts zurückschrecken und dem Tod notfalls unerschrocken ins Auge sehen. »Wir haben nichts mehr zu verlieren. Sollte es zu einem Kampf mit den Wachen kommen und wir dem Tod nicht entrinnen können, so sei es denn! Wir wissen, worauf wir uns eingelassen haben.«

Tassilo beschränkte sich darauf, einen knappen, unbestimmten Laut von sich zu geben.

»Aber lasst uns von Euch reden. Es liegt ganz in Eurer Hand, ob Ihr mit einer Blamage, dafür aber mit Eurem Leben davonkommt, oder ob Ihr mit uns sterben werdet!«, erinnerte ihn Sebastian. »Wir haben Erkundigungen eingezogen und wissen, dass Ihr oft in der Festung seid und die Macht habt, uns in den Kerker zu meinem Vater und Leonhard Kaiser zu bringen, ohne dass man uns Fragen stellt oder es uns gar verwehrt, Euch zu begleiten. Ihr werdet am Tor wie gewohnt Einlass verlangen und uns unverzüglich zu den Zellen der Gefangenen führen.«

Tassilo schnaubte. »Und die ganze Zeit willst du mir die Klinge an den Hals halten, ja?«

»Ihr scheint uns noch immer zu unterschätzen«, erwiderte Sebastian. »Natürlich werde ich den Dolch von Eurer Kehle nehmen! Aber dennoch werdet Ihr Jodoks Klinge jede Sekunde zu spüren bekommen, verlasst Euch drauf! Ihr werdet nämlich humpeln, als hättet Ihr Euch den Fuß verstaucht, dabei Euren linken Arm um meine Schulter legen und Euch scheinbar auf mich stützen. Und ich werde meine Rechte mit dem Dolch unter Eurem Umhang haben – jederzeit bereit, Euch sofort die Klinge in den Leib zu stoßen, wenn Ihr etwas sagt oder tut, das uns in Gefahr bringen könnte. Und unsere Augen und Ohren werden wachsam sein, das könnt Ihr mir glauben!«

»Verfluchter Hundesohn!«, entfuhr es Tassilo, und er verriet damit, dass er begriffen hatte, wie unmöglich es für ihn war, einem tödlichen Stich zu entkommen, wenn er sich nicht fügte.

»Und noch etwas sollt Ihr wissen«, sagte Sebastian mit grimmiger Genugtuung. »Wenn Ihr getan habt, was wir von Euch verlangen, und wir sicher aus der Stadt sind, werden wir Euch nicht nur laufen lassen, ohne dass Euch ein Haar gekrümmt worden ist, sondern dann erfahrt Ihr auch, wo Ihr die drei Briefe finden könnt, die Ihr damals meinem Vater nach Wittenberg geschrieben habt und die Euch zweifellos großen Schaden zufügen können, wenn sie jemandem in die Hände fallen, der Euch nicht wohlgesonnen ist. Und wie unsere Erkundigungen unschwer ergeben haben, gibt es nicht nur im Domkapitel, sondern auch an anderer Stelle einflussreiche Männer, die Ihr Euch zu Feinden und Neidern gemacht habt!«

»Du hast die Briefe?«, stieß Tassilo hervor.

»Ja, aber glaubt nicht, wir wären so dumm, sie bei uns zu tragen«, antwortete Sebastian. »Sie liegen außerhalb der Stadt an einem sicheren Ort im Wald versteckt, wo wir Euch freilassen werden, wenn wir uns mit meinem Vater und Leonhard Kaiser außer Gefahr befinden. Und noch etwas solltet Ihr wissen, nämlich dass diese Briefe dort nicht verrotten werden, falls es in der Festung zum Äußersten kommt. Auch wenn Ihr dann durch ein Wunder nicht mit uns sterben solltet, dem, was die Briefe Euch antun können, werdet Ihr auf gar keinen Fall entkommen. Denn wenn ein Vertrauter von uns, der bei dem Versteck mit den Briefen wartet, uns binnen zwei Stunden nicht wiedersieht, wird er die drei Briefe und das vierseitige Schreiben an sich nehmen, in dem ausführlich erläutert wird, worum es Euch wirklich gegangen ist, als Ihr erst meinen Vater vor gut zehn Jahren für tot erklärt und ihn dann vor Wochen bei Eurem heimlichen Treffen verhaftet und unter seinem neuen Namen Ekkehard von Neuleben in den Kerker gesperrt habt. Und dann wird ein ahnungsloser Bote diese vier Schreiben morgen in aller Frühe einem Eurer Feinde überbringen, dem es dann sicherlich ein lang ersehntes Vergnügen bereiten wird, Euren Sturz zu betreiben und Euch vielleicht sogar als heimlichen Ketzer vor Gericht zu zerren. So oder so, der Verlust Eurer hohen Ämter, der finanzielle Ruin und die Ächtung dürften Euch in jedem Fall gewiss sein!«

»Verflucht sollt Ihr sein!«, zischte Tassilo, kalkweiß im Gesicht.

»Aus Eurem Mund betrachte ich das als Ehrenbezeichnung, Onkel Tassilo!«, gab Sebastian kalt zurück. Dann teilte er ihm mit, was genau er den Torwachen sagen und welche Antwort er notfalls geben sollte, wenn jemand wissen wollte, warum er mit seinen Schergen hinunter zu den Zellen der beiden Ketzer wollte. Auch gab er ihm klare, unmissverständliche Anweisungen, was er dem Kerkerwärter zu sagen hatte.

Bei ihrer Planung hatte es sich als überaus vorteilhaft erwiesen, dass Lauretia schon oft in der Festung gewesen war. Und in der Zeit, in der die dort tätigen Handwerker damit beschäftigt gewesen waren, ihr Fuhrwerk zu entladen, hatte sie sich bei jedem Besuch ein wenig besser mit der ausgedehnten Anlage vertraut machen können. Sie wusste daher genau, welchen Weg sie einschlagen musste, um zu jenem Seitenhof zu kommen, wo es zu den Kerkern hinabging, in denen die Ketzer einsaßen. Ein Täuschungsversuch von Seiten des Domherrn war damit unmöglich. Und das gab ihm Sebastian auch deutlich zu verstehen, indem er seine genauen Ortskenntnisse unter Beweis stellte.

Kaum hatte er seine Ausführungen beendet, als Bruder Scriptoris von hinten dreimal kurz gegen die Kutschenwand klopfte. Das war das verabredete Zeichen, dass sie die Auffahrt zur Festung erklommen hatten und gleich vor dem ersten Tor halten würden.

»Macht Euch bereit!«, sagte Sebastian, fuhr mit der Dolchhand unter Tassilos Umhang und drückte ihm die Klinge in Nierenhöhe spürbar in die Seite. Und ein letztes Mal erinnerte er ihn, was auf dem Spiel stand. »Jetzt heißt es leben oder sterben!«

Und in Gedanken fügte Sebastian noch hinzu: Für uns alle!

9

Lauretia nahm die letzte Kurve mit kaum verminderter Geschwindigkeit und jagte das Gespann auf dem letzten ebenen Stück auf die himmelwärts strebenden Mauern zu, als wollte sie die Wachen überrennen und das mächtige Tor im Galopp zu durchbrechen versuchen. Erst im letzten Moment packte sie kraftvoll in die Zügel und griff mit der anderen Hand zur Bremsstange, um die Kutsche noch rechtzeitig vor der Toranlage zum Stehen zu bringen. Die Kutsche zog eine gewaltige Staubfahne hinter sich her, die sie nun einholte und die aufgeschreckten Wachposten mit einer schmutzigen Wolke einhüllte.

»Nun macht schon das Tor auf!«, rief sie ihnen vom Kutschbock aus mit kehliger Stimme zu und ließ ungeduldig die Peitsche knallen. »Mein Herr, der hochwohlgeborene Domherr Tassilo von Wittgenstein hat es eilig! Oder habt ihr es auf den Augen, dass ihr nicht seht, mit wem ihr es zu tun habt?«

Nun öffnete sich der Kutschenschlag, aber nur so weit, wie es nötig war, damit der Domherr seinen Kopf hinausstecken konnte und die Wachen sahen, dass er es wirklich war. »Warum geht es nicht weiter?«, bellte er. »Na los, macht das Tor auf!«

»Sehr wohl, gnädiger Herr! … Ganz zu Euren Diensten,

gnädiger Herr!«, stieß der ranghöchste der Torwachen eilfertig hervor, machte eine tiefe Verbeugung, die ihren Adressaten gar nicht mehr erreichte, weil da der Kutschenschlag schon wieder zuknallte, und fuhr nun seinerseits seine Untergebenen an, nicht untätig herumzustehen, sondern dem Domherrn endlich das Tor zu öffnen.

»So weit, so gut, wie Bruder Scriptoris sagen würde«, murmelte Lauretia vor sich hin, während sie die Schimmel mit einem Schnalzen und erfahrenem Zügelschlag dazu brachte, sich wieder in Bewegung zu setzen.

Die wappengeschmückte Kutsche ratterte durch die tiefe Toranlage und gelangte nach einigen Gespannlängen zu einem zweiten, nicht weniger gut gesicherten Tor. Dort jedoch bedurfte es keiner Zurufe, damit ihnen Durchlass gewährt wurde. Das Tor schwang schon auf, kaum dass der Blick der Posten auf das Wappen des Domherrn gefallen war.

Mit der Arroganz des domherrlichen Schergen zog Lauretia an ihnen vorbei, schenkte ihnen weder ein Nicken noch einen flüchtigen Blick.

Vor ihr lag nun der große, zentrale und weitläufige Festungshof, von dem aus andere, bedeutend kleinere und winklige Höfe abzweigten. Einige Soldaten niederen Rangs waren gerade damit beschäftigt, vor mehreren Zugängen Laternen aufzuhängen und die Lichter anzuzünden, während zwei Gruppen von Zimmerleuten und Handwerkern eiligst die Werkzeuge auf ihre Wagen luden, um noch rechtzeitig vor dem Schließen der Tore in die Stadt zurückzukehren. Denn inzwischen berührte die Sonne im Westen schon den Horizont und warf einen letzten flammenden Glutschein an den Himmel. Nicht mehr lange, dann würde das rote Lebensfeuer im Westen erlöschen und die Nacht mit ihrer Dunkelheit die Vorherrschaft über Stadt, Land und Festung antreten.

Zielstrebig lenkte Lauretia die Schimmel hinüber in den Seitenhof, von wo aus man hinunter in die finsteren Katakomben des Gefangenentraktes gelangte. Nur wenige Schritte vom Eingang entfernt brachte sie das Gefährt zum Stehen. Zwei Wachen, die bei ihrem Eintreffen in ein vergnügtes Gespräch vertieft gewesen waren, nahmen augenblicklich Haltung an, als sie sahen, wer da vorfuhr. Verwundert schienen sie jedoch nicht zu sein, weder über die späte Stunde noch darüber, dass diesmal nicht Jodok auf dem Kutschbock saß. Sofern ihnen das überhaupt auffiel.

Lauretia bedachte sie nur mit einem knappen Nicken, während sie die Zügel um die eiserne Bremsstange wickelte, sprang behände vom Kutschbock und öffnete den Türschlag. Dabei stellte sie sich so, dass sie den Wachposten den Blick in die Kutsche verwehrte – für den Fall, dass Sebastian beim Aussteigen Schwierigkeiten hatte, den Dolch im Schutz von Tassilos weitem Umhang zu halten.

Lauretia griff dann schnell nach dem Kleidersack und hängte ihn sich über die Schulter. »Lasst Euch helfen, Herr«, sagte sie diensteifrig zum Domherrn und streckte ihm ihre Hand entgegen. »Ihr müsst Euch schonen. Mit einem so übel verstauchten Fuß ist nicht zu spaßen!«

Stumm ergriff Tassilo die ihm dargebotene Hand und stieg aus der Kutsche, sofort gefolgt von Sebastian, der rasch an seine linke Seite trat und seine Dolchhand wieder unter dem Umhang in Position brachte.

Sowohl Lauretias deutlicher Hinweis auf Tassilos vorgetäuschte Verletzung als auch Sebastians Eile erwiesen sich als völlig unnötig. Denn die beiden Männer blickten überhaupt nicht zu ihnen herüber, sondern beeilten sich, dem humpelnden Domherrn die schwere Gittertür zu öffnen.

Als Lauretia nach links über den Hof blickte, fuhr sie

erschrocken zusammen, als sie die breitschultrige, hoch gewachsene Gestalt in dunkler Kleidung erblickte, die in diesem Moment aus einer Tür in den Abend hinaustrat. Es war Hubertus Haberstroh, der Vollstrecker des weltlichen Gerichtes, der auch die Aufsicht über den Folterknecht und dessen Tätigkeit bei den peinsamen Befragungen der Tortur ausübte!

»Achtung, der Scharfrichter!«, zischte sie Sebastian warnend zu, während das Eisengitter aufschwang und den Scharnieren dabei ein schrilles, metallisches Quietschen entfuhr.

Sebastian erstarrte für einen Moment. Der Schweiß brach ihm aus. Würde der Henker Argwohn schöpfen, zu ihnen herüberkommen und ihren Plan so kurz vor dem Ziel vereiteln?

Indessen hatte der Scharfrichter auch sie bemerkt und im Schritt inne gehalten. Sein prüfender Blick ging von einem zum anderen, als wollte er sich vergewissern, dass alles seine Ordnung hatte.

Sebastian würgte es in der Kehle, hatte er doch den Eindruck, als würde der Domherr dem Scharfrichter beschwörende Blicke zuwerfen, um ihm die stumme Botschaft zukommen lassen, dass die ihn begleitenden Männer ihn zur Geisel genommen hatten und nichts so war, wie es den Anschein hatte.

Aber dann verbeugte sich der Scharfrichter ehrerbietend in Tassilos Richtung, wandte sich ab und ging zügigen Schrittes zum Hauptplatz weiter.

Sebastian stieß dem Domherrn unter dem Umhang den Dolch ein wenig stärker in die Seite, um ihn daran zu erinnern, was er zu tun hatte und was ihm drohte, wenn er nicht Folge leistete.

Tassilo gab sich geschlagen. »Nun kommt schon!«, knurrte er, und wie abgesprochen forderte er auch Lauretia und Bruder Scriptoris auf, ihm hinunter zu den Kerkern zu folgen. »Es kann euch nicht schaden, zu sehen, was einem blüht, der sich gegen unsere Gesetze stellt und sich von ketzerischen Lehren verführen lässt!«

Die beiden einfachen Wachsoldaten stellten keine Fragen und ließen sie wortlos passieren. Einen so mächtigen Mann wie Tassilo von Wittgenstein nach dem Grund für seinen späten Besuch zu fragen, stand ihnen nicht zu. Und vermutlich interessierte es sie auch gar nicht. Sie nahmen ihr Gespräch sofort wieder auf, als der Domherr, auf Sebastian gestützt, an ihnen vorbeihumpelte, gefolgt von Lauretia und dem Mönch.

Hinter einem kurzen Gang führte eine breite Steintreppe mit rundgewölbter Decke in die Tiefe. Der Treppengang war breit genug, dass auf ihm auch drei ausgewachsene, mit Waffen bewehrte Männer Seite an Seite Platz hatten. Jeweils zwei Öllampen in eisernen Fassungen, deren Dochte auf Sparflamme heruntergedreht waren und die am oberen und unteren Ende der Treppen an den Wänden hingen, spendeten einen sehr dürftigen Schein. Sie warfen gerade mal kleine Pfützen aus gelblichen Licht auf die Stufen.

Nach einem Knick ging es noch einmal gut zweieinhalb Dutzend Stufen hinunter. An deren Ende standen sie in einem Raum, der in etwa zehn Schritte im Quadrat maß. Von dort zweigten vier schmalere Gänge ab, die zu den Zellen führen mussten. Auf der rechten Seite des Vorraumes drang ihnen aus einer offen stehenden Tür, die zur Wachstube gehörte, ein bedeutend helleres Licht entgegen.

»Keinen Fehler jetzt!«, mahnte Sebastian den Domherrn leise. Das Wissen, seinem Vater nun zum Greifen nah gekommen zu sein, ließ sein Herz vor Aufregung und Sorge rasen.

Lauretia und Scriptoris hielten sich dicht hinter ihnen, nicht weniger angespannt als Sebastian und bereit, sofort zur Waffe zu greifen, sollte es zu einem Zwischenfall kommen, der nur mit der Klinge zu ihren Gunsten entschieden werden konnte.

Als sie zur Tür der Wachstube kamen, sahen sie, dass der korpulente, kurzbeinige Zellenwärter dort in einer Ecke in einem alten, zerkratzten Scherensessel saß und fest schlief. Die in faltigen Stiefeln steckenden Beine hatte er auf eine Kiste gelegt. Ein blubberndes Schnarchen ließ seine dicken Lippen in einem gleichmäßigen Rhythmus flattern.

Bruder Scriptoris trat in die Wachstube, sah sich schnell um und rief dann. »He, du da! … Aufgewacht, Bursche!« Er trat grob gegen den Stuhl.

Der Wärter schreckte aus dem Schlaf, riss verstört die Augen auf und fuhr dann wie von einem Katapult geschossen aus dem Stuhl hoch, als er den Domherrn in der Tür stehen sah.

»Verzeiht, hochwohlgeborener Herr von Wittgenstein!«, stieß er mit ängstlicher Unterwürfigkeit hervor und machte eine so tiefe Verbeugung, dass nicht viel gefehlt hätte und er wäre vornüber gestürzt.

»Bring mir die Schlüssel zu den Zellen der beiden Ketzer!«, befahl Tassilo kurz und schroff, wie man es ihm eingeschärft hatte.

»Ja, wisst Ihr denn nicht, dass wir jetzt nur den von Neuleben hinter Schloss und Riegel haben?«, fragte der Wärter verblüfft und zerrte hastig seine verrutschte Uniform zurecht.

Tassilo runzelte nur die Stirn.

»Man hat den Leonhard Kaiser heute Nachmittag zu einem Verhör abgeholt und hinüber nach Passau gebracht«, teilte ihm der Wärter eilfertig mit, während er nach einem Schlüsselbund griff, das hinter ihm an einem Wandhaken hing. »Es muss wohl länger gedauert haben und da hat man ihn dann für die Nacht gleich drüben behalten und dort ins Stadtgefängnis gesteckt. Man wird ihn erst morgen wieder auf die Festung bringen.«

Sebastian unterdrückte nur mit Mühe einen Fluch. Leonhard Kaiser, den Freund seines Vaters, würden sie also nicht retten können. Das war eine bittere Enttäuschung. Aber dann sagte er sich, dass er nicht mit dem Schicksal hadern dürfe. Noch schlimmer wäre es gewesen, wenn ausgerechnet sein Vater an diesem Tag aus der Festung gebracht worden wäre.

»Dann eben nur den Schlüssel für die Zelle des anderen Wittenbergers!«, blaffte der Domherr.

»Sehr wohl, gnädiger Herr!« Der Wärter fummelte am Eisenring nervös nach dem passenden Schlüssel, fand ihn endlich und trat schnell zur Tür, um ihn dem Domherrn zu reichen.

Auf Bruder Scriptoris, der für ihn ja einer der domherrlichen Schergen war, achtete er nicht. Und deshalb sah er auch nicht, dass der Mönch in seinem Rücken zu einem der Prügel gegriffen hatte, die in der Wachstube bereitlagen, und nach einem schnellen Schritt plötzlich hinter ihm stand.

»Sieh es mir nicht als Unrecht an, Herr!«, murmelte der Mönch und schlug zu.

Der Hieb mit dem Prügel fällte den Wärter wie eine scharfe Axt einen dünnen, morschen Baum. Er verdrehte die Augen und sackte mit einem kurzen, röchelnden Laut in sich zusammen.

Der Mönch fing ihn auf und ließ ihn sanft zu Boden gleiten.

»Pest und ewige Verdammnis über euch!«, zischte der Domherr in ohnmächtiger Wut.

»Sagt das dem Teufel, wenn Ihr ihn in der Hölle trefft – und das werdet Ihr mit Sicherheit!«, erwiderte Sebastian. »Und nun los! Führ uns zu meinem Vater.«

Bruder Scriptoris warf Lauretia den Prügel zu und kümmerte sich um den bewusstlosen Wärter, der gut gefesselt und geknebelt werden musste, um nicht zu früh Alarm schlagen zu können.

Tassilo führte Sebastian und Lauretia in den rechten der vier vom Vorraum abzweigenden Gänge. Und schon nach wenigen Schritten standen sie vor einer langen, mehr als mannshohen Gitterwand, die durch dicke Steinmauern in drei einzelne Zellen unterteilt war. Zwei davon waren leer. In der dritten kauerte eine schemenhafte Gestalt auf einem dreckigen Strohlager, die sich nun erhob und zögerlich ans Gitter herantrat.

»Du kriegst Besuch von deiner elenden Brut, die genauso aus der Art geschlagen ist wie du, Ekkehard!«, rief der Domherr voller Abscheu und Wut, während er den Schlüssel ins Schloss rammte und ihn herumdrehte. »Aber glaubt nicht, dass …«

Welche Drohung der Domherr noch ausstoßen wollte, sie sollten es nicht erfahren. Denn in dem Moment stieß ihm Lauretia mit der linken Hand den breitkrempigen Hut vom Kopf und zog ihm im nächsten Moment auch schon den Holzprügel kraftvoll über den Schädel. Von jeglicher Kraft verlassen, stürzte er vornüber gegen das Zellengitter und rutschte an ihm entlang auf den kalten Steinboden hinunter.

Indessen hatte Sebastian die Zellentür aufgestoßen.

»Sebastian?«, stieß der Mann, der ihm gegenüberstand, gleichsam fragend wie fassungslos hervor.

»Ja, Vater«, antwortete Sebastian mit erstickter Stimme. »Wir sind gekommen, dich zu befreien.«

Im nächsten Moment lagen sie sich in den Armen, und beide schämten sich ihrer Tränen nicht, während sie sich umarmt hielten, als wollten sie so bis in alle Ewigkeit verharren.

10

Tassilo von Wittgenstein lag noch immer in tiefer Bewusstlosigkeit und entkleidet bis auf seine Leibwäsche, gefesselt und geknebelt in der Wachstube neben dem ebenso verschnürten Wärter. Indessen war Sebastians Vater der Aufforderung seiner Befreier nachkommen, seine Kleidung gegen die seines Bruders auszutauschen. Sie saß ihm fast wie angegossen.

Dieser letzte Teil ihres Planes, nämlich die Festung Oberhaus ohne den Domherrn zu verlassen, war der riskanteste von allen. Aber die Gefahr, den Argwohn der Wachen oben am Zugang zu den Zellen zu wecken, wenn sie zu sechst wieder auf den Hof hinaustraten, war einfach zu groß. Tassilo musste zurückbleiben, das war ihnen von Anfang an klar gewesen. Dieses Risiko meinten sie jedoch eingehen zu können, weil Ekkehard nicht nur von gleicher Statur wie sein Bruder war, sondern von den Gesichtszügen her auch starke Ähnlichkeit mit ihm aufwies. Eine Ähnlichkeit, die noch frappierender in Tassilos herrschaftlicher Kleidung ausfiel, zumal es jetzt draußen inzwischen dunkel sein musste.

»Ich kann es noch immer nicht glauben, dass ich nicht nur freikommen soll, sondern meine Freiheit keinem anderen als meinem Sohn verdanke, den ich schon für verloren hielt«, sagte Ekkehard aufgewühlt und wischte sich Tränen aus den Augen.

»Ohne den Mut und die Hilfe meiner beiden Freunde wäre deine Befreiung nicht mehr als ein frommer Wunsch gewesen«, stellte Sebastian mit dankbarem Blick auf seine treuen Gefährten klar. »Sie haben es möglich gemacht und ihr Leben für dich aufs Spiel gesetzt.«

»Mein guter Bruder Scriptoris! Wie sehr habe ich unsere Gespräche bei Leonius Seeböck geschätzt. Ihr habt mir in Wittenberg gefehlt. Aber dass ich Euch noch einmal sehen würde und dann auch noch als einen meiner Retter, all das kommt mir noch immer wie ein Traum vor, von dem ich gleich zu erwachen fürchte.« Ekkehard von Wittgenstein packte die Rechte des Klosterbruders mit beiden Händen und schüttelte sie bewegt.

Der Mönch, der sich soeben noch einmal versichert hatte, dass die Knebel und Fesseln bei Tassilo und dem Wärter fest saßen, erwiderte den herzlichen Händedruck. »Gottes Wege sind fürwahr oft rätselhaft«, sagte er.

Ekkehard wandte sich nun an Lauretia, um auch ihr für ihren Mut gebührend zu danken. »Und auch bei dir, junger Mann, werde ich ewig in der Schuld stehen für das, was du für mich gewagt hast. Möge der Allmächtige immer seine gütige, schützende Hand über dich halten. Und verzeih mir, wenn ich dich bitte, mir noch einmal deinen Namen zu nennen. Denn im Aufruhr meiner Gefühle vorhin habe ich ihn gar nicht richtig mitbekommen.«

»Der junge Mann ist eine junge Frau, Vater«, sagte Sebastian da vergnügt und konnte im Überschwang seiner Gefühle nicht an sich halten, noch mit zärtlichem Stolz hinzuzufügen: »Und zwar die wunderbarste Frau auf Erden, der mein Herz gehört und die meine Gefühle mit derselben Kraft erwidert.«

Sprachlos sah Ekkehard sie an.

»Lauretia ist mein Name«, sagte sie mit einem fröhlichen, gewinnenden Lächeln.

»Eine junge Frau und solch ein Mut!«, stieß Ekkehard fassungslos hervor und schloss sie spontan in seine Arme.

»Nun genug der Worte!«, mahnte Bruder Scriptoris. »Später wird noch viel Zeit sein, um der Freude Ausdruck zu geben und über alles ausführlich zu reden. Jetzt sollten wir jedoch keine Minute länger vertrödeln, sondern tunlichst zusehen, dass wir mit heiler Haut aus dem Kerker und aus der Festung kommen.«

»Bruder Scriptoris hat Recht«, pflichtete ihm Sebastian bei, den ebenfalls die Unruhe gepackt hatte. Denn noch hing über ihrer aller Leben das Damoklesschwert. »Nichts wie hoch zur Kutsche. Und du, Vater, denk daran, dich auf mich zu stützen und zu humpeln!«

»Gewiss, gewiss!«, versicherte Ekkehard hastig und rückte den Domherrenhut auf seinem Kopf so zurecht, dass ein Großteil seines Gesichts im Schatten lag.

Sie traten aus der Wachstube und blieben schon im nächsten Moment wie von einem Bannstrahl getroffen stehen.

Auf einer der letzten Stufen vor dem Treppenabsatz stand die große, kantige Gestalt des Scharfrichters Hubertus Haberstroh. Und das unruhig brennende Licht der Lampen zu beiden Seiten funkelte auf der breiten, blank gezogenen Klinge in seiner geübten Schwerthand!

11

So tief unten im Berg herrschte in den Verließen auch zur heißesten Jahreszeit eine stets gleich bleibende Kühle. Nun jedoch schien es Sebastian, als strömte eisige Kälte durch die steinernen Mauern. Sie drang ihm durch Mark und Bein und lähmte ihn. Gleichzeitig jagten sich die Gedanken hinter seiner Stirn. Sie waren zu viert und drei von ihnen waren mit Dolch und Degen bewaffnet. Aber auch wenn die Chancen gut standen, den Scharfrichter gemeinsam überwältigen zu können, so würde dieser ihnen doch kaum ein stummes Gefecht liefern. Den Kampfeslärm und das Geschrei, das er ohne Zweifel ausstoßen würde, um die Wachen oben am Eingang zu alarmieren, würden sie nicht verhindern können. Und bevor die Wachen ihm zu Hilfe eilten, würden sie mit ihren Alarmschreien gewiss weitere Soldaten auf den Plan rufen. In Windeseile würde auch der Letzte in der Festung wissen, dass es in den Kerkerkatakomben zu einem Kampf gekommen war. Und damit schnappte die Falle für sie unweigerlich zu!

Was das bedeutete, war Sebastian sofort klar. Ein Entkommen war aussichtslos. Ihnen blieb nur, ihr Leben so teuer wie möglich zu verkaufen und dann einen schnellen Tod zu suchen, wenn sie nicht auf Folterbank und Scheiterhaufen enden wollten.

»Sieh an, wer sich da an diesen unfreundlichen Ort verirrt hat«, brach der Scharfrichter das Schweigen und schob seine Waffe seelenruhig wieder in die Scheide zurück, als wäre er sich seiner Sache absolut sicher, dass keiner ihn angreifen würde. »Da haben wir sie ja alle zusammen vereint, den jungen Sebastian von Wittgenstein, den Fuhrmannsknecht Lukas, den Klosterbruder Scriptoris und den neugläubigen Herrn Ekkehard von Wittgenstein!«

Verblüfft über das Wissen des Scharfrichters, mit wem genau er es zu tun hatte, starrte Sebastian zu ihm auf.

Dann aber griff er zum Degen des Schergen, den er sich umgegürtet hatte, und zog blank. »Lebend werdet Ihr uns nicht bekommen, Scharfrichter!«, stieß er mit der wilden Verzweiflung des Hoffnungslosen hervor.

Abwehrend streckte Hubertus Haberstroh den Waffenarm aus. »Du steckst die Klinge besser wieder weg, Sebastian!«, sagte er schnell. »Ich bin nicht hier, um euch dem Domherrn auszuliefern, sondern um euch notfalls zu Hilfe zu kommen. Doch ich sehe, dass ihr meines Beistandes gar nicht bedürft. Ich muss gestehen, dass ich euch das nicht zugetraut hätte. Meine Anerkennung!« Und mit diesen Worten nahm er die letzten Stufen und kam ihnen entgegen.

Zögern ließ Sebastian den Degen sinken und sah ihn mit einem Ausdruck völliger Fassungslosigkeit an. »Seid … seid Ihr es etwa, der …«, stammelte er ungläubig.

Der Scharfrichter von Passau nickte. »Ja, ich bin der, den ihr als ›Kapuzenmann‹ zu bezeichnen pflegtet. Und macht euch wegen der Wachen oben keine Sorgen. Ich habe ihnen die Erlaubnis erteilt, sich zu den anderen Soldaten in den Esssaal zu begeben und sich die Bäuche voll zu schlagen.«

»Allmächtiger! Was für eine Wendung!«, entfuhr es dem Mönch, begleitet von einem mächtigen Stoßseufzer. »Und ich dachte schon, noch heute vor meinen Schöpfer treten zu müssen!«

Auch Lauretia und Ekkehard mussten erst einmal tief Luft holen und ihre Fassung wiedergewinnen.

»Ihr seid es also gewesen, der den Brief mit der Warnung an meine Ziehmutter geschrieben und nach *Erlenhof* geschickt hat!«, stieß Sebastian hervor.

Der Scharfrichter nickte. »Es war mir nicht möglich, mich zu jener Stunde selbst auf den Weg zu machen. Zum Glück traf meine Warnung ja noch rechtzeitig bei euch ein.«

»Jetzt verstehe ich auch Eure mir damals so rätselhaft erscheinende Frage, ob ich Euch jemanden nennen könne, für dessen Freundschaft ich meine Hand ins Feuer legen würde!«, meldete sich nun Sebastians Vater zu Wort. »Erst habe ich Euch nicht getraut und eine Hinterlist vermutet. Aber nachdem Ihr mich noch im letzten Moment von der Folterbank geholt, Euch deswegen so heftig mit meinem Bruder angelegt und ihm vorgehalten habt, dass mein Name ja noch gar nicht auf der offiziellen Liste der Inhaftierten vermerkt und die Tortur daher nicht statthaft sei, da habe ich dann doch Vertrauen gefasst und Euch vom Buchhändler Burkhard Felberstätt und von Bruder Scriptoris erzählt.«

»Aber woher konntet Ihr von der Reisebibel und dem geheimen Versteck mit den Briefen wissen?«, wunderte sich Sebastian.

»Als es mir endlich möglich war, mich in jener Nacht selbst zum Landgut aufzumachen, da stand Erlenhof schon lichterloh in Flammen«, berichtete der Scharfrichter. »Aber Eure Ziehmutter lebte noch, und sie teilte mir vor ihrem Tod noch mit, welche Bedeutung die Reisebibel hatte. Ich hätte sie dir vielleicht besser gleich abnehmen sollen, hielt das Versteck in der Kammer von Meister Dornfeld jedoch anfangs für sicher.«

Damit hatte sich für Sebastian wie für Lauretia und den Mönch das letzte Rätsel gelöst und sich in die anderen Teile des noch nicht gänzlich vollständigen Bildes gefügt. Er verstand jetzt auch die Verbindung zu Stumpe und der Besitzerin des Frauenhauses, gehörte es doch zu den Aufgaben eines Scharfrichters, in der Stadt ein scharfes Auge auf das Gesindel und die Dirnen zu halten, die sich sein Wohlwollen und seinen Schutz üblicherweise mit regelmäßigen Zuwendungen und anderen Diensten erkaufen mussten. Kein Wunder, dass Stumpe und Rotmund ihm so eilfertig zu Willen gewesen waren. Alle Fragen, die Sebastian so lange beschäftigt und erfolglos grübeln lassen hatten, waren nunmehr beantwortet. Bis auf eine einzige.

»Aber warum habt Ihr das alles für meinen Vater und mich getan und dabei so viel riskiert?«, fragte Sebastian.

»Genau das habe ich mich auch gefragt«, sagte sein Vater sofort. »Warum?«

Der Anflug eines Lächeln zeigte sich auf dem Gesicht des Scharfrichters. »Weil ich in Eurer Schuld stand, Herr von Wittgenstein«, lautete seine rätselhafte Antwort.

»*Ihr* standet in *meiner* Schuld?«, erwiderte Ekkehard. »Das verstehe ich nicht.«

»Das werdet Ihr sogleich, sofern Ihr Euch noch gut fünfzehn Jahre zurück an eine junge, ledige Frau namens Anna Webschläger erinnern könnt, die Tochter einer Bäuerin aus Kellberg«, sagte der Scharfrichter.

Ekkehard dachte kurz nach. Dann erinnerte er sich. »Natürlich! Das war doch das arme Ding, der man nachsagte, den bösen Blick zu besitzen, dem Vieh der Nachbarn durch ihre Beschwörungen Tod und Missgeburten gebracht zu haben und nachts dem Teufel mit anderen Hexen unzüchtig zu Willen zu sein.«

Hubertus Haberstroh nickte. »Richtig, man wollte sie auf dem Scheiterhaufen brennen sehen. Und wenn Ihr damals nicht gewesen wärt und die bösartige Anklage nicht beherzt niedergeschlagen hättet, wäre das auch geschehen – und ich hätte Anna, die ich liebte und die mir als meine Ehefrau mittlerweile fünf prächtige Kinder geschenkt hat, nicht einmal begraben können. Ich habe Euch das alles nicht erzählt, weil es sowohl meiner Sicherheit als auch Eurer und der Eures Sohnes diente. Aber als ich zufällig hörte, wie Euer Bruder auf Euch einredete und er dabei Euren tatsächlichen Namen benutzte, da erkannte ich Euch wieder und wusste, dass die Zeit gekommen war, meine Schuld und die meiner Frau bei Euch zu begleichen und wenigstens Euren Sohn vor dem Domherrn zu retten. Dass nun gottlob auch Ihr noch freikommt, ist dabei weniger mein Verdienst. So, und nun solltet ihr besser die Gunst der Stunde nutzen und von hier verschwinden! Aber bevor ihr geht, müsst ihr auch mich noch niederschlagen und gefesselt zu den anderen legen, sonst werde ich selbst dem Henker ins Gesicht schauen müssen.«

Als Sebastian, sein Vater und Bruder Scriptoris verständlicherweise zögerten, ihn wie verlangt mit dem Knüppel niederzuschlagen, nahm der Scharfrichter die Angelegenheit selber in die Hand. Ehe sie wussten, was er vorhatte, rammte er seine Stirn kräftig gegen die Kante der Mauer. Als er von der Wand zurücktaumelte, klaffte am Haaransatz über dem rechten Auge eine hässliche Platzwunde und Blut strömte ihm über das Gesicht.

»Das dürfte überzeugend aussehen«, sagte er. »Nun reicht ein Schlag auf den Hinterkopf, um eine schlimme Beule hervorzurufen. Und jetzt nicht lange gezögert! Dies ist nicht die Stunde für Zimperlichkeit!«

Es war Sebastian, der ihm widerwillig mit dem Prügel den verlangten Schlag auf den Hinterkopf versetzte. Er legte aber nicht so viel Kraft hinein, um ihm das Bewusstsein zu rauben. Der Scharfrichter ging mit einem unterdrückten Aufstöhnen in die Knie und streckte sich neben den beiden anderen Männern am Boden aus. Dann ließ er sich fesseln und trug ihnen dabei noch auf, die Tür auch ja von außen zu verschließen und den Schlüssel mitzunehmen, bevor sie ihm einen lockeren Knebel vor den Mund banden.

Bruder Scriptoris schenkte ihm noch seinen Segen. Dann beeilten sie sich, dass sie aus den Katakomben und in die Kutsche kamen. Die Wachen waren noch nicht zurückgekehrt, und niemand hielt sie auf, als sie das Gefährt bestiegen.

Die Tore der Festung öffneten sich eines nach dem anderen, ohne dass es dazu einer Aufforderung bedurfte. Und dann lag die Freiheit vor ihnen!

12

Sie waren die ganze Nacht hindurch geritten und hatten sich und den Pferden nur wenige kurze Pausen erlaubt, um so viele Meilen wie möglich zwischen sich und das Passauer Land zu bringen, bevor die Suche nach ihnen begann. Nun hatten sie in der Nähe einer Wegkreuzung, an der sich die Landstraße einmal nach Nordosten und einmal in nordwestlicher Richtung teilte, im Schutz eines Waldes Halt gemacht und waren von den Pferden gestiegen, um sich eine längere Rast zu gönnen.

Die Kutsche des Domherrn hatten sie ein gutes Stück von der Siedlung Hacklberg entfernt auf einer Waldlichtung zurückgelassen, die Schimmel ausgespannt und sich selbst überlassen. Dann hatten sie die dort versteckten Briefe hervorgeholt, die der Buchhändler Felderstätt bei seinem Freund, dem Bauern, abholen und einem Feind des Domherrn zuspielen würde, ohne sich selbst dabei der Gefahr auszusetzen, dass man ihn als Mittelsmann ausfindig machen konnte. Der Mönch hatte versichert, dass Felberstätt schon wusste, wie er vorgehen musste, um sich und seine Familie zu schützen. Anschließend hatten sie sich auf den einsamen Hof und dort in die Scheune geschlichen, wo ihre Pferde schon gezäumt und gesattelt für ihre Flucht bereitstanden. Sie hatten die Pferde am Zügel in einem weiten Bogen um das Dorf herumgeführt und waren erst außer Hörweite der letzten Häuser und Gehöfte im Galopp davongeprescht.

»Und Ihr wollt wirklich nicht mit uns nach Wittenberg kommen, werter Bruder Scriptoris?«, fragte Ekkehard von Wittgenstein. »Auf einen so aufrechten und glaubensstarken Mann, wie Ihr es seid, warten dort jetzt große, weltbewegende Aufgaben.«

Der Mönch lächelte. »Euer Angebot ehrt mich, Ekkehard. Aber es dürfte Euch von unseren langen und oft auch recht hitzigen Gesprächen in der Druckwerkstatt von Leonius Seeböck her nicht ganz unbekannt sein, dass ich zwar vieles von dem, was Martin Luther bewirkt hat, für richtig und notwendig halte, aber auch so manches heftig ablehne.«

»Fürwahr, fürwahr«, seufzte Sebastians Vater. »Aber die Dinge sind noch sehr im Fluss, und vieles von dem, was hier und da im Sturm der Ereignisse vielleicht ein wenig aus dem Ruder gelaufen sein mag, wird sich wohl noch richten und in annehmbarere Bahnen lenken lassen.«

»Das wünsche ich Euch von Herzen«, erwiderte Bruder Scriptoris. »Aber mein Platz ist nicht in Wittenberg oder an sonst einem Ort, wo Luthers Lehre bestimmend ist, sondern in einem Kloster der römisch-katholischen Kirche.«

»Trotz allem?«, fragte Ekkehard leise und mit dem Anflug eines Vorwurfs, dass er an der alten Lehre festhalten wollte.

Bruder Scriptoris nickte. »Ja, trotz allem! Ich bin wohl der Letzte, der nicht freimütig zugeben würde, dass es in unserer heiligen Mutter Kirche üble Missstände und Verirrungen gibt, die mich als Glaubender zutiefst beleidigen, mir wie ein Messer ins Herz schneiden und mir oft genug die Zornesröte ins Gesicht treiben. Aber die Kirche ist für mich mehr als nur der Papst in Rom, die Kurie und all die anderen Kirchenfürsten, die ihre Macht missbrauchen und durch ihr schändliches Treiben die wahre Botschaft des Evangeliums mit Füßen treten. Sie ist viel stärker und widerstandsfähiger, und eines Tages wird sie diese unselige Zeit überwinden, davon bin ich so fest überzeugt, wie ich an Jesus Christus als unseren Heiland und Erlöser glaube.«

»Wenn Ihr Euch da mal nicht täuscht«, meinte Ekkehard düster. »Ich sehe vielmehr, dass die alte romtreue Kirche in ihrem Innersten schon zu verfault ist, um ihren endgültigen Niedergang noch aufhalten zu können.«

Der Mönch schüttelte heftig den Kopf. »Ihr irrt, werter Freund. Aber lasst uns jetzt nicht eine unserer langen Diskussionen zu diesem Thema führen. Meine Kirche ist, wie ich schon sagte, mehr als all das, was ich gerade aufgeführt habe. Sie ist meine innere, unzerstörbare Heimat, aus der mich niemand vertreiben kann. Man kann sie auch mit einer großen Familie vergleichen, in der es immer einige gibt, die dem Familiennamen Schande bereiten, weil sie nichts auf Moral und Ehre geben und durch ihr Tun böses Blut unter ihren Angehörigen schaffen. Aber das ändert nichts an meiner unauflöslichen Verbundenheit mit meiner Familie und insbesondere mit denjenigen, die in aufrichtiger Treue und Liebe zu mir stehen. Mit derselben unerschütterlichen Treue und Liebe stehe ich zu unserer heiligen Mutter Kirche, Ekkehard. Und dabei sollten wir es belassen.«

»Und wohin wollt Ihr Euch jetzt begeben?«, fragte Sebastian bedrückt, wünschte er doch, der Mönch würde mit ihnen ziehen, statt nun von ihnen Abschied zu nehmen. Zu seinem Kummer würde es wahrscheinlich ein Abschied für immer sein.

»Es gibt westlich von Köln im Salmtal, das zum Eifeler Land und dem Bistum Trier gehört, ein Zisterzienserkloster namens *Unsere Liebe Frau von Himmerod*. Ein Kloster, das dort schon vor über fünfhundert Jahren gegründet worden ist«, antwortete Bruder Scriptoris. »Ich bin seinem Abt Wilhelm von Hillesheim im Sommer vor seiner Wahl in das verantwortungsvolle Amt im Jahre 1511 begegnet. Wir verbrachten mehrere Tage zusammen und wir haben uns auf Anhieb sympathisch gefunden. Daher bin ich guter Hoffnung, dort Aufnahme zu finden. Und sollte das nicht der Fall sein, dann wird sich etwas anderes ergeben. Gott weiß, wo er mich haben will, und ich werde diesen Ort finden.«

Der Abschied von Bruder Scriptoris fiel ihnen schwer, und es war schließlich der Mönch, der den gegenseitigen Umarmungen, Segensworten und Wünschen ein Ende bereitete.

Er saß schon auf seinem Pferd, als er sich noch einmal an Sebastian und Lauretia wandte. »Du hast Recht gehabt, Lauretia, als du vor einigen Tagen sagtest, dass es keine uneinnehmbare Festung auf Erden gibt, wie mächtig die Wälle, Gräben, Mauern, Zinnen und Brustwehren auch sein mögen. Zumindest keine von Menschenhand erbaute. Aber eine uneinnehmbare Festung gibt es schon«, sagte er mit großer Warmherzigkeit und Zuneigung in der Stimme. »Nur kommt ihr Baumaterial aus keinem Steinbruch und keiner Festungsschmiede, sondern aus dem Herzen. Denn sie wird errichtet aus Glaube, Hoffnung und Liebe!« Er nickte ihnen lächelnd zu. »Ihr werdet immer in meinen Gebeten sein, Lauretia und Sebastian! Gottes besonderer Segen möge allzeit auf euch ruhen!« Damit griff er zum Zügel, hob noch einmal zum letzten stummen Gruß die Hand und galoppierte davon.

»Auch wir werden Euch nie vergessen!«, rief Sebastian ihm noch zu. Mit Tränen in den Augen blickte er ihm nach, wie er hoch zu Pferd auf dem Pfad zwischen den Bäumen rasch kleiner wurde und dann von der Dunkelheit verschluckt wurde, die bald dem neuen Tag weichen würde. Dann spürte er Lauretias Hand, die sich in die seine gelegt hatte, und wortlos teilten sie sich ihre Liebe mit.

Der Morgen graute, als auch sie sich schließlich auf ihre Pferde schwangen und auf die Landstraße zurückkehrten, um der anderen, nordöstlichen Abzweigung zu folgen.

Ihre Reise hatte gerade erst begonnen, und Sebastian hatte das sichere Gefühl, dass sie nicht in Wittenberg enden würde, so interessant und aufregend das Leben dort jetzt auch sein mochte. Dafür hatte er einen zu guten Novizenmeister gehabt!

Nachwort

zu Leonhard Kaiser und Martin Luthers Reformation sowie Danksagung

Die Geschichte von Sebastian, Lauretia, Bruder Scriptoris und der Gebrüder von Wittgenstein, die ich im Jahre 1527 in Passau und Umgebung angesiedelt habe, wurde angeregt durch Besuche in der Stadt sowie das Studium zahlreicher Sachbücher und anderer Materialien über jene Zeit (die im Anschluss an die Zeittafel von Luthers Leben und Werk sowie seinen berühmten 95 Thesen im Quellenverzeichnis aufgeführt sind) und ist das Produkt meiner Fantasie. Sie hat sich so, wie im Roman geschildert, also nicht ereignet, hätte aber so passiert sein können. Auch das Zisterzienserkloster *Unsere Liebe Frau vom Inn* gehört in das Reich der Fiktion. Ich habe es so ähnlich skizziert wie die mir vertraute Zisterzienserabtei Himmerod in der Eifel.

Was jedoch die Verfolgung lutherischer Ketzer, die Hinrichtung von Wiedertäufern und insbesondere Martin Luthers Freund Leonhard Kaiser angeht, so habe ich mich dabei an die historischen Quellen gehalten, wenn auch mit kleineren dramaturgischen Freiheiten, wie sie jedem Romanautor zustehen. Da das Ende meines Romans das Schicksal Leonhard Kaisers im Dunkel lässt, hier der Ablauf der verbürgten Ereignisse, die zu seinem Tod geführt haben.

Wie in meiner Geschichte geschildert, reiste Leonhard Kaiser Anfang 1527 von Wittenberg, wohin er zwei Jahre zuvor geflüchtet und wo er ein eifriger Schüler von Luther und Melanchthon* geworden war, ins oberösterreichische Raab in der Nähe von Passau, um seinen todkranken Vater noch einmal zu sehen. Der Ortspfarrer hatte nichts Eiligeres zu tun, als ihn bei den Behörden zu denunzieren, sodass es zu seiner Verhaftung und Einkerkerung auf der Festung Oberhaus wegen Eidbrüchigkeit und Ketzerei kam.

Die Nachricht veranlasste zahlreiche theologische Freunde sowie einige Mitglieder des Adels, sich für ihn bei Herzog Ernst einzusetzen, auch schickten ihm Martin Luther und Philipp Melanchthon Trostbriefe in den Kerker. Leonhard Kaisers monatelanger zäher Kampf, um in den Verhören die Vertretbarkeit seiner lutherischen Bekenntnisaussagen zu beweisen, blieb jedoch erfolglos – wie nicht anders zu erwarten gewesen war. Auch verweigerte man ihm das Recht, einen Anwalt zu seiner Verteidigung an seiner Seite zu haben. Dennoch blieb er standhaft in seinem Glauben und weigerte sich, den verlangten Widerruf zu leisten und Luthers Lehre öffentlich abzuschwören. Damit war sein Schicksal besiegelt.

Unter Vorsitz von Herzog Ernst wurde er am 18. Juli 1527 im Passauer Domhof vor das Gericht geführt, das sich aus den Spitzen der Diözese zusammensetzte. Nachdem er erneut den Widerruf abgelehnt hatte, wurde er rituell seiner priesterlichen

* Philipp Melanchthon (1497–1560), der seinen Familiennamen Schwarzerd ins Griechische übersetzt hatte und der griechischen Sprache sowie der antiken Kultur stark verbunden war, zählt zu den berühmtesten Anhängern und Wissenschaftlern der Reformation. Er schloss sich schon früh der Kulturbewegung der Humanisten an, deren bedeutendste Vertreter zu jener Zeit Erasmus von Rotterdam und Johannes Reuchlin waren, und wurde zu einem überzeugten Wegbegleiter Luthers. Im Gegensatz zu diesem wollte er die Reformen jedoch auf friedlichem Weg durchsetzen und die Einheit des christlichen Abendlandes erhalten. Auch betonte er die Notwendigkeit der guten Werke. Diese und andere Gegensätze führten in den letzten Jahres seines Lebens zu starken Auseinandersetzungen mit Luther.

Würde entkleidet, als Ketzer verdammt und zur Vollstreckung des Urteils der weltlichen Gewalt übergeben. Man verbrachte ihn nach Schärding, einer kleinen Stadt den Inn flussaufwärts. Dort erhielt der zuständige Landrichter Christoph Frenncкhinger den Auftrag, die Hinrichtung von Leonhard Kaiser auf dem Scheiterhaufen vorzunehmen. Er sollte sich jedoch bemühen, dabei möglichst wenig Aufsehen zu erregen. Der Landrichter wählte als Hinrichtungsstätte deshalb keinen Ort, der leicht zugänglich war und den bei Hinrichtungen üblichen Volksauflauf begünstigt hätte, sondern eine kleine Kiesinsel im Fluss. Dennoch fand sich am grauen, regnerischen Morgen des 16. August am Ufer eine große Menschenmenge ein.

Leonhard Kaiser wurde auf den mit Stroh- und Reisigbündeln versetzten Scheiterhaufen geführt, an den Pfahl gebunden und dann dem Feuertod übergeben. Tapfer und glaubensfest bis zuletzt sowie mit den Worten »Komm, heiliger Geist!« nahm er den Tod auf dem Scheiterhaufen auf sich. Als das Feuer zusammenfiel, zerrten die Amtsknechte seinen Körper, von dem nicht mehr viel übrig war, aus der Glut, schlugen ihn in Stücke und verbrannten dann auch diese noch, damit von ihm nichts als Asche übrig blieb.

Leonhard Kaiser traf das große Unglück, dass sein Prozess und seine Hinrichtung in eine Zeit fielen, in der die Verfolgung von Ketzern in ein neues, blutiges Stadium getreten war. Überall brannten die Scheiterhaufen und floss das Blut, vor allem das der Wiedertäufer. Wie der »Ketzerjäger« Johannes Eck im November 1527 höchst befriedigt in einem Brief schrieb, folgten so viele Hinrichtungen aufeinander, dass dem Herzog die Unterzeichnung von Todesurteilen fast zur täglichen Gewohnheit geworden war.

Der historischen Gerechtigkeit halber muss jedoch hinzugefügt werden, dass der Ketzertod auf dem Scheiterhaufen nicht nur von der römisch-katholischen Kirche praktiziert wurde, sondern auch in evangelischen Ländern keine Seltenheit war. Grausamkeiten und Intoleranz waren leider beiden Konfessionen zu Eigen und wurden als angemessenes Mittel betrachtet, um dem Anspruch, sich allein im Besitz der selig machenden Wahrheit zu befinden, gegenüber Abweichlern mit Gewalt Geltung zu verschaffen.

Das Gedächtnis an den Märtyrer Leonhard Kaiser, den Blutzeugen für den lutherischen Glauben, wurde über die Jahrhunderte hinweg in der evangelischen Kirche in hohen Ehren gehalten. Dagegen verteidigte noch zum 400. Gedenktag die römische-katholische Kirche seine Hinrichtung als »zeitbedingt«. Wenn auf dieser Seite die Einsicht in das begangene Unrecht an Leonhard Kaiser und so vielen anderen Opfern der Verfolgung im Namen Christi auch spät kam, so stellte sie sich letztlich dann doch noch ein. Im Zuge des ökumenischen Aufbruchs, zu dem das segensreiche II. Vatikanische Konzil (1962–1965) den entscheidenden Anstoß gab, und durch die Vergebungsbitte von Papst Johannes Paul II. in Hinsicht auf die Sünden der Kirche am 12. März 2000 wandelte sich die Bewertung katholischer Theologen und Historiker im Fall des Leonhard Kaiser grundlegend. Bei dieser Aussöhnung mit der gemeinsamen Geschichte hat sich insbesondere Bischof Dr. Antonius Hofmann verdient gemacht.

Über Martin Luthers mutigen reformatorischen Aufbruch, seinen Kampf gegen Rom, die Gründung einer evangelischen Kirche und seine zahlreichen Schriften, deren wichtigstes Werk wohl die erste Übersetzung der Bibel in die deutsche Volkssprache ist (es gab vorher schon fast ein Dutzend andere deutsche Übertragungen, deren zahlreiche Mängel jedoch verhinderten, dass sie in ihrer Zeit große Verbreitung fanden), über diese außergewöhnliche Lebensleistung sind aus jedem möglichen Blickpunkt mittlerweile ganze Bibliotheken von Büchern geschrieben worden. Wer heute zu einem abschließenden Urteil über Martin Luther und seinen Lebensweg kommen will, dem fällt es nicht leicht, die enormen Leistungen und Verdienste dieses außergewöhnlichen Mannes im Verhältnis zu seinen Verirrungen und Fehlern zu gewichten. Auch heute noch trifft wohl zu, was Helmut Gollwitzer in *Begegnung mit Luther* schrieb: »Der wirkliche Luther ist der unbekannte Luther, hinter den landläufigen, von Sympathie und Antipathien gezeichneten Lutherbildern verborgen; er ist schwerer zugänglich als manch anderer von den Großen unserer Vergangenheit.«

Da ich mich keineswegs für einen Lutherexperten halte, habe ich mich ganz bewusst darauf beschränkt, nur ein Schlaglicht auf die zentralen Punkte seines Schaffens zu werfen. Mein Bemühen im Rahmen eines solchen Romans bestand darin, Luthers mutigen Kampf gegen die krassen kirchlichen Missstände aufzuzeigen und zumindest die groben Konturen seiner Rechtfertigungslehre darzustellen, die das Kernstück seiner Lehre ist. Wer sich eingehender mit diesem Riesen der deutschen Kultur beschäftigen möchte, wird im Quellenverzeichnis reichlich Anregungen für ein eigenes Studium finden, obwohl auch darin nur ein Bruchteil der Literatur zur Reformation aufgelistet ist. Wer sich dagegen bloß einen schnellen Überblick über seinen Lebenslauf mit den wichtigsten Lebensdaten und Ereignissen verschaffen möchte, der sei hier auf die Zeittafel verwiesen, die sich an dieses Nachwort anschließt, gefolgt von Luthers berühmten 95 Thesen.

Zum Schluss dieser kurzen Nachbetrachtung sei noch einmal Hellmut Gollwitzer aus *Begegnung mit Luther* zitiert, jedoch nicht als gelehrtes Fazit einer vorschnellen Luthereinschätzung, sondern als Aufforderung an jeden Christen gleich welcher Konfession zum eigenen Aufbruch: »Wir sollten ihn, da er am Anfang der Zerspaltung der abendländischen Christenheit steht, hören, als seien wir weder durch konfessionelle noch durch historische Mauern von ihm getrennt. Denn seine Bedeutung für unsere Zeit besteht darin, dass er ein Ausleger der christlichen Botschaft von solcher Ursprünglichkeit und Kraft ist, wie er in den zweitausend Jahren dieser Botschaft selten erstanden ist. Wer aber könnte leugnen, dass wir diese Botschaft noch nicht hinter uns haben. Wir werden sie nie hinter uns, wir werden sie immer wieder erst noch vor uns haben.«

Da ein Autor historischer Romane, der sich der gewissenhaften Recherche verpflichtet fühlt sowie seine Geschichten in immer neuen Kulturen und Epochen ansiedelt, nicht über ein enzyklopädisches Fachwissen verfügt, sondern nur auf das zugreifen und auf dem aufbauen kann, was Generationen von Forschern und Wissenschaftlern in mühsamer Tätigkeit erarbeitet und veröffentlicht haben, gebührt diesen Verfassern nicht nur mein Dank, sondern auch meine Hochachtung für ihre beeindruckende Arbeit.

Ein herzliches Dankeschön geht in diesem Zusammenhang an den Dekan im Ruhestand Herrn Albert Strohm, der mehrere aufschlussreiche Publikationen über Leonhard Kaiser und dessen Prozess in Passau verfasst, mir sein Material zur Verfügung gestellt und mich auf weitere hilfreiche Literatur zu diesem Thema verwiesen hat. Ihm ist es zu verdanken, dass ich als Autor die Möglichkeit hatte, meine fiktive Geschichte mit einem wichtigen historischen Ereignis zu verbinden.

Freundliche Unterstützung gewährte mir auch Frau Dr. Eva Hanebutt-Benz, Direktorin des Gutenberg-Museums in Mainz, die mir Informationen über die frühe Drucktechnik zukommen ließ. Ich wünschte, die Dramaturgie meines Romans hätte mir mehr Raum gelassen, um diese bahnbrechende »Schwarze Kunst« noch ausführlicher darstellen zu können.

Eine große Hilfe waren auch die Erklärungen zur Wirkung von heimischen Giftpflanzen, die mir der Pflanzenexperte Dr. Benno Bös zukommen ließ, auf dass meinem Kräuterbruder Eusebius keine Fehler unterliefen und mein finsterer Prior Bruder Sulpicius sein Mordkomplott gegen den eigenen Abt schmieden konnte.

Dank schulde ich auch Herrn Dr. Adolf Hofstetter, dem Direktor des Museums der Festung Oberhaus, sowie den überaus freundlichen und hilfsbereiten Mitarbeitern des Passauer Stadtarchivs, insbesondere Frau Herta Nitsche, die nicht müde wurde, mir aus alten Büchern und Mappen mit Dokumenten und Karten Hunderte von Seiten zu kopieren.

Sollten sich trotz der Hilfe der oben genannten Experten dennoch Ungenauigkeiten oder Fehler in meinen Roman eingeschlichen haben, so sind sie allein mir zuzuschreiben.

Wie auch bei der Niederschrift anderer Romane gebührt ein besonders herzlicher Dank dem Abt Bruno Fromme von der Zisterzienserabtei Himmerod in der Eifel für die seit Jahren gleichbleibend warmherzige Gastfreundschaft während meiner Schreibklausur. Auch diesmal fand ich hier nicht nur wieder ein buchstäblich segensreiches Zuhause fern von meinem Alltag in den USA, sondern konnte auch wieder auf die technischen Hilfsmittel zurückgreifen, die mir Bruder Markus in seinem Büro so bereitwillig zur Verfügung stellte.

Zu meinem Wohlbefinden in der Zeit meines Aufenthaltes trugen auch Frau Sigrid Alsleben und ihre Mitarbeiter in der Klosterbuchhandlung wesentlich bei. Auch ihnen ein von Herzen kommendes Dankeschön für all die kleinen wie großen Wohltaten und Aufmerksamkeiten.

Rainer M. Schröder

Abtei Himmerod im Februar 2005

Zeittafel

zu Martin Luthers Leben und Werk

1483 Am 10. November wird Martin Luther als Sohn des Bergbauern Hans Luther und seiner Frau Margarete in Eisleben (Thüringen) geboren.

1484 Der Vater zieht mit der Familie nach Mansleben um. Dort besucht Martin Luther später die Lateinschule.

1498 Übersiedlung der Familie nach Eisenach.

1501 Martin Luther beginnt an der Universität von Erfurt das Grundstudium der freien Künste.

1505 Promotion zum Magister artium und Aufnahme des Studiums der Rechte. Am 2. Juli gerät Martin Luther bei Erfurt in ein schweres Gewitter und gelobt, Mönch zu werden, wenn er lebend davonkommt. Am 17. Juli macht er sein Gelübde wahr und tritt als Novize in das Schwarze Kloster der Augustiner-Eremiten ein.

1506 Im Herbst legt er das endgültige Mönchsgelübde ab. Er wird von schweren inneren Glaubenskämpfen geplagt, ringt mit dem Teufel, der ihn bedrängt.

1507 Luther wird zum Priester geweiht. Aufnahme des Studiums der Theologie.

1508 Im Winter übernimmt er in Wittenberg in Vertretung den Lehrstuhl für Moralphilosophie.

1510 Luther begleitet einen Mitbruder in Ordensangelegenheiten auf seiner Reise nach Rom.

1511 Luther wird in Wittenberg Subprior und übernimmt den theologischen Lehrstuhl.

1512 Promotion zum Doktor der Theologie und Beginn seiner Vorlesung über das Buch *Genesis*.

1513 Im Frühjahr hat Luther sein berühmtes »Turmerlebnis«, eine Stunde religiöser Erkenntnis, dass der Christ allein durch seinen Glauben vor Gott bestehen kann. Dieses Erlebnis wird als die Geburtsstunde der Reformation bezeichnet.

1517 Luther verfasst in lateinischer Sprache zwei Schriften mit seinen 95 *Thesen* gegen die Ablasspredigten des Dominikaners Johann Tetzel, die er an den Erzbischof von Mainz und an den Bischof von Magdeburg schickt. Nach Philipp Melanchthon Anschlag dieser Thesen an die Wittenberger Schlosskirche, die eine unerwartet schnelle Verbreitung finden. (Andere Quellen bestreiten jedoch, dass die Thesen jemals öffentlich angeschlagen wurden und verweisen dieses oft zitierte Ereignis ins Reich der Legenden.)

1518 Luthers volkstümliche Schrift *Sermon von dem Ablass und der Gnade* erscheint in deutscher Sprache. Erste Disputationen. Rom verwirft die 95 Thesen als ketzerisch und zitiert Luther nach Rom. Luther weigert sich und stellt sich stattdessen einem Verhör durch den päpstlichen Legaten, Kardinal Cajetan, in Augsburg. Er verweigert den Widerruf und muss aus Augsburg flüchten, um sich der Verhaftung zu entziehen. Luther droht der Bann. Sein Kurfürst, Friedrich der Weise, lehnt das Auslieferungsbegehren Roms ab.

1519 Im Juli kommt es in Leipzig zur ersten Disputation zwischen dem Ingolstädter Professor Johannes Eck und Luther, in dem dieser die Unfehlbarkeit eines Konzils des Papstes bestreitet.

1520 In Rom wird der päpstliche Prozess gegen Luther wieder aufgenommen. Dieser schreibt seinen *Sermon von den guten Werken*. Ihm wird der Bann angedroht, was er mit der Schrift *An den christlichen Adel deutscher Nation* beantwortet. Als seine Schriften in Löwen, Köln, Mainz, Lüttich und andernorts öffentlich verbrannt werden, führt er seinen Kampf um die Kirchenreform mit weiteren Schriften, zu denen insbesondere die Veröffentlichung *Von der Freiheit eines Christenmenschen* gehört, vehement fort. Im Dezember verbrennt er in Wittenberg öffentlich die päpstliche Bannandrohungsbulle.

1521 Am 3. Januar verhängt der Papst endgültig den Bann über Luther. Forderung an den Kaiser, für den Vollzug der Verurteilung Luthers zu sorgen. Im März wird Luther vor den Reichstag in Worms vorgeladen. Unter kaiserlichem Schutzgeleit trifft er am 16. April in Worms ein, wo ihm von der Bevölkerung ein begeisterter Empfang bereitet wird.

Am 17. und 18. April verteidigt Luther in einer erneuten Disputation mit Johannes Eck vor dem Reichstag seine Lehre und verweigert wiederum den geforderten Widerruf. Nach seiner Abreise am 26. April ergeht das Wormser Edikt, das die Reichsacht gegen ihn verhängt und ihn damit für vogelfrei erklärt. Kurfürst Friedrich der Weise lässt ihn zu seinem Schutz auf die Wartburg bringen, wo er unerkannt unter dem Namen »Junker Jörg« lebt und im Dezember mit der Übersetzung des Neuen Testaments beginnt. Zur selben Zeit kommt es in Wittenberg zu religiösen, teilweise gewaltsamen Unruhen und Ausschreitungen gegen Priester und andere Verfechter der römisch-katholischen Lehre.

1522 Im März begibt sich Luther wieder nach Wittenberg, um für Ordnung zu sorgen und die religiöse Ratlosigkeit seiner Anhänger in friedvolle Bahnen zu lenken. Im September erscheint *Das Neue Testament Deutsch* ohne seinen Namen als Übersetzer. Er beginnt mit der Übertragung des Alten Testamentes, die er jedoch erst 1534 abschließt.

1523 Die Schrift *Von weltlicher Obrigkeit* erscheint im März. Es kommt in zahlreichen Klöstern zum Austritt von Mönchen und Nonnen. Am 1. Juli wird in Brüssel der erste lutherische Märtyrer auf dem Scheiterhaufen hingerichtet.

1523 Durch Luthers Schriften *Von weltlicher Obrigkeit* und *Von der Freiheit eines Christenmenschen* wesentlich beeinflusst, kommt es im Juni zum Beginn des Bauernaufstandes. Im Oktober legt Luther endgültig die Mönchskutte ab.

1525 Der blutige Bauernkrieg tobt. Luther reist in die Unruhegebiete, stellt sich jedoch nicht wie erhofft auf die Seite des unterdrückten Bauernvolkes, sondern verdammt dessen Aufstand und vertritt die Position der Fürsten. Er fordert sie in einer Streitschrift ausdrücklich auf, die aufrührerischen Bauern gnadenlos abzustechen und niederzumetzeln. Diese richten nach der Niederwerfung des Aufstands im Juni ein wahres Blutbad unter der Landbevölkerung ganz gleich welchen Geschlechts und welchen Alters an. Man spricht von über 100 000 Toten auf Seiten der Bauernschaft. Zur selben Zeit, am 13. Juni, heiratet Luther die ehemalige Zisterziensernonne Katharina von Bora.

1526 Sachsen und Hessen schließen sich im Februar zum Schutz der evangelischen Lehre zum Gothaer Bündnis zusammen. Auf dem Reichstag in Speyer vertagt man das »Problem Luther« auf einen späteren Zeitpunkt, da das anrückende Türkenheer das christliche Abendland bedroht. Den jeweiligen Landesfürsten wird überlassen, welche Konfession in ihrem Land erlaubt sein soll.

1529 Auf dem zweiten Reichstag zu Speyer von Februar bis April protestieren evangelisch gesinnte Stände gegen die geplante Aufhebung des Reichstagsbeschlusses von 1526, der den Landesherren das Recht der religiösen Entscheidung zugebilligt hat. Aufgrund dieses heftigen Protestes werden Luthers Anhänger fortan auch »Protestanten« genannt.

1532 Der in Nürnberg beschlossene Religionsfriede, von erneuten Türkenangriffen begünstigt, gibt den Weg endgültig frei für eine landesherrliche Entscheidung über die Konfessionen. Welchen Glauben die Untertanen haben dürfen und welcher unter Verfolgung steht, liegt nun endgültig in der Hand eines jeden Landesfürsten.

Damit ist in vielen Ländern der Weg frei für den Aufstieg des Protestantismus.

1534 Die erste Gesamtausgabe von Luthers Bibelübersetzung erscheint.

1537 Erste schwere Erkrankung Luthers während eines Aufenthalts mit seinem Kurfürsten in Schmalkalden, wo sich die evangelischen Fürsten zu dem Schmalkaldener Bündnis zusammenschließen.

1541 In Genf beginn Johann Calvin seine Reformation, die sich von Luthers Lehre abspaltet und wie die Lehre Zwinglis durch eine größere Strenge gekennzeichnet ist.

1545 Das Konzil zu Trient verurteilt die protestantischen Lehren abschließend als ketzerisch und läutet die Gegenreformation der römisch-katholischen Kirche ein.

1546 Am 18. Februar stirbt Luther in Eisleben. Am 22. Februar wird er in Wittenberg beigesetzt.

Martin Luthers 95 Thesen

Aus Liebe zur Wahrheit und in dem Bestreben, diese zu ergründen, soll in Wittenberg unter dem Vorsitz des ehrwürdigen Vaters Martin Luther, Magister der freien Künste und der heiligen Theologie sowie deren ordentlicher Professor darselbst, über die folgenden Sätze disputiert werden. Deshalb bittet er die, die nicht anwesend sein und mündlich mit uns debattieren können, dieses in Abwesenheit schriftlich zu tun. Im Namen unseres Herrn Jesu Christi, Amen.

1. Da unser Herr und Meister Christus spricht: »Tut Buße« usw. (Matth. 4,17), hat er gewollt, dass das ganze Leben der Gläubigen Buße sein soll.
2. Dieses Wort kann nicht von der Buße als Sakrament – d. h. von der Beichte und Genugtuung –, die durch das priesterliche Amt verwaltet wird, verstanden werden.
3. Es bezieht sich nicht nur auf eine innere Buße, ja eine solche wäre gar keine, wenn sie nicht nach außen mancherlei Werke zur Abtötung des Fleisches bewirkte.
4. Daher bleibt die Strafe, solange der Hass gegen sich selbst – das ist die wahre Herzensbuße – bestehen bleibt, also bis zum Eingang ins Himmelreich.
5. Der Papst will und kann keine Strafen erlassen, außer solchen, die er auf Grund seiner eigenen Entscheidung oder der kirchlichen Satzung auferlegt hat.
6. Der Papst kann eine Schuld nur dadurch erlassen, dass er sie als von Gott erlassen erklärt und bezeugt, natürlich kann er sie in

den ihm vorbehaltenen Fällen erlassen; wollte man das gering achten, bliebe die Schuld ganz und gar bestehen.

7. Gott erlässt überhaupt keinem die Schuld, ohne ihn zugleich demütig in allem dem Priester, seinem Stellvertreter, zu unterwerfen.
8. Die kirchlichen Bestimmungen über die Buße sind nur für die Lebenden verbindlich, den Sterbenden darf demgemäß nichts auferlegt werden.
9. Daher handelt der Heilige Geist, der durch den Papst wirkt, uns gegenüber gut, wenn er in seinen Erlassen immer den Fall des Todes und der höchsten Not ausnimmt.
10. Unwissend und schlecht handeln diejenigen Priester, die den Sterbenden kirchliche Bußen für das Fegefeuer aufsparen.
11. Die Meinung, dass eine kirchliche Bußstrafe in eine Fegefeuerstrafe umgewandelt werden könne, ist ein Unkraut, das offenbar gesät worden ist, während die Bischöfe schliefen.
12. Früher wurden die kirchlichen Bußstrafen nicht nach, sondern vor der Absolution auferlegt, gleichsam als Prüfstein für die Aufrichtigkeit der Reue.
13. Die Sterbenden werden durch den Tod von allem gelöst, und für die kirchlichen Satzungen sind sie schon tot, weil sie von Rechts wegen davon befreit sind.
14. Ist die Haltung eines Sterbenden und die Liebe (Gott gegenüber) unvollkommen, so bringt ihm das notwendig große Furcht, und diese ist umso größer, je geringer jene ist.
15. Diese Furcht und dieser Schrecken genügen für sich allein – um von anderem zu schweigen –, die Pein des Fegefeuers auszumachen; denn sie kommen dem Grauen der Verzweiflung ganz nahe.
16. Es scheinen sich demnach Hölle, Fegefeuer und Himmel in der gleichen Weise zu unterscheiden wie Verzweiflung, annähernde Hoffnung und Sicherheit.
17. Offenbar haben die Seelen im Fegefeuer die Mehrung der Liebe genauso nötig wie eine Minderung des Grauens.

18. Offenbar ist es auch weder durch Vernunft- noch Schriftgründe erwiesen, dass sie sich außerhalb des Zustandes befinden, in dem sie Verdienste erwerben können oder in dem die Liebe zunehmen kann.
19. Offenbar ist auch dieses nicht erwiesen, dass sie – wenigstens nicht alle – ihrer Seligkeit sicher und gewiss sind, wenngleich wir ihrer völlig sicher sind.
20. Daher meint der Papst mit dem vollkommenen Erlass aller Strafen nicht einfach den Erlass sämtlicher Strafen, sondern nur derjenigen, die er selbst auferlegt hat.
21. Deshalb irren jene Ablassprediger, die sagen, dass durch Ablässe des Papstes der Mensch von jeder Strafe frei und los werde.
22. Vielmehr erlässt er den Seelen im Fegefeuer keine einzige Strafe, die sie nach den kirchlichen Satzungen in diesem Leben hätten abbüßen müssen.
23. Wenn überhaupt irgendwem irgendein Erlass aller Strafen gewährt werden kann, dann gewiss allein den Vollkommensten, das heißt aber, ganz wenigen.
24. Deswegen wird zwangsläufig ein Großteil des Volkes durch jenes in Bausch und Bogen und großsprecherisch gegebene Versprechen des Straferlasses getäuscht.
25. Die gleiche Macht, die der Papst bezüglich des Fegefeuers im Allgemeinen hat, besitzt jeder Bischof und jeder Seelsorger in seinem Bistum bzw. seinem Pfarrbezirk im Besonderen.
26. Der Papst handelt sehr richtig, den Seelen (im Fegefeuer) die Vergebung nicht auf Grund seiner – ihm dafür nicht zur Verfügung stehenden – Schlüsselgewalt, sondern auf dem Wege der Fürbitte zuzuwenden.
27. Menschenlehre verkündigen die, die sagen, dass die Seele (aus dem Fegefeuer) emporfliege, sobald das Geld im Kasten klingt.
28. Gewiss, sobald das Geld im Kasten klingt, können Gewinn und Habgier wachsen, aber die Fürbitte der Kirche steht allein auf dem Willen Gottes.

29. Wer weiß, ob alle Seelen im Fegefeuer losgekauft werden wollen, wie es beispielsweise beim heiligen Severin und Paschalis nicht der Fall gewesen sein soll.

30. Keiner ist der Echtheit seiner Reue gewiss, viel weniger, ob er völligen Erlass (der Sündenstrafen) erlangt hat.

31. So selten einer in rechter Weise Buße tut, so selten kauft einer in der rechten Weise Ablass, nämlich außerordentlich selten.

32. Wer glaubt, durch einen Ablassbrief seines Heils gewiss sein zu können, wird auf ewig mit seinen Lehrmeistern verdammt werden.

33. Nicht genug kann man sich vor denen hüten, die den Ablass des Papstes jene unschätzbare Gabe Gottes nennen, durch die der Mensch mit Gott versöhnt werde.

34. Jene Ablassgnaden beziehen sich nämlich nur auf die von Menschen festgesetzten Strafen der sakramentalen Genugtuung.

35. Nicht christlich predigen die, die lehren, dass für die, die Seelen (im Fegefeuer) loskaufen oder Beichtbriefe erwerben, Reue nicht nötig sei.

36. Jeder Christ, der wirklich bereut, hat Anspruch auf völligen Erlass von Strafe und Schuld, auch ohne Ablassbrief.

37. Jeder wahre Christ, sei er lebendig oder tot, hat Anteil an allen Gütern Christi und der Kirche, von Gott ihm auch ohne Ablassbrief gegeben.

38. Dennoch dürfen der Erlass und der Anteil (an den genannten Gütern), die der Papst vermittelt, keineswegs gering geachtet werden, weil sie – wie ich schon sagte – die Erklärung der göttlichen Vergebung darstellen.

39. Auch den gelehrtesten Theologen dürfte es sehr schwer fallen, vor dem Volk zugleich die Fülle der Ablässe und die Aufrichtigkeit der Reue zu rühmen.

40. Aufrichtige Reue begehrt und liebt die Strafe. Die Fülle der Ablässe aber macht gleichgültig und lehrt sie hassen, wenigstens legt sie das nahe.

41. Nur mit Vorsicht darf der apostolische Ablass gepredigt werden, damit das Volk nicht fälschlicherweise meint, er sei anderen guten Werken der Liebe vorzuziehen.
42. Man soll die Christen lehren: Die Meinung des Papstes ist es nicht, dass der Erwerb von Ablass in irgendeiner Weise mit Werken der Barmherzigkeit zu vergleichen sei.
43. Man soll den Christen lehren: Dem Armen zu geben oder dem Bedürftigen zu leihen ist besser, als Ablass zu kaufen.
44. Denn durch ein Werk der Liebe wächst die Liebe und wird der Mensch besser, aber durch Ablass wird er nicht besser, sondern nur teilweise von der Strafe befreit.
45. Man soll die Christen lehren: Wer einen Bedürftigen sieht, ihn übergeht und stattdessen für den Ablass gibt, kauft nicht den Ablass des Papstes, sondern handelt sich den Zorn Gottes ein.
46. Man soll die Christen lehren: Die, die nicht im Überfluss leben, sollen das Lebensnotwendige für ihr Hauswesen behalten und keinesfalls für den Ablass verschwenden.
47. Man soll die Christen lehren: Der Kauf von Ablass ist eine freiwillige Angelegenheit, nicht geboten.
48. Man soll die Christen lehren: Der Papst hat bei der Erteilung von Ablass ein für ihn dargebrachtes Gebet nötiger und wünscht es deshalb auch mehr als zur Verfügung gestelltes Geld.
49. Man soll die Christen lehren: Der Ablass des Papstes ist nützlich, wenn man nicht sein Vertrauen darauf setzt, aber sehr schädlich, falls man darüber die Furcht Gottes fahren lässt.
50. Man soll die Christen lehren: Wenn der Papst die Erpressungsmethoden der Ablassprediger wüsste, sähe er lieber die Peterskirche in Asche sinken, als dass sie mit Haut, Fleisch und Knochen seiner Schafe erbaut würde.
51. Man soll die Christen lehren: Der Papst wäre, wie es seine Pflicht ist, bereit – wenn nötig –, die Peterskirche zu verkaufen, um von seinem Gelde einem großen Teil jener zu geben, denen gewisse Ablassprediger das Geld aus der Tasche holen.

52. Auf Grund eines Ablassbriefes das Heil zu erwarten ist eitel, auch wenn der (Ablass)Kommissar, ja der Papst selbst ihre Seelen dafür verpfändeten.

53. Die anordnen, dass um der Ablasspredigt willen das Wort Gottes in den umliegenden Kirchen völlig zum Schweigen komme, sind Feinde Christi und des Papstes.

54. Dem Wort Gottes geschieht Unrecht, wenn in ein und derselben Predigt auf den Ablass die gleiche oder längere Zeit verwendet wird als für jenes.

55. Die Meinung des Papstes ist unbedingt die: Wenn der Ablass – als das Geringste – mit einer Glocke, einer Prozession und einem Gottesdienst gefeiert wird, sollte das Evangelium – als das Höchste – mit hundert Glocken, hundert Prozessionen und hundert Gottesdiensten gepredigt werden.

56. Der Schatz der Kirche, aus dem der Papst den Ablass austeilt, ist bei dem Volke Christi weder genügend genannt noch bekannt.

57. Offenbar besteht er nicht in zeitlichen Gütern, denn die würden viele von den Predigern nicht so leicht mit vollen Händen austeilen, sondern bloß sammeln.

58. Er besteht aber auch nicht aus den Verdiensten Christi und der Heiligen, weil diese dauernd ohne den Papst Gnade für den inwendigen Menschen sowie Kreuz, Tod und Hölle für den äußeren bewirken.

59. Der heilige Laurentius hat gesagt, dass der Schatz der Kirche ihre Armen seien, aber die Verwendung dieses Begriffes entsprach der Auffassung seiner Zeit.

60. Wohlbegründet sagen wir, dass die Schlüssel der Kirche – die ihr durch das Verdienst Christi geschenkt sind – jenen Schatz darstellen.

61. Selbstverständlich genügt die Gewalt des Papstes allein zum Erlass von Strafen und zur Vergebung in besondern, ihm vorbehaltenen Fällen.

62. Der wahre Schatz der Kirche ist das allerheiligste Evangelium von der Herrlichkeit und Gnade Gottes.
63. Dieser ist zu Recht allgemein verhasst, weil er aus Ersten Letzte macht.
64. Der Schatz des Ablasses jedoch ist zu Recht außerordentlich beliebt, weil er aus Letzten Erste macht.
65. Also ist der Schatz des Evangeliums das Netz, mit dem man einst die Besitzer von Reichtum fing.
66. Der Schatz des Ablasses ist das Netz, mit dem man jetzt den Reichtum von Besitzenden fängt.
67. Der Ablass, den die Ablassprediger lautstark als außerordentliche Gnaden anpreisen, kann tatsächlich dafür gelten, was das gute Geschäft anbelangt.
68. Doch sind sie, verglichen mit der Gnade Gottes und der Verehrung des Kreuzes, in der Tat ganz geringfügig.
69. Die Bischöfe und Pfarrer sind gehalten, die Kommissare des apostolischen Ablasses mit aller Ehrerbietung zuzulassen.
70. Aber noch mehr sind sie gehalten, Augen und Ohren anzustrengen, dass jene nicht anstelle des päpstlichen Auftrags ihre eigenen Fantastereien predigen.
71. Wer gegen die Wahrheit des apostolischen Ablasses spricht, der sei verworfen und verflucht.
72. Aber wer gegen die Zügellosigkeit und Frechheit der Worte der Ablassprediger auftritt, der sei gesegnet.
73. Wie der Papst zu Recht seinen Bannstrahl gegen diejenigen schleudert, die hinsichtlich des Ablassgeschäftes auf mannigfache Weise Betrug ersinnen.
74. So will er vielmehr den Bannstrahl gegen diejenigen schleudern, die unter dem Vorwand des Ablasses auf Betrug hinsichtlich der heiligen Liebe und Wahrheit sinnen.
75. Es ist irrsinnig zu meinen, dass der päpstliche Ablass mächtig genug sei, einen Menschen loszusprechen, auch wenn er – was ja unmöglich ist – der Gottesgebärerin Gewalt angetan hätte.

76. Wir behaupten dagegen, dass der päpstliche Ablass auch nicht die geringste lässliche Sünde wegnehmen kann, was deren Schuld betrifft.

77. Wenn es heißt, auch der heilige Petrus könnte, wenn er jetzt Papst wäre, keine größeren Gnaden austeilen, so ist das eine Lästerung des heiligen Petrus und des Papstes.

78. Wir behaupten dagegen, dass dieser wie jeder beliebige Papst größere hat, nämlich das Evangelium, »Geisteskräfte und Gaben, gesund zu machen« usw., wie es im 1. Kor. 12 heißt.

79. Es ist Gotteslästerung zu sagen, dass das (in den Kirchen) an hervorragender Stelle errichtete (Ablass)Kreuz, das mit dem päpstlichen Wappen versehen ist, dem Kreuz Christi gleich käme.

80. Bischöfe, Pfarrer und Theologen, die dulden, dass man dem Volk solche Predigt bietet, werden dafür Rechenschaft ablegen müssen.

81. Diese freche Ablasspredigt macht es auch gelehrten Männern nicht leicht, das Ansehen des Papstes vor böswilliger Kritik oder sogar spitzfindigen Fragen der Laien zu schützen.

82. Zum Beispiel: Warum räumt der Papst nicht das Fegefeuer aus um der heiligsten Liebe und höchsten Not der Seelen willen – als aus einem wirklich triftigen Grund –, da er doch unzählige Seelen loskauft um des unheilvollen Geldes zum Bau einer Kirche willen – als aus einem sehr fadenscheinigen Grund?

83. Oder: Warum bleiben die Totenmessen sowie Jahrfeiern für die Verstorbenen bestehen, und warum gibt er (der Papst) nicht die Stiftungen, die dafür gemacht worden sind, zurück oder gestattet ihre Rückgabe, wenn es schon ein Unrecht ist, für die Losgekauften zu beten?

84. Oder: Was ist das für eine neue Frömmigkeit vor Gott und dem Papst, dass sie einem Gottlosen und Feinde erlauben, für sein Geld eine fromme und von Gott geliebte Seele loszukaufen; doch um der eigenen Not dieser frommen und geliebten Seele willen erlöse sie diese nicht aus frei geschenkter Liebe?

85. Oder: Warum werden die kirchlichen Bußsatzungen, die »tatsächlich und durch Nichtgebrauch« an sich längst abgeschafft und tot sind, doch noch immer durch die Gewährung von Ablass mit Geld abgelöst, als wären sie höchst lebendig?

86. Oder: Warum baut der Papst, der heute reicher ist als der reichste Crassus, nicht wenigstens die eine Kirche St. Peter lieber von seinem eigenen Geld als dem der armen Gläubigen?

87. Oder: Was erlässt der Papst oder woran gibt er denen Anteil, die durch vollkommene Reue ein Anrecht haben auf völligen Erlass und völlige Teilhabe?

88. Oder: Was könnte der Kirche Besseres geschehen, als wenn der Papst, wie er es (jetzt) einmal tut, hundertmal am Tag jedem Gläubigen diesen Erlass und diese Teilhabe zukommen ließe?

89. Wieso sucht der Papst durch den Ablass das Heil der Seelen mehr als das Geld; warum hebt er früher gewährte Briefe und Ablässe jetzt auf, die doch ebenso wirksam sind?

90. Diese äußerst peinlichen Einwände der Laien nur mit Gewalt zu unterdrücken und nicht durch vernünftige Gegenargumente zu beseitigen heißt, die Kirche und den Papst dem Gelächter der Feinde auszusetzen und die Christenheit unglücklich zu machen.

91. Wenn daher der Ablass dem Geiste und der Auffassung des Papstes gemäß gepredigt würde, lösten sich diese (Einwände) alle ohne weiteres auf, ja es gäbe sie überhaupt nicht.

92. Darum weg mit all jenen Propheten, die den Christen predigen: »Friede, Friede«, und ist doch kein Friede.

93. Wohl möge es gehen allen den Propheten, die den Christen predigen: »Kreuz, Kreuz«, und ist doch kein Kreuz.

94. Man soll die Christen ermutigen, dass sie ihrem Haupt Christus durch Strafen, Tod und Hölle nachzufolgen trachten.

95. Und dass die lieber darauf trauen, durch viele Trübsale ins Himmelreich einzugehen, als sich in falscher geistlicher Sicherheit zu beruhigen.

Tagesablauf und Horen

in einem Zisterzienserkloster

2.00 Uhr	Vigilien (Nachtwachen)
3.15 Uhr	Laudes (Lobgebet zur Morgendämmerung)
4.30 Uhr	Prim (Gebet zur ersten Stunde), anschließend Kapitelsitzung
5.00 Uhr	Arbeit
7.45 Uhr	Terz (Gebet zur dritten Stunde)
8.00 Uhr	Konventmesse
8.50 Uhr	religiöse Lektüre, Arbeit
10.40 Uhr	Sext (Gebet zur sechsten Stunde)
11.00 Uhr	Mittagessen
14.00 Uhr	Non (Gebet zur neunten Stunde)
14.30 Uhr	Arbeit
18.00 Uhr	Vesper (Gebet zum frühen Abend)
18.40 Uhr	Abendessen
19.00 Uhr	Komplet (Gebet zum Tagesschluss)
20.00 Uhr	Nachtruhe

Bei den Angaben handelt es sich um ungefähre Zeiten für die Werktage im Sommer. An Sonn- und besonderen Feiertagen entfällt die körperliche Arbeit und das Stundengebet dauert länger. Die Gebetszeiten werden heute in den Klöstern noch genauso eingehalten wie vor tausend Jahren, wenn sich die Zeiten der einzelnen Horen auch leicht verschoben haben. So beginnen die Vigilien in Himmerod nicht mehr wie früher um 2.00 Uhr, sondern erst um 4.30 Uhr. Die Psalmen sind im Laufe einer Woche so auf die einzelnen Gebetszeiten verteilt, dass die Mönche den ganzen Psalter in den sieben Tagen einmal ganz beten.

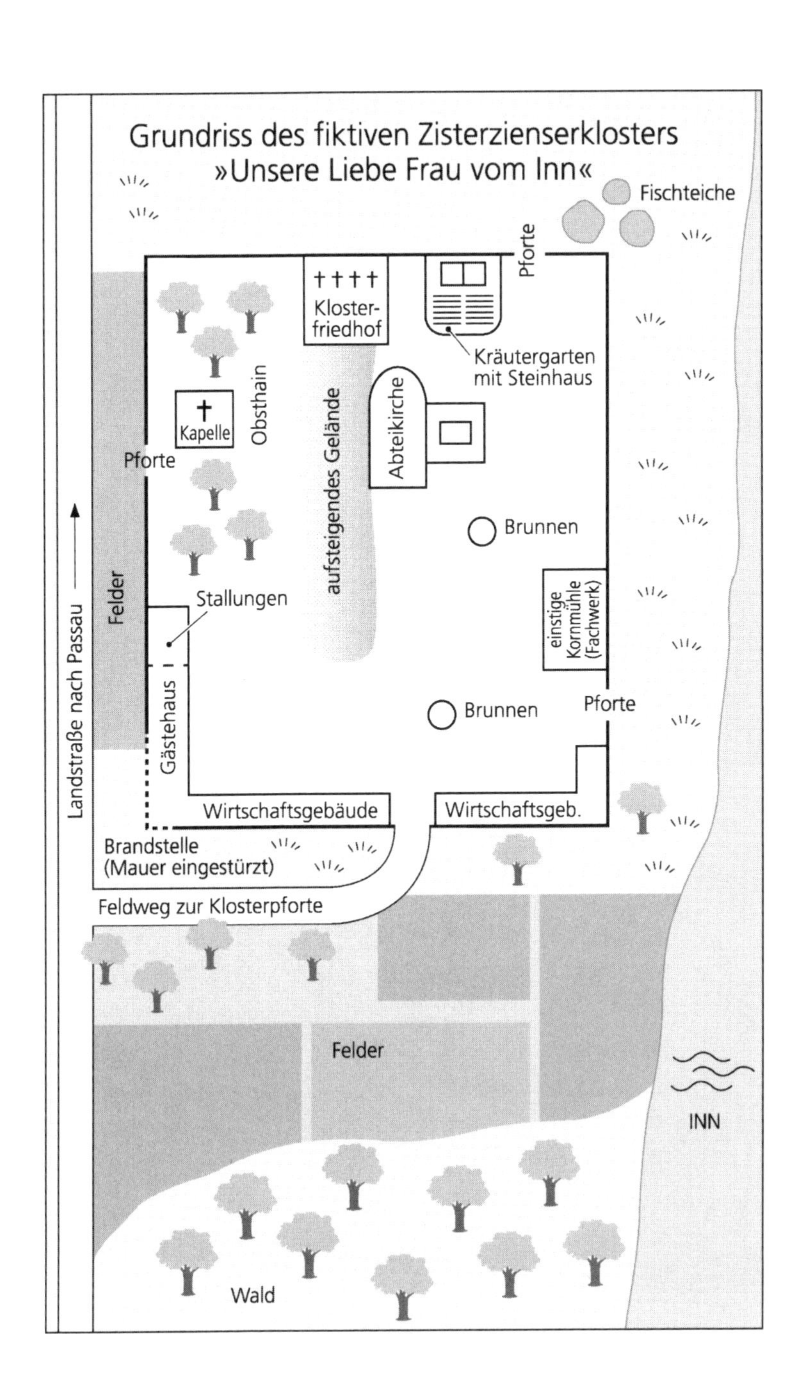
Grundriss des fiktiven Zisterzienserklosters
»Unsere Liebe Frau vom Inn«
Fischteiche
Pforte
Kloster-
friedhof
Kräutergarten
mit Steinhaus
Obsthain
Kapelle
Pforte
aufsteigendes Gelände
Abteikirche
Brunnen
Felder
Stallungen
einstige
Kornmühle
(Fachwerk)
Landstraße nach Passau
Gästehaus
Brunnen
Pforte
Wirtschaftsgebäude
Wirtschaftsgeb.
Brandstelle
(Mauer eingestürzt)
Feldweg zur Klosterpforte
Felder
INN
Wald

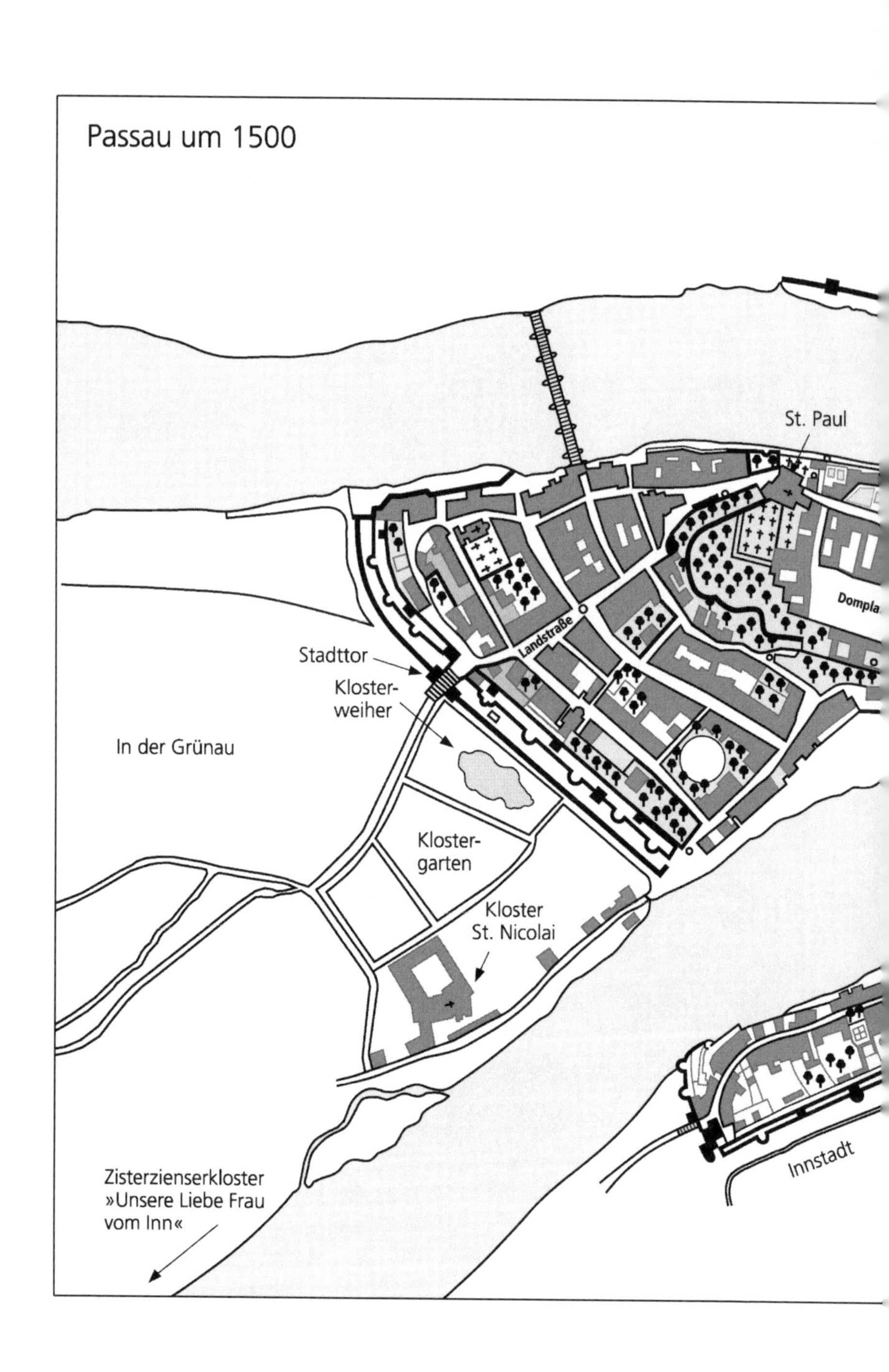

Passau um 1500
St. Paul
Dompla
Landstraße
Stadttor
Kloster-
weiher
In der Grünau
Kloster-
garten
Kloster
St. Nicolai
Innstadt
Zisterzienserkloster
»Unsere Liebe Frau
vom Inn«

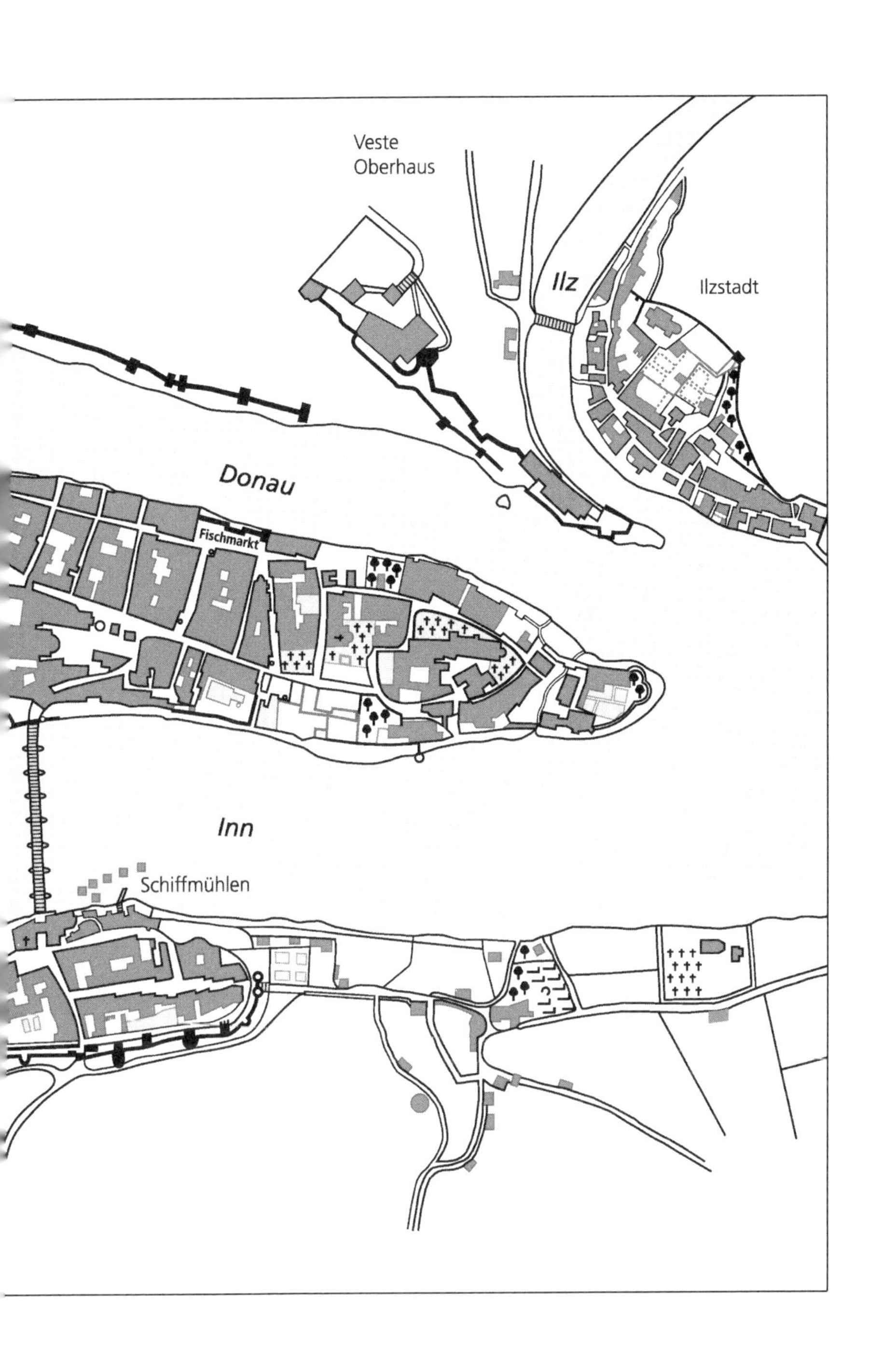
Veste
Oberhaus
Ilz
Ilzstadt
Donau
Fischmarkt
Inn
Schiffmühlen

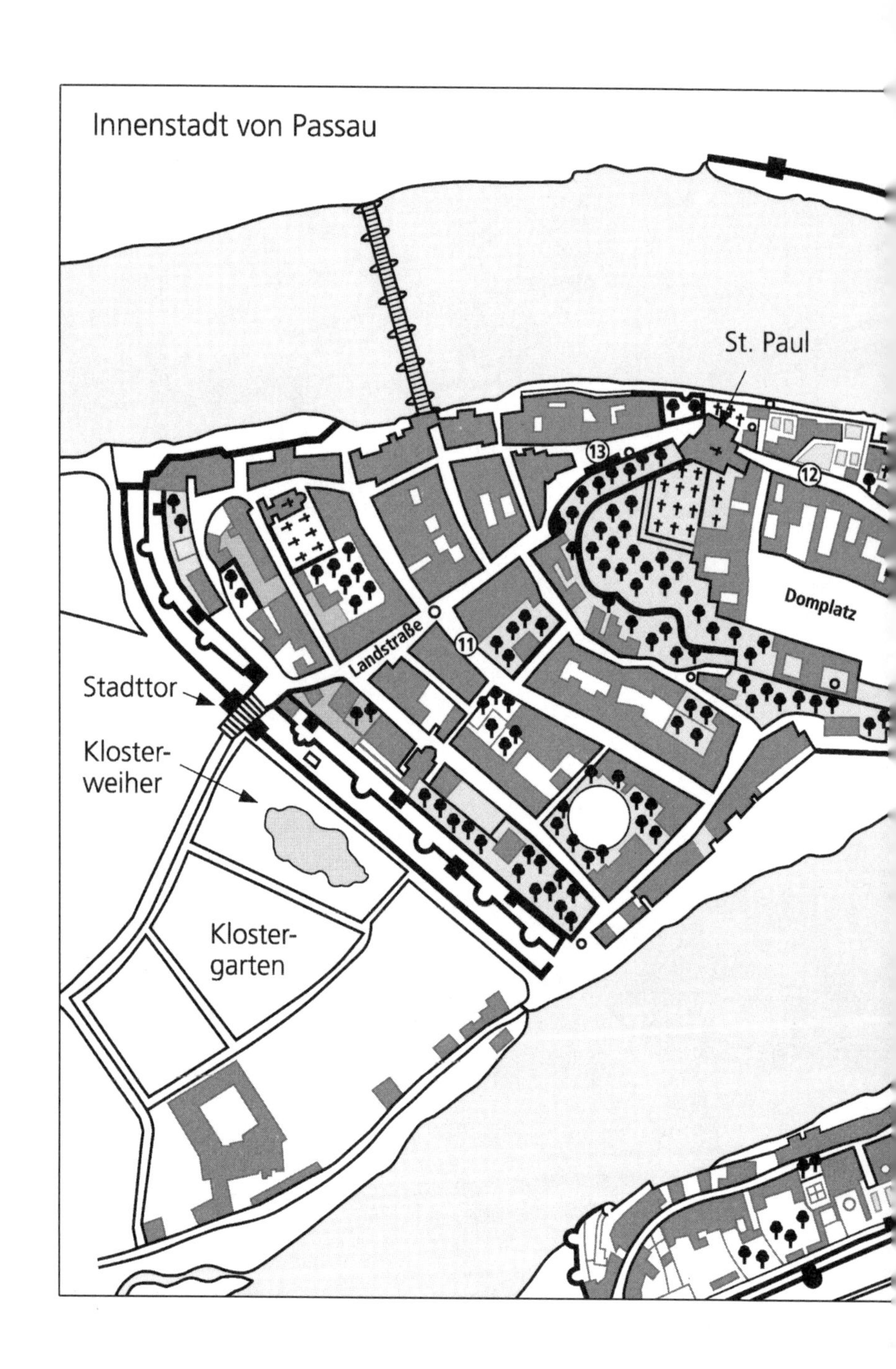
Innenstadt von Passau
St. Paul
13
12
Domplatz
Landstraße
11
Stadttor
Kloster-
weiher
Kloster-
garten

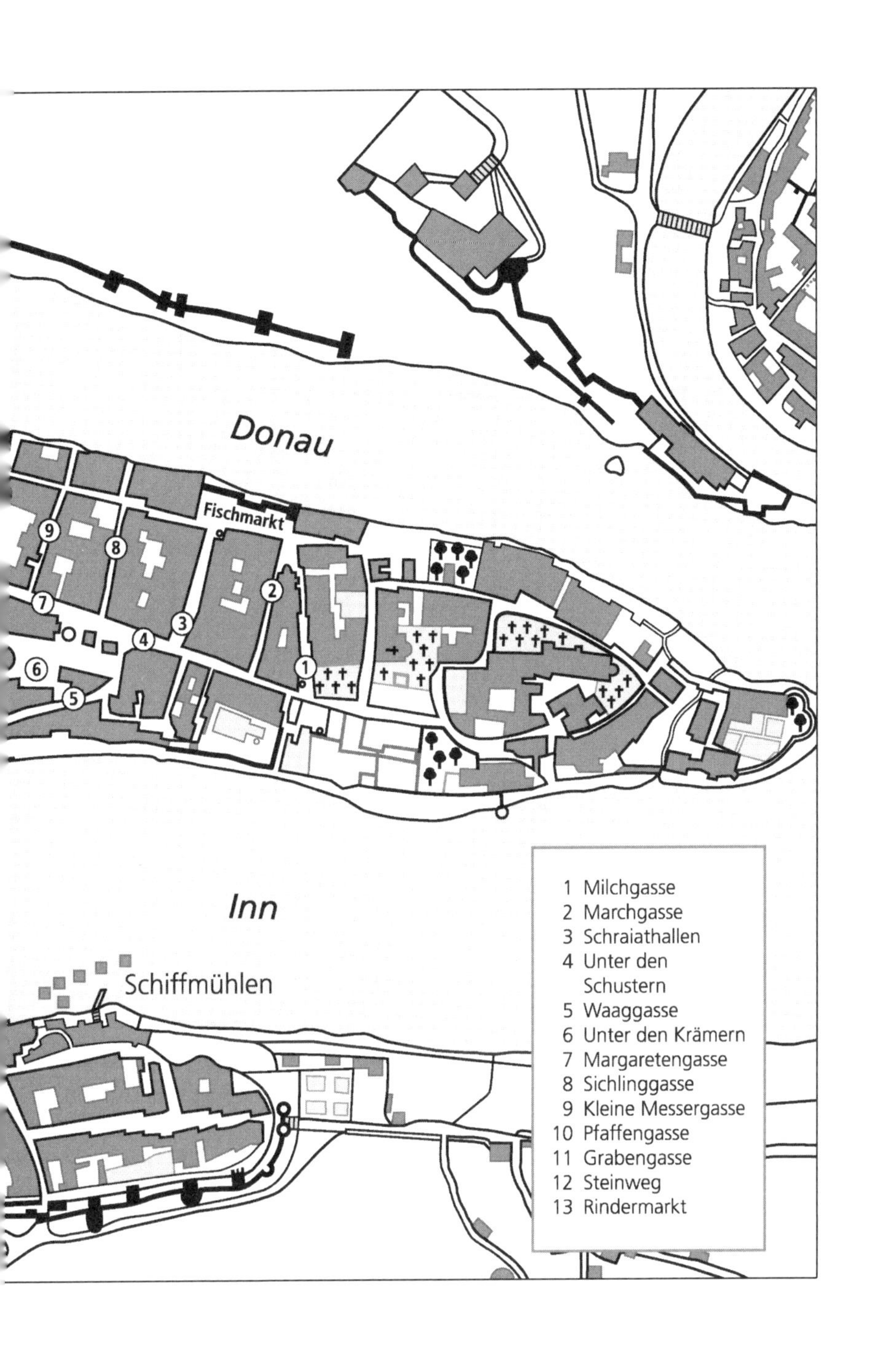
Donau
Fischmarkt
Inn
Schiffmühlen
1 Milchgasse
2 Marchgasse
3 Schraiathallen
4 Unter den Schustern
5 Waaggasse
6 Unter den Krämern
7 Margaretengasse
8 Sichlinggasse
9 Kleine Messergasse
10 Pfaffengasse
11 Grabengasse
12 Steinweg
13 Rindermarkt

Idealplan einer Zisterzienserabtei

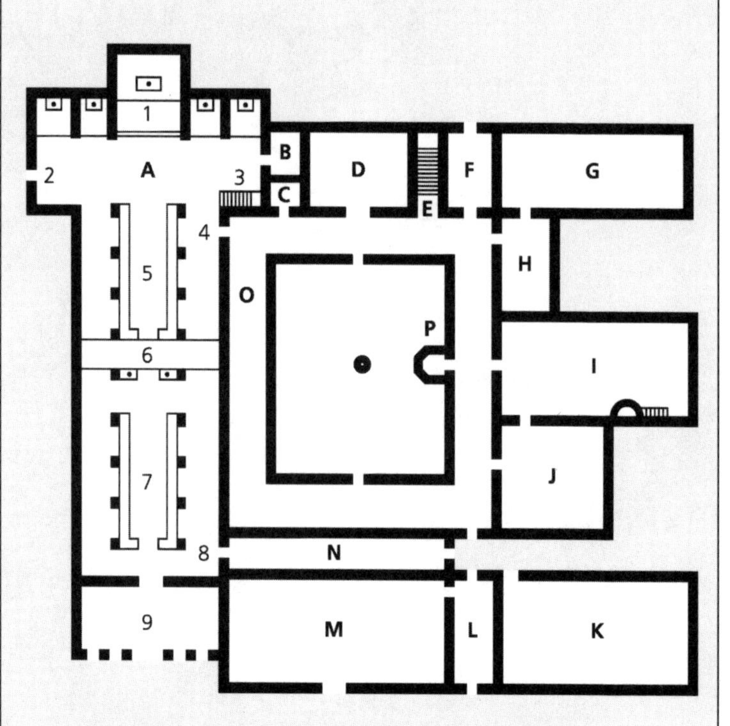

A Kirche

1 Presbyterium
2 Tür zum Klosterfriedhof
3 Schlafsaaltreppe
4 Tür der Mönche
5 Chor der Mönche
6 Lettner (Chorschranke)
7 Chor der Laienbrüder
8 Tür der Laienbrüder (Konversenportal)
9 Vorhalle (Paradies)

B Sakristei
C Armarium (Bibliothek)
D Kapitelsaal
E Treppe zum Schlafsaal der Mönche
F Auditorium (Sprechsaal)
G Studier- und Arbeitssaal der Mönche
H Wärmestube
I Refektorium der Mönche
J Küche
K Refektorium der Laienbrüder
L Durchgang
M Vorratsräume und Werkstätten
N Gang der Laienbrüder
O Kreuzgangflügel (für Abendlesungen und Fußwaschungen)
P Brunnenhaus

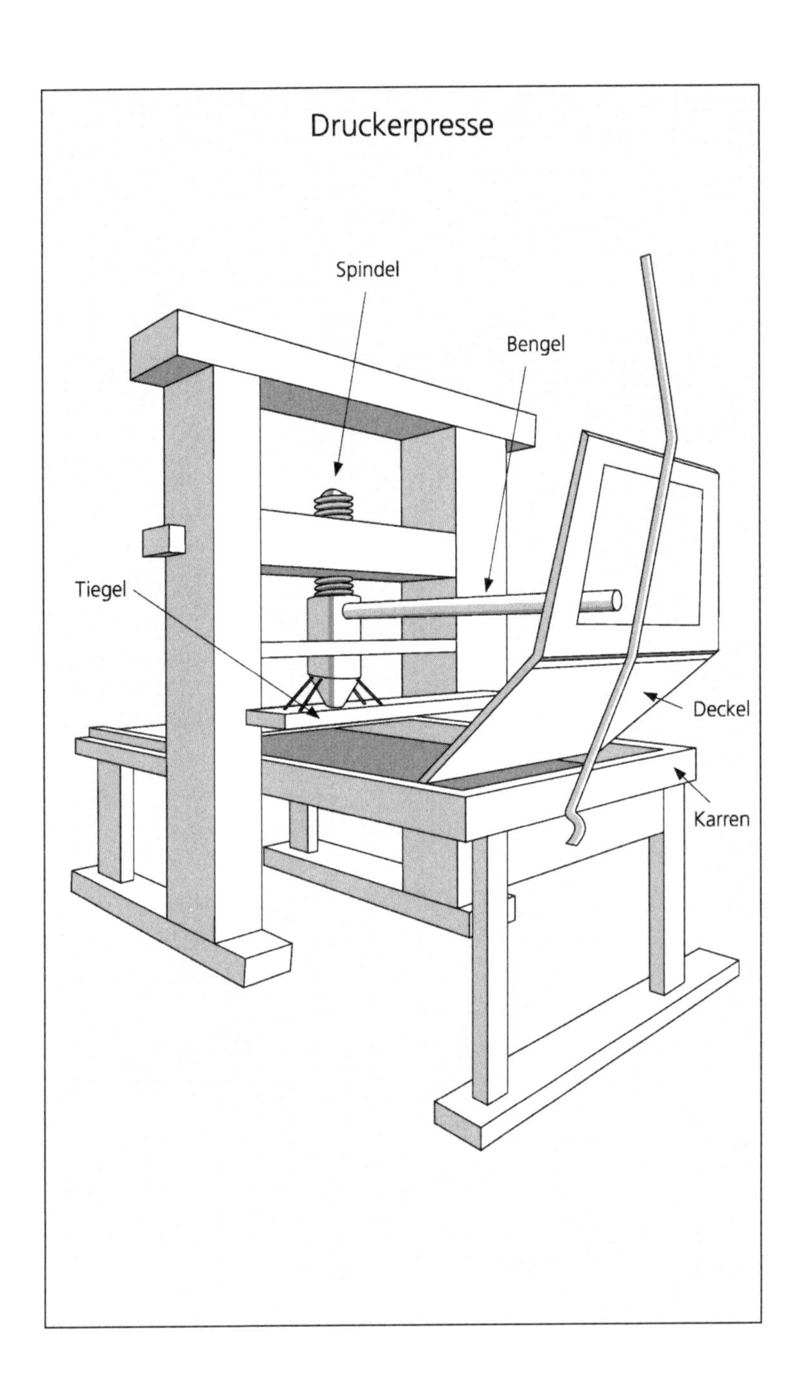
Druckerpresse
Spindel
Bengel
Tiegel
Deckel
Karren

Quellenverzeichnis

Die Bibel – Altes und Neues Testament, Einheitsübersetzung, Katholische Bibelanstalt, Stuttgart 1980

Das Neue Testament – nach Joseph Franz von Allioli. Eingeführt, kommentiert und meditiert von Eleonore Beck und Gabriele Miller, Verlag Katholisches Bibelwerk, Verlag Butzon & Bercker, Kevelaer 2003

Bibellexikon, Hermann-Josef Frisch, Patmos Verlag, Düsseldorf 2003

Die Mönchsregel des Heiligen Benedikt, Reprint Verlag, Leipzig

Gutenberg – Aventur und Kunst, Vom Geheimunternehmen zur ersten Medienrevolution, Gutenberg Museum der Stadt Mainz, 2000

Immo Ebel: *Die Zisterzienser – Geschichte eines europäischen Ordens*, Jan Thorbecke Verlag, Stuttgart 2002

Hans-Dieter Stoffler: *Kräuter aus dem Klostergarten – Wissen und Weisheit mittelalterlicher Mönche*, Jan Thorbecke Verlag, Stuttgart 2002

Georg Schwaiger (Hrsg.): *Mönchtum, Orden, Klöster – Von den Anfängen bis zur Gegenwart*, C.H. Beck Verlag, München 1994

Herbert Vorgrimler: *Neues Theologisches Wörterbuch*, Herder Verlag, Freiburg 2000

Ernst Schubert: *Alltag im Mittelalter – Natürliches Lebensumfeld und menschliches Miteinander*, Primus Verlag, Darmstadt 2002

E. Werner & M. Erbstößer: *Kleriker, Mönche, Ketzer*, Herder Verlag, Freiburg 1994

Kleines Lexikon der Reformation – Themen, Personen, Begriffe, Deutscher Taschenbuch Verlag, München 1983

Hellmut Diwald: *Luther – Eine Biographie*, Gustav Lübbe Verlag, Bergisch Gladbach 1982

Erik H. Erikson: *Der junge Mann Luther*, Rowohlt Verlag, Reinbek bei Hamburg 1970
Richard Friedenthal: *Luther – Sein Leben und seine Zeit*, Deutscher Bücherbund, Stuttgart 1967
Horst Herrmann: *Martin Luther – Eine Biographie*, Aufbau Taschenbuch Verlag, Berlin 2003
Ricarda Huch: *Luther*, Kiepenheuer & Witsch, Köln 1983
Wolfgang Landgraf: *Martin Luther – Reformator und Rebell*, Verlag Neues Leben, Berlin 1982
Alfred Läpple: *Martin Luther – Leben, Bilder, Dokumente*, Delphin Verlag & Pattloch Verlag, München & Zürich 1982
Hanns Lilje: *Luther in Selbstzeugnissen und Dokumenten*, Rowohlt Verlag, Reinbek bei Hamburg 1968
Thomas Maess (Hrsg.): *Dem Luther aufs Maul geschaut – Kostproben seiner sprachlichen Kunst*, Drei Lilien Verlag, Wiesbaden 1983
Michael Meisner: *Martin Luther – Heiliger oder Rebell*, Verlag Schmidt Römhild, Lübeck 1981
Leopold von Ranke: *Deutsche Geschichte im Zeitalter der Reformation*, Emil Vollmer Verlag, Wiesbaden
Gerhard Ritter: *Luther – Gestalt und Tat*, F. Bruckmann Verlag, München 1959
Friedrich Leeb: *Leonhard Kaiser – Ein Beitrag zur bayerischen Reformationsgeschichte*, Verlag der Aschendorffschen Verlagsbuchhandlung, Münster 1928
E. Roth: *Leonhard Kaiser – ein evangelischer Märtyrer aus dem Innviertel*, Verein für Reformationsgeschichte, Halle 1900
Egon Boshof u.a. (Hrsg.): *Geschichte der Stadt Passau*, Verlag Friedrich Pustet, Regensburg 2003
Alexander Erhard: *Geschichte der Stadt Passau*, Erster & Zweiter Band, J.W. Keppler's Verlag, Passau 1862 & 1864
Johann-Bernhard Haversath & Ernst Struck: *Passau und das Land der Abtei in historischen Karten und Plänen*, Passauer Schriften zur Geographie Heft 3, Passavia Universitätsverlag, Passau 1986

Josef Oswald & Gottfried Schäffer: *Passau – Geschichte, Kunst, Gegenwart*, Verlag Passavia, Passau 1977
Gottfried Schäffer & Gregor Peda: *Burgen und Schlösser im Passauer Land*, Pannonia Verlag, Freilassing 1995
Wolfgang Maria Schmid: *Illustrierte Geschichte der Stadt Passau*, Verlagsanstalt Ablaßmayer & Penninger, Passau 1927
Herbert W. Wurster & Richard Loibl (Hrsg.): *Ritterburg und Fürstenschloss*, Verlag Friedrich Pustet, Regensburg 1998
Martin Teschendorff: *Passau – die schwimmende Stadt*, Verlag Passavia, Passau 1991
Walther Zeitler, Konrad Jäger & Reinhold Weinberger: *Perlen im Waldmeer – Schachten und Hochmoore im Bayerischen Wald*, Neue Presse Verlag, Passau 1995

Liebe Leserinnen, liebe Leser,

seit vielen Jahren biete ich meinem Publikum an, mir zu schreiben, weil es mich interessiert, was meine Leserinnen und Leser von meinem Buch halten. Auch heute noch freue ich mich jedes Mal riesig über das Paket mit Leserbriefen, die mir einmal im Monat nachgesandt werden. Dann machen meine Frau und ich uns einen gemütlichen Tee-Nachmittag und lesen beide jeden einzelnen Brief. Und daran wird sich auch in Zukunft nichts ändern.

In den letzten Jahren erreichen mich jedoch so viele Briefe, dass sich in meine große Freude über diese vielen interessanten Zuschriften ein bitterer Wermutstropfen mischt. Denn auch beim besten Willen komme ich nun nicht mehr dazu, diese Briefflut individuell zu beantworten; ich käme sonst nicht mehr zum Recherchieren und Schreiben meiner Romane. Und jemand dafür einzustellen, übersteigt meine finanziellen Möglichkeiten.

Was ich jedoch noch immer tun kann, ist, als Antwort eine Autogrammkarte zurückzuschicken, die ich persönlich signieren werde und die neben meinem Lebenslauf im anhängenden farbigen Faltblatt Informationen über einige meiner im Buchhandel erhältlichen Bücher enthält.

Wer mir also immer noch schreiben und eine von mir signierte Autogrammkarte mit Info-Faltblatt haben möchte, der soll bitte nicht vergessen, das Rückporto beizulegen. (Bitte nur die Briefmarke schicken und diese nicht auf einen Rückumschlag kleben!) Wichtig: Name und Adresse in Druckbuchstaben angeben. Gelegentlich kann ich auf Zuschriften nicht antworten, weil die Adresse fehlt oder die Schrift nicht zu entziffern ist, was übrigens auch bei Erwachsenen vorkommt!

Da ich viel auf Recherche- und Lesereisen unterwegs bin, kann es manchmal Monate dauern, bis ich die Karte mit dem Faltblatt schicken kann. Ich bitte daher um Geduld.

Meine Adresse:
Rainer M. Schröder
Postfach 1505
D-51679 Wipperfürth

Wer Material für ein Referat braucht oder aus privatem Interesse im Internet mehr über mein abenteuerliches Leben, meine Bücher (mit Umschlagbildern und Inhaltsangaben), meine Ansichten, Lesereisen, Neuerscheinungen, aktuellen Projekte, Reden und Presseberichte erfahren oder im Fotoalbum blättern möchte, der möge sich auf meiner Homepage umsehen.

Die Adresse: www.rainermschroeder.com

Herzlichst
Ihr/euer
Rainer M. Schröder

Foto: © Leane Hasberg

Rainer M. Schröder, 1951 in Rostock geboren, hat vieles studiert und allerlei Jobs ausprobiert, bevor er sich für ein Leben als freier Autor entschied. Seit Jahren begeistert er seine Leser mit seinen exakt recherchierten und spannend erzählten Abenteuerromanen. Seine Bücher wurden in zehn Sprachen übersetzt und erreichten allein in Deutschland eine Auflage von über 5 Millionen. Nachdem Rainer M. Schröder lange Zeit ein wahres Nomadenleben mit zahlreichen Abenteuerreisen in alle Erdteile führte, lebt er heute mit seiner Frau in einem kleinen Ort an der Atlantikküste Floridas.

Von Rainer Maria Schröder ist bei cbj erschienen:

Abby Lynn – Verbannt ans Ende der Welt
Abby Lynn – Verschollen in der Wildnis
Abby Lynn – Verraten und verfolgt
Abby Lynn – Verborgen im Niemandsland
Becky Brown – Versprich nach mir zu suchen!
Der geheime Auftrag des Jona von Judäa
Die lange Reise des Jakob Stern

Bei cbt und OMNIBUS ist erschienen:

Abby Lynn – Verbannt ans Ende der Welt (30098)
Abby Lynn – Verschollen in der Wildnis (30099)
Abby Lynn – Verraten und verfolgt (30224)
Im Zeichen des Falken (30033)
Auf der Spur des Falken (30034)

Im Banne des Falken (30035)
Im Tal des Falken (30036)
Dschingis Khan – König der Steppe (30037)
Goldrausch in Kalifornien (30038)
Kommissar Klicker (zehn Bände 20665, 20666, 20667, 20668, 20669, 20670, 20677, 20678, 20679, 20680)
Die Irrfahrten des David Cooper (20061)
Die letzte Fahrt des Captain Kidd (21038)
Privatdetektiv Mike McCoy – Die Mafia lässt grüßen/Heißes Eis (21014)
Privatdetektiv Mike McCoy – Die Millionen-Sinfonie/Freikarte ins Jenseits (21015)
Privatdetektiv Mike McCoy – Wüstenschnee/Unternehmen Barrakuda (21016)
Sir Francis Drake – Pirat der sieben Meere (20126)